BASTEI
LÜBBE
TASCHENBUCH

Weitere Titel des Autors bei Bastei Lübbe:

Raven – Schattenreiter
Raven – Schattenchronik

Der Drachen-Zyklus
Bd. 1: Die Töchter des Drachen
Bd. 2: Der Thron der Libelle

Der Hexer-Zyklus – Director's Cut
Bd. 1: Die Spur des Hexers
Bd. 2: Der Seelenfresser
Bd. 3: Engel des Bösen
Bd. 4: Der achtarmige Tod
Bd. 5: Buch der tausend Tode
Bd. 6: Das Auge des Satans
Bd. 7: Der Sohn des Hexers
Bd. 8: Das Haus der bösen Träume

Charity
Bd. 1: Charity – Die beste Frau der Space Force
Bd. 2: Die Sonnenbombe
Bd. 3: Die Herren der Schwarzen Festung
Bd. 4: Das Erbe der Moroni
Weitere Charity-Romane in Vorbereitung

Thor
Anubis
Von Hexen und Drachen
Kevin von Locksley (2 Romane in einem Band)
Intruder
Der Inquisitor
Das Jahr des Greifen (3 Romane in einem Band)
Dunkel
Die Kinder von Troja
Die Heldenmutter
Wolfsherz
Der Widersacher
Die Moorhexe
Geisterstunde

Wolfgang Hohlbein

DER ORKLING

BASTEI LÜBBE
TASCHENBUCH

BASTEI LÜBBE TASCHENBUCH
Band 20740

1. Auflage: Oktober 2013

MIX
Papier aus verantwortungsvollen Quellen
FSC® C006701

Vollständige Taschenbuchausgabe

Bastei Lübbe Taschenbuch in der Bastei Lübbe AG, Köln

Titelillustration: © Alexander Preuss, Aachen; © Anton Korakov
Umschlagillustration: Guter Punkt, München
Satz: Urban SatzKonzept, Düsseldorf
Gesetzt aus der Garamomd
Druck und Verarbeitung: CPI – Ebner & Spiegel, Ulm
Printed in Germany
ISBN 978-404-20740-4

Sie finden uns im Internet unter
www.luebbe.de
Bitte beachten Sie auch:
www.lesejury.de

»Na, *das* nenn ich mal einen Halbling!«, grollte Groxmox, während er das riesige Schwert mit beiden Händen und solcher Gewalt schwang, dass es den weißgerüsteten Elbenkrieger von der linken Schulter bis hinab zur rechten Hüfte spaltete, und das so schnell und sauber, dass die Klinge in der Aufwärtsbewegung bereits einen weiteren Gegner traf, noch bevor die beiden Körperhälften in unterschiedlichen Richtungen auseinanderrutschten und mit einem nassen Klatschen im Morast landeten. Dieser Hieb hatte nicht mehr genug Kraft, um den Schild zu zerschmettern, den das nächste Spitzohr im allerletzten Moment hochriss, aber immerhin schleuderte er den Elbenkrieger rücklings aus dem Sattel, womit sein Schicksal ebenfalls besiegelt war. Ein einzelner Elb inmitten einer Horde kampfberauschter Orks lebte im Allgemeinen nicht mehr lange genug, um sich auch nur zu erschrecken. Falls die käsegesichtigen Langohren nicht zu arrogant und stolz waren, um so etwas wie Schrecken überhaupt zu kennen.

Groxmox wusste es nicht, und es war ihm auch gleich. Alles, was ihn im Zusammenhang mit den Spitzohren interessierte war, wie man sie möglichst schnell und in möglichst großer Zahl umbringen konnte. Dennoch verspürte er einen flüchtigen Anflug von Ärger, als er sah, wie Muxlux das scheuende Pferd des Elben mit einer fast nachlässig wirkenden Bewegung zu Boden stieß, über das kreischende Tier hinwegsprang und mit dem Fuß auf das Gesicht des gestürzten Elben stampfte, was dessen verzweifeltem Strampeln zwar ein abruptes Ende bereitete, Groxmox aber auch einen weiteren und noch tieferen Stich versetzte. Das Langohr war ihm gleich, aber es wäre *seiner* gewesen. Soald das Töten heute vorbei war, würde er ein ernstes Wörtchen mit seinem Eiling reden. Ein sehr ernstes.

Muxlux griente ihn feist und fett an, trampelte nur zur Vorsicht noch einmal mit dem anderen Fuß auf das, was vom Gesicht des Elben noch übrig war und grunzte vor Schmerz, als der Helm des Kriegers unter der Gewalt des Trittes zerbarst und eine scharfe Metallkante einem Messer gleich in sein Fleisch schnitt. Jetzt war es an Groxmox, zufrieden zu feixen, und der Rest seines Ärgers verrauchte (wenigstens für den Moment), indem er der abgeschnittenen oberen Hälfte seines ersten Gegners einen wuchtigen Tritt verpasste, woraufhin der einarmige Torso nicht nur in hohem Bogen davonflog, sondern ein weiteres gepanzertes Elbenpferd traf, das daraufhin kreischend auf die Hinterläufe stieg und seinen Reiter abwarf.

»Der gilt nicht!«, grummelte Muxlux, als sie beide dabei zusahen, wie der Elbenkrieger in einer Woge grün und grau geschuppter Kolosse verschwand und augenblicklich in Stücke gerissen wurde. »Komm bloß nicht auf die Idee –«

Was immer er noch hatte sagen wollen, ging in einem abermaligen schmerzhaften Grunzen unter, als eine faustgroße und mit boshaften Dornen gespickte Eisenkugel von hinten gegen seinen Schädel krachte. Muxlux stolperte zwei ungelenke Schritte nach vorne und sank auf die Knie. Der Helm rutschte ihm über die Augen, und Ströme schwarzen Orkbluts ergossen sich über seinen Nacken und die Schultern. Stöhnend schüttelte er so heftig den Kopf, dass sein Helm wieder weit genug nach hinten rutschte, um seine Augen freizugeben, und stand nicht nur schwankend wieder auf, sondern drehte sich auch genau im richtigen Moment herum, um dem Morgenstern dieses Mal sein Gesicht anzubieten.

Wahrscheinlich hätte der auch getroffen und die Visage noch ein bisschen hässlicher gemacht, doch Groxmox fing die herabsausende Eisenkugel nicht nur im letzten Moment auf, sondern schloss auch die Hand darum und riss mit aller Macht an der Kette. Einer der spitzen Stacheln durchbohrte seine Hand und stach in einer Fontäne aus spritzendem schwarzem Blut auch noch auf der anderen Seite aus seinem Kettenhandschuh; der Elb hatte mit einer Gewalt zugeschlagen, die der Ork einem Langohr gar nicht zugetraut hätte. Die pure Kraft des Schlages raste bis in seine Schulter hinauf und explodierte dort zu so grausamem Schmerz, dass er aufheulte. Aber natürlich ließ er nicht los. Ganz wie es die Art seines Volkes war, hieß er den Schmerz im Gegenteil nicht nur willkommen, sondern nahm ihn und wandelte ihn in Zorn und vor allem unbändige Kraft um. Trotz des geschlossenen Visiers vor seinem Gesicht meinte Groxmox den verblüfften Blick des Elben regelrecht zu spüren, als der seine plötzlich leere Hand anstarrte.

Allerdings hielt diese Verblüffung nicht wirklich lange an. Sie wurde spätestens in dem Moment zu etwas anderem, in dem Muxlux ihm den Sattel samt Pferd unter dem Leib wegtrat.

Der Krieger schrie vor Überraschung und Furcht auf, kämpfte mit wild rudernden Armen um ein Gleichgewicht, das er schon lange nicht mehr hatte und fiel genau in Muxlux' ausgestreckte Hände – oder wäre es, hätte Groxmox in diesem Moment nicht den Morgenstern losgelassen, der prompt auf Muxlux ohnehin lädiertem Fuß landete und seinen großen Zeh an den Boden nagelte. Sein Eiling kreischte vor Schmerz und riss den Fuß mit solchem Ungestüm zurück, dass sein Zeh blieb, wo er war. Dann begann er auf einem Bein herumzuhüpfen, und Groxmox konnte den stürzenden Elben mit beiden Armen auffangen, sein Knie in die Höhe reißen und ihm das Rückgrat brechen.

Der Elb heulte vor Schmerz und erschlaffte dann in seinen Armen, und Groxmox ließ ihn fallen. Er machte sich nicht die

Mühe, ihn zu töten, sondern bückte sich stattdessen nach dem Morgenstern, hob ihn auf und nestelte mit ungeschickten Bewegungen Muxlux' abgerissenen Zeh von der rostigen Eisenspitze. Etwas huschte in seinen Augenwinkeln entlang und war verschwunden, bevor er es richtig erkennen konnte, und ein dünner Schmerz biss in seine Wade, als hätte jemand eine Nadel hineingestoßen. Groxmox ignorierte sowohl das eine als auch das andere, fuhr auf dem Absatz herum und war mit einem einzigen großen Schritt bei seinem Eiling, der noch immer auf einem Bein herumhüpfte und dabei schrie, als würde ihm bei lebendigem Leibe die Haut abgezogen.

»Hier!«, überbrüllte ihn Groxmox, indem er ihm den Zeh hinhielt. Erneut meinte er einen Schatten zu erahnen, der irgendwo zu seinen Füßen herumwuselte, und jetzt spürte er ein heftiges Brennen in der anderen Wade, und gleich darauf einen dritten und nun wirklich üblen Schmerz, der tief in seinen Knöchel biss. Ganz instinktiv trat er aus und meinte auch etwas getroffen zu haben, das mit wirbelnden Gliedmaßen und kreischend davonflog, doch in diesem Moment heulte Muxlux noch lauter auf und schlug mit beiden Fäusten nach ihm. Groxmox wich den ersten zwei oder drei ungestümen Hieben aus, doch als er sich einen üblen Nasenstüber einhandelte, trat er Muxlux das gesunde Bein weg und schubste ihn vorsichtshalber auch noch ganz um, als er auf dem Hinterteil landete.

»Ist das dein Dank?«, polterte er. »Ich bringe dir deinen Zeh zurück, und du schlägst mich?«

Sein Eiling heulte nur noch lauter vor Schmerz und Wut und trat nach ihm; unglückseligerweise tat er dies jedoch mit dem verletzten Fuß, sodass Groxmox zwar zurückstolperte, er selbst aber so schrill aufjaulte, dass man es nun bis zu den Schwarzen Klippen hören musste.

»War ja nur nett gemeint«, sagte Groxmox. »Und du willst ihn wirklich nicht zurück?«

Muxlux kreischte eine hysterische Antwort, die er nicht verstand, und Groxmox betrachtete den abgerissenen Zeh noch einen Herzschlag lang nachdenklich. Da er sich dabei erinnerte, wie sehr er Verschwendung hasste, verschlang er ihn kurzerhand.

»Halbling!«, murmelte Muxlux. »Verdammte Halblinge!«

»Wieso beleidigst du mich?«, beschwerte sich Groxmox. »Du wolltest ihn nicht, und es ist gutes Fleisch!«

»Halbling«, grummelte Muxlux nur noch einmal. Er knetete seinen verstümmelten Fuß, rollte sich auf die Seite und gestikulierte mit einer blutigen Hand auf einen Punkt irgendwo hinter Groxmox. Ihm war nicht sonderlich wohl bei der Vorstellung seinem dermaßen wütenden Eiling den ungeschützten Rücken zuzudrehen. Er blickte sich dennoch um und sah, was Muxlux gemeint hatte.

Es war keine Beschimpfung gewesen. Das Töten hielt mit unverminderter Wut an, doch etwas hatte sich geändert: Zwischen den kämpfenden Elben und Orks wuselten plötzlich zahlreiche kleine Gestalten herum. Kaum halb so groß wie die weißgerüsteten Krieger und geradezu lächerlich klein gegen seine eigenen Eilinge und Brüder, schwangen die in winzige Rüstungen und Helme gekleideten Neuankömmlinge drollige Spielzeugschwerter und -axte.

Da war eine Erinnerung, die sich rühren wollte, aber prompt verschwand, als er danach griff, doch er sah auch so, wovon Muxlux sprach. Es waren tatsächlich Halblinge, Hunderte, wenn nicht gar Tausende der großfüßigen Zwerge, die sich mit dem Mut der Verzweiflung in das Töten warfen, obwohl sie rein gar nichts erreichen konnten, außer eben den eigenen sicheren Tod.

Groxmox machte einen Schritt und blieb mit einem überraschten Keuchen wieder stehen, als ein blendender Schmerz durch seinen Knöchel schoss, schlimm genug, um ihm fast die

Tränen in die Augen zu treiben. Er fluchte nur aus dem Grund nicht, dass ihm partout keine Verwünschung einfallen wollte, die schlimm genug war, um auszudrücken, was er fühlte. Vor lauter Verblüffung vergaß er sogar den Schmerz, als er den Messergriff erblickte, der nur ein kleines Stück über seinem pochendem Knöchel aus dem Stiefel ragte. Mit spitzen Fingern zog er den geschliffenen Stahl aus seinem Fleisch und hätte beinahe laut aufgeschrien, so weh tat das. Und als wäre das nicht genug, hörte der Schmerz keineswegs auf, nachdem er den beißenden Stahl aus seinem Fleisch entfernt hatte, sondern veränderte lediglich seine Qualität.

Groxmox war ein bisschen verwirrt. Er wusste zwar selbst, dass er nicht unbedingt der Hellste war – nicht einmal für einen Ork – doch sogar ihm war klar, dass hier irgendetwas nicht mit rechten Dingen zuging.

»Halblinge«, heulte Muxlux zum dritten Mal, und Groxmox tat seinem Eiling den Gefallen, noch einmal zu den selbstmörderischen Winzlingen hinzusehen, die sich in das Töten warfen, als wären sie es, die allen anderen um das Doppelte an Größe und mindestens das Dreifache an Kraft überlegen waren. Hier und da war es ihnen tatsächlich gelungen, die Reihen der Orks zu durchbrechen, und selbstverständlich nutzten die Spitzohren auf ihren gepanzerten Pferden diese vermeintliche Schwäche augenblicklich aus, um in die entstandenen Lücken zu stoßen.

Groxmox wollte das Schwert des Halblings – das in seinen Händen eigentlich nicht mehr als ein (kleines) Messer war – achtlos weg –, und sich selbst unverzüglich in den Kampf werfen, aber er stellte sich dabei so ungeschickt an, dass er sich abermals in den Finger schnitt. Es tat so höllisch weh, dass er nicht nur aufschrie, sondern die vermeintlich harmlose Waffe in hohem Bogen von sich schleuderte.

Erstaunt hob er seinen Daumen vor die Augen. Der Schnitt

war viel tiefer als er erwartet hatte – um genau zu sein, reichte er bis auf den Knochen – und er tat nicht nur noch immer dermaßen weh, dass er gewimmert hätte, wären Orks im Stande gewesen zu wimmern, sondern pulsierte, pochte und blutete auch heftig, statt sich wieder zu schließen, wie er es eigentlich sollte.

»Was hastn da?«, fragte Muxlux. Er stand wieder auf beiden Beinen, wenn auch noch ein bisschen wackelig, und reckte den Hals, um den zerschnittenen Daumen seines Eilings begutachten zu können.

Groxmox steckte das kompromittierte Körperteil rasch in den Mund und nuckelte daran. Das Blut schmeckte so süß, dass er fast in Versuchung war, den Daumen abzubeißen und genüsslich darauf zu kauen. Sich eines Besseren besinnend sog er nur noch kräftiger an dem Schnitt, der sich nur quälend langsam zu schließen begann. Dabei hielt er nach dem Halbling-Schwert Ausschau, das er in seinem ersten Schrecken weggeworfen hatte. Unter all den Leichen, abgerissenen und -geschnittenen Körperteilen und zerbrochenen Waffen und Rüstungen brauchte er eine Weile, um es zu finden, und als er es schließlich aufhob, tat er dies mit allergrößter Vorsicht. Er achtete darauf, die Waffe nur mit spitzen Fingern und in respektvollem Abstand von sich zu halten, als wäre sie ein gefährliches Insekt, das ihn jederzeit beißen konnte.

Auch auf den zweiten Blick sah das Messerchen nicht besonders gefährlich aus, aber sein Daumen tat immer noch weh – auch wenn er endlich aufgehört hatte zu bluten – und als er zu den Kämpfenden hinsah, stellte er fest, dass es beim Töten nicht gut für seine Seite stand. Vor allem die frechen Halblinge schienen seinen Eilingen und Brüdern gehörig zu schaffen zu machen. Die dreisten Zwerge fielen zwar gleich zu Dutzenden unter den Schwertern und Krallen der Orks, aber Groxmox beobachtete auch fassungslos, wie etliche seiner Brüder zu Boden gingen und sich nicht mehr rührten, nachdem die Halblinge über sie hergefallen waren und damit begonnen hatten, mit ihren albernen Spielzeugwaffen auf sie einzustechen.

Groxmox starrte das kleine Schwert an, dann seine kämpfenden Eilinge, dann wieder das Schwert. Da war irgendetwas, das miteinander zu tun hatte, so viel war ihm klar, und nachdem er eine Weile angestrengt darüber gegrübelt hatte, kam ihm eine Idee. Er nahm das Messer in die andere Hand, fuhr sich mit der rasiermesserscharfen Schneide über den Unterarm und sah einigermaßen verstimmt zu, wie sich Haut und Fleisch zwar teilten, aber gar nicht daran dachten, sich unverzüglich wieder zusammenzufügen. Außerdem tat es ganz ekelhaft weh, und es war eine ihm vollkommen unbekannte Art von Schmerz, den er nicht nehmen und in etwas verwandeln konnte, das ihm zunutze war. Stattdessen *tat* es einfach nur *weh*.

Muxlux humpelte ihm nach und sah auf seinen blutenden Arm hinab. »Machstn da?«, wollte er wissen.

Groxmox starrte seinen Eiling an, dann den Schnitt in seinem Fleisch, schließlich das zweischneidige Schwert und dann noch einmal Muxlux. Dann drehte er sich ganz zu ihm herum und zog ihm die Klinge so tief durch die Wange, dass das Fleisch so weit aufklaffte, dass man die gelben Zähne in der dahinterliegenden Mundhöhle erkennen konnte. Muxlux kreischte, schlug mit der einen Hand das Schwert weg und die andere so wuchtig vor sein Gesicht, das seine Augen trüb wurden und er einen Moment lang benommen wankte. Groxmox hielt ihn rasch mit beiden Händen fest und sah ihm aufmerksam ins Gesicht. Muxlux' Wange hing herunter wie ein Fetzen aus einem zerrissenen Hemd, und Zähne und Zunge dahinter begannen, sich vom Orkblut schwarz zu färben. Sein Eiling blinzelte, heulte noch immer vor Pein und versuchte, sowohl sich loszureißen als auch sein Gesicht zusammenzuhalten, doch Groxmox war schon immer viel stärker gewesen als er (wenn man es genau nahm, dann war er stärker als jeder andere Ork, den er kannte). Er hielt ihn mühelos in eisernem Griff und beobachtete staunend, dass sein Eiling noch viel größere Mühe zu haben schien, jener unbekannten Art von Schmerz Herr zu werden als er selbst.

Groxmox hielt Muxlux weiterhin fest und wartete, bis sich tatsächlich so etwas wie eine rudimentäre Sorge um seinen Eiling in ihm zu regen begann. Doch schließlich floss das Blut weniger stark, und er gestattete Muxlux, die Hand zu heben und sein Gesicht daran zu hindern, auseinanderzufallen. Da war noch etwas Wichtiges. Er hatte vergessen, was es war, aber es hatte mit dem Messer zu tun.

Der eigene Arm hatte inzwischen aufgehört zu bluten. Nur um auch ganz sicher zu sein, fügte sich Groxmox noch einen weiteren tiefen Schnitt in der Handfläche zu und beobachtete zufrieden (und mit zusammengebissenen Zähnen, um nicht vor Schmerz zu stöhnen), dass sich auch diese Wunde nur sehr langsam schloss, und sehr viel stärker blutete, als sie eigentlich sollte.

Dann erinnerte er sich. Dieses verzauberte Schwert war nicht von selbst in seinem Bein erschienen. Er musste den Leichnam des vorwitzigen Halblings finden, der ihn gestochen hatte. Möglicherweise half ihm das ja, das Geheimnis dieser verzauberten Klinge zu lösen. Auch wenn er nicht die mindeste Vorstellung hatte, wie.

Während er nach dem toten Winzling Ausschau hielt, wanderte sein Blick noch einmal über das Töten, das noch immer in vollem Gange war, und er erschrak. Es stand wirklich nicht zum Besten. Viele seiner Eilinge lagen reglos am Boden oder wurden Schritt für Schritt von den Langohren und ihren dreisten Verbündeten zurückgedrängt. Das war nicht nur erschreckend, sondern dürfte eigentlich auch keinesfalls geschehen.

Es wäre nicht das erste Töten, das Groxmox und die Seinen verloren, doch als sie an diesem Morgen aufgebrochen waren, da hatten sie praktisch schon als Sieger festgestanden. Die Festung der Spitzohren lag vor ihnen, gleich auf der anderen Seite des Flusses, und ihre Zahl war mehr als doppelt so groß wie die der Ritter in Weiß und Silber. Die stellten sich ihnen wohl auch nur noch aus reinem Stolz entgegen, oder um ihren Familien und Freunden mit diesem Opfer die Zeit zu erkaufen, die sie brauchten, um die bereits dem Untergang geweihte Festung zu verlassen und sich in Sicherheit zu bringen.

Jetzt hingegen sah es fast so aus, als befänden sich die Elben und ihre vorwitzigen Mitstreiter auf dem Vormarsch.

Was natürlich vollkommen unmöglich war, wie sogar Groxmox wusste. Spitzohren konnten Orks schlagen, und sie hatten es auch schon getan, aber dazu mussten sie ihnen zahlenmäßig mindestens so weit überlegen sein, wie er Finger an einer Hand hatte. Oder besser an beiden.

Etwas flackerte in seinen Augenwinkeln. Groxmox sah genauer hin, erkannte nichts, registrierte aber, gerade als er eigentlich hatte wegsehen wollen, ein neues Huschen in den Augenwinkeln.

Nach dem fünften oder sechsten Versuch, wurde ihm endgültig klar, dass er das, was er da sah, eigentlich nur sah, wenn er es nicht sah. Von diesem komplizierten Gedanken allein bekam er Kopfschmerzen; oder vielleicht auch von dem Zauber, der seine Sinne trübte, denn um nichts anderes konnte es sich handeln. Er meinte einen Hügel zu sehen, wo keiner war, den Umriss eines Zeltes und die Schattenrisse einer Anzahl Gestalten, die darauf und daneben standen und das Töten beobachteten. Doch das alles war auf eine schreckliche Weise verzerrt und *falsch,* die er unmöglich in Worte kleiden konnte, auch wenn der Effekt ihm schier den Magen umstülpen wollte.

Schon damit ihm nicht endgültig übel wurde, besann er sich wieder auf den Gedanken davor und schob das Halblings-Schwert behutsam unter den Gürtel, während er zugleich nach dessen ehemaligem Besitzer Ausschau hielt. Groxmox meinte sich zu erinnern, ihn mit einem Fußtritt erwischt zu haben. So musste das, was von ihm übrig war, vermutlich als blutiger Sack voller Knochensplitter irgendwo zwischen all den anderen Toten liegen. Er musste wohl härter zugetreten haben, als er gedacht hatte, denn er entdeckte den toten Halbling zwar, aber er war sehr viel weiter geflogen, als er erwartet hätte. Groxmox ging hin, stieß den Halbling behutsam mit dem Fuß an und ließ sich dann in die Hocke sinken, um ihn genauer zu begutachten.

Nicht dass es etwas wirklich Außergewöhnliches zu sehen gab, abgesehen davon eben, dass er ein Halbling und damit sehr klein und schon fast lächerlich zerbrechlich gebaut war. Groxmox konnte keine größeren Beschädigungen entdecken, als er ihn mit spitzen Fingern am Schlafittchen ergriff und hochhob, aber schließlich wusste er auch, wie leicht diese Knirpse kaputtgingen. Prüfend schüttelte er den reglosen Knirps – sehr vorsichtig, sodass seine Zähne zwar hart genug aufeinanderschlugen, um ein bisschen zu bluten, aber immerhin blieben, wo sie waren. Er drehte ihn hin und her und fragte sich vergebens, was an diesem Anblick nicht stimmte. Mit dem Halbling hatte es eine Besonderheit, so viel war klar, aber er konnte beim besten Willen nicht sagen was für eine.

Es spielte auch keine Rolle. Der Halbling war tot, und das war alles, was zählte.

Groxmox überlegte, ihn fallen zu lassen, besann sich dann aber eines Besseren und packte ihn bei den Fußknöcheln, um ihn mitzunehmen und als Wurfgeschoss zu benutzen, sobald ihm das erste Spitzohr zu nahe kam.

Was vielleicht eher der Fall sein würde, als er bisher angenommen hatte, denn als Groxmox aufstand und sich herumdrehte, stellte er fest, dass die Front der Kämpfenden erneut näher gekommen war. So unglaublich es ihm auch selbst vorkam: Die

Orks befanden sich nahezu überall auf dem Rückzug (auch wenn er es in Gedanken etwas anders formulierte, schon weil es das Wort *Rückzug* in der Sprache seines Volkes gar nicht gab). Wohin er auch sah, drängten die Spitzohren und ihre zwergwüchsigen Verbündeten die Orks zurück, und allzu viele grün und grau geschuppte Gestalten lagen reglos am Boden und wurden von eisernen Pferdehufen zermalmt oder von unzähligen winzigen Füßchen zu Tode getrampelt.

Groxmox seufzte nicht nur sehr tief, sondern schüttelte auch in einer fast menschlich anmutenden Geste das Haupt.

Er hätte sich nicht durch diesen Halbling ablenken lassen und den anderen die Führung des Kampfes überlassen sollen. Er schätzte seine Brüder, und er liebte – soweit ein Ork dazu in der Lage war – seine Eilinge ... aber Tatsache war auch, dass diese Dummköpfe allein so gut wie nichts auf die Reihe bekamen.

Statt mit ihm nach dem nächstbesten Elb zu werfen, stopfte er den toten Halbling in einen der zahlreichen, an seinem Gürtel hängenden Beutebeutel, nutzte die frei gewordene Hand, um sein Schwert wieder zu ziehen und tat das, was Orks am besten konnten (manche behaupteten auch, es wäre alles, was sie *wirklich* konnten): Er warf sich brüllend in den Kampf.

Wenn man es genau nahm, dann war das Lager der Orks nicht wirklich ein Lager, denn es gab weder eine Begrenzung noch Wachen noch Hütten, Zelte oder anders geartete Unterkünfte und schon gar keine Regeln oder irgendeine Art von Organisation (auch dafür existierte kein Wort in der Sprache der Orks). Stattdessen handelte es sich bei dem sogenannten Lager um einen willkürlich gewählten Platz, der einzig deshalb gerade ein Stück außer Pfeilschussweite des von den Spitzohren und ihren kleinwüchsigen Verbündeten beherrschten Flussufers lag, weil der Teil *innerhalb* ihrer Pfeilschussweite so dicht mit erschossenen Orks übersät war, dass es schlichtweg ein Ding der Unmöglichkeit gewesen wäre, dazwischen noch einen Lagerplatz zu finden, oder auch nur ein Feuer zu entzünden.

Groxmox und die Seinen hatten sich zurückgezogen, als das Kriegshorn erklang und das Ende des Tötens für diesen Tag verkündete. Kaum hatten sie gegessen, waren pünktlich mit dem letzten roten Licht des Sonnenuntergangs Krüge voller Bier, Schnaps und dem lächerlich dünnen Wein ausgegeben worden, den sie von den Spitzohren erbeutet hatten. Jetzt war die Nacht schon ein gutes Stück vorangeschritten, und das Lager hallte wider vom Gröhlen und Singen betrunkener Orks, das langsam aber sicher von dem kaum weniger lauten Schnarchen und anderen rülpsenden, schmatzenden und grunzenden Lauten abgelöst wurde, die die Schuppenkrieger im Schlaf von sich gaben.

Groxmox schmeckte es nicht. Das war ungewöhnlich.

Tatsächlich konnte er sich nicht erinnern, dass ihm so etwas überhaupt schon einmal passiert war, was aber nicht viel bedeutete. Wenn man es nämlich genau nahm, dann erinnerte er sich ohnehin nie an besonders viel; das letzte Töten vielleicht, und die erschrockenen Gesichter besonders tapferer Elben, die ihm einen ganz besonders harten Kampf geliefert hatten, nur um am Ende begreifen zu müssen, dass sie genauso sterben würden wie die weniger Tapferen. Auch erinnerte er sich manchmal an jene, die ihr Heil in der Flucht gesucht hatten und dabei starben; nur nicht ganz so schnell und in den meisten Fällen auch deutlich qualvoller, denn die Schande eines schnellen, unsauberen Todes taten Orks nur Feiglingen oder unwürdigen Gegnern an.

Dennoch erinnerte sich Groxmox, dass es ihm noch nie Mühe bereitet hatte, mit Muxlux mitzuhalten, weder beim Essen, noch beim Töten, und schon gar nicht beim Trinken. Heute jedoch hatte es ihm schon Mühe bereitet, seine Portion an faulem

Fleisch herunterzuschlingen, und der Krug Bier, den er in den Händen hielt, war noch immer sein erster, während Muxlux schon beim dritten oder vierten angekommen war – und das, obwohl er seinen Eiling normalerweise beim Trinken schlug, ohne sich anstrengen zu müssen.

Was aber eigentlich auf alles zutraf. Oder zugetroffen hatte, bis heute.

Groxmox nippte an seinem Bier und musterte seinen letzten übriggebliebenen Eiling aus zu schmalen Schlitzen zusammengekniffenen Augen.

Auch Muxlux schien in dieser Nacht nicht besonders gut in Form zu sein. Wie alle Orks im Lager (außer Groxmox) war er sturzbetrunken, aber immerhin noch wach und sogar noch in der Lage, halbwegs aufrecht zu sitzen. Wenn er sich beim Zuhören entsprechende Mühe gab, war es ihm sogar möglich, noch einigermaßen zu verstehen, was Groxmox zu sagen versuchte.

»Heute habbich gwonn'n«, lallte er gerade zum wiederholten Mal. »Schabbein mehrere … mehr erschlang.«

»Hast du nicht«, antwortete Groxmox. »Es waren gleich viele. Es steht also unentschieden.«

»Unnenwasch?« Muxlux blinzelte.

»Unentschieden«, antwortete Groxmox. »Das heißt, dass wir beide gleich gut waren. Oder gleich schlecht, je nachdem, wie man es sieht. Keiner hat gewonnen. Und auch keiner verloren.«

Muxlux stierte ihn an, dachte einen Moment angestrengt über diese Worte nach und schüttelte schließlich so heftig den Kopf, dass er etwas von seinem Bier verschüttete. Es war gutes Orkbier, nicht diese dünne Plörre, wie sie die Spitzohren und ihre Verbündeten tranken, sondern stark genug, um eine dünne Rauchfahne aus seinem Rock aufsteigen zu lassen. Muxlux starrte das Brandloch in seinem Schoß zwei oder drei Herzschläge lang verständnislos an, wischte dann mit dem Handrücken darüber und fuhr noch immer lallend fort: »Du bischa bsoffn, Eibruder. Ischvescheh kein Wort. Du redesch wirr.«

Das tat er ganz gewiss nicht – aber Groxmox konnte Muxlux' Reaktion auch gut verstehen. Er selbst wunderte sich vielleicht am meisten darüber, das Wort »unentschieden«, benutzt zu haben, von dem er nicht einmal ganz sicher war, ob er es gestern schon gekannt hatte.

»Schab gwonn«, nuschelte Muxlux erneut. Er sprach ein bisschen undeutlich, was aber nicht ausschließlich an dem vielen Bier lag, das er getrunken hatte. Groxmox nahm an, dass seine Aussprache auch so undeutlich bleiben würde, denn sein Gesicht war etwas schief wieder zusammengewachsen.

»Schab einmehr erschlang«, wiederholte er lallend. »Un du hasche ... hascht be... beschisschn.«

Groxmox nahm einen weiteren Schluck schales Bier und tat ihm den Gefallen zu fragen: »Wieso?«

»Schpitschohrn schmeischn ischnisch er ...« Ein lautstarker Rülpser. »... laubt. Schin die Regln.«

Die er zweifellos genau in diesem Moment selbst erfunden hatte, dachte Groxmox. »Was für Regeln?«

Etwas zupfte an seinem Gürtel, doch der Vorsatz, danach zu sehen, entglitt ihm, als er beobachtete, wie Muxlux einen Gutteil des Bieres, das er im Laufe des Abends getrunken hatte wieder zurück in den Krug spie, ihn kräftig schwenkte und dann einen weiteren großen Schluck nahm. Etwas an diesem Anblick störte ihn, auch wenn er selbst nicht genau zu sagen vermocht hätte, was.

»Isch nisch erlaubd«, beharrte Muxlux. »Du kannsch ihn nisch schweimal schählen, nur weil d'en in schwei Schtücke g'hackt hasch.«

Für jemanden in seinem Zustand, dachte Groxmox, war das sogar ein durchaus beachtenswerter Satz, auch wenn dessen

Wirkung vielleicht ein bisschen dadurch beeinträchtigt wurde, dass sein Eiling einen Schluckauf bekam und jetzt nicht nur die letzten Schlucke Bier zurück in seinen Krug spie, sondern auch noch einen guten Teil des Fleisches, das er zuvor gegessen hatte. Groxmox wurde selbst ein bisschen übel, und er setzte den Krug, den er gerade hatte heben wollen rasch wieder ab; zumal er sah, wie Muxlux seinen Krug jetzt eindeutig heftiger schwenkte, um die Konsistenz seines Inhaltes wieder etwas weiter in Richtung flüssig zu verschieben. Und was war das nun eigentlich für ein Wort: *Konsistenz?*

Abermals zog etwas an seinem Gürtel, und diesmal sah er hin und legte fragend die Stirn in Falten, als er erkannte, dass sich einer der aus groben Flicken zusammengesetzten Beutel daran bewegte. Er hatte das Gefühl, eigentlich auch wissen zu sollen, warum er das tat, aber das war nicht der Fall.

»Ich habe ihn nicht doppelt gezählt«, sagte Groxmox betont. »Aber das andere Spitzohr ist vom Pferd gefallen, nachdem ich mit ihm danach geworfen habe.«

»Du hasch ihn abba nisch erschlang«, beharrte Muxlux. »Und du redesch wirresch Scheug. Du bischa beschoffn.« Er nahm einen weiteren großen Schluck von seiner vorverdauten Biersuppe (Groxmox wurde endgültig übel) und hob mit einem seligen Kichern die linke Hand, um den Zeigefinger in die Höhe zu strecken.

»Der gildet nisch. Ischabbein mehr.«

Groxmox sah ihn lange und durchdringend an, dann streckte er fast gemächlich den Arm aus und brach Muxlux' emporgereckten Finger. Zwei-, oder dreimal, wie es sich anhörte.

Muxlux starrte ihn geschlagene drei Atemzüge lang an, dann noch einmal – und sogar deutlich länger – seinen Finger, der in gleich drei unterschiedlichen Winkeln so ziemlich überallhin deutete und wirklich komisch aussah. Dann stieß er einen einzelnen, quietschenden Schrei aus und fiel stocksteif nach hinten. Noch bevor sein schuppiger Hinterkopf auf den Boden knallte, begann er zu schnarchen. Groxmox sah eine geraume Weile nachdenklich auf ihn herab, dann setzte er seinen Krug zu Boden, beugte sich vor und bog Muxlux Finger wieder gerade. Sein Eiling winselte im Schlaf und schnarchte dann noch lauter weiter.

»Und da habe ich doch wirklich gedacht, er wäre dein Freund«, sagte eine Stimme.

Groxmox richtete sich so erschrocken auf, dass er seinen Bierkrug umstieß, dessen Inhalt sich über Muxlux Sandalen ergoss und unverzüglich damit begann, sie zischend und qualmend aufzulösen; zusammen mit einem Teil von des unbeirrt weiterschlafenden Orks Fußsohlen. Verwirrt sah er sich um, konnte aber nicht sagen, wer diese Worte gesprochen hatte. Die meisten anderen in seiner Umgebung schliefen bereits, oder waren zumindest dermaßen betrunken, dass sie kaum noch ihren eigenen Namen aussprechen konnten, geschweige, dass sie zu so einer komplizierten Beobachtung fähig gewesen wären.

»Was?«, fragte Groxmox.

»Ich dachte, ihr wärt Freunde, und du brichst ihm ganz grundlos den Finger?«

Kein Zweifel, dachte Groxmox verblüfft: Der Beutel zappelte nicht nur hektisch an seinem Gürtel, er *sprach* auch mit ihm! Vielleicht hätte er das Bier an diesem Abend gar nicht anrühren sollen.

Trotzdem antwortete er ganz automatisch: »Aber er *ist* mein Freund.« Noch so ein seltsames Wort, von dem er sogar fast sicher war, es gestern noch nicht einmal gekannt zu haben, das ihm aber zugleich auch zu glatt über die Lippen kam, um irgendetwas anderes als wahr sein zu können. Was ging hier vor?

»Ach, und deshalb brichst du ihm einfach mal die Hand?«,

ereiferte sich der Beutel. Er zappelte stärker, dann ging aus irgendeinem Grund die Verschnürung auf, und eine schon lächerlich schmale Hand erschien und versuchte die Öffnung zu erweitern. Groxmox hatte zwar nicht einmal die Ahnung der Ahnung einer Ahnung, was das alles hier zu bedeuten hatte, griff aber trotzdem mit spitzen Fingern zu und zog die Hand aus dem Beutel, an der ein Arm und daran wiederum ein genauso grotesk zerbrechlicher Halbling hing. Der zappelte zwar heftig und sein Gesicht war vor Schmerzen zu einer Grimasse verzerrt, nichtsdestotrotz fixierte der Winzling ihn mit einer Mischung aus Verachtung und Zorn, die Groxmox zwar nicht verstand, die ihn aber trotzdem zornig machte.

»Wer bist du?«, fauchte er, um im nächsten Moment (und einigermaßen sinnlos) hinzuzufügen: »Du solltest tot sein.«

»Ja, das hättest du gerne, da bin ich ganz sicher«, fauchte der Halbling. Er sollte tatsächlich tot sein, fand Groxmox. Er hatte ihn immerhin mit einem Fußtritt erwischt, zwar nur ganz leicht, aber er war ein Halbling, und schließlich wusste er, wie schnell die kleinen Großfüße kaputtgingen. Manchmal schon, wenn man sie nur schief ansah.

Groxmox dachte einen Moment lang darüber nach, eindeutig ein bisschen mehr zu tun, als den Halbling nur schief anzusehen, rief sich dann aber in Gedanken selbst zur Ordnung und beschloss, den vorlauten Wicht noch eine kleine Weile am Leben zu lassen.

Irgendwie fand er ihn ganz lustig. Auch wenn er sich zugleich fragen musste, was dieses Wort eigentlich bedeutete.

»Also«, hakte Groxmox nach, »wer bist du?«

Er wurde schon wieder ein bisschen ärgerlich, als der Halbling nicht antwortete, aber dann ging ihm auf, dass er das ja möglicherweise gar nicht konnte, weil er vielleicht ein bisschen zu fest zugegriffen hatte. Tatsächlich lief der Kleine gerade ein bisschen blau an, und als Groxmox (nachdem er ihn eine weitere

Weile interessiert betrachtet hatte) seinen Griff behutsam lockerte, antwortete er auch nicht gleich, sondern rang zunächst einmal japsend und ausgiebig nach Luft. Noch vor Tagesfrist hätte Groxmox ihm einfach den dürren Hals gebrochen oder ihn zurück in seinen Beutel gestopft, um ihn dieses Mal wirklich luftdicht zu verschließen, aber nun entdeckte er schon wieder ein neues Wort, das er bis zu diesem Abend ganz bestimmt nicht gekannt hatte: Geduld.

Er wartete, bis der Halbling einigermaßen zu Atem gekommen war und schüttelte ihn auch dann gerade behutsam genug, um ihn am Leben zu lassen. Mit ein bisschen Glück.

»Also?«, fragte er schließlich.

»Also was, du grüner Grobian?«, japste der Halbling, der mittlerweile selbst ein bisschen grün im Gesicht geworden war. Vermutlich war ihm von dem ganzen Geschüttel inzwischen furchtbar übel.

Groxmox zog demonstrativ die linke Augenbraue hoch und drückte zu, allerdings nur ganz vorsichtig, sodass die Rippen des Wichtes zwar hörbar knackten, aber einigermaßen ganz blieben. »Dein Name«, erinnerte er.

Diesmal dauerte es ein bisschen länger, bis der Halbling wieder zu Atem gekommen war. »Sam ... uel«, japste er. »Ich bin ... Samuel Fromtown. Und du bringst mich um, wenn du ...«, er hustete, »... auch noch nur noch ein bisschen fester zudrückst.«

Groxmox dachte einen (ausgiebigen) Moment über diese Behauptung nach und kam zu dem Schluss, dass sie wohl stimmte. Er verzichtete darauf, noch fester zuzudrücken.

Eine Weile verging, in der das grün angelaufene Gesicht des Halblings schon wieder einen deutlichen Stich ins Bläuliche bekam, dann japste er: »Ich ... ersticke ... gleich.«

»So?«, fragte Groxmox. Dann verstand er und lockerte seinen Griff ein wenig.

»Danke«, japste der Halbling. »Auch wenn du mich sowieso umbringen wirst. Aber immerhin …«

»Dich sowieso umbringen?«, wiederholte Groxmox. »Aber warum denn?«

Samuel funkelte ihn nur zornig an und antwortete gar nicht, bot aber trotzdem all seine Kräfte auf, um sich aus dem Griff des Orks zu befreien, was dieser nicht einmal zur Kenntnis nahm. Schließlich raffte der Kleine sichtbar all seinen Mut zusammen und zwang einen Ausdruck von Trotz auf sein Gesicht, in dem allenfalls noch eine Spur von Furcht zu erkennen war.

»Mach schon!«, sagte er herausfordernd. »Ich habe keine Angst!«

Groxmox sah ihn nachdenklich an, zuckte dann mit den Schultern und stopfte ihn zurück in seinen Beutel, wo der Wicht sofort wieder zu keifen und heftig zu zappeln begann.

Groxmox ignorierte beides. Das alles hier war sehr seltsam.

Er musste nachdenken.

Nachdem er das eine geraume Weile getan hatte, knotete er den Beutel wieder auf und zog Samuel am Hals heraus, wobei er sorgsam darauf achtete, ihm selbigen weder zu brechen, noch ihm die Luftröhre zu zerquetschen. So etwas passierte schnell, wenn man nicht achtgab.

»Du verdammtes … grüngesichtiges … schuppiges … Ungeheuer!«, japste der Halbling.

Groxmox hob die freie Hand, betastete nachdenklich sein Gesicht, das ja tatsächlich grün und schuppig war und nickte. »Stimmt. Und?«

»Wenn du mich umbringen willst, dann tu es doch einfach!«, sagte Samuel mit ebenso tapferem Gesichtsausdruck wie bebender Stimme. »Oder macht es dir solchen Spaß, mich vorher noch ein bisschen zu quälen?«

Erstens wäre die Antwort auf seine Frage ein eindeutiges *Ja* gewesen, doch zweitens: »Aber warum sollte ich dich denn umbringen wollen?«

Samuel blinzelte. »Na, weil ... weil du ein Ork bist«, stotterte er. »Und ... und ich ein Halbling.«

»Stimmt«, sagte Groxmox. »Und?«

»Und ... und Orks töten Halblinge«, erwiderte Samuel. Er klang ein bisschen verwirrt.

»Aber doch nur während des Tötens«, sagte Groxmox. »Und das ist für heute vorbei. Hast du das Horn nicht gehört?«

»Während ich in deinem Beutel gesteckt habe und damit beschäftigt war, langsam zu ersticken?«, giftete Samuel. »Nein. Entschuldige meine Unachtsamkeit.«

»Also hört man da drinnen nicht so gut?«, fragte Groxmox.

Samuel zog die Augenbrauen zusammen. »Willst du mich auf den Arm nehmen?«, fragte er.

»Aber warum sollte ich denn so etwas tun?«, erkundigte sich Groxmox. Wenn überhaupt, dann allerhöchstens auf die Hand. Der Knirps wog kaum mehr als sein linker Fuß.

Samuels Stirnrunzeln vertiefte sich noch einmal, und Groxmox meinte, regelrecht sehen zu können, wie angestrengt er über etwas ganz Bestimmtes nachdachte, den Gedanken dann aber abschüttelte, ohne ihn ganz zu Ende verfolgt zu haben.

Apropos Gedanken: Was war *das* jetzt wieder für ein seltsamer Gedanke? Irgendetwas ging in seinem Kopf vor, das ihn über die Maßen verwirrte.

»Du *willst* mich auf den Arm nehmen«, stellte Samuel fest.

Sein Lächeln wurde traurig. Groxmox verstand immer noch nicht, was der Halbling überhaupt meinte, aber er war satt, hatte eine Menge Spitzohren erschlagen (und ganz egal, was Muxlux behauptete, mindestens einen mehr als sein Eiling), und auch wenn ihm das Bier immer noch nicht wirklich schmeckte, wirkte der Alkohol doch allmählich, sodass er in versöhnlicher Stimmung war. Also tat er dem Knirps den Gefallen, zog ihn an den

Haaren ganz aus dem Beutel und setzte ihn in seine linke Armbeuge.

»Ich verstehe«, sagte Samuel, nachdem er aufgehört hatte, nach Luft zu japsen und sich die Tränen aus den Augen wischte. »Das ist wohl deine Art, mich noch ein bisschen zu quälen und zu verspotten, bevor du mich tötest, nicht wahr?« Er schürzte die Lippen, wodurch er nun endgültig wie ein trotziges Kind aussah. »Und ich dachte trotz allem, dass ihr Orks so eine Art kruder Soldatenehre hättet. Da habe ich mich wohl getäuscht.«

»Verspotten?«, wiederholte Groxmox. »Soldatenehre? Was soll das sein?«

Samuel zog noch einmal lautstark die Nase hoch, fuhr sich mit dem Handrücken über die Augen, um die Tränen wegzuwischen und schenkte ihm einen finsteren Blick. Groxmox erwartete nun, dass er seine Frage – womöglich in schulmeisterlichem Ton – beantworten würde, doch er tat etwas, womit er eigentlich auch hätte rechnen müssen, was ihn aber nichtsdestotrotz überraschte: Mit einer blitzartigen Bewegung sprang der Halbling auf und von Groxmox Arm herunter, fuhr herum und jagte Haken schlagend in erstaunlichem Tempo davon. Er war schnell, und Groxmox war wirklich überrascht, sodass der Kleine bereits drei oder vier Schritte Vorsprung hatte, bevor der Große überhaupt begriff, was geschah. Es brauchte noch drei oder vier mehr, ehe er sich endlich in die Höhe gestemmt und ebenfalls herumgedreht hatte.

Unglückseligerweise war Samuel nicht nur flink, sondern eben auch ein Halbling, was zu seinem Pech bedeutete, dass seine Beine nicht einmal halb so lang wie die eines Orks waren.

Sie waren sogar sehr viel kürzer. Groxmox konnte es sich leisten, noch einen weiteren halben Atemzug damit zu verschwenden, dem flüchtenden Knirps nachzusehen und sich zu fragen, ob es der Mühe überhaupt wert war, ihn zu verfolgen, bevor er in Gedanken nickte, damit seine eigene Frage beantwortete und einen einzelnen, weit ausgreifenden Schritt tat, mit dem er die Entfernung zwischen sich und dem flüchtenden Halbling beinahe halbierte. Samuel quietschte vor Schrecken und verdoppelte sowohl seine Anstrengungen als auch die Anzahl der geschlagenen Haken, und Groxmox machte einen zweiten und noch etwas größeren Schritt, womit er ihn schon beinahe wieder einholte. Der Halbling piepste wie ein erschrockener Vogel, entging einer zupackenden Hand um Haaresbreite, schlug einen weiteren und noch schnelleren Haken und machte einen gewagten Sprung über irgendetwas hinweg, das Groxmox in der fast vollkommenen Dunkelheit nicht genau erkennen konnte. Es war ihm auch völlig gleich, denn er begann allmählich, wirklich ärgerlich auf diesen aufmüpfigen Zwerg zu werden. Er hatte nun tatsächlich Wichtigeres zu tun, als hinter einem entlaufenen Halbling herzulaufen.

Auch wenn er eigentlich nicht so genau wusste, was.

Holz splitterte, als er unbeholfen herumstolperte, um erneut dem flüchtenden Knirps hinterherzujagen, dann trat er auf etwas Weiches, das mit einem widerlich matschigen Laut zerplatzte und hätte beinahe das Gleichgewicht verloren. Mit wild rudernden Armen und erst im allerletzten Moment fand er seine Balance wieder, aber der freche Wicht nutzte das Missgeschick selbstverständlich, um seinen Vorsprung wieder zu vergrößern, und auch seine Richtung erneut zu ändern. Er jagte jetzt auf den Fluss zu, und damit in Richtung seiner Brüder am anderen Ufer.

Groxmox fragte sich verblüfft, ob die Angst dem Halbling nun endgültig den Verstand geraubt hatte. Der Fluss war nicht nur tief und außergewöhnlich breit, seine Strömung war reißend genug, dass selbst etliche seiner Eilinge schon darin ertrunken waren. Den Halbling mussten die tosenden Wassermassen einfach zermalmen!

Auch dieser Gedanke war nicht nur außergewöhnlich für einen Ork, er hielt Groxmox nicht für einen Sekundenbruchteil (was immer das sein mochte) davon ab, seine Verfolgung fortzusetzen.

Samuels Vorsprung war mit drei weiteren beherzten Schritten aufgezehrt, und dieses Mal packte er gezielt zu, erwischte ihn am Kragen und lupfte den Kleinen zwischen Daumen und Zeigefinger in die Höhe. Samuel kreischte und begann wie wild mit den Beinen zu strampeln, sodass Groxmox ihm einen leichten Klaps auf den Hinterkopf versetzte, der ihm nahezu das Bewusstsein raubte.

»He, he, wo willst du denn hin?«, fragte er. »Wir waren doch noch gar nicht –«

Etwas schlug ihm hart genug in die Seite, um ihn den Rest dieses Satzes augenblicklich vergessen (und den Halbling fallen) zu lassen. Groxmox griff zwar instinktiv zu und hätte ihn auch zweifellos wieder geschnappt, doch in diesem Moment wurde ihm auch klar, wohin der Halbling *wirklich* geflohen war: nicht einfach nur weg von ihm, sondern geradewegs in Richtung Fluss und damit in den Bereich, den die Spitzohren offensichtlich gewählt hatten, um ihre überzähligen Pfeile und sonstigen Wurfgeschosse zu entsorgen.

Das vermeintliche Dornengestrüpp, durch das Samuel stolperte und das sein Tempo immer weiter verlangsamte, war gar keines. Wollte der Halbling nicht Gefahr laufen, sich selbst aufzuspießen oder hoffnungslos in einem Gewirr aus abgebrochenen Pfeilen und Federn zu verheddern, blieb ihm nichts, als weniger hastig vorzugehen, bestand das Gestrüpp doch in Wahrheit aus tausenden und abertausenden Pfeilen, die hier im Boden steckten; oder in den Leibern erschreckend vieler Orks, die bei der Wahl ihres Lagers vielleicht nicht sorgsam genug gewesen waren.

Einmal bei dieser Erkenntnis angelangt – und vollkommen

sicher, den entlaufenen Halbling mit einigen wenigen beherzten Schritten jederzeit wieder einholen zu können –, bückte sich Groxmox nach einem abgerissenen Arm, der gerade schon weit genug in Fäulnis übergegangen war, um ihm das Wasser im Munde zusammenlaufen zu lassen. Doch gerade als er sich wieder aufrichten wollte, zischte ein Stein über seine gekrümmten Schultern hinweg, der nur wenig kleiner war als sein eigener gehörnter Schädel.

Groxmox starrte das heimtückische Wurfgeschoss dümmlich an, das sich nur wenige Schritte hinter ihm mit einem dumpfen Laut in den Boden grub. Er gönnte sich einen herzhaften Bissen und erinnerte sich dann selbst daran, warum er eigentlich hier war und hielt wieder nach dem entlaufenen Winzling Ausschau.

Samuel war ein gutes Stück weiter gekommen, als er es erwartet hätte, hatte sich aber schließlich in dem Dschungel aus kreuz und quer stehenden, abgebrochenen und gesplitterten Pfeilen verfangen. Der Anblick hatte etwas, das Groxmox nicht gefiel.

Er konnte nicht sagen, was das war, ging aber trotzdem hin und zog den zappelnden Halbling an den Haaren in die Höhe. Samuel piepste jetzt nicht mehr wie ein erschrockenes Vögelchen, sondern quietschte wie das sprichwörtliche abgestochene Schwein, und er begann so heftig mit den Füßen zu strampeln, dass es Groxmox beinahe schon schwerfiel, ihn festzuhalten. Weiter entfernt wurden andere Schreie und aufgeregt durcheinanderrufende Stimmen laut, aber Samuels hysterisches Kreischen übertönte alles. Etwas flog mit einem hässlichen Zischen an seinem Ohr vorbei, und vielleicht zum allerersten Mal in seinem ganzen, immerhin schon fünf lange Jahre dauernden Leben hatte Groxmox ein intensives Empfinden von Gefahr. Wäre er kein Ork gewesen, dann wäre ihm vielleicht das Wort *Angst* in den Sinn gekommen, so aber hatte er es nicht nur noch nie gehört, sondern erkannte es gar nicht.

»Bist du lebensmüde, Knirps?«, polterte er. »Hier kann man schnell zu Schaden kommen, weißt du das denn nicht?«

Samuel kreischte zur Antwort nur noch lauter. Er hörte zwar auf, wie besessen mit den Füßen zu strampeln, schlug dafür aber nun mit beiden Händen auf Groxmox' Rechte ein, die sich noch immer in sein Haar krallte. Blut lief über sein Gesicht, und Groxmox meinte seinen Schmerz spüren zu können, sodass er ihn fast behutsam absetzte. Doch dann griff er sofort wieder zu, als Samuel ihn abermals überraschte, indem er – weiterhin aus Leibeskräften brüllend, als würde ihm bei lebendigem Leib die Haut abgezogen – herumfuhr und abermals zu fliehen versuchte.

Groxmox sammelte ihn mit einer raschen Bewegung wieder ein und überlegte einen Moment, ihm die Beine zu brechen, um ihm den Spaß an einem weiteren Fluchtversuch zu vergällen, verwarf diesen Gedanken aber auch genau so rasch wieder und sah stattdessen zum anderen Flussufer hinüber. Irgendetwas erregte dort seine Aufmerksamkeit, das er nicht genau benennen konnte.

Da drüben liefen immer mehr Spitzohren zusammen. Das helle Peitschen von Bogensehnen erklang, und ein Katapult schleuderte eine weitere Steinkugel in seine Richtung. Sie verfehlte ihn hoffnungslos, und auch die meisten Pfeile fielen weit entfernt ins aufspritzende Wasser des Flusses, aber einige wenige kamen ihnen auch gefährlich nahe. Groxmox wusste nur zu gut, welch ausgezeichnete Schützen die Elben waren; sie würden nur wenige Augenblicke brauchen, um sich auf ihn einzuschießen, wie die zahlreichen Toten Orks ringsum bewiesen. Es war Zeit, von hier zu verschwinden.

Er hob Samuel (diesmal nicht an den Haaren) hoch und versetzte ihm einen leisen Klaps, als der Halbling unverzüglich versuchte, ihm mit seinen winzigen Fingerchen in die Augen zu stechen. »Was soll der Unsinn?«, polterte er. »Ich will dich doch nur –«

»– umbringen, ich weiß«, murmelte Samuel benommen. »Warum tust du es nicht endlich, und wir haben es hinter uns?«

»Was redest du da dauernd von umbringen?«, fauchte Groxmox, der mittlerweile allerdings verärgert genug war, um diese Möglichkeit ernsthaft in Betracht zu ziehen. »Ich habe nicht vor, dir etwas anzutun.«

»Dann willst du mich lebend fressen, ich verstehe«, folgerte Samuel. Er presste die Augenlider fest zusammen. »Also los, mach schon. Hat wohl keinen Zweck, wenn ich dich bitte, es schnell zu tun, oder?«

Wieder erscholl das Peitschen von Bogensehnen – von sehr vielen Bogensehnen –, gefolgt von einem Laut wie dem Brummen eines wirklich übel gelaunten Wespenschwarms. Groxmox wusste, was das Geräusch bedeutete, noch bevor er mit einem Ruck den Kopf hob und den Schatten sah, der den Mond verdunkelte. Mit einer Schnelligkeit, zu der von allen lebenden Wesen auf der ganzen Welt wohl nur Orks in der Lage waren, wirbelte er herum und jagte los.

Doch nicht einmal ein rennender Ork kann es mit einem fliegenden Pfeil aufnehmen, der von einem Elbenbogen schnellt. Und die weißhaarigen Krieger waren tatsächlich so ausgezeichnete Schützen, wie Groxmox befürchtet hatte. Auch jetzt fielen zahllose Pfeile weit hinter ihm zu Boden oder gleich in den Fluss, doch die Salve war gewaltig genug, um den Himmel zu verdunkeln, und plötzlich regnete es überall rings um ihn herum tödliche weiße Pfeile.

Der erste traf ihn, als er noch fast ein Dutzend Schritte vom Rand des Lagers und damit der Sicherheit entfernt war. Das Geschoss hatte nicht mehr genug Schwung, um seine dicke Schuppenhaut zu durchdringen, und auch das zweite Geschoss zerbrach klappernd an seinem Helm. Der nächste Pfeil jedoch traf den Halbling und bohrte sich tief genug in seine Schulter, um den winzigen Körper vollkommen zu durchdringen und erst an Groxmox' Schuppenpanzer zum Stillstand zu kommen.

Samuel schrie erneut (und dieses Mal ja auch irgendwie zu Recht) wie ein abgestochenes Schwein am Spieß, bäumte sich in Groxmox' Armen auf und verlor das Bewusstsein.

Da war ein ganz kleiner Teil in Groxmox, der ihm zuflüstern wollte, dass er den Halbling nur fallen lassen musste, um genug Schnelligkeit zu gewinnen, dass er dem Rest der Pfeilsalve entkam. Aber das hätte auch bedeutet, ihn dem sicheren Tod zu überlassen, und so presste Groxmox den winzigen Körper schützend an sich und stolperte geduckt weiter.

Drei, vier, fünf Pfeile prallten von seinem Rücken und den gekrümmten Schultern ab, ohne ihn zu verletzen, doch ihre schiere Wucht brachte ihn ins Stolpern und ließ ihn noch langsamer werden. Dann traf der erste Pfeil seinen ungeschützten Hals und bohrte sich so tief hinein, dass Groxmox vor Qual aufschrie und eine schwarze Fontäne aus Orkblut über den bewusstlosen Halbling spie.

Es war der erste Pfeil, der seine Schuppen durchschlug, aber nicht der letzte, doch es war die steinerne Kugel des Katapultes, die seinen Schädel schließlich wie ein Hammerschlag traf und ihn bewusstlos über dem sterbenden Halbling zusammenbrechen ließ.

Ein reißender Schmerz in seinem linken Handgelenk und eine Woge von Übelkeit erregendem Gestank weckten ihn. Groxmox hätte nicht sagen können, was schlimmer war, doch an Schmerz war er gewohnt, und seit wann störten ihn üble Gerüche? Er beschloss, noch einen Moment einfach mit geschlossenen Augen liegen zu bleiben und einfach das Gefühl zu genießen, noch am Leben zu sein.

Etwas machte *Klick* hinter seiner Stirn, und dann wurde

Groxmox klar, wie ungewöhnlich aber auch *alles* war, was er da gerade dachte. Schmerzen und üble Gerüche waren das Lebenselixier seiner Art, und Sterben bedeutete nichts. Orks schlüpften, um auf dem Schlachtfeld zu sterben. Abgesehen von Muxlux war er der Einzige aus seinem ganzen Gelege, der noch am Leben war.

Aber der Schmerz war wirklich schlimm, und der Gestank kaum weniger. Außerdem war da noch irgendetwas, worum er sich kümmern musste, auch wenn er vergessen hatte, was. Also öffnete er widerwillig die Augen und sah den Verursacher sowohl des einen als auch des anderen direkt vor sich. Es war sein Eiling Muxlux, der genüsslich an seinem Handgelenk nagte.

»He!«, beschwerte sich Groxmox.

Muxlux blinzelte überrascht, biss aber nur umso fester zu und zerrte an einer Sehne, die sich beharrlich weigerte, den Mundvoll Fleisch freizugeben, den er schon aus Groxmox' Arm gebissen hatte.

»Das tut weh!«, sagte Groxmox. »Und ich bin noch nicht tot, falls du das noch nicht gemerkt hast!«

Muxlux glotzte nur noch dümmlicher, zog nach Kräften, und die Sehne riss mit einem peitschenden Knall und traf ihn so unglücklich im Auge, dass es zu bluten begann; was Groxmox die Mühe abnahm, es ihm aus Rache auszudrücken. »Aber ich bin hungrig!«, sagte der andere mit vollem Mund, schluckte geräuschvoll und starrte die heftig blutende Wunde in Groxmox Arm sabbernd vor Gier an.

»Denk nicht mal dran«, warnte ihn Groxmox.

»Aber –«, begann Muxlux, und Groxmox bereitete der ohnehin sinnlosen Diskussion ein Ende, indem er ihn kräftig genug auf die Nase boxte, um sie nicht nur zu brechen, sondern ihn auch halb benommen nach hinten kippen zu lassen.

»Ich habe dich gewarnt«, murmelte er, während er sich umständlich herum – und in eine halb sitzende Position rollte und den blutenden Arm an die Brust drückte. Die Wunde heilte bereits, aber sie tat wirklich ekelhaft weh, und das war von allen Außergewöhnlichkeiten bisher vielleicht die außergewöhnlichste. Schmerz gehörte zu seinem Leben wie das Töten und die allabendlichen Saufgelage. Schmerz war ihm vertraut, solange er denken konnte. Aber er konnte sich nicht erinnern, dass ihm jegliche Pein jemals so sehr zugesetzt hatte.

»Warum hast du das gemacht?«, jammerte Muxlux, der sich in diesem Augenblick ebenfalls wieder aufsetzte und seine zur Seite gebogene Nase in Form zu bringen versuchte. Blut und Schleim liefen aus seinem ausgeschlagenen Auge und über die schief zusammengewachsene Wange. Er leckte beides weg und schmatzte genießerisch, was ihn aber nicht daran hinderte, in weinerlichem Ton fortzufahren: »Ich bin dein Eiling, und dauernd haust du mich! Du kannst es nur nicht ertragen, dass ich besser bin als du und mehr Spitzohren erschlagen habe!«

»Das ist mir egal«, antwortete Groxmox, »und außerdem hast du das auch nicht.«

»Hab ich wohl«, beharrte Muxlux, »und außerdem –« Er riss die Augen auf. »He! Was ist *das denn?*«

Groxmox' Blick folgte der anklagend ausgestreckten Hand, und erst da bemerkte er, dass Muxlux und er nicht allein waren. Unter ihm und von seinem Gewicht halb in den weichen Boden gepresst lag ein winziger Bursche mit verstrubbeltem Haar, aus dem etliche Strähnen herausgerissen waren und außergewöhnlich großen Füßen. Er hatte einen Schuh verloren, sodass man sehen konnte, dass sie nicht nur besonders groß, sondern auch stark genug behaart waren, um eher an struppige Igel am Ende der Beine zu erinnern. Außerdem ragte eine verbogene Pfeilspitze aus seiner Schulter.

Groxmox erschrak, zog das Gesicht des Halblings mit einem

saugenden Geräusch aus dem Morast und drehte ihn hastig auf den Rücken.

»Samuel?«, fragte er alarmiert. »Lebst du noch?«

Der Halbling stöhnte, spukte eine Ladung Schlamm und Speichel aus und begann zu würgen – was wohl *Ja* heißen sollte.

Neben ihm empörte sich Muxlux: »He! Du kennst diesen Großfuß?«

»Nein«, behauptete Groxmox, riss einen Streifen aus Muxlux' Hemd und begann Samuels Gesicht damit sauber zu wischen. Der Halbling rang japsend wie ein Fisch auf dem Trockenen nach Luft, aber immerhin atmete er, und Muxlux fuhr in noch viel empörterem Tonfall fort:

»Doch kennst du ihn! Jetzt verstehe ich!«

»Du verstehst gar nix«, maulte Groxmox, ohne seinen Eiling auch nur anzusehen. Er war immer noch damit beschäftigt, Samuels Mund und Nase zu säubern, damit der Halbling wieder atmen konnte; eine Aufgabe, die ihm mit seinen groben Fingern unerwartet schwerfiel.

»Und ob ich verstehn tun tu!«, giftete Muxlux. »Ihr kennt euch! Wahrscheinlich macht ihr gemeinsame Sache! Deshalb hast du immer einen mehr! Du hebst'en dir auf, damit du am Ende immer noch ein' mehr zum Erschlagen hast! Ich hab immer gewusst, dass du bescheißt!«

Groxmox wollte antworten, doch ihm war auch klar, dass sein Eiling ihm ohnehin weder zugehört noch eine eventuelle Antwort verstanden hätte, sodass er das Einzige tat, was im Moment sinnvoll war. Er schlug seinem Eiling die geballte Faust hart genug auf den Schädel, um ihm dieses Mal wirklich das Bewusstsein zu rauben. Danach wandte er sich wieder an den Halbling.

»Geht es dir besser?«, fragte er.

»Besser?«, krächzte Samuel; eigentlich wimmerte er es. »Ich …

ich sterbe gerade, du grüngesichtige ... Schuppenfresse. Nur falls es dir bisher noch nicht aufgefallen ... sein sollte!«

»Sterben?« Groxmox war ein wenig verwirrt, doch dann sah er auf Samuels Schulter hinab, gewahrte den abgebrochenen Pfeil darin, nickte, ließ die Bewegung aber auch praktisch sofort in ein Kopfschütteln übergehen. »Aber das ist doch nur eine Schramme.«

»Für dich vielleicht, du Grobian«, wimmerte der Halbling. »Das wäre ... fast schon wieder komisch, wenn es mich nicht ... auch das Leben kosten würde. Von meinen eigenen Leuten ... erschossen!«

Groxmox sah den abgebrochenen Pfeil genauer an und stellte mit einem Gefühl leiser Überraschung fest, dass die Wunde immer noch blutete. Kurz entschlossen packte er zu und riss ihn mit einem kräftigen Ruck aus Samuels Fleisch. Der Halbling reagierte mit einem schrillen Kreischen, bäumte sich auf und fiel dann in Ohnmacht. Aus seiner Wunde sprudelte das Blut jetzt, statt zu fließen. Groxmox fühlte sich ein ganz kleines bisschen schuldig. Er hatte Samuel nicht wehtun wollen, es aber ganz offensichtlich getan. Er musste aufpassen. Schließlich wusste er doch, wie zerbrechlich Halblinge waren. Immerhin hatte er genug von ihnen getötet.

So behutsam, dass es den Halbling nicht einmal einen einzigen Zahn kostete, schlug er Samuel abwechselnd rechts und links auf die Wange, bis der schließlich stöhnend die Augen wieder aufschlug. Sein Blick war verschleiert, doch etwas Dunkles tobte tief darunter, das selbst Groxmox erschreckte.

»Geht es dir besser?«, fragte er, ehrlich besorgt.

»Besser?« Samuel hustete ein wenig Blut auf seine Hand. »Ja. Jetzt geht es wenigstens ... schneller.«

Groxmox war schon wieder verwirrt, aber endlich verstand er. Mit schlechtem Gewissen, weil er dem Halbling dadurch erneute Schmerzen zufügen musste, dafür aber auch sehr schnell, riss er Samuels Hemd auf, begutachtete die Wunde (sie sah wirklich übel aus, wenn man bedachte, wie klein und empfindlich diese Wichte waren) einen Moment und presste dann seinen verletzten Arm darauf. Der Biss, den Muxlux ihm zugefügt hatte, war noch immer nicht ganz verheilt, sodass sich sein Blut zischend und unter heftigem Qualm und Gestank mit dem des Halblings vermischte. Samuel kreischte schon wieder und begann sich so heftig hin und her zu werfen, dass Groxmox sich gezwungen sah, ihn mit der freien Hand auf den Boden zu pressen. Muxlux wimmerte im Schlaf, und auch an den benachbarten Lagern hob sich das eine oder andere geschuppte Gesicht und sah verstört in ihre Richtung.

»Nicht so laut!«, sagte Groxmox erschrocken. »Wenn sie dich sehen, bist du tot.« Und er vermutlich auch.

Plötzlich war da etwas Seltsames. Ein Empfinden, das Groxmox so fremd war, dass es ihn allein deshalb schon fast zu Tode erschreckte: das Gefühl, aus unsichtbaren Augen angestarrt und belauert zu werden. Der Panik eindeutig näher, als er zugeben wollte, richtete sich Groxmox kerzengerade auf und blickte sich um. Aber da war nichts. Sie waren allein – soweit man in einem Lager voller Orks allein sein konnte, hieß das – doch das Gefühl des Belauertwerdens war eher noch stärker geworden; als befände er sich unversehens im Fokus einer Aufmerksamkeit, die alles überstieg, was er jemals erlebt hatte.

Das Gefühl war unheimlich und wühlte ihn auf eine Art auf, die er überhaupt nicht verstand. Doch bei aller Fremdartigkeit hatte diese Ahnung, unter feindseliger Beobachtung zu stehen, zugleich etwas auf beinahe noch unheimlichere Weise Vertrautes. Und er wusste wieso: Heute Nachmittag während des Tötens war es ihm nicht aufgefallen, doch nun und im Nachhinein erinnerte er sich dafür umso besser. Als er das Zelt und die unheimlichen Schatten am anderen Flussufer gesehen hatte, war es genauso gewesen, nur hatte er das Gefühl in seinem orkischen

Blutrausch nicht an sich herangelassen. Aber jetzt? Was geschah hier?

Natürlich fand er keine Antwort auf diese Frage, doch wenigstens hatte Samuel aufgehört zu kreischen. Wenn man es genau nahm, dann hatte er mit *allem* aufgehört. Er warf sich auch nicht mehr verzweifelt hin und her, sondern zuckte und röchelte nur noch ein ganz kleines bisschen. Groxmox sah einen Moment lang verwirrt auf ihn herab, dann zog er hastig die Hand zurück und wurde mit einem leisen Knacken und einem pfeifenden Atemzug belohnt, als sich Samuels Rippen wieder geradebogen und er atmen konnte.

»Entschuldige«, sagte er verlegen. »Geht es wieder?«

Samuel starrte ihn aus tränennassen Augen an, als wäre das die dümmste Frage, die er jemals gehört hatte, hustete eine Antwort, die er nicht einmal selbst verstand und setzte sich dann mit einem Ruck auf. Seine Augen quollen vor Unglauben schier aus den Höhlen, während er seine durchbohrte Schulter anstarrte. Oder um genauer zu sein: Seine nicht mehr durchbohrte Schulter. Die Wunde war zu einer gerade einmal daumennagelgroßen Narbe geschrumpft, und selbst diese verblasste so schnell, dass man dabei zusehen konnte.

»Aber, aber wie ... aber das ... Wie hast du das gemacht?«, stammelte er.

»Na, so wie man das eben macht«, erwiderte Groxmox, was zugleich die einzige Antwort war, die er dem Halbling überhaupt geben konnte. Tatsächlich wunderte er sich, hatte er doch noch nie über diese Frage nachgedacht. Es war ebenso, wie es war. Basta!

»Dann könnt ihr ... zaubern?«, staunte Samuel. »Es tut nicht einmal mehr weh!«

Groxmox schüttelte nur den Kopf und deutete aus derselben Bewegung heraus auf sein angefressenes Handgelenk. »Das Blut.«

»Orkblut?« Samuel riss die Augen noch weiter auf. »Orkblut heilt Wunden?«

»Hmm«, machte Groxmox. Samuel sprach eine Selbstverständlichkeit aus, über die der Ork bisher ebenfalls noch nie nachgedacht hatte. Aber er hatte auch bisher noch nicht geahnt, dass sein Blut dieselbe Wirkung auf Halblinge haben könnte. Allmählich bekam er Kopfschmerzen von all dem Neuen und Verwirrenden.

»Eure Wunden heilen … einfach so?«, stammelte Samuel. »Und so schnell?«

Groxmox nickte, und nun sah Samuel regelrecht entsetzt aus. »Dann … dann seid ihr unsterblich«, hauchte der Halbling. »Kein Wunder, dass wir euch nicht besiegen können! Das ist nicht fair!«

»Oh, man kann uns schon töten«, antwortete Groxmox rasch. »Fast alle meine Eilinge sind schon gefallen. Aber es ist nicht so leicht wie bei euch …«, beinahe hätte er *Schwächlingen* gesagt. »… anderen.«

Samuel starrte ihn nur noch fassungsloser an; dann – und das noch deutlich länger – sein verletztes Handgelenk. Muxlux hatte ein gutes halbes Pfund Fleisch herausgebissen, aber jetzt war nur noch eine sachte Delle in dem Arm seines Feindes zu sehen, über der sich schon neue Schuppen bildeten. »Zauberei«, hauchte er. »Betta hatte recht. Es ist finstere Magie.«

»Betta?«

»Betta Testa«, bestätigte Samuel. »Er führt uns an. Er hat gesagt, dass ihr von finsterer Magie beseelt seid, und er hatte recht! Ich sehe es mit eigenen Augen!«

»Ich weiß nicht, was Magie ist«, antwortete Groxmox. »Es ist eben, wie es ist.«

»Und ihr seid … alle so?« Samuel starrte seine Hand weiter an.

Groxmox nickte. Was sollte er auch schon sagen? Die Welt

war, wie die Welt nun einmal war. Aber wieso empfand er schon wieder etwas Neues, nämlich das Nagen eines schlechten Gewissens?

»Dann sind wir verloren«, sagte Samuel niedergeschlagen. »Gegen einen solchen Feind können wir niemals bestehen.«

Das entsprach nach Groxmox' Erfahrungen vielleicht nicht so ganz der Wahrheit, aber so weit ging seine neu entdeckte Sympathie für den Halbling nun auch wieder nicht, dass er ihm nun auch noch Trost zugesprochen hätte. Er schwieg einfach.

Samuel tat dasselbe, stand schließlich auf und legte dann überrascht den Kopf auf die Seite. »Du hast da was am Hals.«

Ohne seine Antwort abzuwarten, griff er mit beiden Händen zu und rüttelte am abgebrochenen Schaft jenes Pfeiles, der noch immer aus Groxmox' Hals ragte. Natürlich erreichte er damit nicht mehr, als ihm ziemlich wehzutun, sodass Groxmox ihn schließlich mit sanfter Gewalt wegschob (er landete nur anderthalb Schritte entfernt auf dem Hinterteil) und den Pfeil mit spitzen Fingern selbst aus seinem Hals zog.

Samuel starrte ihn weiter aus großen Augen an, verdrehte sich den Hals, um die Wunde in seiner Schulter anzusehen (beziehungsweise die unversehrte Haut dort, wo sie gewesen war), und schließlich wieder ihn. Grimassen schneidend stand er auf und begann um Groxmox herumzugehen, wobei er sich mit beiden Händen das schmerzende Hinterteil rieb.

»Tut mir leid«, sagte Groxmox.

»Was?«

»Dein Ar– … dein Hinterteil«, antwortete Groxmox. »Ich wollte dir nicht wehtun.«

»Ein Ork, der sich entschuldigt, weil er einem wehgetan hat.« Samuel schüttelte den Kopf. Dann sagte er unvermittelt: »Da sind noch mehr.«

»Was?«

»Pfeile.« Samuel machte eine Kopfbewegung in Richtung des schuppigen Rückens und grinste plötzlich. »Eine ganze Menge sogar. Du siehst aus wie ein Stachelschwein.«

»Zieh sie raus«, verlangte Groxmox.

Samuel versuchte es, und mit einiger Anstrengung gelang es ihm sogar, auch wenn er dazu beide Arme einsetzen und sich mit dem Fuß an Groxmox' Rücken abstützen musste. Endlich aber stand er wieder vor ihm und hielt ein gutes Dutzend abgebrochener Pfeile in den mit schwarzem Blut besudelten Händen.

»Einen habe ich nicht rausbekommen«, vermeldete er kleinlaut. »Die Spitze ist abgebrochen und steckt noch drin.«

»Das macht nichts«, antwortete Groxmox. »In ein paar Tagen hat sie sich aufgelöst.«

»Aber sie ist aus Eisen!«, ächzte Samuel.

Groxmox nickte nur, und der Halbling zog eine Grimasse, die er nicht zu deuten vermochte. »Ich verstehe. Entschuldige die dumme Frage.«

Er blickte immer wieder auf die Pfeile in seiner Hand hinab. »Sehe ich das richtig, dass du die abgekriegt hast, weil du mich beschützen wolltest?«

»Nun ja«, sagte Groxmox und schüttelte zugleich heftig den Kopf.

»Du hättest mich einfach liegen lassen können, aber du hast mich gerettet und dabei dein eigenes Leben riskiert«, beharrte Samuel. »Warum?«

Die ehrliche Antwort wäre gewesen: Weil es ihm in diesem Moment einfach richtig erschienen war. Aber das konnte er unmöglich sagen, also starrte er den Halbling nur so finster an, wie er konnte.

Allzu finster konnte das allerdings nicht gewesen sein, denn Samuel begann plötzlich zu grinsen. »Du bist mir vielleicht einer, Großer«, sagte er. »Und jetzt? Ich meine: Willst du mich gleich fressen, oder reden wir erst noch ein bisschen?«

»Wie kommst du immer wieder darauf, dass ich dich auffressen will?«, polterte Groxmox. »Orks fressen keine Halblinge. Und auch keine Spitzohren, ehe du fragst. Das Fleisch vertragen wir nicht.«

Tatsächlich hatte er es einmal probiert, und ihm war drei Tage lang sterbenselend gewesen. Aber das behielt er dann doch lieber für sich.

Samuel starrte den Großen an, dann dessen inzwischen wieder vollkommen unversehrte Hand und schließlich wieder sein schuppiges Gesicht. »Ihr esst ... keine Halblinge?«, vergewisserte er sich.

»Nicht einmal Viertellinge«, witzelte Groxmox.

»Aber ihr fresst euch gegenseitig!« Wieder sah Samuel auf die Hand, dann auf den immer noch bewusstlosen Muxlux, und auch jetzt reagierte Groxmox wieder mit einem heftigen Kopfschütteln.

»Muxlux hat gedacht, ich wäre tot«, verteidigte er seinen Eiling. »Sonst hätte er mich nie angebissen.«

»Und das ist in Ordnung, wenn ihr euch gegenseitig auffresst?«, ächzte Samuel.

»Es ist gutes Fleisch«, protestierte Groxmox. »Sollen wir es lieber verderben lassen?«

»Ihr esst eure Toten?«, ächzte Samuel. »Aber das ist ja widerlich!«

»Irgendetwas muss man essen, oder?«

»Aber doch nicht ...« Samuel schüttelte sich demonstrativ. Dann gab er sich einen sichtbaren Ruck und schaute Groxmox so fest ins Gesicht, wie er konnte. »Und was esst ihr sonst?«

»Sonst?« Groxmox verstand nicht ganz, was der Halbling überhaupt meinte.

»Sonst«, bestätigte Samuel.

»Aber was soll man denn sonst essen?«, wunderte sich Groxmox. »Fleisch.«

»Orkfleisch«, vergewisserte sich Samuel.

»Fleisch«, bestätigte Groxmox. Offensichtlich war der Halbling ein bisschen begriffsstutzig.

»Ihr esst nur euer eigenes Fleisch?«, fragte Samuel denn dann auch prompt noch einmal. »Und wenn einmal keine toten Orks zur Hand sind?«

»Es sind immer genug da«, versicherte ihm Groxmox böse. »Dafür sorgen schon deine Brüder und ihre langohrigen Freunde.«

»He! Wir verteidigen uns nur! Keiner hat euch gezwungen, in unser Land zu kommen und hier alles kurz und klein zu schlagen!«

Groxmox setzte zu genau der geharnischten Antwort an, die diese Unverschämtheit verdiente ... und legte dann stattdessen erschrocken den Kopf in den Nacken, um den Himmel mit Blicken abzusuchen. Da war es wieder, das Gefühl, angestarrt und aus boshaften kalten Augen belauert zu werden, und es war sogar noch einmal intensiver und zugleich deutlich unangenehmer geworden; so kalt, als wäre es nicht einmal etwas Lebendiges, das ihn da anstarrte und taxierte.

Aber es gab noch etwas weit Sonderbareres. Auch Samuel sah sich mit einem Mal erschrocken und einem sehr konzentrierten Gesichtsausdruck um. »Spürst du das auch?«, flüsterte er.

Groxmox deutete ein Nicken an, gestikulierte ihm aber zugleich hektisch, ruhig zu sein. Die unheimliche Präsenz kam näher, und das Gefühl, angestarrt und regelrecht mit Blicken seziert zu werden, nahm nun eine schon fast körperliche Qualität an – als würde er nicht nur angestarrt, sondern betastet. *Begrabscht* hätte es vielleicht besser beschrieben.

»Das ist unheimlich«, sagte Samuel. »Zauberei. Das ist schwarze Orkmagie. Bandalf hat uns gewarnt.«

»Du solltest jetzt besser still sein« riet ihm Groxmox. Außerdem gab es keine Orkmagie. Es gab überhaupt keine Magie, das wusste doch jeder. Diese Halblinge waren wirklich ein abergläubisches Volk!

»Du solltest jetzt besser still sein«, wiederholte Samuel mit sonderbarer Betonung und einem noch viel sonderbareren Blick in sein Gesicht herauf. »Gestern hättest du einfach nur gesagt: Halt's Maul. Oder mir gleich den Schädel eingeschlagen.«

»Eine interessante Alternative«, pflichtete ihm Groxmox bei. »Ich werde sie in Erwägung ziehen.«

»In Erwägung ziehen?«, ächzte Samuel.

Für einen Moment wurde das Gefühl des Angestarrtwerdens so intensiv, dass es ihm fast den Atem abschnürte und erlosch dann ganz plötzlich, aber etwas ... hatte sich verändert. Es war Groxmox vollkommen unmöglich, den Unterschied in Worte zu fassen, aber die Welt war mit einem Male nicht mehr so, wie sie gerade noch gewesen war.

»Was ...?«, murmelte Samuel. Er klang sehr erschrocken.

»Ja, das frage ich mich auch«, knurrte eine Stimme hinter ihnen.

Groxmox fuhr erschrocken herum und stellte fest, dass sein Eiling wieder wach war und sich zu einer halb sitzenden Position aufgerafft hatte. Mit einer Hand stützte er sich auf dem Boden ab, die andere hatte er um den aus seinem Gürtel ragenden Schwertgriff geschlossen. Groxmox musste nicht fragen, um zu wissen, dass er einen Gutteil ihrer Unterhaltung mit angehört hatte, wenn nicht sogar alles.

»Ich ... ähem ... also ich kann das erklären«, begann er hastig.

»Das musst du nicht«, fauchte Muxlux. »Ich glaube, ich versteh ganz gut, was hier abläuft. Ihr beide kennt euch, das hab ich doch gleich gewusst. Ihr macht irgendwie gemeinsame Sache, hab ich recht? Der Bursche spioniert für die Spitzohren, stimmt's? Wie lange geht das schon so?«

»Also das ist alles ganz –«, begann Groxmox, doch Muxlux sprang mit einer jähen Bewegung hoch, riss sein Schwert aus dem Gürtel und brüllte aus Leibeskräften:

»Jungs! Kommt her! Wir haben einen Verräter unter uns!«

Groxmox war zwar empört und so fassungslos, wie er es sich vor Tagesfrist nicht einmal hätte vorstellen können, aber das hinderte ihn nicht daran, so schnell und konsequent zu reagieren, wie es Orks nun einmal tun: Noch bevor Muxlux auch nur begriff, wie ihm geschah, hatte er ihn auch schon gepackt, entrang ihm das Schwert und knallte ihm den geschmiedeten Knauf mit solcher Gewalt gegen die Stirn, dass er wie vom Blitz getroffen zusammenbrach.

Doch es war zu spät. Überall ringsum begannen schuppige Gestalten, sich zu regen. Verschlafene Augen schielten im verblassenden Licht herabbrennender Lagerfeuer in ihre Richtung. Betrunkene Gesichter verzogen sich zu fragenden Grimassen, und die eine oder andere Hand griff auch schon nach einer Waffe. Groxmox ahnte, was kommen würde, und er wurde nicht enttäuscht.

»Ein Halbling?«, murmelte eine verschlafene Stimme.

»Halblinge!«, wiederholte eine andere, und weitere raue Stimmen nahmen den Ruf auf, sodass er binnen weniger Augenblicke durch das gesamte Lager hallte; wie das Kriegshorn, das zum Töten rief, und mit demselben Ergebnis. Schon sprangen die ersten grün geschuppten Gestalten auf und stampften in ihre Richtung, Schwerter wurden scharrend aus den Scheiden gezogen, die Ketten von Morgensternen klirrten, Speerspitzen blitzten im Mondlicht.

»Wa- was denn? Was ist denn jetzt?«, stammelte Samuel.

Statt Zeit mit einer Antwort zu verschwenden, fuhr Groxmox knurrend herum, stieß dem ersten Ork das Schwert bis zum Heft in die Brust, trat einem zweiten die Beine unter dem Leib weg und rammte einem Dritten so derb die Schulter in den

Leib, dass er zurücktaumelte und gleich drei oder vier weitere Schuppenkrieger mit sich von den Beinen riss. Und Groxmox erkannte die Chance.

Samuels erschrockenes Kreischen einfach ignorierend, klemmte er sich den strampelnden Halbling unter den Arm, wirbelte herum und jagte mit gewaltigen Sätzen durch die entstandene Lücke. Eisenharte Krallen griffen nach ihnen, und etwas biss tief in seine Schulter, sodass schon wieder Blut über seinen Rücken lief, aber Groxmox lief nur noch schneller. Er rannte zwei weitere Orks einfach über den Haufen und beschleunigte sogar noch einmal, als er hörte, wie hinter Ihnen das ganze Lager aufsprang und sich an die Verfolgung machte.

Mit seinen selbst für einen Ork langen Beinen vergrößerte er seinen Vorsprung rasch. Das Problem war nur, dass es nicht besonders viel gab, wohin sie fliehen konnten. Hinter ihnen tobten etliche hundert Orks heran, die sie nur allzu gerne in Stücke reißen würden, und vor ihnen lag der Fluss, an dessen jenseitigem Ufer noch einmal ungleich mehr Spitzohren und Halblinge darauf warteten, ihn mit Pfeilen zu spicken und zentnerschwere Steine herabregnen zu lassen. Groxmox jagte dessen ungeachtet so schnell er nur konnte weiter auf den Fluss zu. Vielleicht hatten sie ja Glück, und die Langohren bemerkten sie nicht.

Aber natürlich hatten sie kein Glück.

Die ersten Pfeile flogen auch dieses Mal weit an ihm vorbei und trafen nur einige ihrer Verfolger, aber der ersten Salve folgte rasch eine zweite und besser gezielte. Dann erhob sich im Himmel erneut dieses brummende Rauschen eines Wespenschwarms, als die Elbenkrieger abermals eine gewaltige Pfeilwolke entfesselten, die sich mit tödlicher Präzision auf Groxmox und den Halbling herabsenkte. Verzweifelt presste er den zappelnden Halbling schützend an sich, biss die Zähne zusammen und wartete auf den ersten Pfeil, der ihn traf …

Aber der kam nicht.

Überrascht stolperte er noch zwei oder drei Schritte weiter, blieb dann stehen und sah in den Himmel hinauf. Die Pfeile waren verschwunden. Zusammen mit dem Mond. Und dieser zusammen mit dem Himmel.

Groxmox fuhr herum, stieß ein ungläubiges Grunzen aus und drehte sich dann gleich drei-, oder viermal im Kreis, wie um sich davon zu überzeugen, dass der unglaubliche Anblick auch wirklich war.

Dabei war der eigentlich gar nicht so unglaublich. Genau genommen war es überhaupt kein Anblick. Nicht nur die Pfeilwolke und der Himmel waren verschwunden. Auch der Fluss war nicht mehr da, ebenso wie das verheerte Lager, die Spitzohren am anderen Ufer und die Orks hinter ihnen, und wenn man es ganz genau nahm, war sogar der Boden nicht da, auf dem er stand.

Es gab ...

Überhaupt nichts mehr.

»So ist das also«, sagte Samuel nach einer Weile. Vielleicht auch nach einer Ewigkeit, das konnte Groxmox nicht sagen, denn an diesem erschreckenden Ort, an dem nichts mehr existierte, gab es auch keine Zeit mehr. Er war auch längst nicht sicher, ob es tatsächlich Samuels Stimme war, die er hörte.

Trotzdem antwortete er: »Was ist wie?«

»So ist es also, wenn man tot ist«, antwortete die körperlose Stimme.

»Du glaubst, wir wären tot?«

»Was soll es denn sonst sein?«, wollte der Halbling wissen. »Ich meine: Wenn man tot ist, dann hört doch alles auf, oder? Dann gibt es nichts mehr ... jedenfalls sagt man das. Und hier gibt es nichts mehr.«

»Doch«, widersprach Groxmox.

»Ach ja? Und was?«

»Mich.«

Samuel schwieg einen Moment – vielleicht auch ein paar Jahre, wer wollte das schon sagen? – dann erwiderte er: »Das ist nicht gesagt. Vielleicht bilde ich mir ja auch nur ein, mit dir zu reden.«

Darüber musste Groxmox eine Weile nachdenken. Vielleicht auch eine Ewigkeit. »Oder ich mir, mit dir zu sprechen«, sagte er schließlich.

»Unsinn!«, widersprach Samuel. »Wie könnte ich wissen, dass du mit mir redest, wenn ich nur in deiner Einbildung existiere?«

»Und wie kann ich mich über den Unsinn aufregen, den du gerade verzapfst, wenn es mich nur in deinem Kopf gibt?«, gab Groxmox zurück.

»Na weil ich mir vorstelle, dass du genauso reagierst«, sagte Samuel.

»Oder ich mir, dass du so undankbar bist«, versetzte Groxmox.

»Undankbar?«, ächzte Samuel.

»Undankbar«, bestätigte Groxmox. »Immerhin habe ich dir das Leben gerettet – zweimal sogar – und du dankst es mir, indem du mir das Recht auf meine bloße Existenz absprichst! Wenn das nicht undankbar ist, was denn dann?«

»Woher willst du denn wissen, dass du existierst?«

»Ich denke«, antwortete Groxmox. »Also bin ich!«

»Ha!«, erwiderte Samuel triumphierend. »Da haben wir deinen Beweis. Kein Ork auf der ganzen Welt würde solch hochgestochenen Quark reden, den er wahrscheinlich nicht einmal selbst versteht! Ich muss mir dich ausgedacht haben!«

»Und vielleicht habe ich mir ja nur einen Halbling vorgestellt, der es nicht einmal für nötig hält, sich zu bedanken, wenn ihm einer dreimal das Leben gerettet hat!«

»Gerade waren es noch zweimal«, giftete Samuel. »Aber für einen wie dich macht das wahrscheinlich gar keinen Unterschied.«

Und wahrscheinlich wäre das (möglicherweise wortwörtlich) noch endlos so weitergegangen, hätte sich nicht in diesem Moment etwas verändert. Groxmox konnte nicht sagen, was; schon weil ihm einfach die Worte fehlten, Dinge zu beschreiben, die es in seiner Welt nie gegeben hatte, jetzt nicht gab und auch niemals geben würde.

Da gab es mit einem Male etwas in der allumfassenden Dunkelheit, so als wäre das Nichts zu körniger Schwärze geronnen, die ihrerseits zu Millionen und immer noch mehr Millionen unterschiedlichster Abstufungen zersplitterte, dann in Linien und Kreise, Farben und Formen und unzählige Etwasse ausuferte ... Dinge, die zu beschreiben alle Sprachen der Welt nicht genügend Worte hatten.

Das alles hielt nur einen zeitlosen Moment lang an, bevor es genauso jäh wieder erlosch, wie es begonnen hatte. Es folgte ein Gefühl des Fallens, das grässlicher war als alles, was Groxmox jemals erlebt hatte, und dann ein (zu seinem großen Bedauern) ganz und gar nicht körperloser Aufprall, der ihm nicht nur die Luft aus den Lungen presste, sondern ihm auch beinahe die Sinne raubte. Jemand schrie – vielleicht ja er selbst – und er überschlug sich mindestens ein Dutzend Mal, bevor er mit Schultern und Hinterkopf gegen ein Hindernis prallte, das weich wie frisch gefallener Schnee und so unnachgiebig wie Eisen zugleich war.

»Oh verdammt«, jammerte Samuel irgendwo hinter ihm. »Das hat jetzt aber wirklich wehgetan. Ich muss mal ein ernsthaftes Wort mit meiner eigenen Fantasie reden.«

Groxmox rappelte sich benommen hoch und blinzelte ein paarmal, damit sich die roten Schleier vor seinen Augen auflösten.

Er konnte sehen, auch wenn er nicht wirklich verstand, was er da sah. Samuel lag nur ein kleines Stück von ihm entfernt auf der Seite und versuchte gerade sich hochzustemmen, war aber so benommen, dass er drei oder vier Anläufe dazu brauchte. Sie beide befanden sich in einem dunklen Raum mit spitz zulaufenden Wänden, der ihn vage an ein Zelt erinnerte, zugleich aber auch wieder ganz anders war.

Zuallererst tastete er über den Boden, der ihm so hart zugesetzt hatte. Er fühlte sich weich und auf unheimliche Weise fast lebendig an. Er war aber auch so vollkommen *falsch*, dass alles in ihm davor zurückschreckte, wie eine Hand vor rot glühendem Eisen.

»Wo sind wir hier?«, flüsterte Samuel. Seine Stimme erzeugte unheimliche Echos in der Leere ringsum, aber Groxmox hörte dennoch, dass sie vor Angst bebte.

Er hob die Schultern – woher sollte er wissen, wo sie waren? »Vielleicht hast du ja recht, und wir sind tot.«

»Du meinst, dass ich den Rest der Ewigkeit zusammen mit dir verbringen muss?« Samuel schüttelte sich, als hätte er einen Anfall. »Das *muss* die Hölle sein.«

Groxmox beschloss, vorsichtshalber nicht darüber nachzudenken, sondern setzte sich richtig auf und versuchte seine Umgebung genauer in Augenschein zu nehmen. Viel gab es nicht zu sehen, und das wenige, das er erkannte, ergab keinerlei Sinn, entzog es sich doch sowohl in Form als auch Dimension seinem normalen Begreifen. Die Wände schienen sich jetzt nicht mehr schräg aufeinander zuzubewegen, sondern in Richtungen zu biegen, die es gar nicht gab, dafür aber in entschieden zu viele. Und je angestrengter er versuchte, einen einzelnen Punkt zu fixieren, desto schwerer schien es ihm merkwürdigerweise zu fallen, ihn wirklich zu erkennen. Vielleicht hatte Samuel ja recht, und dies hier war ein Ort der Verdammnis. Auf jeden Fall aber einer, an dem sie nicht sein sollten.

»Das ist wirklich unheimlich«, meinte Samuel nach einer Weile. Seine Stimme bebte noch immer, und sie löste auch weiterhin unheimliche Echos in der sie umgebenden Düsternis aus.

»Ja«, grollte Groxmox. »Das sagtest du bereits.«

Samuel warf ihm einen schrägen Blick zu und versuchte ein Lächeln zustande zu bringen, aber es misslang und geriet eher zu etwas, das seine Furcht noch unterstrich.

Nicht dass Groxmox ihm nicht insgeheim zugestimmt hätte. Er hatte erwartet, dass es besser wurde, wenn er erst einmal eine Weile hier war und sich seine Sinne an die sonderbare Umgebung gewöhnt hatten, aber das genaue Gegenteil war der Fall: Sein Herz schlug so hart und schwer, dass es wehtat, und je angestrengter er in die Dunkelheit starrte, desto mehr und weniger zugleich konnte er erkennen, was er da sah. Als wäre die Leere nicht einfach nur leer, sondern zugleich auch die Essenz aus allem, aus dem sich alles bilden wollte, ohne dass es ihm indes gelang.

Der Gedanke sollte absurd klingen, aber in Wahrheit war er so unheimlich, dass Groxmox' Herz noch schneller schlug und er rasch die Hände zu Fäusten ballte, damit Samuel ihr Zittern nicht sah. Immerhin war er ein Ork und kein Halbling, und er würde vor einem solchen auch ganz bestimmt keine Schwäche zeigen.

Dennoch empfand er ein sonderbares Gefühl von Erleichterung (auch wenn er niemals zugegeben hätte, so etwas auch nur nicht zuzugeben), als Samuel nach einer Weile aufstand und sich nur ein kleines Stück neben ihm mit angezogenen Knien wieder hinsetzte.

Eine weitere, nicht wirklich zu benennende Spanne verging, dann – gerade bevor sich Groxmox erheben und dasselbe tun konnte – stand Samuel abermals auf, kam noch einmal näher und setzte sich gerade weit genug von ihm entfernt wieder hin, dass sich ihre Körper nicht berührten.

Wieder verging Zeit. Groxmox kam es vor wie eine weitere halbe Ewigkeit, auch wenn es in Wahrheit wohl nur wenige Momente waren. Dann seufzte Samuel tief und fragte: »Und jetzt?«

»Was, jetzt?«, fragte Groxmox, während er zugleich gegen den Impuls ankämpfte, selbst näher an den Halbling heranzurücken und ihn somit tatsächlich zu berühren – ein Kontakt von Schulter zu Knie wäre das dann gewesen –, und sei es nur, um sich dadurch vor dieser fürchterlichen Leere und dem Gefühl des Verlorenseins zu schützen, das aus der Verborgenheit des Nichts in seine Seele kroch. Wenn er nicht achtgab, da war er sich vollkommen sicher, dann würde ihn diese furchtbare Leere einfach aufsaugen, bis er sich ebenfalls in Nichts aufgelöst hatte.

»Was geschieht jetzt?«, antwortete Samuel.

Wofür hielt ihn dieser Bursche eigentlich – für ein wandelndes Orakel? »Jetzt warten wir«, antwortete er mürrisch.

»Worauf?«, wollte Samuel wissen.

Groxmox seufzte tief. »Na, dass etwas geschieht«, gab er zurück.

»Aha«, stellte Samuel fest, schwieg eine Weile, und dann: »Und wenn nichts passiert?«

»Dann warten wir weiter«, antwortete Groxmox.

»Ach so«, sagte Samuel. Er ließ noch einmal mehr Zeit verstreichen und fragte dann: »Und wie lange?«

Groxmox drehte sich langsam ganz zu ihm herum, bleckte die Zähne und knurrte drohend, und Samuel schluckte so laut, dass es wie das Kollern kleiner Steine in einem hölzernen Fass klang. Er nickte ein paar Mal. »Ach so. Ich verstehe.«

»Dann ist es ja gut«, grollte Groxmox.

Dieses Mal dauerte es sehr viel länger, bis einer von ihnen das Schweigen wieder brach – und es war fast zu seinem eigenen Erstaunen nicht der Halbling.

»Dieser Ort, von dem du gerade erzählt hast«, begann Groxmox.

Samuel sah ihn zwar fragend und aus großen Augen an, aber er wagte es nicht, irgendetwas zu sagen. Groxmox erriet seinen Gedanken jedoch und fügte hinzu: »Der Ort, an dem alles aufhört.«

»Die Hölle.«

»Die Hölle«, bestätigte Groxmox mit einem abermaligen Nicken. »Glaubst du, dass es dort so ist wie hier?«

»Nein. Ich glaube, das hier ist schlimmer«, antwortete Samuel, woraufhin sich Groxmox' Miene noch einmal weiter verfinsterte. *Das* hatte er gewiss nicht hören wollen.

»Und wie kommt man von da wieder weg?«, fragte er.

»Weg?«, wiederholte Samuel, in einem Ton, als hätte er dieses Wort noch nie zuvor gehört und wüsste schon gar nicht, was es bedeutete. »Was meinst du mit weg?«

»Na weg. Wieder raus. Fort. Irgendwo anders hin.«

»Gar nicht«, sagte Samuel. »Wenn man einmal da ist, dann war es das. Man kommt nie wieder weg, und es gibt auch kein Irgendwoanders mehr.«

»Unsinn!«, blaffte Groxmox. Er wollte diesen Quatsch nicht hören. »Gar nichts gibt es gar nicht! Und überall ist noch ein Irgendwoanders.«

»Ach ja?«, fragte Samuel, wobei er auf das vollkommene Nichts ringsum wies. »So wie das da, meinst du?«

Groxmox starrte ihn einfach nur böse an, und der Halbling sah plötzlich überall hin, nur nicht mehr in seine Richtung. Und auch nirgendwohin, weil es ja seinen eigenen Worten nach ein *überall* an diesem seltsamen Ort gar nicht mehr gab.

Groxmox hütete sich, diesen Gedanken weiterzuverfolgen.

Irgendwann – nachdem wirklich *viel* Zeit verstrichen war – räusperte sich Samuel unbehaglich, setzte dazu an, etwas zu sagen, zog dann stattdessen aber überrascht die Luft zwischen den Zähnen ein. »Du hast es aufgehoben!«

»Ja«, bestätigte Groxmox und fragte dann: »Was?«

»Na Stech, mein Schwert!« Samuel gestikulierte aufgeregt mit beiden Händen zu seinem Gürtel hoch, und Groxmox' Blick folgte der Geste. Erst dann erinnerte er sich wieder.

»Stech?«, fragte er. »Du hast deinem Schwert einen Namen gegeben?« Auch wenn das, was er jetzt mit spitzen Fingern aus seinem Gürtel zog, nach seinem Dafürhalten mehr denn je ein Messer war, und kein Schwert. Die Klinge war nicht nennenswert länger als der Griff seines eigenen Bidenhänders.

»Jeder sollte seinem Schwert einen Namen geben«, antwortete Samuel. »Immerhin kann dein Leben davon abhängen, da sollte es auch einen angemessenen Platz in deinem Herzen haben, meinst du nicht auch?«

»Also ich meine, der einzig angemessene Platz für ein Schwert ist im Herzen seiner Feinde«, antwortete Groxmox, während er das kleine Schwert nachdenklich in den Fingern hin und her drehte – allerdings mit einer gehörigen Portion Respekt, denn er erinnerte sich noch zu gut, was diese so harmlos aussehende Klinge anrichten konnte.

Samuel lachte unecht über seinen vermeintlichen Scherz und versuchte tatsächlich nach seinem Schwert zu greifen. Groxmox schlug ihm mit den Fingerspitzen auch nur ganz sacht auf die Hand.

»Das ist also Stech?«, fragte er.

Samuel antwortete erst nach einer geraumen Weile, in der er abwechselnd auf dem rechten und dem linken Fuß herumgehüpft war und die geprellte Hand heulend an die Brust gedrückt hatte. Seine Augen waren nass, und er hatte ein bisschen Mühe, die Stimme unter Kontrolle zu halten; so wie Groxmox ein ganz sachtes, schlechtes Gewissen.

»Es ist ein Zauberschwert«, behauptete er. »Betta Testa selbst hat es mir gegeben. Er hat gesagt, dass es sogar einen Ork zu Fall bringen könnte, aber ich glaube, der Zauber ist nicht stark genug.«

Groxmox hatte da so seine Zweifel, denn er hatte nicht einen Moment lang vergessen, wie schmerzhaft der Biss dieser so harmlos aussehenden Waffe gewesen war. »Wie kommst du darauf?«, fragte er.

Samuel blickte das Schwert fast sehnsüchtig an, aber er wagte es nicht, noch einmal danach zu greifen. Seine Rechte war mittlerweile fast auf das Doppelte ihrer normalen Größe angeschwollen und schillerte grün und blau und rot und auch noch in ein paar anderen Farben, die Groxmox noch nie zuvor gesehen hatte. Ganz sacht spürte er schon wieder sein schlechtes Gewissen. Er hatte dem Halbling nicht wehtun wollen. Wenigstens nicht so doll.

»Angeblich soll es grün leuchten, wenn sich ein Feind nähert«, antwortete Samuel. »Und es soll ihn dann auch mit einem einzigen Stich töten können.« Er zog die Nase hoch und begann die geprellte Hand mit der anderen zu massieren. »Aber dich habe ich gleich dreimal damit gestochen, und du lebst immer noch.«

»Vielleicht hättest du mich damit nicht nur in die Wade piksen sollen«, sagte Groxmox, »sondern besser richtig zugestochen.« Obwohl er bezweifelte, dass Samuel wirklich genug Kraft besaß, um seine dicke Schuppenhaut zu durchstoßen. Jedenfalls nicht tief genug, um ihm ernsthaften Schaden zuzufügen.

»Ich *habe* dich gestochen«, antwortete Samuel beleidigt. »Sogar dreimal.«

Groxmox hatte nur zwei Verletzungen gespürt, aber er sparte sich die Mühe, ihn darauf hinzuweisen. »Du hast mich damit geschnitten, nicht gestochen«, antwortete er. »Das Schwert heißt doch Stech, nicht Schneid, oder?«

»Haarspalterei«, antwortete Samuel. »So oder so funktioniert sein Zauber nicht. Am Anfang hat es tatsächlich noch grün geleuchtet, aber jetzt sieh es dir doch an! Du hast es in der Hand, und du bist ein Ork. Leuchtet es etwa?«

Das tat die angeblich magische Klinge tatsächlich nicht, aber Groxmox war dennoch nicht sicher, dass die Erklärung so einfach war. Die Klinge hatte ihm mehr und weit schlimmeren Schmerz zugefügt als jede andere zuvor.

»Vielleicht ist der Zauber verbraucht«, sagte er, »oder ich bin nicht dein Feind.«

»Ja, sehr witzig«, maulte Samuel. »Oder Betta Testa ist doch kein so großer Zauberer, wie er immer behauptet.«

Groxmox maß ihn mit einem langen, abschätzenden Blick – und drehte das Schwert herum, um es ihm mit dem Griff voran zurückzugeben. Samuel war so erstaunt, dass er die Waffe etliche Sekunden lang einfach nur anstarrte, bevor er Stech an sich riss und das Schwert in die zierliche Scheide an seinem Gürtel rammte. Er bedankte sich nicht einmal, aber das nahm ihm Groxmox in diesem Moment nicht übel.

Irgendwann, nach einer weiteren, schieren Ewigkeit nahm Samuel wieder mit angezogenen Knien neben ihm Platz murmelte: »Danke.«

»Schon in Ordnung«, sagte Groxmox großmütig. »Was ist ein Mann schon ohne sein Schwert?«

Samuel sah aus großen Augen zu ihm hoch. »Das war jetzt wirklich nett von dir.«

»Oder ein Männchen ohne sein Schwertchen«, griente Groxmox.

»Und das war jetzt überhaupt nicht mehr nett«, sagte Samuel finster. Aber da war etwas in seinen Augen, was das Feixen auf Groxmox' Gesicht nur noch breiter werden ließ.

»Du bist mir schon einer, Knirps«, griente er nicht nur, sondern konnte sich auch gerade noch beherrschen, dem Halbling einen freundlichen Klaps auf die Schulter zu versetzen, der sie ihm bestimmt gebrochen hätte.

»Jedenfalls danke, dass du mir mein Schwert zurückgegeben hast«, sagte Samuel, nach einer weiteren Weile. »Auch wenn ich es ja eigentlich gar nicht mehr brauche.«

»Nein? Brauchst du nicht? Wieso?«

»Na, wir sind doch jetzt keine Feinde mehr, oder? Wenigstens behauptet das dieses vollkommen nutzlose Stück Magieschrott.«

»Wer weiß«, antwortete Groxmox. »Behalt es lieber. Möglicherweise brauchst du es ja doch noch.«

»Und wozu?«

»Niemand weiß, ob es hier nicht auch noch Feinde gibt, gegen die wir uns verteidigen müssen.«

»Feinde.« Samuel schien einen Moment lang über dieses Wort nachzudenken und fragte dann: »Deine oder meine?«

»Ich glaube nicht, dass das hier einen Unterschied macht«, meinte Groxmox.

»Macht es denn überhaupt einen Unterschied?« Samuel presste seine geprellte Hand weiter gegen den Leib, und auch seine Augen waren nach wie vor feucht, aber Groxmox hätte nicht sagen können, was ihn mehr verwirrte: die Frage an sich oder der seltsame Ton, in dem der Halbling sie ausgesprochen hatte.

»Was … was meinst du damit?«

Statt seine Frage zu beantworten, stellte Samuel seinerseits eine. »Warum greift ihr uns an?«

Was war denn das nun wieder für eine dumme Frage?, dachte Groxmox. »Na, weil wir Orks sind«, sagte er.

»Und wir Halblinge, ich weiß«, sagte Samuel. »Und warum noch?«

»Noch?« Jetzt war Groxmox endgültig perplex. »Na, weil Orks Halblinge und Elben töten, genau wie Halblinge und Elfen Orks töten.«

»Mit einem Unterschied«, sagte Samuel. »Wir töten euch, um uns zu verteidigen. Ihr seid in unser Land gekommen und schleift unsere Burgen und Städte, erschlagt unsere Brüder und Schwestern und brennt unsere Bauernhöfe nieder, wenn wir euch nicht davon abhalten.«

»Wenigstens versucht ihr es«, griente Groxmox. »Wenn auch nicht besonders erfolgreich.«

»Immerhin versuchen wir es wenigstens«, erwiderte der Halbling. »Aber das habe ich nicht gemeint. So lange es Halblinge und Elben und Orks gibt, bekämpfen sie einander. Hast du dir eigentlich jemals die Frage gestellt, warum?«

»Na weil«, sagte Groxmox, »weil ... also weil ...«

Samuel legte den Kopf auf die Seite und sah ihn durchdringend an. »Weil?«

»Weil es eben so ist«, antwortete Groxmox heftig. »Es war schon immer so. Orks töten Halblinge.«

»Warum?«, wollte Samuel wissen. »Ihr esst kein Halblingfleisch, das weiß ich jetzt. Und auch nicht das von Elben oder Menschen, oder auch nur von Tieren. Ihr esst ausschließlich Orks.«

»Na und?«

»Aber ihr plündert auch nicht«, fuhr Samuel fort. »Ich weiß es. Ich habe Städte gesehen, die von Orks geschleift worden sind. Sie waren zerstört, aber nicht geplündert. Alles war zerschlagen und alles bis auf die Grundmauern niedergebrannt. Aber alles Gold und Silber und alle Edelsteine und Schätze waren noch vollständig da. Sie haben nichts mitgenommen.«

»Wozu denn auch?«, schnaubte Groxmox. »Ich habe noch nie begriffen, was ihr an diesem Gold und Geschmeide so wertvoll findet. Man kann es weder essen noch ist es zu irgendetwas anderem nütze.«

»Also warum greift ihr uns dann immer wieder an?«,

beharrte Samuel. »Und jetzt sag nicht, weil ihr es immer schon so gemacht hat.«

»Aber wir *haben* es immer schon so gemacht!«, fuhr Groxmox auf.

»Und das ist der einzige Grund? Ich meine: Ist dir das nie irgendwie ... merkwürdig vorgekommen?«

»Nein«, antwortete Groxmox wahrheitsgemäß. Aber wenn er ehrlich war, dann gab es eine Menge, was ihm merkwürdig vorgekommen war, und noch unendlich mehr Fragen, die er sich nicht gestellt hatte, bis jetzt.

»Na ja«, seufzte Samuel. »So wie es aussieht, haben wir eine ganze Menge Zeit, um uns den Kopf darüber zu zerbrechen, nicht wahr? Wer weiß, vielleicht sogar mehr, als uns lieb ist.«

»Manche Dinge sind eben so, wie sie sind«, meinte Groxmox.

»Und was ist das jetzt?«, fragte Samuel. »Orkphilosophie?«

Irgendetwas, fand Groxmox, stimmte mit der Stimme des Kleinen nicht. Sie bebte, doch es waren nicht nur Furcht und Ärger, die er darin hörte, sondern ... Schmerz?

Groxmox schaute dem Halblinge aufmerksam ins Gesicht und verfluchte sich im nächsten Moment selbst dafür, nicht schon viel früher und viel genauer hingesehen zu haben. Samuel war tatsächlich totenbleich. Seine Augen hatten einen entrückten Glanz angenommen, und er zitterte am ganzen Leib.

»Was hast du?«, fragte er alarmiert.

»Nichts«, behauptete Samuel, verdrehte die Augen und fiel auf die Seite.

Groxmox beugte sich hastig vor, um ihn aufzufangen, und schnell, wie er nun einmal war, gelang ihm das auch. Aber dabei berührte er versehentlich die verletzte Hand, und der Halbling stieß einen schrillen Schmerzensschrei aus und bäumte sich mit solcher Gewalt auf, dass er Groxmox' Griff entglitt und hart genug auf dem Boden aufschlug, um halb benommen liegen zu bleiben.

»Aber was hast du denn?«, fragte Groxmox erschrocken, sah auf den stöhnenden Halbling hinab und beantwortete seine eigene Frage gleich selbst: Samuel krümmte sich vor Schmerzen. Seine Hand war noch weiter angeschwollen und hatte sich mittlerweile schwarz verfärbt. Sie pulsierte wie ein kleines (und sehr krankes) Herz am Ende des Armes, und auch dieser begann bereits dunkel anzulaufen.

»Das tut mir leid«, sagte er erschrocken. »Das war keine Absicht, wirklich!« Er hatte anscheinend härter zugeschlagen, als er es gewollt hatte; hart genug wenigstens, um Samuel die Hand nicht nur zu prellen, sondern zu brechen, und wie es aussah ganz besonders übel. Er musste etwas tun, und zwar schnell.

Hastig ließ er sich neben dem stöhnenden Halbling auf die Knie fallen, zog Stech aus seinem Gürtel und fuhr sich mit der Klinge über die geöffnete Linke. Es schmerzte beinahe noch mehr als am vergangenen Tag, und sein schwarzes Blut floss in Strömen und tropfte auf Samuels aufgedunsene Hand hinab.

Es nutzte nichts. All die zahllosen kleinen Kratzer und Schrammen und auch der eine oder andere blaue Fleck verschwanden so schnell, dass man dabei zusehen konnte, doch ansonsten geschah nichts. Die Schwellung ging nicht zurück, und Samuel wimmerte noch immer vor Schmerz. Und jetzt, wie Groxmox mit einem eisigen Schrecken begriff, vielleicht sogar im Todeskampf.

Und endlich verstand er. Sein orkisches Blut erreichte die zertrümmerten Knochen nicht, und somit konnte es seine heilende Wirkung auch nicht entfalten. Da war nur noch eines, was er tun konnte. Auch wenn er davor zurückschrak.

»Ich sterbe«, wimmerte Samuel. »Hilf ... mir.«

Groxmox griff nach seiner schwarz und blau aufgedunsenen

Hand und hob Stech. »Das wird jetzt ein bisschen wehtun«, sagte er.

Es war ihm so vorgekommen, als hätte Samuel Stunden geschrien, und sich noch länger und mit solch übermächtiger Gewalt hin und her geworfen und zur Wehr gesetzt, dass es ihn fast seine ganze gewaltige Kraft gekostet hatte, ihn festzuhalten, damit seine Hand heilen und er sich nicht selbst verletzen und dabei noch mehr Schaden zufügen konnte.

Irgendwann jedoch waren die Kräfte des Kleinen aufgebraucht gewesen, und der Halbling in einen tiefen Schlaf der Erschöpfung gefallen – genau wie Groxmox, der ebenfalls einschlief und sich bei seinem Erwachen in der einigermaßen peinlichen Situation wiederfand, auf dem Rücken zu liegen und einen lautstark schnarchenden Halbling wie ein schlafendes Baby in der Armbeuge zu halten. Außerdem erinnerte er sich an einen vollkommen verrückten Traum, der so wirr und erschreckend gewesen war, dass ihm die Worte fehlten, ihn zu beschreiben.

So behutsam, wie er nur konnte, setzte er sich auf und legte Samuel neben sich auf dem Boden ab; doch da er nun einmal ein Ork war, bedeutete behutsam in diesem Fall nicht wirklich sanft, sodass der Halbling trotzdem aufwachte und sich nicht nur den schmerzenden Hinterkopf rieb, mit dem er zwei-, oder vielleicht auch dreimal auf den Boden geknallt war, sondern ihn auch schon wieder böse anfunkelte.

»Pass doch auf, du Grobian!«

»Ja, ich freue mich auch, dass es dir besser geht«, sagte Groxmox. »Wenigstens hoffe ich das. Was macht deine Hand?«

Samuel blinzelte, sah plötzlich (wenn auch nur ein ganz kleines bisschen) schuldbewusst aus und räusperte sich ein paarmal unbehaglich, während er sich aufsetzte und auf seine Hand hinabsah. Sie war immer noch ein wenig geschwollen, und wenn man genau hinsah, konnte man auch noch die geschwungene Narbe erkennen, wo Groxmox das Fleisch aufgeschnitten hatte, damit sein eigenes Blut die gebrochenen Knochen erreichen und dort seine heilende Wirkung ganz entfalten konnte.

»Tut noch ein bisschen weh«, sagte er, »aber es geht. Ich hatte einen ganz üblen Traum, weißt du? Ich habe geträumt, du hättest mir mit meinem eigenen Schwert die Hand aufgeschnitten und mit deinen groben Fingern darin herumgeporkelt, um meine Knochen wieder zusammenzusetzen. Und das hat vielleicht wehgetan!«

»Das war kein Traum«, informierte Groxmox den Halbling.

Der blinzelte. »Kein Traum?«

»Kein Traum«, bestätigte Groxmox kopfschüttelnd.

Samuel blickte auf Stech, das neben ihm auf dem Boden lag und noch immer schwarz und rot von seinem eigenen und dem Blut des Orks war, dann auf seine Hand und schließlich noch einmal auf das zierliche Schwert. Er bewegte prüfend die Finger, und Groxmox meinte, ein leises Rascheln zu hören, wie von zerbrechendem Reisig in einem Beutel. Samuels Mundwinkel zuckten, aber Groxmox vermochte nicht zu sagen, ob vor Schmerz oder nur der Erinnerung daran.

»Es tut immer noch ein bisschen weh«, meinte der Halbling.

»Das hätte nicht passieren dürfen«, sagte Groxmox.

»Was? Dass du mich mit meinem eigenen Messer schneidest?«

Immerhin gab er zu, dass es ein Messer war, und kein Schwert. »Das Blut hätte viel schneller wirken müssen, und die Wunde besser verheilen«, sagte Groxmox ungerührt. Er blickte demonstrativ zuerst nach rechts, dann nach links. »Es muss an diesem Ort liegen ... oder aber an deinem albernen Zaubermesser.«

»Das ist wieder mal typisch Ork«, sagte Samuel. »Alle sind schuld, nicht wahr? Nur du nicht! Ich wette, es hat dir auch noch Spaß gemacht, mich zu quälen.«

Dennoch streckte er die Hand nach dem kleinen Schwert aus und nahm es sehr vorsichtig und mit spitzen Fingern auf.

»Tut mir leid«, bat er nach einer Weile in völlig verändertem Ton um Entschuldigung. »Ich höre mich schon an wie ein Ork.«

Groxmox konnte ihm schwerlich widersprechen, aber er wollte auch nicht noch mehr Salz in die Wunde streuen und beließ es lediglich bei einem angedeuteten Schulterzucken. Das Schweigen, das sich nun zwischen ihnen ausbreitete, war ganz eindeutig unbehaglicher Natur.

Vermutlich nur, um von sich und der unangenehmen Situation abzulenken, drehte Samuel das Schwert weiter in der Hand, hielt es schließlich ganz dicht vor das Gesicht und runzelte mit einem Male die Stirn. »Das ist seltsam!«

»Dass du immer noch glaubst, dieser Zahnstocher ist ein Schwert?«

Samuel ignorierte den lahmen Scherz und hielt ihm Stech hin. »Fass an. Aber sei vorsichtig.«

Letzteres hätte er Groxmox nicht sagen müssen. *Sehr* vorsichtig sogar tastete er mit den Fingerspitzen über die schwarze Klinge, doch so sacht die Berührung auch sein mochte, reichte sie doch völlig aus, ihn begreifen zu lassen, was der Halbling meinte. Es war, als berührte er nicht nur Stahl. Da war etwas, unter und in der diamantharten Oberfläche; ein lautloses Wispern und Flüstern, als wisse die magische Klinge um alle Geheimnisse der Welt und der Menschen.

»Was ist das?«, fragte er.

»Jedenfalls etwas, das da nicht sein sollte«, antwortete Samuel. Er klang besorgt. »Davon hat Betta nichts gesagt.«

»Euer komischer Zauberer hat euch eine Menge *nicht* gesagt, scheint mir«, stellte Groxmox fest.

Doch Samuel fuhr nur unbeirrt und in noch nachdenklicherem Ton fort: »Ich muss etwas falsch gemacht haben. Oder es liegt an diesem Ort. Oder daran, dass sich unser Blut vermischt hat.«

»Oder an allem zusammen«, fügte Groxmox hinzu. »Oder etwas vollkommen anderem.« Seine Finger strichen weiter über die Klinge, und das Wispern schien lauter zu werden, wie eine allmählich erwachende Stimme, die in einer Sprache redete, die er nicht verstand, die ihm aber auch nicht gänzlich fremd war. Da war etwas wie eine ungeheure Kraft, die ganz langsam im Innern des magischen Schwertes Gestalt annahm. Sie wirkte sonderbar ziellos, wie ein frisch geborenes Riesenkind, dass sich seiner wahren Kraft noch nicht bewusst ist.

Doch das würde sich ändern, auch das spürte er.

Bald.

»Was ist das?«, flüsterte der Ork.

Samuel hob die Schultern und bewegte das Schwert in ebenso langsamen wie weit ausholenden Kreisen durch die Luft. Winzige weiße, gelbe und rote Funken stoben aus der Klingenspitze und zeichneten ihre Bahn nach. Für einen Moment war es, als versuchten die Funken, flüchtige Bilder und Umrisse zu erschaffen, die jedoch immer wieder auseinandertrieben, lange bevor sie endgültig Gestalt annehmen konnten. Da gab es etwas, spürte Groxmox, das *werden* wollte.

»Was ist das?«, flüsterte er noch einmal.

Samuel hob auch jetzt wieder nur die Schultern, aber er antwortete trotzdem. »Vielleicht habe ich Betta Unrecht getan, und es hat wirklich Zauberkräfte.«

Er klang nicht wirklich überzeugt, und auch Groxmox war es nicht, auch wenn er zu spüren glaubte, dass an Samuels Worten etwas dran war ... und sie zugleich so weit von der Wahrheit entfernt waren, wie es überhaupt nur ging.

Samuel dachte einen Moment lang angestrengt nach, hob zum dritten Mal die Schultern und tat dann etwas, was Groxmox im ersten Moment vollkommen sinnlos erschien (um nicht zu sagen, er zweifelte ein bisschen an dem Verstand des Kleinen): Er stieß das Messer gerade von sich, spannte die Muskeln und machte dann langsame sägende Bewegungen, als versuche er ein Stück zähes Leder oder Stoff durchzuschneiden. Es sah ziemlich albern aus.

Wenigstens so lange, bis Groxmox sah, dass er tatsächlich etwas durchschnitt.

Oder auch nicht, je nachdem.

»Aber, aber was tust du … denn da?«, murmelte er verblüfft.

Samuel schenkte ihm zwar einen verstörten Blick und hob auch noch einmal die Schultern, säbelte aber auch unbeirrt weiter, und tatsächlich (Groxmox fand einfach keine besseren Worte, um es zu beschreiben) hinterließ die Klinge einen länger werdenden Schnitt im Nichts, hinter dem … *irgendetwas* … erkennbar wurde. Keiner von ihnen konnte sagen, was es war, aber es machte ihnen beiden Angst. Auch wenn Groxmox zugleich das unheimliche Gefühl hatte, eigentlich wissen zu müssen, was er da sah.

»Ich glaube, ich muss mich bei deinem Zauberer entschuldigen«, sagte Groxmox und deutete auf Stech. »Das Ding kann ja wirklich was.«

Samuel säbelte und sagte unverdrossen weiter, bis der klaffende Schnitt in der Wirklichkeit groß genug für sie beide war, um hintereinander hindurchzukriechen. Im allerersten Moment war es ein sehr unangenehmes Gefühl, als gelangten sie an einen Ort, an den sie so sehr nicht gehörten, dass er sich mit aller Macht gegen ihre bloße Anwesenheit wehrte. Ganz zu schweigen davon, dass er ihnen vermittelte, dass auch sie bestimmt nicht an diesem Platz sein wollten, dann gab es einen sachten Ruck, und sie fanden sich …

Ja, wo eigentlich?, wieder.

Auf jeden Fall an einem Ort, wie Groxmox ihn noch nie

zuvor gesehen hatte. Es war ein Zimmer von ganz erstaunlicher Größe, das trotzdem beinahe klein wirkte, denn es war mit einer Unmenge von noch viel erstaunlicheren Dingen vollgestopft, die zu verstehen er erst gar nicht versuchte. Außerdem war dieser Raum auch nicht für Bewohner von seiner Größe gemacht; und auch nicht für Zwerge wie Samuel. Es gab keine Fenster, und nirgendwo brannte eine Fackel oder Kerze oder eine andere Lampe. Trotzdem war es nicht dunkel, denn unter der Decke hing ein langer Stab, von dem ein sonderbares weißes Licht ausging, wie Groxmox es noch nie zuvor gesehen hatte. In dieser Beleuchtung schienen die Dinge so gut wie keine Schatten zu werfen, und in der Luft lag ein summendes und brummendes Geräusch sowie ein solches Durcheinander der unterschiedlichsten (und zwar ausnahmslos fremden, zu seinem Verdruss aber leider nicht nur angenehmen) Gerüche, dass ihm fast schwindelig wurde.

Aber vielleicht lag es ja nicht nur daran: Alles hier war einfach *anders*, und zum allergrößten Teil war es erschreckend. Es gab mindestens ein Dutzend mannsgroßer Truhen voller bunter und blinkender Edelsteine und farbiger Lichter; Dinge, die sich bewegten und drehten, summten und klapperten, blitzten und sirrten. Dann war da eine Menge farbiger Bilder in schmucklosen Rahmen (von denen sich etliche zu *bewegen* schienen) und ganze Tische voller magischer Dinge. All diese Fremdartigkeiten und Neuheiten summierten sich zu einem wahren Orkan von Eindrücken, der mit solcher Macht über Groxmox' Sinne hereinbrach, dass er taumelte. Dabei musste er wohl ein Geräusch verursacht haben, denn Samuel begann plötzlich erschrocken in seine Richtung zu gestikulieren. Auch vermeinte er, etwas wie einen fernen Ruf zu vernehmen, und vielleicht sogar näher kommende Schritte, die dann aber wieder abbrachen, und sich schließlich entfernten.

»Sei bloß still«, flüsterte Samuel eindringlich. »Wer weiß, was für Ungeheuer hier leben.«

Groxmox hätte eine Menge dazu sagen können, aber er beließ es lediglich bei einer finsteren Grimasse und bedeutete dem Halbling vorauszugehen. Er war sehr sicher, dass Samuel genauso wenig wie er wusste, wo sie waren, geschweige denn wohin sie gehen sollten, aber wenn es schiefging, dann konnte er ihm so wenigstens die Schuld in die Schuhe schieben.

Der Raum hielt noch mehr erstaunliche und zum Teil erschreckende Dinge für sie bereit, doch Groxmox hütete sich schon, allzu genau hinzusehen. Er wollte gar nicht wissen, was das alles bedeutete, und eigentlich wollte er nicht einmal mehr wissen, wo sie waren. Vielleicht hatte Samuel ja recht, und hier hausten Ungeheuer. Alles, was er wollte, war nach Hause zu gehen und ein paar Spitzohren zu erschlagen.

Wenn es Samuel genauso erging, dann verbarg er es zumindest meisterhaft. (Nun, er würde jedenfalls den Wunsch nach des Orks liebster Betätigung nicht teilen.)

Der Halbling ging voraus, bis sie eine Tür erreichten – unnötig zu erwähnen, dass auch sie von einer Art war, die ihnen noch nie zuvor zu Gesicht gekommen war – und wieder anhielten. Es gab keinen Riegel und kein Schloss. Die Tür war so glatt wie sorgsam poliertes Metall und fühlte sich auch genauso unnachgiebig an, als Groxmox mit den Fingerspitzen darüberstrich. Samuel betrachtete sie eine Weile nachdenklich und zog schließlich Stech aus dem Gürtel, um die Klinge in den schmalen Türspalt zu schieben. Es gelang ihm zwar, doch die Tür schien tatsächlich aus massivem Metall zu bestehen, denn selbst als er sich mit aller Kraft (oder was immer ein Halbling dafür halten mochte) dagegenstemmte, rührte sie sich nicht.

Doch als er die Klinge wieder herauszog, geschah etwas Sonderbares: Ganz kurz huschte ein Schauer aus grünen und gelben Lichtern über das silberne Metall des Schwertes, dann erscholl ein helles Klicken, und die Tür sprang so plötzlich auf, dass der Halbling Stech um ein Haar fallen gelassen hätte.

Dahinter lag ein schmaler und, wie es aussah, völlig leerer Gang. Auch er wies keine Fenster auf, wurde aber von denselben magischen Stäben unter der Decke erhellt, und die Stimmen waren jetzt deutlicher zu hören. Groxmox konnte die Worte nicht verstehen, aber es klang nicht nach einer freundschaftlichen Unterhaltung.

»Und jetzt?«, fragte er.

Samuel ließ noch ein paar Augenblicke verstreichen, in denen er nichts anderes tat, als sein Schwert aus großen Augen anzustarren. Doch endlich senkte er die Klinge und deutete nach links, in die Richtung, aus der die Stimmen kamen. Sie gelangten zu einer weiteren, vollkommen identischen Tür, und dieses Mal versuchte Samuel erst gar nicht, sie aufzubrechen, sondern berührte sie nur leicht mit der Schwertspitze. Lichter und Klicken wiederholten sich, und auch diese Tür schwang mit einem ganz leisen Summen zur Seite. Jetzt war die Stimme so laut, als stünde ihr Besitzer unmittelbar vor ihnen, doch alles, was Groxmox sehen konnte, waren noch mehr dieser summenden und blinkenden und klickenden Truhen. Manche waren größer als er, andere so klein, dass man sie auf Tische gestellt hatte. Auch hier gab es viele dieser seltsamen beweglichen Bilder, von denen die meisten aber nur Unsinn zeigten. Von den leuchtenden Stäben unter der Decke gab es hier gleich eine ganze Anzahl, denn auch dieser Raum hatte kein einziges Fenster. Groxmox mutmaßte mittlerweile, dass sie sich tief unter der Erde befanden; vielleicht in einem Verlies, wohin solcherlei Dinge auch gehörten, denn sie mussten zweifellos gefährlich sein.

Samuel bedeutete ihm – vollkommen überflüssig – leise zu sein, ging geduckt voraus und ließ sich dann hastig hinter einer der großen Truhen in die Hocke sinken. Groxmox tat es ihm gleich, erstarrte für einen Moment zur Reglosigkeit und richtete sich dann sehr vorsichtig wieder auf, um über den Rand der improvisierten Deckung zu lugen.

Samuels Warnung war nur zu berechtigt gewesen. Groxmox starrte direkt ins Gesicht eines Riesen. Seine Größe war unmöglich zu schätzen, doch allein seine Augen waren fast so groß wie Samuels Kopf, und auch wenn Groxmox die Worte immer noch nicht verstand, die er in einem ununterbrochenen Strom hervorsprudelte, so bestand auch nicht mehr der mindeste Zweifel daran, dass er vor Zorn schnaubte.

Groxmox korrigierte seine vielleicht doch etwas vorschnell gefasste Meinung über diesen Ort. Er befand sich ganz eindeutig nicht tief unter der Erde, sondern mindestens im zweiten oder dritten Stockwerk eines Turmbaus, denn der Riese spähte durch ein Fenster zu ihnen herein. Im Hintergrund waren seltsame Gebäude zu erkennen und ein Himmel von noch seltsamerer, schmutziger Farbe.

»Was zum –«, begann Groxmox, doch Samuel gestikulierte so heftig mit beiden Armen, dass er mitten im Wort verstummte.

»Nicht so laut!«, zischte er. »Er könnte uns hören!«

»Der Riese?«

»Betta!« Samuel gestikulierte noch aufgeregter in Richtung einer zweiten Gestalt, die Groxmox, fasziniert wie er vom Anblick des Riesen gewesen war, bisher noch gar nicht bemerkt hatte. Es war eindeutig ein Mensch, kein Elb, wie Groxmox erkannte. Er hatte zwar ebenso langes, wenn auch pechschwarzes Haar wie die Spitzohren, trug es aber im Nacken zu einem Pferdeschwanz zusammengebunden, sodass man seine runden Ohren deutlich erkennen konnte. Der Mann saß auf einem absonderlich geformten Stuhl und wandte ihnen nicht nur den Rücken zu, sondern schien ebenfalls vom Anblick des Riesen vollkommen fasziniert, der ihn durch das Fenster hindurch immer noch anbrüllte. Wahrscheinlicher war allerdings, überlegte Groxmox, dass er vor Todesangst einfach erstarrt war. Er selbst hatte schon Feinde erschlagen, die deutlich größer waren als er – aber wenn ihn ein Riese von den Abmessungen eines Bergfrieds so angefahren hätte, dann hätte er sich gewiss nicht mehr wohl in seiner Haut gefühlt.

Es verging noch einmal eine geraume Weile, bis Gromox überhaupt aufging, was Samuel da gerade gesagt hatte. »Betta?«

Samuel nickte so heftig, dass ihm die Haare ins Gesicht flogen, und deutete auf den sitzenden Mann, wobei er noch heftiger gestikulierte. »Das ist Betta!«, stieß er aufgeregt hervor.

»Euer ... Zauberer?«, murmelte Groxmox verdutzt.

»Betta Testa!«, bestätigte der Halbling. »Ich bin ganz sicher!«

»Aber du siehst ihn doch nur von hinten.«

Samuel bedeutete ihm noch einmal Grimassen schneidend, leise zu sein, antwortete aber trotzdem (und eindeutig lauter als der Ork): »Ich werde doch noch den mächtigsten Zauberer der ganzen Viertellande kennen! Das ist ganz eindeutig Betta Testa!«

»So«, murmelte Groxmox. Aus seinem Versteck heraus konnte er den angeblichen Magier nur im Profil erkennen, doch was er sah, das kam ihm nicht unbedingt wie ein ehrfurchtgebietender Zauberer vor. Schon eher wie ein bleiches, pickeliges und leicht übergewichtiges ... nun ja, Bürschchen, das ein sonderbares Schmuckstück aus Gold und dunkelgefärbtem Kristall so auf der Nase trug, dass es beide Augen bedeckte. Ab und zu versuchte er etwas zu sagen, doch der Riese vor dem Fenster ließ ihn gar nicht zu Wort kommen, sondern brüllte ihn jedes Mal sofort nieder, sobald er auch nur ein einziges Wort auszusprechen wagte. Wäre das Fenster nicht viel zu klein für einen solchen Titanen gewesen, dann wäre er sicher längst hineingeklettert, um den vermeintlichen Magier mit Haut und Haaren zu verschlingen. Aber Groxmox wäre auch kein bisschen erstaunt gewesen, hätte er im nächsten Moment durch das Fenster hereingegriffen, um ihm den Kopf abzureißen.

»Kannst du verstehen, was sie sagen?«, fragte er.

»Kann ich etwa zaubern?«, fragte Samuel patzig. »Ich kann doch nicht–«

Ein einzelner, hellgrüner Funke huschte über die Klinge des kleinen Zauberschwertes, und der Halbling unterbrach sich. Er blickte einen Moment lang stirnrunzelnd auf Stech hinunter und berührte es dann mit der Fingerspitze. In der nächsten Sekunde sah er sehr erstaunt aus, vielleicht sogar erschrocken.

»Was hast du?«, fragte Groxmox alarmiert.

Statt zu antworten, hob Samuel das Schwert berührte ihn damit an der Hand, und der Riese hinter dem Fenster polterte aufgebracht:

»... die Sache schiefgeht, schmeiße ich den Kerl dreikantig raus, darauf kannst du dich verlassen! Und dich gleich mit!«

»Aber–«, begann Betta, nur um sofort und noch lauter niedergebrüllt zu werden:

»Papperlapapp, *aber!*«

Groxmox' Augen quollen vor Unglauben schier aus ihren Höhlen, und er spürte selbst, wie er am ganzen Leib zu zittern begann. Vollkommen fassungslos starrte er abwechselnd den schimpfenden Riesen, das Zauberschwert, Samuel und dann wieder Stech an. Er setzte dazu an, etwas zu sagen und klappte den Mund stattdessen wieder zu. Jetzt gab es keinen Zweifel mehr daran, dass die Klinge tatsächlich über magische Kräfte verfügte. Vielleicht war es an der Zeit, seine Einstellung der Magie und den Zauberkräften gegenüber noch einmal zu überdenken.

»Ich habe den Kerl gewarnt«, fuhr der Riese fort. »Das ist doch vollkommener Wahnsinn! Wenn unsere Aktionäre davon Wind bekommen, dann machen sie uns den Laden hier dicht. Und von diesen Chaoten vom Datenschutz rede ich lieber gar nicht erst!«

»Aber was ist denn jetzt–?«, begann Groxmox, doch Samuel bedeutete ihm abermals mit schon fast panischen Bewegungen, still zu sein.

»Jetzt übertreib aber mal nicht«, sagte Betta. »Ich gebe ja zu, dass Sam es vielleicht ein bisschen zu toll getrieben hat in letzter Zeit –«

»Zu toll getrieben?«, schrie der Riese. »Ja, so kann man es auch nennen! Es fängt mit dem Irrsinn an, dass diese beiden Grünhäute eine Wette laufen haben, wer die meisten Feinde erschlägt! Du weißt, woher die Idee stammt, nicht wahr? Wenn Hollywood das mitbekommt, dann verklagen sie uns bis in die nächste Steinzeit. Und das ist nichts, wirklich gar nichts gegen das, was passiert, wenn jemand von seiner neuesten wunderbaren Idee Wind bekommt!«

»Im Prinzip ist es nicht einmal so schlecht«, widersprach Betta. »Das bringt richtig Pep ins Spiel, finde ich. Es könnte unser Durchbruch auf dem Markt werden, hast du auch mal daran gedacht?«

»Pep?«, ereiferte sich der Riese. »Bist du völlig verrückt geworden? Eine militärische KI der Stufe drei als Unterprogramm in ein Adventure zu implementieren, ist kein Pep, sondern kompletter Irrsinn! Weißt du eigentlich, was passiert, wenn sich dieses kleine Baby selbstständig macht und den Rechner infiziert? Dann haben wir eine Million Computer in einer Million Haushalte, die –«

»Du schaust zu viele Science-Fiction-Filme«, unterbrach Betta den tobenden Riesen. Er musste völlig lebensmüde sein, dachte Groxmox. »Und du unterschätzt Sam. Kein Programm der Welt überwindet die Firewall, die er eingebaut hat. Ich habe es selbst überprüft. Mach dir keinen Kopf.«

»Keinen Kopf machen?«, ächzte der Riese. »Du machst dir keine Vorstellung, was passieren kann, wie? Ich weiß, dass Sam dein Freund ist, und es ehrt dich, dass du ihn verteidigst. Ehrlich gesagt habe ich nichts anderes von dir erwartet. Aber Tatsache ist, dass er es nicht nur maßlos übertrieben hat, sondern sich strafbar macht. Und uns alle gleich mit. Angefangen mit dieser KI. Ich wage mir nicht einmal vorzustellen, was unsere Rechtsabteilung mit mir macht, wenn sie davon erfährt. Großer Gott, es ist eine *militärische KI*, habe ich das schon gesagt?«

»Mehrmals«, bestätigte Betta. »Und wir entwickeln ein militärisches Spiel.«

»Quatsch!«, fauchte der Riese. »Hör mit dem Unsinn auf! Wenn irgend ein Außenstehender Wind davon bekommt – zum Beispiel unsere liebe Konkurrenz – dann machen sie uns nicht nur den Laden dicht. Wir beide können uns in der Schlange am Arbeitsamt einreihen. Außer dein Freund Sam. Den können wir im Knast besuchen. Falls die Amis ihn nicht gleich nach Guantanamo schicken!«

»Weißt du, wovon die da reden?«, fragte Groxmox. Samuel schüttelte den Kopf und legte den Zeigefinger über die Lippen. Winzige grüne Flämmchen tanzten über die Klinge seines Schwertes und sprangen auf die Truhe über, hinter der sie sich versteckten. Täuschte sich Groxmox, oder änderte sich der Rhythmus, in dem ihre winzigen Lichter flackerten?

»Niemand wird etwas bemerken«, versicherte Betta. »Und wenn es dich beruhigt: Ich habe mir den Quellcode gerade noch einmal angesehen. Dreimal. Es ist nicht mehr da.«

»Was ist nicht mehr da?«, fragte der Riese.

»Das Programm.«

»Du hast es gelöscht?«

Betta zögerte unmerklich, dann schüttelte er den Kopf. »Ich könnte jetzt *Ja* sagen, und du wärst beruhigt«, sagte er, »aber es wäre nicht die Wahrheit. Die KI ist weg.«

»Weg?«, ächzte der Riese. »Was soll das heißen, weg?«

»Weg, wie nicht mehr da«, antwortete Betta, leicht ungeduldig. »Ich habe versucht, Sam zu erreichen, aber er geht nicht ans

Handy. Jedenfalls ist das Programm nicht mehr da. Du musst dir wirklich keine Sorgen mehr machen.«

»Ich soll mir keine Sorgen machen, weil eine brandgefährliche militärische KI spurlos verschwunden ist?«, fragte der Riese lauernd. »Bist du bekloppt?«

»Ich nehme an, das Programm hat sich einfach aufgelöst«, sagte Betta. »Ich verstehe sowieso nicht, wie er die Probleme mit der Kompatibilität gelöst hat. Dieses Programm hätte unseren Sourcecode binnen Sekunden einfach zerbröseln müssen. Irgendwie hat er es geschafft, die Turbine eines Kampfjets auf ein Bobbycar zu bauen, und es funktioniert sogar.«

»Und?« Die Augen des Riesen wurden schmal. »Muss ich mir jetzt Sorgen um das Bobbycar machen?«

»Eher um die Turbine. Ich nehme an, die KI hat sich selbst gelöscht, als sie versuchte, mit vollkommen unzureichenden Ressourcen zurechtzukommen. Wirklich, mach dir keine Sorgen. Und selbst wenn es nicht so wäre: Wir sind doch nicht verrückt. Die gesamte Betaversion ist in einem speziellen Cluster isoliert. Kein Internet. Kein LAN. Kein Bluetooth. Es gibt überhaupt keine Verbindung nach draußen.«

»Und es ist die einzige Kopie?«, vergewisserte sich der Riese.

Betta nickte.

»Dann schalt es ab«, verlangte der Riese.

»Wie bitte?«, ächzte Betta und richtete sich kerzengerade auf seinem Stuhl auf.

»Ich meine das ernst«, sagte der Riese. »Ich gebe dir Zeit bis morgen Früh, diese KI zu finden und aus dem Programm zu entfernen. Wenn du mich bis dahin nicht davon überzeugen kannst, dass dir das gelungen ist, schalte ich den gesamten Rechner eigenhändig ab und toaste die Festplatte mitsamt sämtlicher Backups in der Mikrowelle. Zusammen mit deinem Sturkopf!«

»Das kann nicht dein Ernst sein!«, empörte sich Betta. »Du redest von einem Jahr Arbeit!«

»Wäre es dir lieber, wenn ich von fünf Jahren Gefängnis rede?«, fragte der Riese und machte zugleich eine herrische Geste, um dem Zauberer das Wort abzuschneiden. »Du hast Zeit bis morgen Früh.«

Und damit verschwand er.

Groxmox riss ungläubig die Augen auf, als sich der Riese nicht etwa abwandte und ging, sondern einfach *verschwand.* Von einem Lidschlag auf den anderen, und als wäre das allein noch nicht genug, verschwand das Fenster mit ihm. An seiner Stelle war jetzt nur noch einer dieser seltsamen Bilderrahmen, der aber auch bloß noch Schwärze zeigte.

»Arschloch!«, brüllte Betta; schien sich aber erst zu vergewissern, dass er von dem Riesen nicht mehr gehört werden konnte. Zornig sprang er dann auf und versetzte dem Stuhl, auf dem er bisher gesessen hatte einen Tritt, der ihn eigentlich hätte umwerfen müssen, wenn nicht gleich in Stücke schlagen. Groxmox musste jedoch zu seiner maßlosen Verblüffung feststellen, dass das seltsame Möbel auf Rädern stand, sodass es nur scheppernd davonrollte.

»Was hat er denn?«, fragte Groxmox. Samuel hob nur die Schultern, aber das Schwert in seiner Hand erstrahlte für einen kurzen Moment in einem wahren Gewitter aus grünen und weißen und orangefarbenen Funken, die über die Klinge zischten und tanzten.

»Was bildet sich dieser Sesselfurzer eigentlich ein?«, brüllte Betta – wenn er es denn war – an niemand Besonderen gewandt, aber noch einmal lauter. Er versetzte seinem rollenden Stuhl einen weiteren Tritt, der ihn diesmal tatsächlich umwarf und eines der kleinen Räder abbrechen ließ. »Dreißig Leute, die ein ganzes Jahr lang gearbeitet haben, und ich soll es einfach abschalten? Der Kerl kann mich mal!«

Immer noch lautstark vor sich hin fluchend stapfte er kreuz und quer durch den Raum und blieb schließlich vor einem schwarzen Würfel stehen, auf dem eine Anzahl winziger, blau leuchtender Dämonenaugen blinzelten und stieß mit dem Zeigefinger danach. Im nächsten Augenblick brach ein dermaßen infernalischer Lärm los, dass Samuel zusammenfuhr, als hätte ihn eine giftige Spinne gebissen, und Groxmox ein erschrockenes Keuchen ausstieß.

Da war ein schrilles Kreischen und Wimmern, ein Heulen und Schreien, ein dumpfes Dröhnen und Hämmern und ein Gebrüll wie von tausend gequälten Seelen, die in den Feuern der ewigen Verdammnis brannten. Der gesamte Raum erbebte unter diesem gewaltigen Lärm, und Groxmox meinte, ihn schmerzhaft bis in die Zähne zu fühlen. Betta brüllte seinen Unmut wahrscheinlich immer noch heraus, aber das erkannte Groxmox jetzt nur noch daran, dass sich sein Mund weiterbewegte, und die kleinen Äuglein hinter den geschliffenen dunklen Gläsern blitzten, als tobe ein Gewitter in ihnen.

»Aber was hat er denn?«, wunderte sich Groxmox. Er hatte selten einen Menschen gesehen, der so außer sich vor Zorn war. Aber wenn er Samuel glauben konnte, war er ja immerhin auch ein Zauberer, und der Ork war noch nie zuvor einem leibhaftigen Zauberer begegnet.

Samuel antwortete sogar irgendetwas, doch auch seine Worte gingen hoffnungslos in dem infernalischen Lärm unter, den Betta entfesselt hatte. Groxmox sah auch bei dem Kleinen lediglich, dass sich dessen Lippen bewegten. Immerhin hob Samuel die Schultern, und das vielleicht ein wenig zu heftig, denn er berührte dabei versehentlich mit der Schwertspitze die Truhe, hinter der sie sich versteckten, und das Ergebnis war einigermaßen spektakulär: Ein ganzes Gewitter aus grünen, blauen und orangefarbenen Funken raste an der Klinge des Zauberschwertes hinab und explodierte auf der Oberfläche der Truhe. Für vielleicht eine Sekunde war sie in ein ganzes Netz aus flackerndem und zischendem Licht gehüllt, und es roch ein bisschen verschmort. Dann, so schnell wie er gekommen war, war der Spuk auch schon wieder verschwunden. Nur der verbrannte Geruch blieb, wenn auch nicht mehr ganz so schlimm wie zuvor.

Und der Lärm nahm ein wenig ab, auch wenn er immer noch entsetzlich war.

»Ist da jemand?«, rief Betta.

»Ich glaube, er hat uns entdeckt«, meinte Groxmox.

Samuel sah ihn böse an. »Was für eine scharfsinnige Erkenntnis«, giftete er. »Hätt ich dir gar nicht zugetraut.«

»Und was ... tun wir jetzt?«, fragte Groxmox zögerlich. Immerhin war dieser Bursche tatsächlich ein Zauberer, wie er gerade mit eigenen Augen gesehen hatte. Er glaubte noch immer nicht an Zauberei, aber er hatte doch seine Zweifel, ob ihn das auch wirklich vor genau dieser Zauberei beschützen würde ...

»Na, wir reden mit ihm«, sagte Samuel. »Nur keine Angst. Betta ist ein netter Bursche ... wenigstens für einen Zauberer.«

»Mag ja sein«, erwiderte Groxmox, »aber er ist auch *dein* Zauberer.«

Samuel griente über das ganze Gesicht. »Nur keine Bange, Großer«, flötete der Halbling. »Ich passe schon auf dich auf.«

Darüber würden sie noch reden müssen, dachte Groxmox. Aber später. Für den Moment hoffte er nur, dass Samuel Wort hielt.

»Ist da jemand?«, rief Betta erneut. Diesmal klang seine Stimme schon schärfer. Zweifellos bereitete er gerade irgendeinen finsteren Zauber vor, der Groxmox ganz gewiss nicht gefallen würde. »Komm lieber raus, wer immer du bist. Wir können über alles reden, aber wenn du mich zwingst, die Security zu rufen, wird es echt ungemütlich.«

Groxmox tastete verstohlen nach seinem Schwert. Er würde nicht kampflos sterben, das war er schon sich selbst schuldig. Da war es ganz egal, welch grässliche Dämonen dieser Magier auch auf ihn hetzen mochte, der sich heimtückisch hinter dem Gesicht eines halben Kindes versteckte. Sollten diese Securitys nur kommen!

Samuels Blick folgte seiner Bewegung, und er schüttelte hastig den Kopf »Lass das, du Narr!«, zischte er. »Willst du unbedingt sterben, oder Schlimmeres?«

Was gab es denn Schlimmeres als zu sterben?, dachte Groxmox, kam aber gleich zu dem Schluss, dass er es eigentlich gar nicht wissen wollte. Er nahm die Hand vom Schwert, und auf der anderen Seite der Truhe sagte Betta in nun eindeutig drohendem Ton:

»Das ist jetzt die allerletzte Warnung. Ich zähle bis zehn, und dann rufe ich die Security. Eins!«

Samuel schenkte ihm noch einen letzten, fast schon beschwörenden Blick, straffte die Schultern und trat festen Schrittes um die Truhe herum, gerade als Betta bei *vier* angekommen war. Der Zauberer brach mitten im Wort ab und stieß anstelle der fünf einen quietschenden Schrei aus, der sich fast komisch anhörte.

Aber nur fast.

»Meister Testa.« Samuel verbeugte sich so tief, dass er mit der Stirn fast die eigenen Knie berührte.

Betta starrte ihn an, ächzte, prallte einen Schritt zurück und riss sich das gläserne Schmuckstück vom Gesicht, sodass Groxmox zum ersten Mal wirklich seine Augen sehen konnte. Sie waren klein und wirkten ein bisschen kurzsichtig. Und sie quollen im Moment tatsächlich ein Stück weit aus ihren Höhlen.

»Bitte verzeiht unser ungefragtes Eindringen, Meister Testa«, fuhr Samuel in demütigem Ton fort. »Aber unvorhergesehene

Umstände haben es uns leider unmöglich gemacht, Euch vorher um Erlaubnis zu fragen.«

»!«, sagte Betta und stolperte einen weiteren Schritt zurück und gegen einen Tisch. Irgendetwas fiel auf den Boden und zerbrach klirrend.

»Verzeiht«, wiederholte Samuel. »Ich weiß, dass unser Eindringen hier ungehörig ist, aber besondere Umstände –«

»Du!«, hauchte Betta, und Samuel verstummte abrupt und versuchte sich sogar noch tiefer zu verbeugen. »Du ... du bist ... du bist ein, ein Halbling!«

»Samuel Fromtown, Meister Testa«, antwortete Samuel, immer noch mit angsterfüllt gesenktem Blick. Ganz so groß wie er getan hatte, dachte Groxmox, schien sein Vertrauen in den Zauberer wohl doch nicht zu sein. Eigentlich sollte er jetzt eine gewisse Schadenfreude empfinden, aber er fühlte sich im Gegenteil eher noch unbehaglicher.

»Ihr erinnert Euch vielleicht nicht mehr, wo Ihr doch so viel zu bedenken habt und Euch um ein ganzes Land kümmern müsst, doch wir trafen uns vor zwei Tagen, und Ihr habt mir Stech übergeben.«

»Stech«, wiederholte Betta. »Du ... du bist ein ... du bist ein Halbling!«

»Stimmt«, grollte Groxmox, legte die Hand auf den Schwertgriff, ohne dass die Berührung des kalten Eisens ihn auch nur annähernd so sehr beruhigte, wie er es gewohnt war und trat hinter seiner Deckung hervor, und Bettas Augen quollen noch ein Stück weiter aus ihren Höhlen.

»Und du ein, ein O– ... ein O–«

»Ein Ork«, half ihm Groxmox aus. »Ganz recht, Meister Zauberer.«

»Ein O –«, krächzte Betta »Ein, ein richtiger O –«

»Ork«, half Groxmox ihm noch einmal. »Das sind doch nur drei Buchstaben. Was ist los mit dir? Bist du blöde?«

Betta antwortete gar nicht, aber Samuel japste vor Entsetzen und starrte ihn ebenfalls aus aufgerissenen Augen an. »Bist du von Sinnen?«, keuchte er. »Wie kannst du es wagen, so mit Meister Testa zu sprechen?«

»Ein, ein ... Ork«, stammelte Betta. »Ein leibhaftiger Ork! Und ein echter Halbling! Aber wie ...?«

Groxmox fragte sich, ob Betta vielleicht ein Feigling war. Bei einem Zauberer erschien ihm das nur schwer vorstellbar, aber andererseits sah er sich unversehens und inmitten seiner magischen Zitadelle einem Ork gegenüber – immerhin seinem Todfeind – und vielleicht hatte ihm der Schrecken ja schlichtweg den Verstand geraubt.

Dafür sprach, dass er zwar noch einige Augenblicke weiter herumstammelte und japste, sich dann jedoch so fest mit der Hand vor die Stirn schlug, dass es klatschte ... und schallend zu lachen begann. Groxmox tauschte einen verwirrten Blick mit Samuel.

»Ein Halbling und ein Ork!«, sagte Betta; eigentlich kicherte und gluckste er es. »Ein ausgewachsener Ork und ein leibhaftiger Halbling! Das glaube ich ja nicht!«

Groxmox tauschte einen weiteren, jetzt schon deutlich längeren Blick mit Samuel, und diesmal wirkte der Halbling ein bisschen besorgt.

Betta kicherte und gluckste noch eine ganze Weile weiter, stieß sich dann von dem Tisch ab, gegen den er geprallt war und kam näher. Zwei Schritte vor Groxmox blieb er stehen, stemmte die Fäuste in die Hüften und legte den Kopf in den Nacken, um zu ihm hoch zu sehen. Von der schieren Todesangst, die Groxmox noch vor einem Augenblick in seinem Gesicht gelesen hatte, war nichts mehr geblieben; was er ziemlich beunruhigend fand.

»Ein leibhaftiger Ork«, sagte er zum wiederholten Mal. »Zweieinhalb Meter groß, fünfhundert Pfund Muskeln und Panzerplatten, ein Gehirn wie eine Erbse und beinahe nicht umzubringen. Schon beeindruckend, einem von euch in Natura gegenüberzustehen.«

»Ach?«, fragte Samuel.

»Und ein richtiger Halbling«, fuhr Betta fort. »Das ist … äh … auch beeindruckend.«

Samuel blinzelte, und vielleicht hätte er sogar geantwortet, doch der Zauberer fuhr bereits kopfschüttelnd fort: »Wirklich, ich bin schwer beeindruckt, und das sage ich nicht einfach nur so. Keine Ahnung, wie du das nun wieder hingekriegt hast, aber allein dafür verdienst du einen Orden … aber jetzt ist es gut. Du kannst rauskommen, Samuel.«

»Aber ich bin doch hier, Meister Testa«, sagte Samuel.

Betta blinzelte irritiert in seine Richtung und grinste zwar unerschütterlich weiter, aber er klang nun auch ein ganz kleines bisschen ungeduldig. »Wie gesagt, Sam, mein Respekt ist dir für alle Zeiten sicher, aber jetzt kannst du rauskommen. Wir müssen über ein paar Dinge reden. Es gibt Ärger, fürchte ich.«

»Herr?«, fragte Samuel.

Betta sah ihn schon etwas länger – und auch eine Spur nachdenklicher, wie es Groxmox vorkam – an, schien etwas sagen zu wollen und schüttelte dann stattdessen nur den Kopf. »Also gut. Wenn du unbedingt darauf bestehst, unsere Zeit zu verschwenden«, seufzte er. »Dann muss ich dich eben suchen.«

Er drehte sich um, tat einen einzelnen Schritt und wandte sich dann noch einmal an Samuel und Groxmox. »Und ihr bleibt hier, Großfuß und Kleinhirn, ist das klar?«

»Wen meint er mit Großfuß?«, murmelte Samuel.

»Und wen mit Kleinhirn?«, fügte Groxmox hinzu.

Samuel griente, und Groxmox schloss die Hand so fest um den Schwertgriff, dass seine Fingerknöchel knackten. »Der Kerl hat keine Ahnung«, grollte er. »Ich wiege fast sechshundert Pfund.«

»Und was dein Gehirn angeht«, begann Samuel.

Groxmox fletschte die Zähme, und Samuel zog es vor, nicht weiterzusprechen.

Sie warteten in unbehaglichem Schweigen, bis der Zauberer zurückkam.

»Gut, hier bist du offensichtlich nicht«, sagte er, deutlich übellauniger als noch vor wenigen Momenten. »Aber damit hätte ich eigentlich rechnen müssen. Ich meine: Wer so etwas wie diese beiden hinbekommt, der schafft das auch per Remote Control, nicht? Aber im Ernst, Sam, wir müssen reden. Die Teppichetage hat Wind von deinem kleinen Scherz mit der KI gekriegt. Martens ist auf hundertachtzig. Er will dich rausschmeißen, Sam. Wir müssen reden.«

»Herr?«, fragte Samuel verstört.

Betta sah nun wirklich verärgert aus, aber er beherrschte sich. Auch wenn ihm anzusehen war, wie viel Mühe es ihn kostete. »Du willst wirklich Spielchen spielen?«, seufzte er.

»Herr?«, fragte Samuel noch einmal.

»Allmählich wird es langweilig«, sagte Betta. »Wirklich, wir haben keine Zeit für so einen Scheiß!«

»Es täte mir wirklich leid, wenn wir Euch irgendwie verärgert hätten, Meister«, stammelte Samuel. »Wenn es wegen des Orks ist, also ich versichere Euch, dass er harmlos ist.«

»Ach ja?«, unterbrach Groxmox den Kleinen. »Ist er das?«

Betta sah abwechselnd ihn, den Halbling und dann wieder ihn an, und schließlich und in sehr nachdenklichem Ton fragte er: »Ihr zwei glaubt das wirklich, wie? Ich meine: Ihr seid nicht von Samuel ferngesteuert? Jedenfalls nicht so, dass ihr es wisst?«

Samuel wollte antworten, doch Groxmox kam ihm zuvor. »Der einzige Samuel, den ich kenne, ist der Knirps da«, sagte er mit einer Kopfbewegung auf den Halbling. Samuel funkelte ihn böse an.

»Unglaublich«, sagte Betta. »Ich wusste, dass Sam ein Genie ist, aber das …?«

»Meister?«, fragte Samuel verstört. Betta ignorierte ihn.

»Interaktive Hologramme«, fuhr er fort, wie zu sich selbst gewandt. »So etwas sollte es eigentlich frühestens in zehn Jahren geben, und dieser Teufelskerl entwickelt es mal eben so und baut es in ein *Spiel* ein, statt sich den Nobelpreis dafür abzuholen!«

»Ich fürchte, ich verstehe nicht, Meister«, sagte Samuel unglücklich.

»Muss an dem Radau liegen«, grummelte Groxmox. »Man versteht ja sein eigenes Wort nicht.«

»Radau?«, wiederholte Betta, grinste dann und sagte: »Das ist Thunderstruck von ACDC, du grüner Banause.«

Groxmox wusste weder, was ein Banause war, noch ein ACDC, aber Betta fuhr auch schon mit einem noch breiteren Grienen fort: »Jetzt glaube ich allmählich, dass ihr wirklich interaktive Hologramme seid. Sam steht auf die Mucke.«

»Mucke?«, fragte Groxmox.

»Mucke«, bestätigte Betta. »Metal vom Allerfeinsten. Geiler Sound.« Er legte den Kopf auf die Seite und sah Groxmox auf eine Weise an, als erwarte er eine ganz bestimmte Reaktion. Dann blickte er auf die gleiche Weise und noch einmal deutlich länger den Halbling an, und schließlich seufzte er tief und schüttelte gleich ein paarmal den Kopf. »Allmählich beginne ich mich ernsthaft zu fragen, ob …«, begann er, ließ den Satz unbeendet wie einen noch nicht ganz ausgesprochenen Fluch in der Luft hängen und griff stattdessen in die Tasche.

In der Erwartung, dass der Magier irgendeine grässliche Waffe ziehen würde, oder ein magisches Artefakt, mittels dessen er irgendeinen schrecklichen Fluch auf sie herabbeschwören würde, schloss Gromox die Hand fester um den Schwertgriff, doch Betta zog nur etwas hervor, das an einen glänzenden schwarzen Knochen erinnerte, und statt tödliches magisches Feuer oder noch Schlimmeres auf sie zu schleudern, presste er ihn gegen Wange und Ohr. »Nur noch einen kleinen Moment Geduld, Freunde.«

Groxmox tauschte einen weiteren fragenden Blick mit Samuel, bekam aber nur ein neuerliches Schulterzucken zur Antwort. Betta drückte mit dem Daumen auf die Innenseite des Knochens, woraufhin auch auf dessen Oberfläche eine Anzahl winziger blauer Lichter aufleuchtete. »Und jetzt geh ran, verdammt noch mal!«, fauchte er. Absurderweise hatte Groxmox das Gefühl, dass er mit dem Knochen sprach, oder vielleicht auch mit jemandem, der gar nicht da war, aber ganz gewiss nicht mit ihnen.

»Was … tust du da?«, fragte er misstrauisch.

Natürlich bekam er keine Antwort, jedenfalls nicht von Betta, doch Samuel starrte ihn aus schon wieder entsetzt aufgerissenen Augen an und hauchte: »Bist du von Sinnen, so mit Meister Testa zu reden? Er ist uns keinerlei Rechenschaft schuldig!«

»Ich frage ja nur«, sagte Groxmox und schloss die Hand noch ein bisschen fester um den Schwertgriff. Irgendetwas stimmte nicht mit diesem komischen Zauberer, so viel stand fest. Und er würde schon herausbekommen, was das war.

»Und nicht einmal das steht dir zu!«, sagte Samuel. Er sah Betta Zustimmung heischend an, erntete aber nur einen undeutbaren Blick.

Betta fauchte abermals und sogar noch lauter: »Samuel, verdammt noch mal, geh an den verdammten Apparat, oder du wirst es verdammt noch mal verdammt bereuen! Die Kacke ist am Dampfen, und das verdammt gewaltig!«

Samuel machte ein leicht verwirrtes Gesicht, und Groxmox sah sich nach beiden Seiten um, sog prüfend die Luft durch die Nüstern ein. Er roch keine Kacke, und nirgendwo dampfte etwas.

»Gottverdammt, Sam!«, brüllte Betta seinen Knochen an, »geh ran, wenn du das hörst! Es geht um deinen Kopf, und das meine ich genau so, wie ich es sage!«

»Aber Meister, ich weiß doch nicht, wohin ich gehen–«, begann Samuel. Betta brachte ihn mit einem eisigen Blick zum Verstummen und wedelte voller Unmut mit der Hand. Zugleich drehte er sich herum und begann mit kleinen, aufgeregten Schritten im Raum auf und ab zu gehen, während er unentwegt seinen Knochen anbrüllte: »Verdammt, ich weiß, dass du mich hörst, also geh gefälligst ran! Es ist wirklich wichtig! Du hast ja keine Ahnung, was hier los ist, und ... na endlich! Verdammt, wieso hat das so lange gedauert, und was hast du dir dabei gedacht ... Nein, ich denke ja nicht daran, mich zu beruhigen, und ... Wie bitte? Du bist ja ... Also jetzt hör mir mal zu ...«

Und so ging es eine ganze Weile weiter. Testa schrie und polterte einzelne Worte und Satzfetzen in seinen Knochen und begann immer aufgeregter, in dem vollgestellten Raum hin und her zu stapfen, sodass er manchmal sogar außer Sicht (wenn auch nicht außer Hörweite) geriet.

»Was macht er denn da?«, flüsterte Groxmox. »Ist er verrückt geworden, dass er jetzt schon Selbstgespräche führt, oder ist das so eine Art Zauberritual?«

»Das weiß ich nicht«, gestand Samuel. »Und es steht uns auch nicht zu, solche Fragen zu stellen!« Aber er klang eigentlich eher unglücklich, nicht wirklich empört, sodass Groxmox darauf verzichtete, das Messer in der Wunde noch einmal herumzudrehen.

»... verlasse mich darauf, dass du in einer halben Stunde hier bist.« Betta kam zurück, schob seinen magischen Knochen mit einer ruckhaften Bewegung auf die Hälfte seiner ursprünglichen Länge zusammen und steckte ihn ein. Im gleichen ärgerlichen Ton an Groxmox gewandt fuhr er fort: »Und das Zeug da ist verdammt teuer, also fass nichts an, Großer.« Plötzlich grinste er. »Obwohl du ja nur ein Hologramm bist und es wahrscheinlich gar nicht kannst.«

»Warum sollte ich das gar nicht können?«, erkundigte sich Groxmox, wobei er den erstbesten Gegenstand vom Tisch nahm und auf den Boden fallen ließ. Das Ding zerbrach klirrend; nachdem er ein bisschen nachgeholfen hatte und mit dem Fuß darauf getreten war. Samuel keuchte, als hätte man ihm unversehens ein Messer in den Rücken gestoßen, doch Betta zog nur die linke Augenbraue hoch, ließ sich in die Hocke sinken und sammelte die zerbrochenen Einzelteile ein. »Das war ein ziemlich teurer Ein-TB-USB-Stick. Das neueste Modell, Großer«, sagte er. Aber er klang nicht wirklich zornig. Groxmox hob nur die Schultern, und Betta stand wieder auf und legte erneut den Kopf in den Nacken, um in sein Gesicht hinaufzusehen.

»Ich weiß nichts, wer du bist, Langer«, stellte er fest. Eigentlich schrie er es, um das immer noch tobende ACDC zu überbrüllen. Mit wenigen Schritten war er bei seinem schwarzen Würfel, berührte ihn mit der Fingerspitze und brachte den Lärm damit so plötzlich zum Verstummen, dass die nachfolgende Stille regelrecht in den Ohren zu dröhnen schien.

»Ich weiß nicht, wer du bist, Langer«, setzte er noch einmal an, nachdem er wieder zurück war, »und was Sam dir versprochen hat, damit du dich in dieses zugegeben sensationelle Kostüm stecken lässt, aber du solltest jetzt mit diesem Theater aufhören. Die Sache ist längst kein Spaß mehr.«

»Spaß?«, grollte Groxmox. Zauberer oder nicht, er überlegte, diesen vorlauten Zwerg zu packen und so lange zu schütteln, bis er endlich mit der Sprache herausrückte. Oder auch, ihm den Schädel einzuschlagen, ganz abhängig von seinen Antworten.

»Es ist genug, Freunde. Hört mit dem Unsinn auf.« Betta

klang jetzt wirklich verärgert. Als weder Groxmox noch Samuel auf seine Worte reagierten, steckte er die Hand aus und versuchte Groxmox in den Arm zu kneifen. Natürlich gelang es ihm nicht, die eisenharten Schuppen auch nur anzukratzen. Stirnrunzelnd drehte er Groxmox' Rechte so herum, dass die Handfläche nach oben wies. Er bedachte ihn mit einem grimmigen Blick und zog einen der zahlreichen Dolche aus Groxmox' Gürtel. »Das ist jetzt deine letzte Chance, mit dem Mumpitz aufzuhören.«

»Betta?«, fragte Samuel verständnislos.

»Wie du willst«, sagte der Magier. »Aber sag hinterher nicht, ich hätte dich nicht gewarnt.« Und damit zog er die Messerspitze mit einer so entschlossenen Bewegung durch das vergleichsweise weiche Fleisch in Groxmox' Handfläche, dass er fast bis auf den Knochen hineinschnitt und schwarzes Blut in Strömen floss.

Groxmox fuhr ein bisschen zusammen, denn der Schnitt tat deutlich stärker weh, als er es sollte, doch Betta prallte mit einem entsetzten Keuchen zurück, riss die Augen auf und ließ das Messer fallen.

Groxmox leckte das Blut von seiner Hand und drehte sie dann so, dass Testa sehen konnte, wie die Wunde pulsierte und zitterte und sich schließlich schloss.

»Aber, aber wie kann denn das …?«, ächzte der Mensch, riss die Augen noch weiter auf und griff dann mit beiden Händen nach Groxmox' Gelenk, um dessen Hand ganz dicht an sein Gesicht heranzuziehen.

Das gelang ihm nicht, da Groxmox ganz instinktiv seinen Arm hob, sodass im Gegenteil der Zauberer selbst in die Höhe gezogen wurde und einen Moment lang mit strampelnden Beinen an seinem Handgelenk hing. Erst als Samuel in scharfem Ton seinen Namen nannte, senkte der Ork den Arm wieder. Betta landete unsanft auf seinen Füßen, ignorierte das aber und zerrte Groxmox' Hand nicht nur so nah an sein Gesicht heran, als wolle er die Nase in das schwarze Blut stupsen, sondern tauchte tatsächlich die Fingerspitze hinein, nur um ein noch überraschteres Gesicht zu machen. »Warm«, murmelte er. »Eher sogar schon heiß. Und es brennt, als wäre es ätzend.« Er starrte abwechselnd Groxmox' Hand, dessen Gesicht und dann wieder die zerschnittene Hand an – die inzwischen schon wieder fast vollkommen geheilt war.

»Das ist kein Kostüm«, sagte er.

Groxmox schüttelte den Kopf. »Nö.«

»Und du ... du bist ein, ein Ork«, stammelte Betta.

»Stimmt«, gab Groxmox ihm recht.

Betta riss seinen Blick mit einiger Mühe von dem grünen Gesicht los und blickte auf Samuel hinab. »Und du bist ein echter Halbling?«

»Stimmt auch wieder«, sagte Groxmox, und Samuel verbeugte sich schon wieder übertrieben tief und sagte: »Samuel Fromtown, zu Euren Diensten, Meister Testa.«

»Testa?«, wiederholte Testa. »Wieso nennt ihr mich immer so?«

»Weil das Euer Name ist«, sagte Samuel verwirrt.

Groxmox grunzte und schloss die Hand mit einem Ruck zu einer Faust, die ein gutes Stück größer war als Bettas Kopf. Der Zauberer wich vorsichtshalber einen Schritt von ihm zurück. Dann noch einen. »Testa?«, fragte er noch einmal.

»Betta Testa«, bestätigte Samuel. »Der berühmte Zauberer.«

Testa glotzte. »Zauberer«, wiederholte er.

»Richtig«, sagte Samuel.

»Und mein Name ist Testa. Betta Testa.«

»Öh ... ja?«, sagte Samuel verwirrt. Was vielleicht auch daran lag, dass Betta zwar nach wie vor völlig verstört aussah, zugleich aber auch immer mehr Mühe zu haben schien, ein breites Grinsen zu unterdrücken.

»Das habe ich jetzt richtig verstanden, ja?«, fragte er noch einmal. »Mein Name ist Betatester, und wir kennen uns?«

»Das hat er doch jetzt schon ein paarmal gesagt!«, polterte Groxmox. Stirnrunzelnd wandte er sich an Samuel. »Sag mal, sind alle Zauberer bei euch so begriffsstutzig?«

Samuel japste vor Entsetzen, aber Testa sah ihn einfach nur weiter verwirrt (und jetzt ganz unverhohlen breit feixend) an und sagte: »Nur damit ich das auch wirklich richtig verstehe: Mein Name ist Betatester, und wir kennen uns. Du bist ein Ork mit einem Namen, bei dem ich mich wahrscheinlich an meiner eigenen Zunge verschlucken würde, wenn ich versuche, ihn auszusprechen …«

»Groxmox«, grollte Groxmox. »Mein Name ist Groxmox.« Das mit der verschluckten Zunge erschien ihm als gar keine so schlechte Idee. Vielleicht sollte er diesen seltsamen Zauberer ja zwingen, die eigene Zunge herunterzuschlucken; oder auch das eine oder andere weitere Körperteil.

»… und dein Name ist Samuel Fromtown, und du bist ein Halbling«, fuhr der Zauberer ungerührt fort. »Ihr beide lebt in den Quarterfields und solltet eigentlich Todfeinde sein. Und ihr glaubt nicht nur, mich zu kennen, sondern auch, dass ich ein Zauberer bin, der auf den Namen Betta Tester hört.«

»Es heißt Viertellande, und wir *sind* Feinde«, grollte Groxmox. »Und ich bringe ihn schon noch um, keine Bange, gleich nach einem gewissen Zauberer.«

Testa grinste nur noch breiter, und Samuel sagte hastig. »Ihr sprecht es … ein wenig seltsam aus, aber im Prinzip stimmt das schon. Und was den Ork angeht, könnt Ihr ganz beruhigt sein. Er ist harmlos.«

»Ach ja?«, erkundigte sich Groxmox lauernd. »Ist er das?«

»Groxmox«, feixte Betta. »Interessant. Also G-Serie. Aber mit etlichen Modifikationen, die es in sich haben. Nicht schlecht.«

»Hä?«, fragte Groxmox. Gab es da eine versteckte Beleidigung im sinnlosen Gebrabbel des Magiers?

»Ich fürchte, ich habe schlechte Nachrichten für euch, Jungs«, sagte Betta. »Oder auch ganz besonders gute, das kommt ganz auf den Standpunkt an.«

»Auf welchen?«, fragte Groxmox lauernd.

Statt zu antworten, drehte sich Betta jedoch mit einem Ruck weg, ging mit schnellen Schritten davon und kramte einen Moment lang rumorend irgendwo herum. Als er zurückkam, hielt er eine metallene rote Dose in der rechten Hand, die mit verschnörkelten weißen Buchstaben bemalt war. Lässig und so, dass er ein Bein baumeln lassen konnte, setzte er sich auf die Tischkante, griff in die Brusttasche seines Hemdes und zog ein weißes Stäbchen heraus, das er sich zwischen die Lippen klemmte. Groxmox hätte erwartet, dass er darauf zu kauen begann oder es auch gleich ganz herunterschluckte, doch stattdessen langte er noch einmal in die Tasche und zog etwas heraus, und plötzlich züngelte ein winziges gelbes und blaues Flämmchen aus seinem Daumen.

Groxmox griff erschrocken erneut zum Schwert, und auch Samuel sog erschrocken die Luft zwischen den Zähnen ein. Statt jedoch irgendeinen grässlichen Zauber auf sie zu schleudern, hob Betta nur die Flamme an das Stäbchen, dessen Ende daraufhin hellgelb aufleuchtete.

»Aber was–?«, murmelte Samuel und brach dann nicht nur mit einem erschrockenen Keuchen ab; auch Groxmox zog das Schwert nun halb aus der Scheide, als Betta plötzlich begann, grauen Rauch aus den Nasenlöchern zu blasen. Verwandelte er sich gerade in einen Drachen, um sie zu verderben?

Betta qualmte (und grinste) jedoch nur unerschütterlich weiter, streckte plötzlich die freie Hand aus und berührte Groxmox abermals am Arm. Er versuchte (erfolglos) noch einmal, ihn zu kneifen, probierte dasselbe dann mit deutlich besserem Ergebnis mit Samuel und schüttelte dabei immer wieder den Kopf. Schließlich zog er an einem kleinen Ring auf seiner Dose, woraufhin ein helles Zischen erklang und brauner Schaum aus der Dose quoll. Samuel blinzelte die Tränen weg und versuchte mit aller Willenskraft, einen Schmerzlaut zu unterdrücken.

»Hologramme«, murmelte Betta, noch immer übelriechenden Qualm aus Nase und Mund speiend. Groxmox ließ das Schwert wieder in seine Umhüllung zurücksinken, blieb aber auf der Hut. Wenn sich dieser heimtückische Zauberer tatsächlich in einen Drachen oder vielleicht sogar in ein noch schlimmeres Ungeheuer verwandelte, dann würde er ihm den Kopf abreißen, noch bevor sich auch nur die allererste Schuppe oder Kralle gebildet hatte.

»Wie gesagt«, begann Betta, nachdem er einen großen Schluck braunen Schaum genommen hatte und immer noch qualmend, »ich habe Neuigkeiten für euch. Ob sie gut oder schlecht sind, wird sich zeigen.«

»Und was ... wären das für Neuigkeiten, Meister?«, fragte Samuel nervös.

»Du bist kein Halbling«, antwortete Betta, stieß noch mehr grauen Rauch aus und wandte sich an Groxmox. »Und du kein Ork.«

»Ach?«, grollte Groxmox. »Sind wir nicht?«

Betta schüttelte heftig den Kopf, und Samuel fragte: »Was sind wir denn dann?«

»Etwas, von dem ich vor fünf Minuten noch behauptet hätte, dass es ganz und gar unmöglich ist«, antwortete Betta. »Hologramme. Sogar welche mit taktilen Eigenschaften. Das sollte vollkommen unmöglich sein, aber ich sehe euch, und ich kann euch sogar anfassen. Ich bin wirklich gespannt, zu hören, wie er *das* angestellt hat, das könnt ihr mir glauben.«

»Wer?«, fragte Samuel verwirrt.

»Sam«, antwortete Betta. »Samuel Tollkühn, der Mann, mit

dem du mich offensichtlich verwechselst und den du als Betatester kennst.«

»Das wart nicht Ihr?«, fragte Samuel erstaunt. Betta schüttelte lächelnd (und qualmend) den Kopf, und der Halbling fuhr fort: »Verzeiht, aber das fällt mir schwer zu glauben. Die Ähnlichkeit ist … erstaunlich.«

»Das liegt daran, dass er einen Avatar nach meinem Vorbild erschaffen hat«, sagte Betta. »Mein Name ist Frank, und so lange ihr online seid, wäre es mir lieber, wenn ihr mich damit anredet, und nicht mit Meister.«

»Ein Avatar?«, fragte Groxmox. »Was ist das denn?«

»So etwas Ähnliches wie ihr, nur umgekehrt und in eurer Welt. Verstehst du?«

Groxmox nickte. »Nein.«

»Na ja, das wäre auch wirklich zu viel verlangt«, sagte Betta … Frank großmütig. »Also gut, ich erkläre es euch, aber zuerst muss ich noch einen Anruf erledigen. Geht ein paar Schritte zur Seite, bitte. Ich möchte nicht, dass er euch sieht.«

Samuel und er gehorchten, auch wenn Groxmox sich erst bewegte, nachdem der Zauberer eine weitere, ebenso ausladende wie ungeduldige Handbewegung gemacht hatte. Frank sprang vom Tisch, drehte sich wieder dem Fenster zu, das noch immer diese verwirrenden Farben zeigte, und tat irgendetwas, woraufhin die bunten Schlieren und Streifen verschwanden und wieder dem missmutig dreinblickenden Riesen Platz machten. Groxmox war mit einem Mal ganz froh, auf den Zauberer gehört und einen Schritt zur Seite gemacht zu haben. Er wollte wirklich nicht von diesem Unhold gesehen werden.

»Das ging schnell«, polterte der Riese. »Ich hoffe, du hast ausnahmsweise einmal gute Nachrichten und rufst an, um mir zu sagen, dass du diese verdammte KI gefunden hast.«

»Nein«, antwortete Frank feixend. »Oder vielleicht doch, ich bin noch nicht ganz sicher.«

»Was soll das heißen, du bist noch nicht ganz sicher?«, blaffte der Riese.

»Das kann ich dir unmöglich erklären«, erwiderte Frank. »Du musst herkommen und es dir selbst ansehen.«

»Wieso?«

»Weil du es mir sowieso nicht glauben würdest«, antwortete Frank. »Es fällt mir ja selbst schwer zu glauben, obwohl ich es mit eigenen Augen sehe. Komm hierher, schnell. Sam ist auch auf dem Weg. Und ganz egal, wie sauer du auch im Moment auf ihn sein magst, du wirst ihm nach einer Minute die Fuße küssen, das verspreche ich dir.«

»Ich habe jetzt keine Zeit«, antwortete der Riese, »und außerdem –«

»Was immer du im Moment auch tust, es kann nicht so wichtig sein wie das hier. Glaub es mir einfach«, unterbrach ihn Frank. »Komm her!«

Und damit wurde das Fenster wieder schwarz, und dieses Mal blieb es auch so, und es tauchten auch weder bunte Farben noch ein weiterer Riese darin auf.

»Wer war das?«, fragte Samuel.

»Mike«, antwortete Frank mit einer Stimme, in der nur noch sehr wenig Respekt zu hören war. »Ein wirklicher Kotzbrocken vor dem Herrn, aber unglücklicher Weise auch unser Chef. Ihm gehört das alles hier, falls euch das nichts sagt.«

»Dann ist er so etwas wie Euer Lehnsherr?«, mutmaßte Samuel.

Irgendetwas an diesem Wort schien Frank über die Maßen zu amüsieren, denn er lachte ein paarmal laut und schickte schließlich noch eine Mischung aus einem Nicken und einem Kopfschütteln hinterher. »So ganz weit entfernt kommt es sogar hin, auch wenn Mike eher der Meinung ist, uns mit Leib *und* Seele zu besitzen«, sagte er kichernd. »Aber das spielt jetzt wirklich keine Rolle mehr. Heiliger Gates, wir werden berühmt! Und reich! Steinreich sogar! Ich werde mir einen Ferrari kaufen. Ach was, sieben Ferraris in unterschiedlichen Farben, einen für jeden Tag in der Woche. Gibt es Ferraris in sieben verschiedenen Farben? Warte mal, da sind schwarz, weiß, rot, gelb ...«

Samuel räusperte sich unbehaglich und begann mit den Füßen zu scharren. »Meister ... ich meine: Frank.«

Der Zauberer blinzelte ihn an, als erblickte er ihn überhaupt zum ersten Mal, dann jedoch sah er eindeutig ein bisschen schuldbewusst aus. »Ach ja, da hast du wohl recht«, sagte er. »Ich bin euch mindestens eine Erklärung schuldig.«

»Ihr habt gesagt, dass es uns gar nicht geben dürfte«, sagte Samuel.

»Aber es gibt uns doch«, sagte Groxmox. »Ich bin sogar ziemlich sicher, dass es mich gibt.«

»Aber nur virtuell«, sagte Frank.

»Was soll denn das–?«, begann Groxmox, und Frank unterbrach ihn mit einer Handbewegung.

»Gemach, mein großer grüner Freund«, sagte er. »Ich erkläre es dir, oder versuche es wenigstens.«

»Weil du glaubst, ich wäre zu dumm, um dich zu verstehen?«, fragte Groxmox und kniff drohend ein Auge zu.

»Ich verstehe es ja selbst nicht genau«, antwortete Frank, noch immer wie ein missgelaunter Drache aus Nüstern und Mund qualmend. »Aber ich versuche es wenigstens. Also, seht mal: Ihr glaubt, ihr wärt Halblinge und Orks und Elben und wie alle die anderen Völker heißen mögen. Und ihr glaubt, in den Quarterfields zu leben, einem magischen Königreich, in dem seit Anbeginn der Zeit ein Krieg zwischen Menschen und ihren Verbündeten auf der einen und den Orks und Drachen auf der anderen Seite tobt.«

»Drachen gibt es bei uns nicht«, sagte Groxmox.

»Die kommen erst noch, im übernächsten Level«, gab Frank zurück. »Aber das ist nicht der Punkt.«

»Welcher Punkt?«, fragte Groxmox.

»Der Punkt, dass nichts von alledem wirklich existiert.«

»Was für ein Quatsch«, polterte Groxmox. Die Viertellande –«

»Das da«, unterbrach ihn Frank und deutete mit seiner Dose auf die blinkenden und summenden Truhen ringsum, »sind die Viertellande. Nur ein Haufen Bits und Bytes, die Samuel und ich und ein Dutzend anderer Leute in den letzten zwölf Monaten programmiert haben. Es tut mir leid, aber so ist es.«

»Da drinnen?« Groxmox schnaubte. »So dumm ist nicht einmal ein Halbling, das zu glauben.«

»Um genau zu sein, liegen alle Daten auf dem abgesicherten Server im Nebenraum«, sagte Frank. Er machte eine Kopfbewegung hinter sich; und zu Groxmox' Beunruhigung damit in genau die Richtung, aus der Samuel und er vorhin gekommen waren.

»Mir ist schon klar, wie schwer es euch fallen muss, das zu glauben, aber die Quarterfields mit all ihren Bewohnern und Feinden und Freunden und Geschichten sind nichts als ein Computerspiel. Zwar vielleicht das komplexeste, das jemals programmiert worden ist, aber trotzdem nicht mehr als ein Spiel.«

»Ein Spiel?«, fragte Samuel verstört. »Soll das heißen, dass wir alle –«

»Nicht mehr als virtuelle Figuren in einem Spiel seid, ja«, sagte Frank.

»Das kann nicht sein«, protestierte Samuel. »Ich erinnere mich an mein ganzes Leben. Meine Eltern, meine Kindheit. Alles. Mein ganzes Leben! Ich erinnere mich ganz genau an jede Kleinigkeit!«

»Ich auch«, sagte Groxmox.

»Natürlich tut ihr das«, sagte Frank. » Wir haben eure Erinnerungen erfunden. Das ist ja gerade das Sensationelle an dem Programm. In einem normalen Adventure gibt es eine Handvoll vorgefertigter Charaktere, und in den ganz guten sind sie sogar mit einer rudimentären KI gekoppelt, sodass sie sich in eingeschränktem Maße weiterentwickeln. Wir aber wollten mehr. Quarterfields entwirft tausende von eigenständig denkenden Charakteren und stattet sie nicht nur mit komplexen Erinnerungen und Legenden aus, sondern lässt sie auch beständig weiterlernen. Sam war der Meinung, dass die einzelnen Charaktere so komplex werden, dass sie echtem Leben schon ziemlich nahekommen. Und wenn ich mir euch beide so ansehe …« Er tat genau das. »… dann scheint es auch ziemlich gut funktioniert zu haben.«

»Ich, ich verstehe nicht …«, stammelte Samuel. Groxmox nahm jedoch an, dass er es ebenso verstand wie er selbst, und es nur nicht wahrhaben wollte. Ihm erging es ja kaum anders.

»Wir sind nur … Figuren in einem Spiel?«, hakte auch er nach.

Frank hob die Schultern und nuckelte an dem weißen Stäbchen, dessen Spitze noch heller aufglühte. Auch der Rauch aus seiner Nase wurde dichter. »Das klingt jetzt vielleicht erschreckender, als es ist«, sagte er. »Seht es mal so: Ihr seid nichts anderes als das Ergebnis eurer Erinnerungen und Erfahrungen, nicht wahr?«

Samuel starrte ihn nur weiter an, doch Groxmox nickte. Der Ork war nicht ganz sicher, ob er dem Zauberer folgen konnte, aber irgendwie hörte es sich richtig an.

Wenn auch nicht unbedingt beruhigend.

»Bei uns ist es nicht viel anders«, behauptete Frank. »Es gibt eine Menge unter uns, die glauben, dass auch wir von einem … mächtigen Wesen erschaffen worden sind.«

»Wozu?«, fragte Groxmox.

»Das ist ein anderes Thema. Wichtig ist, dass es Sam gelungen ist, beinahe so etwas wie Leben zu erschaffen.«

»Beinahe?«, grollte Groxmox.

»Wofür ihr beide der lebende Beweis seid, nicht wahr? Ich verstehe nur noch nicht ganz, warum ihr jetzt hier draußen seid. Aber das wird mir Sam gleich erklären, wenn er kommt. He! Ich an eurer Stelle wäre jetzt ziemlich aufgeregt, immerhin steht ihr gleich eurem Schöpfer gegenüber. Und dazu müsst ihr nicht einmal sterben.«

Er sah Samuel und Groxmox Beifall heischend an, doch sie starrten nur finster zurück. Tief in sich spürte Groxmox, dass die Worte des vermeintlichen Magiers zwar wahr waren, sich hinter dieser Wahrheit aber noch eine zweite und viel schlimmere Wahrheit verbarg.

»Also gut, Spaß beiseite«, fuhr Frank fort und räusperte sich ein paarmal laut und unecht. »Das wirklich Sensationelle an Quarterfields ist, dass der Spieler nicht mehr vor dem Bildschirm sitzt, oder eine alberne Brille tragen muss. Er klinkt sich wortwörtlich in das Spiel ein. So lange er online ist, sieht und hört er nicht nur, was geschieht, sondern *lebt* es, versteht ihr?«

»Nein«, sagten Groxmox und Samuel unisono.

»Ja, mir an eurer Stelle würde es wohl genauso ergehen«, seufzte Frank.

Groxmox war nicht ganz sicher, ob es Frank an Franks Stelle nicht so erging, aber anstatt das auszusprechen, fragte er: »Der ... Auatar?«

»Avatar.« Frank nickte, und Groxmox setzte noch einmal an. »Der Avatar, den Samuel für dich gehalten hat, das war dann also ein Besucher aus eurer Welt?«

»Euer Schöpfer, sozusagen.« Frank wandte sich direkt an Samuel. »Wenn du auf dieser Seite leben würdest, dann könntest du jetzt mit Fug und Recht behaupten, dass du mit Gott gesprochen hast.«

Samuel schien das nicht im Geringsten komisch zu finden. Seine Augen wurden schmal. »Warum?

»Warum was?«

»Warum ist er zu mir gekommen?«

»Das weiß ich nicht«, gab Frank ganz unverblümt zu. »Ich hatte gehofft, dass du mir das sagen kannst. Du hast mit ihm gesprochen. Was wollte er von dir?«

»Er hat mir Stech übergeben«, antwortete Samuel.

»Stech?«

»Mein Schwert.« Samuel zog Stech aus dem Gürtel und hielt es ihm hin, doch Frank griff erst danach, als er die Waffe herumdrehte, sodass er sie am Griff nehmen konnte.

»Eine prachtvolle Waffe«, sagte er. »Und Sam hat sie dir gegeben?«

»Er hat gesagt, dass es ein besonders mächtiges Schwert ist«, bestätigte Samuel. »Eine Klinge, die jeden Ork auf der Stelle tötet.«

»Und?«, fragte Frank, ohne den Blick von der aufwändig ziselierten Klinge zu nehmen. *Wie* kunstfertig das Heft der Waffe wirklich verziert war, das fiel Groxmox überhaupt erst jetzt auf.

»Sehe ich etwa tot aus?«, polterte der Ork.

»Aber er hat dich damit geschnitten?«

Groxmox nickte, und Samuel fügte ungefragt hinzu: »Es hat ihn ziemlich schlimm erwischt. Er wäre beinahe gestorben, und er hat sich ... verändert.«

»Ja, ich erinnere mich.« Frank drehte das kleine Schwert weiter in den Händen. »Samuel ... der richtige Samuel, er war der Meinung, dass wir die Orks zu stark kreiert haben und dass euch ein bisschen Hilfe guttun würde. Wir anderen waren dagegen, aber wie es aussieht, hat er auf eigene Faust gehandelt.« Er runzelte die Stirn und sah nachdenklich zu Groxmox hoch. »Verändert? Wie?«

Groxmox funkelte ihn nur böse an, doch Samuel antwortete an seiner Stelle: »Er ist schlauer geworden.«

»Schlauer? Ein intelligenter Ork?«

»Das habe ich nicht gesagt«, beeilte sich Samuel zu versichern. »Er ist ein Ork und damit dämlich. Aber vorher war er noch viel dämlicher. Jetzt kann er immerhin bis drei zählen.«

»Erinnere mich daran, dass ich dir mindestens fünf Rippen breche, wenn das hier vorbei ist«, grollte Groxmox.

In Franks Augen blitzte es ganz kurz und amüsiert auf, doch dann machte sich ein Ausdruck maßloser Verblüffung auf seinem Gesicht breit. »He! Aber das ist ja! –«

»Was?«, fragte Groxmox alarmiert, und Samuel stellte sich auf die Zehenspitzen, um besser sehen zu können.

Frank ignorierte sowohl das eine als auch das andere, zog und drückte weiter an Stech herum, und mit einem Mal glitt ein kleines Stück des Griffs zur Seite und gewährte ihnen einen Blick auf einen rechteckigen versenkten Schlitz. »Ein Elbenschwert mit USB-Anschluss«, sagte Frank. »Das nenne ich mal ungewöhnlich! Wartet mal!«

Rasch eilte er zu seinem Tisch, nahm eines seiner geheimnisvollen Geräte und zog einen dünnen schwarzen Strick mit einem versilberten Ende heraus, das er in den Schwertgriff steckte.

»Na da laus mich doch der Affe!«, entfuhr es ihm. »Das ist sie! Das ist sie tatsächlich!«

»Was?«, fragte Samuel. Groxmox sagte nichts, aber er starrte das Schwert aufmerksam und mit klopfendem Herzen weiter an. Frank hatte Stech scheinbar achtlos auf den Tisch gelegt, doch etwas … geschah damit. Anders als vorhin huschten nun keine Funken und Lichtblitze mehr über die Klinge, doch in ihrem Inneren regte sich etwas. Etwas sehr Mächtiges, das ihm Angst machte. Spürte Frank es denn nicht?

Anscheinend nicht, denn er deutete nun aufgeregt gestikulierend mit beiden Händen auf das Fenster, auf dem ein wahres Gewitter verwirrender, einander jagender Symbole und Zeichen herunterschoss, und das so schnell, dass sie in einem zuckenden Lichtgewitter ineinanderzufließen schienen. »Das ist sie!«, rief er aufgeregt. »Versteht ihr denn nicht?«

»Nein«, sagte Samuel.

»Das ist die KI!«, antwortete Frank aufgeregt. »Die verschwundene KI, nach der wir gesucht haben! Das ist sozusagen ihr Avatar!«

»Aha«, sagte Samuel, und Groxmox fragte: »Was genau bedeutet das?«

»Das weiß ich auch noch nicht«, gestand Frank. »Aber ich denke, du kannst dich freuen, mein Freund. Wenn dieses Schwert dich wirklich geschnitten hat, dann wirst du schon sehr bald wahrscheinlich nicht nur bis fünf zählen können, sondern auch deinen Magister in Philosophie machen. Es scheint wie ein Virus zu funktionieren! Und warum auch nicht? In gewissem Sinne ist die KI auch so eine Art Lebewesen. Sie will nur überleben, das ist alles.«

Groxmox verstand das Staunen des Zauberers nicht ganz. Was war daran so seltsam, dass ein lebendiges Wesen weiterleben wollte und auch alles dafür tat?

»Und er gibt ihm ausgerechnet die Form eines Schwertes«, sagte Frank kopfschüttelnd, »Ich habe Samuels besonderen Sinn für Humor noch nie verstanden, wenn ich ehrlich sein soll.«

»Und ich deine Frage nicht«, sagte Groxmox. »Ihr habt uns als ein Volk von Kriegern erschaffen, warum also sollte unsere mächtigste Waffe kein Schwert sein?«

Frank sah ihn einen Moment lang mit schräggehaltenem Kopf an. »Du sprichst mir ein bisschen viel von Krieg und Waffen und Töten«, sagte er schließlich.

Groxmox wollte antworten, doch Samuel kam ihm zuvor.

»Er ist ein Ork, was erwartet Ihr?«

Frank war immerhin klug genug, darauf nicht zu antworten, sondern sich stattdessen lieber wieder dem Fenster zuzuwenden. Zahlen und Symbole jagten noch immer in rascher Folge darüber hinweg, doch Groxmox hatte den Eindruck, dass sich etwas an diesem rasenden Takt geändert hatte. Er konnte aber nicht sagen, was.

»Nun ja, ein Problem nach dem anderen«, sagte Frank. »Unser allergrößtes Problem scheint sich ja gerade gelöst zu haben. Ich werde dieses kleine Biest hier jetzt erst einmal unschädlich machen, und dann sehen wir weiter.«

Ein einzelner, giftgrüner Funke löste sich von Stechs nadelfeiner Spitze, sprang in das Fenster und explodierte dort zu einem Meer aus grellgrünem Licht, das alle Zahlen und Ziffern und Symbole auflöste. Frank prallte mit einem überraschten Schrei zurück, fuhr herum und schrie dann noch einmal und lauter auf, als sein Blick auf Stech fiel. Die Klinge glühte in einem hellgrünen, pulsierenden Licht, und ein ganz leises Summen war zu hören, das sich allerdings rasch steigerte und zu einem Laut gleich dem Brummen eines angreifenden Hornissenschwarmes anschwoll.

»Was?«, begann Frank, und ein einzelner, so grell leuchtender grüner Funke, dass sein Feuer in den Augen schmerzte, sprang von der leuchtenden Klinge und traf ihn mit solcher Gewalt in der Brust, dass er wie vom Faustschlag eines Ork getroffen von den Füßen gehoben und gegen das magische Fenster geschmettert wurde. Sowohl er als auch das magische Artefakt fielen zu Boden und das Fenster zerbrach. Doch auch wenn Frank ein bisschen mitgenommen aussah, so blieb er doch unverletzt; sah man von einem rauchenden Brandfleck auf seiner Brust ab und der Tatsache, dass sein Haar plötzlich in allen Richtungen abstand und knisterte, wie bei einer Katze, die man gegen den Strich gebürstet hatte. Es sah fast komisch aus.

Auch wenn Frank ganz offensichtlich nicht zum Lachen zumute war.

»Was zum …?«, murmelte er, schüttelte benommen den Kopf und stierte einen Moment lang einfach nur vor sich hin. Dann jedoch sprang er nur umso heftiger auf, begann irgendwelches sinnlose Zeug zu kreischen und riss Stech mit solcher Gewalt vom Tisch, dass der Strick an seinem Ende abriss und schon wieder Funken stoben.

»Die KI!«, brüllte er. »Wo ist sie? Sie ist weg!«

»Meister?«, fragte Samuel verdattert.

»Die KI!«, brüllte Frank noch einmal, »Wo ist sie?«

»Aber Ihr haltet sie doch in den Händen«, antwortete Samuel. »Das habt Ihr doch selbst gesagt!«

»Das ist doch nur ein blödes Messer, du dämlicher Zwerg«, blaffte Frank. »Das, was drinnen war, ist weg!«

»Drinnen?«, erkundigte sich Groxmox. »War es denn hohl?«

»Nein, das war es nicht, du dämlicher, grüngesichtiger, schuppiger …«

»Ork?«, schlug Groxmox vor.

Frank plusterte sich noch weiter auf, riss sich dann aber mit sichtbarer Mühe zusammen und zwang etwas auf sein Gesicht, das er anscheinend für ein Lächeln hielt. »Tut mir leid«, sagte er. »Das war ungerecht. Ich entschuldige mich. Aber wir haben ein wirkliches Problem, weißt du?« Er wedelte mit Stech herum. »Die KI ist im System. Ich meine in *allem* hier, versteht ihr?«

»Nein«, antwortete Samuel.

Groxmox sagte gar nichts, aber das tat er auf eine Art, von der er ziemlich sicher war, dass sie Frank nicht gefallen würde.

»Wie auch?«, schnappte Frank. »Aber egal. Wir haben wirklich ein Problem. Wenn dieses Ding aus dem Gebäude entkommt, dann ist das unser Ende. Und nicht nur meines und Samuels und das der Firma, sondern auch eures. Sie werden hier alles abschalten, und dann seid nicht nur ihr tot, sondern eure ganze Welt gleich dazu. Habt ihr das verstanden?«

Groxmox nickte abgehackt, doch Samuel fragte: »Warum erzählt Ihr uns das, Meister?«

»Weil ich eure Hilfe brauche«, antwortete Frank. »Ich muss das ganze System resetten, um es zu säubern, und dazu muss ich den Strom im gesamten Gebäude abschalten. Aber das schaffe ich nicht alleine.«

»Wieso nicht?«, wollte Groxmox wissen.

»Weil es einen Notstromgenerator gibt, der automatisch anspringt, sobald die Spannung unter ein gewisses Niveau fällt«, sagte Frank. »Ich muss ihn ausschalten, bevor ich hier den Knopf drücke.«

»Aha«, murmelte Groxmox.

Frank verdrehte die Augen. »Ich erwarte nicht, dass du das verstehst«, sagte er. »Aber wenn du und dein kleiner Freund da sowie eure ganze Welt weiterleben wollen, dann müsst ihr mir helfen.«

Groxmox war so ziemlich alles, nur nicht überzeugt, aber Samuel kam ihm zuvor, indem er heftig nickte. »Selbstverständlich helfen wir Euch, Meister«, sagte er. »Was sollen wir tun?«

»Nicht sehr viel mehr als nichts«, sagte Frank. Er klang ein bisschen nervös, fand Groxmox; aber wenn zutraf, was er gerade gesagt hatte, dann hatte er ja wohl auch jeden Grund dafür.

»Bleibt einfach hier und wartet, bis ich zurück bin, das ist alles. Aber ich muss mich darauf verlassen können, dass ihr das auch wirklich tut.«

Ganz wie er erwartet hatte, beeilte sich Samuel zu nicken, doch Groxmox fragte misstrauisch: »Und wozu soll das gut sein?«

»Das erkläre ich euch, sobald ich zurück bin«, antwortete

Frank. »Ich kann es natürlich auch jetzt und in aller Ruhe tun, und währenddessen geht hier alles zum Teufel, euch und alle eure Freunde und eure gesamte Welt eingeschlossen. Wollt ihr das?«

»Natürlich nicht, Herr!«, sagte Samuel hastig. »Geht nur. Groxmox und ich warten hier auf Eure Rückkehr.«

»Gut. Und geht auf gar keinen Fall weg.« Frank nickte noch einmal, um seine Worte zu bekräftigen, fuhr auf dem Absatz herum und stürmte davon.

Samuel wartete, bis er den Raum verlassen hatte, dann jedoch drehte er sich mit einem Ruck zu Groxmox herum und fuhr ihn an: »Was ist in dich gefahren, so mit ihm zu sprechen? Weißt du denn nicht, wer das ist?«

»Jemand, dem ich nicht traue«, grollte Groxmox. »Anscheinend weißt *du* nicht, mit wem wir da gerade gesprochen haben! Hast du ihm nicht zugehört?«

»Er gehört zu denen, die uns erschaffen haben!«, gab Samuel aufgebracht zurück.

»Ja, und zwar als Spielzeug. Hast du nicht zugehört?«

»Unsinn! Ohne sie gäbe es uns gar nicht!«, polterte Samuel.

Doch das ließ Groxmox nicht gelten. »Alles was passiert ist!«, sagte er. »All die Jahrhunderte voller Krieg. Abertausende, die ihr Leben verloren, und das nur, damit sie ein ... ein *Spiel* spielen können! Das ist nicht richtig!«

»Und so ist es auch nicht gewesen«, widersprach Samuel.

»Ach nein? Und wie sonst?«

»Das weiß ich nicht«, erwiderte Samuel. »Aber es gibt bestimmt noch eine andere Erklärung. Sobald Meister Frank zurück ist, wird er uns gewiss alles erklären.«

Noch vor Tagesfrist hätte Groxmox ihm kurzerhand den Schädel eingeschlagen und die Diskussion auf diese Weise beendet; und sei es nur, um ihn für die dreiste Lüge zu bestrafen, denn er spürte genau, wie wenig der Halbling selbst von seinen Worten überzeugt war.

Aber das war gestern gewesen, und seither war viel geschehen. Vielleicht sogar noch mehr, als er bis hierhin schon vermutete. Statt Samuel die Abreibung zu verpassen, die ihm zustand, machte er daher nur ein abfälliges Geräusch und drehte sich mit einem Ruck fort. Er bedauerte längst, den vermeintlichen Zauberer einfach gehen gelassen zu haben. Zwar hatte er nicht die mindeste Vorstellung davon, was er mit *Strom abschalten* gemeint haben mochte, doch es konnte nichts Gutes sein, da war er ganz sicher.

Einen Moment lang war er nahe daran, dem Menschen nachzueilen, doch dann musste er wieder daran denken, wie groß und unheimlich dieses Gebäude war, und dass er ihn wahrscheinlich gar nicht finden würde. Außerdem wollte er Samuel nicht allein lassen. Aus einem Grund, den er selbst nicht kannte, fühlte er sich für den geschwätzigen Halbling verantwortlich.

Statt irgendetwas zu sagen, von dem er ohnehin wusste, dass es nur zu einer Fortsetzung des sinnlosen Streits führen musste, sah Groxmox sich noch einmal aufmerksam in dem großen Raum um, doch das erwies sich als keine gute Idee. Alles hier war so seltsam und fremd, dass ihm schon schwindelig wurde, wenn er nur zu lange hinsah, und wäre er kein Ork gewesen, dann hätte er wohl zugegeben, dass es ihm Angst machte.

Vielleicht nur um diesen unsinnigen Gedanken nicht zu Ende denken zu müssen, trat er wieder an den Tisch heran, nahm Stech auf und wog das Messer nachdenklich in der Hand. Bis auf eine kleine versengte Stelle am Griff war kein Unterschied zu bemerken. Es war auch nicht leichter geworden. Frank hatte behauptet, dass irgendetwas darin gewesen und jetzt nicht mehr da war, aber das konnte nicht sein.

Und außerdem bekam er von diesen verrückten Gedanken schon wieder Kopfschmerzen.

»Also ich kann verstehen, dass du aufgeregt bist«, setzte Samuel nach einer Weile neu und in einem gezwungen versöhnlichen Ton an. »Und ich kann sogar verstehen, dass du Meister Frank nicht traust. Ich meine: Ich an deiner Stelle täte es wahrscheinlich auch nicht, immerhin gehört er zu deinen Feinden. Wenn man es genau nimmt, sogar zu ihren Anführern. Wie kannst du ihm da trauen?

Da Groxmox beschlossen hatte, den Beleidigten zu spielen, sagte er gar nichts, und Samuel wirkte für einen Moment so hilflos, dass er ihm beinahe schon leidtat. »Also sobald er zurückkommt, wird er uns bestimmt alles erklären«, sagte er schließlich.

Was gab es da zu erklären?, dachte Groxmox missmutig. Sie wussten doch schon alles. Samuel und er und alle ihre Brüder und Schwestern, alle die sie kannten, waren nicht mehr als Spielzeuge, von Wesen erschaffen, die offensichtlich über die Macht von Göttern verfügten, aber ungefähr so viel Mitgefühl hatten wie ein Stein. Ein Gefühl von Bitterkeit machte sich in ihm breit, das schlimmer war als Zorn, denn er fühlte sich zugleich so hilflos, dass es beinahe körperlich wehtat.

»Ich weiß, dass es schwer zu verstehen ist«, plapperte Samuel weiter, fast als habe er seine Gedanken gelesen. Wahrscheinlich konnte man sie ihm auch recht gut ansehen. »Vielleicht kann man die Beweggründe von Wesen solcher Macht auch gar nicht nachvollziehen.«

»Bosheit?«, schlug Groxmox vor.

Samuel setzte zu einer Antwort an, doch Groxmox brachte ihn zum Schweigen, indem er ihm das Messer in die Hand drückte, dessen Dimensionen in seinen winzigen Fingerchen sofort wieder zu denen eines Schwertes anwuchsen. Samuel war ein bisschen verdutzt. Aber er hielt wenigstens die Klappe.

Groxmox schickte nur zur Sicherheit noch einen finsteren Blick hinterher und wandte sich dann beleidigt ab. Er hätte nicht sagen können, was ihn zorniger machte: Die Erkenntnis, von diesen Wesen, die Samuel (ja nicht einmal ganz zu Unrecht) als *Götter* bezeichnete, einfach nur zu einem grausamen Zeitvertreib erschaffen worden zu sein oder die, dass Frank es ihnen auch noch *gesagt* hatte. Ja, nahm er sich vor, er *würde* sich gedulden, bis Frank zurückkam, doch das Gespräch, das er dann mit ihm führen würde, würde Samuel gewiss nicht gefallen. Und dem jungen Magier schon gar nicht.

Zeit verging, eine schiere Ewigkeit, wie es ihm vorkam, dann versuchte Samuel es noch einmal: »Du wirst sehen, dass –«, und das Licht ging aus.

Von einem Sekundenbruchteil auf den anderen wurde es dunkel; so schnell und so absolut, wie Groxmox es noch nie zuvor erlebt hatte.

Samuel stieß einen erschrockenen Schrei aus, während der Ork zur Reglosigkeit erstarrte; abgesehen von seiner rechten Hand, die mit einem hörbaren Klatschen auf dem Schwertgriff landete. In der vollkommenen Stille, die zusammen mit der Dunkelheit Einzug gehalten hatte, wirkte der Laut wie ein Peitschenschlag, hart und lang nachhallend und unhörbare Echos in der Dunkelheit weckend, die von bevorstehendem Unheil kündeten. All seine Sinne waren von einem Sekundenbruchteil auf den anderen zum Zerreißen angespannt.

Nur gab es nicht viel, worauf er sie richten konnte.

Es war, als wäre er tot. Er hörte nichts, sah nichts, roch nichts, fühlte nichts. Abgeschnitten von allen Sinneseindrücken und gefangen in einem Verlies aus vollkommenem Nichts fragte er sich ernsthaft, ob er tot war, und das hier nun wirklich die Hölle, schlimmer als jedwede nur vorstellbare Qual.

Oder vielleicht auch nicht, denn in diesem Moment wurde eine ihm wohlbekannte, nörgelnde Stimme neben ihm laut: »Was ist denn jetzt wieder los?«

Er hatte sich getäuscht. Schlimmer als unvorstellbar konnte es immer werden.

Und das wurde es …

Groxmox setzte zu einer patzigen Bemerkung an, mit der er den vorlauten Knirps zuverlässig zum Schweigen bringen würde und spürte selbst, wie das vorfreudige Grinsen auf seinen Zügen gefror.

Oder um genauer zu sein, erst gar nicht darauf erschien.

Er konnte nicht grinsen, so wenig, wie er etwas sagen konnte, oder sich rühren, oder auch nur atmen. Jegliche Kontrolle über seinen Körper ging ihm verloren, dann auch jegliches Gefühl, und ihm war, als löse er sich einfach auf, bis da nur noch seine Gedanken waren, und dann nicht einmal mehr die, sondern nur noch das reine Empfinden, zu sein.

Dann begann sich auch das aufzulösen, als triebe sein Ich in einem Ozean aus Säure, der aus allen Richtungen an ihm nagte und fraß.

Und dann war es vorbei, von einem nicht erfolgten Lidschlag auf den nächsten. Es blieb so dunkel, wie es gewesen war, aber die Wirklichkeit war wieder da. Sein Herz raste, er atmete so tief und heftig ein, dass die Luft wie ein Messer in seine Kehle schnitt, und seine Hand schloss sich mit solcher Urgewalt um den Schwertgriff, dass das Metall selbst ächzte.

Die neu gewonnene Körperlichkeit traf ihn mit solcher Wucht, dass er taumelte und gegen etwas Kleines und sehr Leichtes prallte, das mit einem erschrockenen Piepsen davonflog. Statt sich jedoch zu beschweren, rappelte sich Samuel nur umständlich und in etlichen Schritten Entfernung wieder auf und fragte: »Sind wir … tot?«

Über diese Frage sollte er eigentlich lachen, zumal Samuel sie nicht das erste Mal stellte, doch sie jagte ihm im Gegenteil einen eisigen Schauer über den Rücken.

»Keine Ahnung«, gestand er und fügte zu seiner eigenen Überraschung hinzu: »Hast du dir wehgetan?«

Ganz offensichtlich erstaunte die Frage den Halbling mindestens so sehr wie ihn selbst, denn es verging eine geraume Weile, bis der Kleine überhaupt antwortete. Aber dann tat er es auf eine Art, die seine eigene Frage von gerade im Grunde schon beantwortete. »Nein«, sagte er. »Das hast *du* schon getan.«

»Dann bin ich ja beruhigt«, sagte Groxmox. »Ich jedenfalls fühle mich wie immer.«

»Grmpf«, machte Samuel.

Groxmox grinste. Immerhin konnte er es wieder.

»Aber was ... was war denn das?«, stammelte Samuel.

Groxmox hob zur Antwort nur die Schultern, zog aber vorsichtshalber das Schwert ganz aus der Scheide; was der Halbling zwar nicht sehen, aber mit Sicherheit hören konnte. »Warum suchen wir deinen Zauberfreund nicht und fragen ihn?«, grollte er. Oder prügeln es gleich aus ihm heraus? Gut, diesen letzten Satz behielt er vorsichtshalber für sich.

»Aha«, gab Samuel von sich, schwieg mindestens eine halbe Minute und fragte dann: »Und wie?«

»Indem wir ihn suchen?«

»Ach so«, antwortete Samuel. »Ja, klar. Warum bin ich nur nicht gleich von selbst darauf gekommen? Ich bin aber auch manchmal ein Dummerchen.«

Groxmox sparte sich jede Antwort darauf, aber vielleicht war es ja ganz gut, dass der Halbling im Moment ein Stück außerhalb seiner Reichweite stand.

»Also gut, wenn der große Krieger es befiehlt, dann wird sein gehorsamer Sklave natürlich gehorchen«, nörgelte Samuel weiter.

Groxmox sagte auch dazu nichts – wozu das Offensichtliche auch noch aussprechen? – und Samuel ließ noch einige weitere Augenblicke verstreichen. Dann sah er schließlich ein, dass Groxmox nicht versuchen würde, ihn davon abzuhalten, und ging los. Etwas schepperte, dann hörte man einen lautstarken Knall, gefolgt von einem Schrei und einem unflätigen Fluch.

»Sei ein bisschen vorsichtig«, mahnte Groxmox. »Hier steht überall jede Menge Krempel rum.«

»Was du nicht sagst!«, giftete Samuel. »Und wie sollen wir Meister Frank dann finden, ohne uns vorher den Hals zu brechen?«

Was er sich lieber für *Meister Frank* selbst aufsparte, dachte Groxmox. Wortlos ging er zu Samuel hin, ergriff – sehr vorsichtig – dessen Hand und hakte sie in seinem Gürtel ein. »Halt dich fest.«

Samuel japste schon wieder zur Antwort, doch Groxmox ging bereits los, und immerhin war der Halbling geistesgegenwärtig (oder perplex) genug, um sich instinktiv festzuhalten, sodass er ihn einfach hinter sich herschleifte.

Sie hatten schon die halbe Strecke zur Tür hinter sich gebracht, als Samuel sagte: »Wenigstens trampelst du nicht einfach alles nieder. Eigentlich hatte ich damit gerechnet,«

Und Groxmox hätte es auch gekonnt, ohne sich anzustrengen, doch wozu? Er hätte nur unnötigen Lärm verursacht. Also wich er mit den feinen Instinkten seiner Rasse allen Hindernissen aus, die er vor sich spürte und vermied es sogar, auf irgendetwas zu treten, das unter seinem Gewicht zerbrechen und ein verräterisches Geräusch verursachen konnte.

Erst bei der Tür angekommen, fragte Samuel: »Wie ... wie hast du das gemacht?«

»Was?«

»Aber du siehst doch gar nichts! Es ist stockfinster!«

»Wer braucht denn Licht, um zu sehen?«, grummelte Groxmox: »Ich bin ein Ork.«

»Ach so«, antwortete Samuel benommen. Dann: »Meister Testa hatte recht.«

»Womit?« Groxmox hob die freie Hand und tastete nach der Tür, bis er den Spalt gefunden hatte.

»Dass sie euch zu stark gemacht haben«, antwortete Samuel. »Wir brauchen dringend Unterstützung. Das eine oder andere Zauberschwert wäre da schon einmal ein Anfang.«

Apropos Zauberschwert: Groxmox griff hinter sich, zog Stech aus Samuels Gürtel und schob die papierdünne Klinge behutsam in den Türspalt. Nichts geschah. Keine Funken stoben, kein Klicken erscholl. Und die Tür ging auch nicht auf.

»Was tust du da?«, fragte Samuel in der Dunkelheit neben ihm.

Statt zu antworten, drückte Groxmox ein bisschen fester, und die Schwertklinge brach ab.

»Nichts«, sagte er.

»Dann mach die Tür auf«, verlangte Samuel.

Groxmox schob ihm den abgebrochenen Messergriff wieder unter den Gürtel, steckte die zersplitterte Klinge aber vorsichtshalber ein (Samuel musste ja nicht sofort merken, dass sein Spielzeugmesserchen kaputt war) und trat die Tür auf. Da er nicht vergessen hatte, dass sie aus Metall bestand, hatte er mit einiger Kraft zugetreten, diese aber entweder unter- oder die Stabilität der Tür überschätzt, jedenfalls flog sie mitsamt den herausgerissenen Angeln an die gegenüberliegende Wand und ließ auch diese bersten. Groxmox wartete, bis die lang anhaltenden Echos seines Zerstörungswerks verklungen waren.

»Ist offen«, sagte er. Als Samuel nicht reagierte, fügte er noch hinzu. »Und wohin jetzt?«

»Nach rechts«, antwortete Samuel.

»Wohin?«

Samuel seufzte. »Die Hand, in der du normaler Weise dein Schwert hältst.«

»Wie soll ich denn in zwei Richtungen gleichzeitig gehen?«, fragte Groxmox.

Es hatte ein Scherz sein sollen, den Samuel aber offensichtlich ernst nahm, denn Groxmox meinte regelrecht zu hören, wie er eine Grimasse schnitt. Dann löste sich die Hand des Halblings von seinem Gürtel, und er ging an ihm vorbei. Zwei Schritte erklangen, dann ein dritter und etwas zuversichtlicherer und schließlich ein gewaltiges Scheppern und ein mühsam unterdrückter Fluch. Samuel hatte die eingetretene Tür gefunden.

»In dieser Hand halte ich normalerweise meine Keule«, sagte Groxmox. »Vielleicht hältst du dich doch besser an mir fest.«

»Das war komisch«, nörgelte Samuel. Groxmox konnte hören, wie er aufstand und zu ihm zurückhumpelte. »Warum hast du mich nicht gewarnt?«

Aber er griff nun mit beiden Händen nach Groxmox' Gürtel und hielt sich daran fest. Groxmox drehte sich in die andere Richtung und ging mit sehr vorsichtigen kleinen Schritten los, um den Halbling nicht erneut von den Füßen zu reißen.

»Wohin gehen wir überhaupt?«, wollte Samuel wissen.

»Aufwachen«, antwortete Groxmox. »Und ich esse nie wieder etwas von Muxlux, das verspreche ich. Von dem Kerl kriegt man Albträume.«

Es war sein zweiter Versuch, einen Scherz zu machen, und dieses Mal reagierte Samuel immerhin darauf. »Was Humor angeht, musst du noch eine Menge lernen«, sagte er.

Möglicherweise hätte Groxmox sogar darauf geantwortet, doch in diesem Moment nahm sein feines Gehör einen verräterischen Laut wahr, und er blieb so abrupt stehen, dass Samuel gegen ihn prallte und ein ärgerliches Zischen von sich gab. »Was ist denn jet –«

»Jemand kommt«, unterbrach Groxmox und Samuel verstummte mitten im Wort.

Sie lauschten. Schritte näherten sich, schnelle Schritte von deutlich mehr als einer Person, und geflüsterte Worte. Er verstand zwar die Sprache, aber sie benutzten eine Menge Worte, die er nicht kannte. Immerhin identifizierte er Franks Stimme, die sehr angespannt klang.

Vor ihnen erschien nun ein Licht, wenn auch von einer Art, wie Groxmox es zuvor noch niemals gesehen hatte: Ein dünner, unglaublich heller Strahl, der wie ein Messer durch die Dunkelheit schnitt und ein gleißendes Oval zitternd über Decke, Wände und Fußboden wandern ließ.

»Geh voraus«, sagte Groxmox, legte Samuel beide Hände auf die Schultern und schob ihn dem leuchtenden Oval entgegen. Samuel keuchte vor Schrecken und wollte sich losreißen, doch Groxmox versetzte ihm einen zusätzlichen Stoß, der ihn zwei weitere Schritte vorwärtsstolpern und im Zentrum des Lichtovals auf ein Knie fallen ließ.

Vor ihm erscholl ein erschrockener Ruf, und ein zweiter und dritter Lichtstrahl gesellten sich dem ersten hinzu. Samuel kniff die Augen zusammen und hob die Hand vor das Gesicht, und Groxmox wich lautlos zwei Schritte zurück, um sich in der Dunkelheit zu verbergen.

»Aber was ist denn …?« Meister Frank tauchte als scharf umrissener tiefenloser Schatten aus dem Licht auf und starrte Samuel aus fassungslos aufgerissenen Augen an.

»Meister?«, antwortete Samuel. »Das Licht. Es blendet so!«

Frank schien die Worte gar nicht zu hören. Er kam einen weiteren Schritt näher und wirkte eher noch fassungsloser. »Aber das ist doch nicht möglich!«, keuchte er. »Wo … wieso bist du noch hier?«

Groxmox hatte sich ihm gerade wieder nähern wollen, nun aber blieb er stattdessen stehen und spitzte misstrauisch die Ohren. Und da er ein Ork war, konnte er das sogar wortwörtlich tun.

Franks Überraschung, sie hier draußen anzutreffen, konnte er ja sogar fast verstehen (wenn er sah, was sie mit seiner Tür gemacht hatten, würde er noch viel weniger begeistert sein), aber *was* er gesagt hatte, alarmierte ihn. Und vor allem *wie* er es gesagt hatte. Groxmox beschloss, noch eine Zeit abzuwarten und zuzuhören.

»Das mit der Tür tut mir leid, Herr«, sagte Samuel. »Ich wollte es nicht, aber –«

»Wieso bist du noch hier?«, murmelte der Zauberer fassungslos. »Dich ... dich dürfte es gar nicht mehr geben!«

»Ich kann das erklären«, sagte Samuel hastig. Die linke Hand noch immer vor das Gesicht haltend, um sich vor dem beißenden Licht zu schützen, stand er auf.

Frank sagte noch einmal und jetzt eindeutig entsetzt: »Es dürfte dich gar nicht mehr geben. So wenig wie alles andere.«

Groxmox sah jetzt, dass er nicht allein gekommen war. Hinter ihm standen drei weitere Schatten, aus deren Händen dieses unvorstellbar helle Licht schien, das sich noch immer auf Samuels Gesicht richtete. In der jeweils anderen Hand hielten sie armlange schwarze Knüppel, auf denen dünne Metallrohre angebracht waren. Groxmox hatte so etwas noch nie gesehen, aber es wirkte bedrohlich.

»Ich verstehe nicht, Meister«, sagte Samuel hilflos.

»Du dürftest nicht mehr da sein«, wiederholte Frank, der nun allerdings eher zornig als überrascht klang. »Ich habe alles abgeschaltet. Das gesamte System. Auch die Backups.«

»Ist alles in Ordnung, Professor Rehberg?«, fragte einer seiner Begleiter. Groxmox' Augen hatten sich inzwischen an das grelle Licht gewöhnt, sodass er die Männer etwas besser erkennen konnte, Sie waren jung und trugen schwarze Kleider und seltsame Hüte, denen der Großteil der Krempe fehlte. Das mussten die Security-Krieger sein, von denen der Zauberer gesprochen hatte. Eigentlich, dachte Groxmox, sahen sie nicht besonders gefährlich aus. Aber man konnte nie wissen. Vielleicht geboten sie ja über gefährliche Zauberkräfte.

»Schon gut«, sagte Frank. »Aber lasst den Kerl nicht aus den Augen. Und lasst euch nicht von seinem harmlosen Äußeren täuschen. Das ist er nicht.«

»Kein Problem, Professor.« Zwei der drei Security-Krieger senkten ihre magischen Lichter und zielten stattdessen mit ihren Stöcken auf Samuel.

Frank fragte den Halbling zum wiederholten Mal: »Wieso bist du noch da? Es dürfte dich gar nicht mehr geben. Ich habe die Rechner abgeschaltet. Alle.«

»Abgeschaltet?« Samuel ließ die Hand zwar sinken, blinzelte aber unentwegt weiter, und Groxmox fiel noch etwas auf: Stech steckte wieder unter Samuels Gürtel, und obwohl er genau wusste, dass die Klinge abgebrochen war, war das kleine Schwert nun wieder vollkommen unversehrt. Selbst die unheimlichen grünen Funken tanzten wieder über die Klinge.

»Ich habe alles gelöscht«, antwortete Frank. »Quarterfields existiert nicht mehr. Und du dürftest es auch nicht. Ich verstehe nicht, wie das passieren konnte.«

»Herr?«, murmelte Samuel.

»Ihr dürftet gar nicht mehr da sein«, beharrte Frank, als müsse er die Worte nur oft genug wiederholen, um sie wahr werden zu lassen. »Es tut mir leid, dir das so brutal sagen zu müssen, mein Freund, aber nichts von dem, woran du dich zu erinnern glaubst, existiert noch. Wenn man es genau nimmt, dann hat es ja eigentlich auch nie existiert. So wenig wie du. Und nicht einmal das darf so bleiben. Ich kann das nicht zulassen.«

»Ich verstehe wirklich nicht, was–«, begann Samuel, und Frank sprang plötzlich zwei Schritte zurück, begann mit beiden Armen zu fuchteln und schrie:

»Er hat eine Waffe!«

Etwas knallte so laut, dass Groxmox die Ohren klingelten,

und eine winzige, orangerote Flamme stach aus dem magischen Stock eines der Security-Krieger. Es war eine magische Waffe, genau wie Groxmox befürchtet hatte, denn noch bevor das gewaltige Krachen verklungen war, warf Samuel beide Arme in die Luft und flog zurück, wie vom Fußtritt eines unsichtbaren Riesen getroffen. Ein rasend schnell größer werdender Blutfleck erschien auf seiner Brust, und noch bevor er gegen die Wand auf der anderen Seite des Gangs geschleudert wurde, krachte es noch zwei-, drei-, viermal. Samuel musste tot sein, noch bevor sein Körper mit haltlos pendelnden Gliedmaßen an der Wand zu Boden glitt.

Groxmox hörte den gellenden Schrei nicht einmal, den er selbst ausstieß, und auch nicht das scharrende Geräusch, mit dem er das Schwert aus der Scheide riss. Mit einem einzigen, gewaltigen Satz sprang er an dem zusammenbrechenden Halbling vorbei, schwang seine Waffe und schlug Samuels Mörder mit einem einzigen gewaltigen Hieb in zwei Teile, zusammen mit seiner Zauberwaffe.

Die beiden anderen prallten entsetzt zurück, doch sie bewiesen auch, dass sie wirkliche Elitekrieger waren. Neben ihm schrie Meister Frank gellend auf, und Groxmox versetzte ihm einen Stoß vor die Brust, der ihn mit dem befriedigenden Geräusch brechender Knochen gegen die Wand schleuderte.

Doch so kurz die Ablenkung auch gewesen war, reichte sie den Security-Kriegern doch. Beide sprangen hastig zurück, doch nicht, um die Flucht zu ergreifen, sondern lediglich, um aus der Reichweite seines Schwertes zu gelangen. Einer ließ sein magisches Licht fallen, das nicht nur erlosch, sondern auch klirrend zerbrach und scharfkantige Kristallsplitter und weiße Funken auf ihn schleuderte. Der andere richtete seinen Zauberstock auf ihn, und wieder krachte und blitzte es. Groxmox war, als träfe ihn der Fausthieb eines unsichtbaren Feuerriesen.

Viel schwerer und noch ungleich massiger als der Halbling

wurde er nicht gegen die Wand geschmettert, doch selbst er stolperte einen halben Schritt zurück und brüllte im nächsten Moment vor Schmerz und Zorn, als jemand eine höllenheiße Fackel unmittelbar unter seinem Herzen anzuzünden schien. Mehr überrascht als alles andere sah Groxmox an sich herab und stellte fest, dass etwas die eisenharten Schuppen auf seiner Brust durchschlagen hatte. Knochensplitter und zerrissenes Fleisch ragten aus der beinahe faustgroßen Wunde, und sein schwarzes Orkblut floss in Strömen. Aber der tödliche Zauber hatte sein Herz verfehlt, und selbst wenn er getroffen hätte, würde es ihn nicht lange aufhalten.

Was Meister Frank unglückseligerweise auch zu wissen schien, denn seine Stimme schwankte zwar vor Schmerz und Todesangst, doch er schrie trotzdem aus Leibeskräften: »Das ist ein Ork, ihr Dummköpfe! Das hält ihn nicht auf! Sein Kopf! Schießt ihm die Rübe runter!«

Die beiden zielten nun tatsächlich mit ihren Zauberstöcken auf sein Gesicht, doch sie zögerten, deren schreckliche schwarze Magie noch einmal zu entfesseln, und möglicherweise hätten sie das auch noch weiter getan, doch Frank brüllte noch einmal und sogar noch lauter: »Seht ihn euch doch an, verdammt! *Das ist kein Mensch!*«

Und vielleicht hätte nicht einmal das gereicht – Groxmox glaubte zu spüren, dass es den beiden trotz allem widerstrebte, zu töten – hätte die Wunde in seiner Brust nicht in diesem Moment begonnen, sich zischend und brodelnd zu schließen, und er selbst sich mühsam in die Höhe gestemmt.

Einer der beiden Security-Krieger schrie überrascht auf und prallte schon wieder einen Schritt zurück, doch der andere entfesselte abermals die furchtbare Magie seiner Waffe. Groxmox brüllte zum zweiten Mal vor Qual und Wut, als die magische Flamme diesmal nach seinem Gesicht züngelte und nicht nur ein gehöriges Stück aus seiner Wange riss, sondern auch sein rechtes Auge auslöschte. Er brach abermals in die Knie, aber nicht, ohne vorher sein Schwert zu werfen. Die Klinge durchbohrte nicht nur den Security-Krieger und tötete ihn auf der Stelle, das Heft traf auch noch den anderen und schleuderte ihn zu Boden.

Zum zweiten Mal binnen Kurzem krachte Groxmox mit der Gewalt eines niederstürzenden Berges auf den Boden, schlug die Hände vor das Gesicht und musste all seine Willenskraft aufbieten, um nicht vor Schmerz zu heulen. Die Wirkung dieser magischen Waffe war wirklich furchtbar. Er konnte sich nicht erinnern, dass ihm jemals so wehgetan worden war ...

Aber mehr war es auch nicht.

Sein Blut hörte schon wieder auf zu fließen und auch sein zerstörtes Auge würde bald wieder nachwachsen. Er war ein Ork. So lange er nicht enthauptet wurde oder ihm jemand den Schädel zu Brei schlug, gab es kaum etwas, das ihn umbringen konnte.

Damit das auch so blieb, zwang Groxmox den Schmerz mit einer gewaltigen Willensanstrengung beiseite, nahm die Hände herunter und sah seine schlimmsten Befürchtungen bestätigt: Der zweite Security-Krieger stemmte sich bereits wieder in die Höhe. Doch er versuchte nicht, seine magische Waffe noch einmal gegen Groxmox einzusetzen, sondern lief davon; zweifellos, um mit Verstärkung zurückzukommen und zu Ende zu bringen, was sein Kamerad begonnen hatte. Groxmox' Schwert musste ihn verletzt haben, denn er humpelte stark, und vielleicht hatte der Schrecken ihm auch den Verstand geraubt, denn er hielt den rechten Arm vor das Gesicht und brüllte sein Handgelenk an: »Roter Alarm! Alles in die vierte Etage! Sie sind bewaffnet und gefährlich!«

Groxmox torkelte hinter ihm her. Verletzt und zornig, wie er war, verfehlte seine zuschnappende Hand den Security-Krieger zwar, aber immerhin streifte er ihn und schleuderte ihn zu Boden.

In seinem Ungestüm rannte Groxmox noch ein gutes Stück an ihm vorbei und prallte mit solcher Wucht gegen die Wand, dass sie einen Riss bekam. Er nutzte den Schwung seines eigenen Anpralls, um herumzuwirbeln und sah, dass der Security-Krieger zwar auf dem Rücken lag und sein Gesicht blutüberströmt war, er aber noch immer sein eigenes Handgelenk anbrüllte:

»Kommt um Himmels willen hier rauf! Schnell! Sie haben Mike und Stefan umgebracht, und –«

Groxmox zerstampfte seinen Schädel mit dem Fuß und beendete den Satz an seiner Stelle: »Und dich.«

Groxmox hatte sich nicht nur die Zeit genommen, sein Schwert aus dem toten Security-Krieger zu ziehen, sondern auch, die Klinge sorgfältig an der Kleidung des Leichnams abzuwischen und wieder in die Scheide an seinem Gürtel zu schieben, bevor er zu Meister Frank zurückging.

Der Zauberer lebte noch und war bei Bewusstsein, und Groxmox stellte zu seiner Freude auch fest, dass sein linker Arm verdreht und in einem vollkommen falschen Winkel von seinem Körper abstand. Er war gebrochen – mindestens zwei- oder dreimal – und dort, wo Frank gegen die Wand geprallt war, prangte ein hässlicher roter Fleck.

Schnaubend ließ sich Groxmox neben ihm auf die Knie fallen, beugte sich vor und brach ihm auch den anderen Arm. Da er nicht unnötig grausam sein wollte, allerdings nur zweimal.

Da er ein bisschen Zeit hatte, bis Frank aufhörte zu schreien und wieder ansprechbar war, rutschte er auf den Knien zu einem der toten Security-Krieger und untersuchte ihn, so gut er es konnte. Allzu viel war nicht von ihm übrig, aber immerhin sah er, dass er ein Mensch gewesen war, kein Spitzohr oder Dämon, und nicht einmal ein besonders kräftiger. Konnte es sein, dass sich ein so mächtiger Zauberer wie Meister Frank mit Wachen umgab, die sich einzig auf ihre magischen Waffen verließen? So leichtsinnig konnte er doch gar nicht sein!

Hinter ihm erwachte Frank stöhnend und wimmernd, und Groxmox beendete seine Inspektion des Toten und kehrte zu ihm zurück.

»Dass du noch lebst, liegt nur daran, dass ich noch ein paar Fragen an dich habe, Meister Frank«, sagte er ruhig.

»Fahr zur ... Hölle«, presste Frank hervor. Immerhin war er kein kompletter Feigling.

Groxmox brach ihm zwei oder drei Finger und wartete, bis er aufgehört hatte zu schreien, dann sagte er: »Beantwortest du jetzt meine Fragen?«

»Lässt du mich dann ... am Leben?«, stöhnte Frank.

»Nein«, sagte Groxmox. »Aber ich mache es schnell.«

Frank starrte ihn auf eine Weise an, dass Groxmox im ersten Moment sicher war, auch jetzt wieder nur einige patzige Antworten zu bekommen, aber dann fuhr er sich mit der Zungenspitze über die Lippen und deutete ein Nicken an. Groxmox hatte das Gefühl, dass etwas in seinen Augen erlosch. »Na ja, das ist wahrscheinlich schon mehr, als ich eigentlich erwarten konnte«, murmelte er. »Und ich kann es dir nicht einmal übel nehmen. Ich an deiner Stelle hätte wahrscheinlich dasselbe getan.«

»Warum?«, fragte Groxmox.

Frank hustete ihm einen Sprühregen aus feinen Blutströpfchen ins Gesicht, bevor er antwortete. Anscheinend war in seinem Körper mehr kaputtgegangen als nur die Knochen des Arms, als Groxmox ihn gegen die Wand geworfen hatte. Er hoffte nur, dass er noch lange genug lebte, um seine Fragen zu beantworten.

»Warum hast du gesagt, dass alles in Ordnung ist, und kommst dann mit deinen Kriegern zurück, um uns zu töten?«

»Ich wusste doch gar nicht, dass ihr noch hier seid«, antwortete Frank. »Ich habe gedacht, ihr wärt längst ... weg.«

»Du meinst tot.«

»Wie kann etwas sterben, das niemals gelebt hat?«, hustete Frank.

»Also ich fühle mich ziemlich lebendig«, erwiderte Groxmox. »Und ich glaube sogar, dass ich es noch länger sein werde als du.«

»Ihr seid nichts als ... Konstrukte«, flüsterte Frank. »Es hat euch ... nie gegeben. Jedenfalls hätte es euch nie geben dürfen. Nicht so. Sam muss komplett wahnsinnig geworden sein, so etwas ... euch so zu erschaffen.«

»Aber du hast dich gefreut. Du warst begeistert!«, erinnerte Groxmox. »Du hast gesagt, dass du reich wirst, und dir sieben Ferazzis kaufst.«

»Irgendwie musste ich doch dafür sorgen, dass ihr bleibt, wo ihr seid«, stöhnte Frank. Er zitterte mittlerweile am ganzen Leib, und im blassen Schein des letzten verbliebenen magischen Lichtes konnte Groxmox erkennen, dass sein Gesicht von kaltem Schweiß bedeckt war. »Und jetzt ... halt dein Wort und mach ... ein Ende. Ich hab ... große Schmerzen.«

Groxmox hob die Hand und ballte sie zur Faust, um ihm diesen Wunsch zu erfüllen, doch dann ließ er den Arm wieder sinken. »Nur noch eine letzte Frage. Du wolltest uns alle töten? Nicht nur Samuel und mich, sondern unsere gesamten Völker? Du wolltest *eine ganze Welt* auslöschen? Warum?«

»Warum?« Frank versuchte zu lachen und hustete nur noch mehr Blut in sein Gesicht. »Du hast ... keine Ahnung, wie? Diese KI hat das Programm verändert. Ich weiß nicht wie, aber sie ist gefährlich. Wenn es ihr gelingt, aus unserem Netzwerk auszubrechen, dann war es das. Ich hatte keine Wahl. Ihr oder wir, so einfach ist das.«

»Scheint so«, sagte Groxmox. »Aber es sieht nicht nach euch aus.«

»Tut mir leid, alter Junge.« Trotz seiner überdeutlich sichtbaren Schmerzen gelang es Frank zu lachen. »Ich weiß nicht, wie dein kleiner Freund und du es überlebt habt, aber der Rest ist bereits Geschichte. Eure Heimat ... existiert nicht mehr. Ich habe das gesamte Programm gelöscht. Es ist nichts mehr da. Tut mir leid. Oder eigentlich auch nicht. Du an meiner Stelle hättest dasselbe getan, stimmt's?«

»Ja«, antwortete Groxmox. »Und jetzt halte ich mein Wort.« Zum zweiten Mal ballte er die Faust, und Frank schloss ergeben die Augen. Offensichtlich hatte er sich mit seinem Tod abgefunden, was immerhin etwas war. Groxmox hasste es, Feiglinge zu töten. Schon weil er ihnen im Grunde damit einen Gefallen tat.

Und er tötete auch Frank nicht, denn in diesem Moment sagte eine Stimme hinter ihm:

»Nein. Töte ihn nicht.«

Groxmox fuhr herum und riss im nächsten Moment ungläubig die Augen auf.

Samuel hatte sich aufgesetzt und wirkte zwar noch ein bisschen benommen, war aber ganz eindeutig am Leben. Auch wenn er nicht so aussah wie jemand, der noch am Leben sein sollte.

Sein Hemd war vollkommen zerfetzt, und was davon übrig war, war so mit seinem eigenen Blut getränkt, als wäre es von Anfang an blutrot gewesen. Dasselbe galt für Gesicht und Hände. Die Magie, mit der die Security-Krieger ihn attackiert hatten, hatte seinen Körper regelrecht in Fetzen gerissen. Oder hätte es jedenfalls tun sollen. Was Groxmox unter all dem Blut und zerrissenen und besudelten Stoff jedoch sehen konnte, das war vollkommen unversehrt.

Wie es aussah, war Samuel davon mindestens genau so überrascht wie er selbst, denn er hob die blutigen Finger vors Gesicht, sah dann an sich herab und blickte noch einmal auf seine Hände.

»Das hat verdammt wehgetan«, sagte er. »Aber irgendwie war es auch eine interessante Erfahrung. Erinner' mich daran, dass ich dir etwas schuldig bin, wenn das alles hier vorbei ist.«

»Ich war das nicht«, sagte Groxmox.

Samuel blinzelte. »Was?«

»Das da.« Groxmox machte eine Kopfbewegung auf seine auf so wundersame Weise geheilte Brust.

»Aber ich dachte, dass dein Blut ...«, begann Samuel unsicher, nur um dann abzubrechen und seine verheerte Brust noch hilfloser anzusehen. »Nein?«

»Nein«, bestätigte Groxmox. Er beugte sich noch einmal über den stöhnenden Zauberer und durchsuchte rasch (und alles andere als behutsam) die zahlreichen Taschen seiner Kleidung, nur um sicherzugehen, dass er nicht noch irgendeine kleine magische Gemeinheit bei sich trug, mit der er ihn verderben konnte, kaum dass er ihm den Rücken zudrehte. Frank verlor während der unsanften Prozedur mehrmals das Bewusstsein, aber Groxmox schüttelte ihn jedes Mal wieder wach. Schließlich hatte er eine ansehnliche Sammlung der unterschiedlichsten Artefakte beisammen, von dem ihm kein einziges etwas sagte, die ihm aber auch allesamt gefährlich vorkamen, allermindestens aber unheimlich. Er schob alles sorgfältig aus der Reichweite von Franks gebrochenen Armen, bevor er endgültig zu Samuel hinüberging und sich vor ihm in die Hocke sinken ließ.

Der Körper des Halblings war mittlerweile vollkommen geheilt, und das so schnell und spurlos, dass selbst Groxmox bass erstaunt war. Nicht einmal ein Ork hätte sich so rasch von einer derart schlimmen Verletzung erholt. Vielleicht lag es ja an der bizarren Waffe, mit der die Security-Krieger ihn angegriffen hatten.

»Und du warst das wirklich nicht?«, vergewisserte sich der Halbling. »Eigentlich müsste ich tot sein, weißt du? Ich bin nicht einmal sicher, ob ich es nicht war.«

»Bring mich nicht auf Ideen«, sagte Groxmox.

Samuel blieb ernst. »Aber ich war sicher, dass du mich mit deinem Blut gerettet hast«, sagte er.

Groxmox gab es nicht gerne zu, aber: »Ich hatte genug damit zu tun, selbst am Leben zu bleiben.«

Samuel sah den im Vergleich zu dem riesigen Ork winzigen Leichnam des Security-Kriegers an und legte zweifelnd die Stirn in Falten, doch Groxmox nickte nur bekräftigend. »Sie haben mächtige Waffen.«

»Ja, das habe ich gemerkt«, bestätigte Samuel mit einem schiefen Grinsen. »Aber wenn du es nicht warst, wer dann?«

Das fragte sich Groxmox schon die ganze Zeit, Und er war nicht sicher, dass ihm die Antwort gefallen würde. »Unser Blut hat sich vermischt«, sagte er trotzdem. »Vielleicht bist du ja innerlich jetzt ein Ork.«

Samuel tat ihm zwar den Gefallen, sich demonstrativ zu schütteln und auch ein angemessen entsetztes Gesicht zu machen, aber gleich darauf schüttelte er auch den Kopf. »So einfach kann es nicht sein«, behauptete er. »Das ist auf dem Schlachtfeld bestimmt schon oft passiert, und ich bin noch keinem unverwundbaren Halbling begegnet.«

Groxmox auch nicht, doch schon die bloße Vorstellung jagte ihm einen eisigen Schauer über den Rücken. »Was war es denn dann?«, fragte er, ohne wirklich eine Antwort zu erwarten.

Er bekam auch keine. Samuel stand auf, betrachtete mit immer noch erstaunten Blicken seinen eigenen Körper und trat vorsichtig von einem Fuß auf den anderen, dann hob er die Hände vor das Gesicht und bewegte die Finger, erst alle zusammen, dann einzeln. Als müsse er sich davon überzeugen, dass tatsächlich noch alles an Ort und Stelle war und auch noch ordnungsgemäß funktionierte. Erst nach einer geraumen Weile schien er zufrieden zu sein und sah wieder zu Groxmox hoch.

»Und ein weiteres Wunder in dieser wundersamen Welt der Wunder«, sagte er. »Du hast sie alle – *he, das gehört mir!*«

Groxmox Blick folgte seiner fordernd ausgestreckten Hand, und erst dann verstand er, wovon der Halbling überhaupt sprach.

Oder auch nicht.

Unter seinem Gürtel steckte ein kleines Schwert mit einer kunstvoll ziselierten Klinge, über die grüne und orangefarbene und blaue Funken huschten. Er erinnerte sich erst jetzt wieder daran, die abgebrochene Klinge aufgehoben zu haben, um sie klammheimlich verschwinden zu lassen, falls Samuel sich über sein demoliertes Spielzeug beschweren sollte. Jetzt war das Schwert wieder unversehrt, und es steckte unter seinem Gürtel.

Unter dem des Halblings aber auch.

Samuels Blick folgte nun dem seinen, und eine Zeit lang standen sie einfach da, starrten das plötzlich verdoppelte Schwert an und versuchten vergeblich zu begreifen, was sie sahen. Schließlich brachte es Samuel auf den Punkt. »Zauberei«, hauchte er ehrfürchtig.

»Könnte daran liegen, dass es ein Zauberschwert ist«, sagte Groxmox. »Und wo wir schon einmal dabei sind …« Er deutete auf Frank. »Warum darf ich ihn nicht umbringen?«

»*Noch* nicht«, verbesserte ihn Samuel mit einem kalten Lächeln. »Nur ein bisschen Geduld.« An der Sache mit dem vermengten Blut, dachte Groxmox, musste wohl etwas dran sein. Ein bisschen von einem Ork hatte er schon.

Gemeinsam gingen sie zu dem verletzten Zauberer hin, und Samuel sah ihn eine Weile aufmerksam an, aber mit nur sehr wenig Mitleid. Vielleicht hatte er doch schon mehr von einem Ork an sich. Aber vielleicht war das ja auch im Sanftmütigsten verborgen und ließ sich erwecken, wenn man ihn nur weit genug ist die Enge trieb.

Schließlich war es Frank, der das Schweigen brach. Sein Gesicht hatte noch mehr Farbe verloren, soweit das überhaupt möglich war, und seine Stimme war kaum mehr als ein Flüstern. »Hilf mir«, flehte er, an Samuel gewandt.

»Warum sollte ich das tun?«, fragte der Halbling. »Du wolltest uns umbringen.«

»Ihr dürft ... nicht sein«, antwortete Frank mühsam. »Diese Technik muss zerstört werden. Sie wäre ... unser aller Ende.«

»Sicher«, sagte Samuel. »Das verstehe ich doch. Pass auf, ich mache dir einen Vorschlag: Groxmox und ich stürzen uns gleich in unsere Schwerter, darauf gebe ich dir mein Wort. Aber vorher verrätst du mir, was hier los ist.«

»Du willst doch nicht, dass wir dumm sterben, oder?«, fügte Groxmox hinzu.

»Das nutzt euch nichts«, wimmerte Frank. »Es ist zu spät. Ich habe alles abgeschaltet. Ich weiß nicht, wieso es euch noch gibt. Vielleicht eine Restspannung in einem Kondensator oder so was. Aber sobald die aufgebraucht ist, seid ihr auch verschwunden.«

Groxmox senkte den Fuß auf seine linke Hand und stellte fest, dass der Arm zwar möglicherweise schlimm gebrochen war, die Nerven darin aber offensichtlich – und unüberhörbar – noch ausgezeichnet funktionierten. »Also?«, fragte er, nachdem Frank aufgehört hatte zu schreien.

»Warum bist du so grausam?«, wimmerte Frank.

»Weil er ein Ork ist«, antwortete Samuel an seiner Stelle, »und ihr sie so gemacht habt.«

»Das ... nutzt euch ... nichts«, brachte Frank irgendwie heraus. »Wir haben mehr als ein Dutzend Wachleute im Haus. Sie werden euch ... erwischen. Und wenn nicht sie, dann andere.«

»Damit meinst du die drei, die Groxmox gerade erledigt

hat?«, fragte Samuel. Groxmox bleckte auch zustimmend sein gewaltiges Raubtiergebiss, doch insgeheim war er nicht ganz so siegessicher, wie er Samuel und den Zauberer Glauben machen wollte. Er traute sich durchaus zu, auch mit einem Dutzend dieser Schwächlinge fertig zu werden. Aber er hatte auch nicht vergessen, wie grausam der Biss ihrer magischen Stöcke gewesen war. Und wer wusste schon, ob sie nicht noch viel schrecklichere Waffen hatten?

»Lasst mich einfach, liegen«, wimmerte Frank. »Ich gebe euch mein Ehrenwort, dass ich sie ... aufhalte, damit ihr fliehen könnt.«

»Das glaube ich dir sogar«, sagte Samuel mit einem Lächeln, das keines war. »Warum das Leben deiner Krieger riskieren, wenn du doch diesen Kondensator auf uns hetzen kannst, nicht wahr?«

Frank starrte ihn aus hervorquellenden Augen an, und dann begann er zu lachen, als hätte der Halbling gerade einen besonders guten Witz zum Besten gegeben. »Oh Mann«, keuchte er. »Wenn es nicht so verdammt wehtun würde, dann wärst du wirklich komisch, mein kleiner Freund.«

Samuel zog die Augenbrauen zusammen. »Apropos wehtun«, wandte er sich an Groxmox.

Groxmox streckte die Hand aus, um dem Wunsch des Halblings nachzukommen. Da ging ein sachter Ruck durch den Boden, mehr zu ahnen, als wirklich zu spüren. Er hatte das Gefühl, als wäre etwas sehr Großes aus tiefem Schlaf erwacht und begänne sich zu regen. Gleichzeitig ging das Licht wieder an, auch wenn es jetzt rot war, und auch nicht mehr annähernd so hell. Samuel runzelte bloß die Stirn, und auch Groxmox fand es allenfalls ein wenig verwunderlich, doch Frank schien beinahe zu Tode zu erschrecken.

»Nein!«, keuchte er. »Das ... das kann doch nicht sein! Diese Wahnsinnigen! Ich habe ihnen doch verboten–«

Groxmox hörte nicht mehr hin, was er noch sagte, denn in diesem Moment registrierte er ein anderes und weit bedrohlicheres Geräusch: Ein näher kommendes Summen, gefolgt von einem hellen *Ping!* und einem metallischen Schleifen, dann ein Gewirr durcheinanderrufender Stimmen und zahlreiche, schnelle Schritte.

»Die Security-Krieger!«, keuchte er. »Wir müssen weg!« Er hatte nicht vergessen, was der Zauberer gesagt hatte. Gegen ein Dutzend dieser magischen Waffen hatten sie keine Chance. Ohne Samuels Antwort abzuwarten, hob er den Fuß, um Franks Kopf zu zermalmen, doch wieder hielt ihn der Halbling mit einer raschen Bewegung zurück.

»Nicht«, sagte er. »Wir nehmen ihn mit.«

»Wozu?«, erkundigte sich Groxmox misstrauisch. Sein Fuß schwebte nur noch eine Winzigkeit über Franks Gesicht, aber noch zögerte er, ihn zu senken.

»Vielleicht können wir ihn noch brauchen«, antwortete Samuel.

Groxmox sah ihn nur noch misstrauischer an. Allmählich fiel es ihm schwer, auf nur einem Bein das Gleichgewicht zu halten. »Wozu?«, fragte er noch einmal.

»Im schlimmsten Fall als Geisel, wenn sie uns einholen.« Samuel machte eine Kopfbewegung in die Richtung, aus der die aufgeregten Stimmen näher kamen. Sehr schnell.

Das war ein Argument. Groxmox dachte angestrengt darüber nach, während er zugleich mit beiden Armen zu rudern begann, um die Balance zu halten. Frank quiekte vor Angst, als der hin und her wackelnde Fuß ganz sacht seine Nase berührte. Was meinte Samuel mit Geisel? Sollten sie vielleicht mit dem sterbenden Magier nach den Security-Kriegern werfen?

»Professor?«, rief eine Stimme hinter ihnen. »Ist alles in Ordnung?«

»Hilfe!«, brachte Frank mit einer Stimme hervor, die für

einen Sterbenden ganz außergewöhnlich kräftig war. »Ich bin hier!«

Das war die Entscheidung. Statt Franks Gesicht auf dem Fußboden zu verteilen, warf sich Groxmox den kreischenden Zauberer über die Schulter und sprintete los, auf dem Fuß gefolgt von Samuel. In dem unheimlichen roten Licht wirkte ihre Umgebung seltsam verändert und bedrohlich, sodass er es für einen Moment fast mit der Angst zu tun bekam, sich zu verirren, doch Samuel flitzte an ihm vorbei und übernahm die Führung.

Aber so schnell sie auch waren, gelang es ihnen doch nicht, ihre Verfolger abzuschütteln. Ganz im Gegenteil hielten sie nicht nur mit ihnen Schritt, sondern holten sogar auf. Kurz bevor sie das Ende des langen Flures erreicht hatten, gellte hinter ihnen ein Schrei, dann erscholl schon wieder dieses gewaltige Donnern, und nur eine Handbreit neben Groxmox stoben Funken aus der Wand und spickten seine Wange mit glühend heißen Metall-, und Steinsplittern.

»Nicht schießen!«, brüllte eine Stimme. »Ihr trefft den Professor!«

Dennoch folgte dem ersten Knall noch ein zweiter, der diesmal aber keine Funken aus der Wand (oder seinem Kopf) schlug, doch dann war Ruhe. Groxmox konnte jedoch hören, dass die Krieger weiter aufholten. Vielleicht hatten sie ja auch Nahkampfwaffen, die genau so schrecklich waren wie die magischen Knüppel.

Im nächsten Moment hatten sie ihr Ziel jedoch erreicht. Samuel flitzte vor ihm durch die Tür, schlug einen ebenso kompliziert engen wie unglaublich schnellen Bogen und war praktisch im gleichen Moment hinter ihm, in dem Groxmox durch den Eingang jagte. Der Halbling warf die Tür hinter ihm zu. Das Geschrei ihrer Verfolger wurde von dem glänzenden Metall abgeschnitten, doch nur einen Moment später erscholl ein gedämpfter Knall, und ein Faustschlag schien die Tür zu treffen. Sie dröhnte wie ein metallenes Tier, das vor Schmerz schrie, hielt dem Anprall aber stand. Groxmox wagte es beinahe schon, erleichtert aufzuatmen, auch wenn er sich zugleich kaum vorstellen konnte, dass es wirklich so leicht sein sollte.

Was es auch nicht war. Samuel deutete auf einen Fleck aus brodelndem schwarzen Nichts, der auf der anderen Seite des Raumes in der Luft schwebte und dessen bloßer Anblick Groxmox schon beinahe körperliche Übelkeit bereitete. Im gleichen Moment hob draußen auf dem Gang ein lang anhaltendes Knattern und Krachen an, und als Groxmox im Rennen einen Blick über die Schulter warf stellte er voller Entsetzen fest, dass die Magie der Security-Krieger die Tür regelrecht in Stücke riss.

In diesem Moment hatten sie den schwarzen Fleck jedoch auch schon erreicht, und Samuel warf sich in einem Hechtsprung hinein und verschwand. Von einem Lidschlag auf den anderen war er einfach nicht mehr da. Der Anblick war so unheimlich, dass Groxmox möglicherweise sogar gezögert hätte, ihm zu folgen, hätte er auch nur den winzigsten Moment Zeit gehabt, darüber nachzudenken.

Doch zu seinem Glück hatte er diese Zeit nicht. Schreie und Schritte drängten hinter ihm in den Raum, und dann hörte er doch wieder das Knallen eines magischen Stockes. Nur ein Stück neben ihm flog eine der großen Truhen in Stücke. Dann hatte er den schwarzen Fleck erreicht, sprang hindurch und …

Landete geradewegs in der Hölle.

Groxmox fiel der Länge nach und mit solcher Gewalt in den Morast, dass der Zauberer von seiner Schulter geschleudert wurde und in dem Durcheinander aus stampfenden Hufen und trampelnden Beinen ringsum verschwand. Er wollte schreien, doch sein Aufprall war so hart gewesen, dass er mit dem Gesicht tief in den Schlamm gedrückt wurde und weder atmen noch sehen konnte. Alles, was er hörte, war ein infernalischer Lärm; als wäre er direkt im Herzen der Urmutter aller Schlachten gelandet.

Was der Wahrheit auch ziemlich nahekam.

Groxmox stemmte die Hände in den Morast und sich selbst in die Höhe, blinzelte mühsam die Augen frei und spuckte blutigen Unrat und einen abgebrochenen Zahn in den Schlamm. Was er sah, passte zu dem Lärm, der in seinen Ohren dröhnte: Rings um ihn herum tobte eine Schlacht, und nicht irgendeine Schlacht, sondern das gewaltigste Gemetzel, das er jemals gesehen hatte. Es waren die üblichen Verdächtigen – Orks auf der einen Seite gegen Menschen, Halblinge und Spitzohren auf der anderen Seite, doch statt Hunderten von Kriegern schienen es Tausende zu sein, wenn nicht Zehntausende, die mit grimmiger Entschlossenheit aufeinanderprallten und mit einer Wut und Wildheit kämpften, wie sie ihm noch nie zuvor untergekommen war. Vielleicht war ihre Zahl sogar noch gewaltiger. Wohin er auch sah, wogte ein Meer von behelmten Köpfen und erhobenen Waffen, das von einem Horizont bis zum anderen zu reichen schien. Es schien, als wäre die ganze Welt aufgestanden, um sich zu einer finalen Schlacht zu treffen.

Etwas prallte hart gegen seine Schläfe und ließ ihn nicht nur Sterne sehen, sondern riss ihn auch unsanft in die Wirklichkeit zurück. Er war im wahrsten Sinne des Wortes heimgekehrt, denn wo war ein Ork sonst zu Hause, wenn nicht auf dem Schlachtfeld, aber darüber konnte er sich später freuen. Jetzt hatte er Wichtigeres zu tun. Er musste den Zauberer wiederfinden, der ihm ungeschickterweise abhandengekommen war, und vor allem: *Wo war Samuel?*

Da das Schicksal offensichtlich der Meinung war, es ihm in letzter Zeit ein wenig zu leicht gemacht zu haben, beantwortete es beide Fragen auf einmal: Sowohl der Halbling als auch Frank lagen eine gute Zwergenwurfweite von ihm entfernt am Boden und rührten sich nicht; und sie lagen *selbstverständlich* in genau entgegengesetzten Richtungen. Frank lag auf dem Rücken und rührte sich nicht mehr – vielleicht war er ja tot – und würde gleich von einem ganzen Dutzend gepanzerter Elbenpferde in den Morast gestampft werden, und Samuel drohte in der anderen Richtung ein ganz ähnliches Schicksal, nur dass es ein gewaltiger Streitwagen mit gleich vier riesigen Orks war. Er musste sich entscheiden, wen er …

Moment mal.

Orks auf einem Streitwagen?

Groxmox riss ungläubig die Augen auf und starrte das so vollkommen unmögliche Bild an. Um ein Haar hätte sein fassungsloses Staunen den Halbling das Leben gekostet, denn als er sich endlich von dem unglaublichen Anblick erholt hatte, war es viel zu spät, um noch irgendetwas zu unternehmen.

Groxmox sprang trotzdem auf, raste los und warf sich mit einer verzweifelten Bewegung zwischen den reglos daliegenden Halbling und den heranrasenden Streitwagen.

Es war reiner Selbstmord, aber die schiere Angst um Samuel verlieh ihm überorkische Kräfte; vielleicht hatte er auch einfach nur Glück. Eines der Pferde erschreckte sich und kam aus dem Tritt, das andere reagierte noch panischer und stieg auf die Hinterläufe, oder versuchte es wenigstens. Unglückseligerweise (oder für Groxmox glücklicherweise) schob der völlig überladene Streitwagen von hinten noch immer mit vollem Tempo nach, und das Ergebnis dieses Aufeinanderprallens gegensätzlicher Bewegungskräfte war einigermaßen katastrophal. Oder auch perfekt, was Groxmox anging: Der Wagen wurde mit solcher Urgewalt abgebremst, dass die Deichsel zerbrach und eines der mit schartigen Klingen besetzten Räder abbrach und davonflog. Eines der Pferde wurde vom zersplitterten Ende der Deichsel aufgeschlitzt, brach mit einem schrillen Kreischen unmittelbar neben Samuel zusammen und überschüttete ihn mit einem Matsch aus dampfenden Eingeweiden, Blut und noch unappetitlicheren Dingen. Das andere riss sich los und jagte davon. Der Wagen selbst wurde in die Höhe katapultiert und flog, einen kompletten Salto schlagend und seine vierköpfige Besatzung in ebenso viele Richtungen davonschleudernd, direkt über Groxmox hinweg.

Groxmox war so perplex, dass er ihm einfach nur nachstarrte, bis er ein gutes Stück entfernt in das Schlachtengetümmel stürzte, dann aber war er mit einer einzigen Bewegung neben Samuel und auf den Knien. Er fegte glibberige Eingeweide und Blut beiseite und stellte den Halbling unsanft auf die Beine. Samuel öffnete die Augen, aber sein Blick blieb verschleiert. Groxmox bezweifelte, dass er allzu viel von dem mitbekam, was rings um ihn herum geschah. Er schüttelte ihn trotzdem noch einmal und fuhr ihn an: »Ist alles in Ordnung? Bist du verletzt?«

»Noch nicht«, nuschelte Samuel. »Aber du arbeitest dran.«

Gut, anscheinend war er immer noch der Alte. Groxmox atmete vorsichtig erleichtert auf, wollte eine weitere Frage stellen und stürzte dann schwer auf die Seite, als ihn ein gewaltiger Schlag traf. Roter Schmerz explodierte vor seinen Augen, und er schmeckte Blut. Dann packte ihn eine harte Hand und riss ihn auf die Beine. Ein schuppiges grünes Gesicht erschien inmitten der roten Nebel, die sein Bewusstsein verschlingen wollten, und eine gutturale Stimme bellte: »Biste bekloppt? Was machstn da?!«

Ohne eine Antwort abzuwarten, stieß der Ork Groxmox zu Boden, versetzte ihm einfach nur so noch einen harten Tritt gegen den Kopf und wandte sich dann dem Halbling zu, der ebenfalls wieder gestürzt war. »Verdammter Haarfuß!«, brüllte er, riss Samuel mit der einen Hand in die Höhe und ballte die andere zur Faust, um ihn zu erschlagen.

Groxmox trat ihm in die Kniekehle, und der Ork brach mit einem überraschten Grunzen in die Knie, ließ den Halbling los und wandte ihm sein reichlich perplexes Gesicht zu – was Groxmox einigermaßen zuvorkommend fand, denn so konnte er ihm seinen ganzen Fuß hineinrammen, statt ihn nur an der Schläfe zu erwischen. Der Ork kippte mit verdrehten Augen auf die Seite, und Groxmox versuchte abermals, den Halbling in die Höhe zu ziehen.

Diesmal trafen ihn gleich drei Hiebe an Kopf und Rücken, und ein brutaler Fußtritt gegen den Hals schleuderte ihn an den Rand der Bewusstlosigkeit, als er auf die Seite fiel.

Ein halbes Dutzend grün und grau geschuppter Orks umstand ihn, als er – halbwegs – wieder zu sich kam und aufzustehen versuchte. Ein weiterer und noch deutlich schmerzhafterer Tritt ins Gesicht überzeugte ihn davon, dass das vielleicht doch keine so gute Idee war. Groxmox fiel auf den Rücken, spuckte Blut und zersplittertes Elfenbein und versuchte sich das Gesicht des Orks einzuprägen, der ihn getreten hatte. Für ihn würde er sich etwas ganz Besonderes ausdenken, nahm er sich vor.

Natürlich nur, falls er noch genug Zeit dafür hatte, und das war im Moment gar nicht so sicher.

Einer der Orks hatte Samuel gepackt und schien noch unschlüssig, ob er ihm Arme und Beine ausreißen oder ihn über dem Knie in Stücke brechen sollte, doch die anderen starrten zum Großteil verwirrt, aber auch hasserfüllt auf ihn herab.

»Warum hastn das getan?«, brüllte der, der ihm ins Gesicht getreten hatte. »Biste für die Großfüße, du Verräter?«

»Ich bin kein Verräter«, brachte Groxmox irgendwie heraus. Er hatte Mühe, nicht an seinem eigenen Blut zu ersticken. Mühsam fuhr er fort: »Ich kann dir das erklären.«

»Nich nötich«, sagte der Ork. »Ich seh einfach selba nach.« Und plötzlich hielt er eine gewaltige Keule in den Händen, die er hoch über den Kopf schwang, während gleich vier seiner Brüder Groxmox an Armen und Beinen ergriffen und ihn festhielten.

Groxmox war stark, selbst für einen Ork, und die Todesangst verlieh ihm noch zusätzliche Kräfte, sodass die Burschen ihre liebe Mühe hatten, ihn zu halten, doch gegen gleich vier kräftige Orks kam auch er nicht an. Der Bursche mit der Keule griente noch einen Moment auf ihn herab und weidete sich ganz offensichtlich an seiner vergeblichen Gegenwehr, dann riss er die Keule noch weiter hoch, etwas krachte, und der Kopf des Orks verwandelte sich in eine auseinanderspritzende Masse aus Blut, Knochensplittern und (sehr wenig) zermatschtem Gehirn. Es ging so schnell, dass Groxmox im allerersten Moment nicht einmal begriff, was geschah ... aber die anderen Orks kapierten es noch sehr viel weniger.

Die Überraschung der Schuppenkrieger ausnutzend, die ihren plötzlich kopflosen Bruder einfach nur blöde anglotzten, riss Groxmox sich los, knallte zwei von ihnen mit den Köpfen zusammen und rammte dem dritten die Faust mit solcher Wucht ins Gesicht, dass sein Kopf hart genug nach hinten flog, um sein Genick zu brechen.

Damit wäre seine Glückssträhne wohl zu Ende gewesen, denn gleich drei weitere Orks warfen sich unverzüglich auf ihn und rangen ihn zu Boden, doch das Krachen wiederholte sich, und ein zweiter Schuppenkrieger griff sich an den Hals und fiel auf die Knie, während schwarzes Blut aus seinem Mund und zwischen seinen Fingern hervorquoll.

Groxmox versuchte noch einmal alle seine Kräfte zu mobilisieren, um die beiden verbliebenen Krieger von sich herunterzustoßen (irgendwie hatte er sich seine Rückkehr ein wenig anders vorgestellt, als gegen seine eigenen Brüder zu kämpfen), doch es erwies sich als gar nicht notwendig. Beide ließen ganz plötzlich von ihm ab und starrten mit offenen Mündern einen

Punkt irgendwo hinter ihm an. Groxmox wälzte sich mühsam herum.

Und tat dasselbe.

Sie waren zwar entkommen, aber ihre Verfolger hatten nicht aufgegeben. Aus dem Nichts waren drei, vier, fünf schwarzgekleidete Security-Krieger aufgetaucht, und noch während sie ihre schrecklichen Stöcke hoben und einen Ork und ein Spitzohr nach dem anderen mit ihrer tödlichen Magie niederstreckten, erschienen immer noch weitere schwarze Dämonen, und das Töten wurde noch einmal um eine Potenz schlimmer.

Natürlich hatten sie keine Chance. Der pure Schock ihres plötzlichen Auftauchens und dessen, was ihre fürchterlichen Waffen anzurichten vermochten, sorgte dafür, dass sie sich kurzzeitig inmitten eines größer werdenden Kreises aus panisch flüchtenden Halblingen, Orks und Spitzohren befanden, an dessen Rändern die Magie ihrer Waffen nagte und Geysire aus zerfetzten Panzerplatten und kochendem Blut und explodierendem Fleisch in die Höhe steigen ließ.

Doch kein Schock hält ewig vor: Und Orks flüchten nicht.

Nachdem ihre Anzahl auf das gute Dutzend angewachsen war, von dem der Zauberer vorhin gesprochen hatte, formierten sich die Security-Krieger zu einem lockeren Kreis, um ihre schreckliche Magie in alle Richtungen schleudern zu können, und das Krachen und Dröhnen und Blitzen nahm sogar zu und hielt für einen Moment noch schrecklichere Ernte.

Doch mehr und mehr Orks hatten nun ihren ersten Schrecken überwunden und wandten sich wieder um, um zum Angriff überzugehen. Dutzende von ihnen fielen – und mehr als nur einer seiner Brüder würde nie wieder aufstehen, wie Groxmox schaudernd erkannte – doch die anderen stapften so ungerührt weiter, als bemerkten sie gar nicht, dass ihre Eilinge neben ihnen in Stücke gerissen wurden, und schwangen ihre Waffen. Ein Security-Krieger fiel, von gleich zwei Pfeilen in Brust und

Hals getroffen, ein weiterer krümmte sich brüllend, als sich eine geschleuderte Axt in seinen Unterleib grub, doch der magische Stock in seiner Hand spie dabei noch weiter Flammen und beißenden Rauch, und gleich zwei seiner Kameraden wurden von ihrer eigenen Magie zerfetzt, während er zusammenbrach.

Damit war der Kampf im Grunde vorbei. Weitere Orks (und auch ein paar Spitzohren, die sich dem Angriff angeschlossen hatten) fielen, doch die Übermacht war einfach zu groß. Der Kreis schnappte regelrecht zusammen wie das Maul eines zupackenden Raubtiers, und die schwarzgekleideten Dämonen wurden schlichtweg überrannt. Einer von ihnen versuchte zu fliehen und sprang wieder in den Kreis aus Schwärze zurück, doch gleich zwei geschleuderte Äxte und etliche Pfeile folgten ihm, und er wurde mehrmals getroffen, bevor er verschwand, und dann waren nur noch zwei Security-Krieger da.

Groxmox' Brüder hätten auch sie einfach überrennen und wortwörtlich in den Boden stampfen können, doch stattdessen ließen sie plötzlich wieder von ihnen ab, denn nun trat ein einzelner, ganz besonders großer Ork vor, der eine prachtvolle Rüstung und einen gewaltigen Schild trug. Die beiden überlebenden Security-Krieger richteten ihre Stöcke nun auf ihn, und Funken und Blitze stoben aus seinem Schild, und der eine oder andere auch aus seinem Brustharnisch oder seinem Helm. Der riesige Ork wankte, ging aber trotzdem immer noch weiter, und die magischen Stöcke spien noch mehr Feuer und Lärm, bis der Schild des gepanzerten Riesen in Stücke brach.

Dann versagte einer der magischen Stäbe. Sein Besitzer begann hektisch daran zu hantieren, doch die Magie war aufgebraucht, und bevor er noch etwas tun konnte, um sie wieder aufzuladen, hatte der Ork ihn erreicht und schlug ihm die Waffe aus der Hand; oder um genau zu sein, die Hände ab, die die Waffe hielten. Zusammen mit dem magischen Stock fielen sie zu Boden, nur einen Moment später gefolgt vom Körper des letzten Security-Kriegers, dem der riesige Ork mit bloßen Händen den Kopf abriss.

Auch der schuppige Gigant wankte. Der sterbende Krieger hatte die gesamte Macht seiner Waffe auf ihn gerichtet, und Groxmox erinnerte sich gut genug daran, wie grausam der Biss dieser finsteren Magie gewesen war, um zu wissen, was jetzt in dem Ork vorging. Es hätte ihn nicht gewundert, wenn er zusammengebrochen oder tatsächlich gestorben wäre.

Stattdessen stemmte er sich jedoch torkelnd in die Höhe, drehte sich langsam herum und nahm seinen Helm ab. Als Groxmox das darunter zum Vorschein kommende Gesicht erkannte, konnte er einen erschrockenen Ausruf nicht mehr unterdrücken.

»Muxlux!«

Es gab nicht den mindesten Zweifel. Ohne dass er den Unterschied in Worte hätte fassen können, kam ihm das Gesicht seines Eilings auf sonderbare Weise verändert vor, aber es war dennoch ganz eindeutig Muxlux, wie er allein an der gewaltigen Narbe auf seiner Wange erkannte, die er ihm selbst erst gestern zugefügt hatte.

Und sein Eiling war furchtbar verletzt. Sein Harnisch war in Stücke zerbrochen, die Brust darunter eine einzige brodelnde Wunde, und der linke Arm, der den Schild gehalten hatte, sah aus wie ein blutiger Sack, in dem kein einziger Knochen mehr ganz war. Selbst in seinem Hals gähnte ein Krater, auf dessen Grund schwarzes Orkblut kochte – aber es war sein Eiling.

»Mux–«, begann Groxmox noch einmal. Das *»lux«* konnte er nicht mehr aussprechen, denn die beiden Orks neben ihm erinnerten sich ganz plötzlich wieder an das, wobei sie gerade so rüde unterbrochen worden waren, und warfen sich knurrend auf ihn, um ihn zu Boden zu ringen.

Aber Groxmox hatte seine Überraschung mittlerweile vollkommen überwunden. Wuchtig rammte er einem der Burschen den Ellbogen ins Gesicht, stieß dem anderen die versteiften Finger in die Augen und schüttelte sogar noch einen dritten Angreifer ab, der sich ihm unbemerkt von hinten genähert hatte. Doch dann warf sich gleich eine ganze Meute weiterer Orks auf ihn, und dieser Übermacht war nicht einmal mehr er gewachsen. Er wurde niedergeworfen, Faustschläge und Tritte prasselten auf ihn herab, und auch das eine oder andere schartige Eisen, das an seinen Panzerplatten nagte. Groxmox versuchte zwar, sein Gesicht und den empfindlichen Hals zu schützen, teilte auch mit der anderen Hand und den Beinen gehörig aus und zertrümmerte die eine oder andere Kniescheibe oder Nase, aber die Übermacht war einfach zu groß. Seine Sinne begannen zu schwinden, und er wusste, dass er jetzt sterben würde.

»Aufhören!«

Der Hagel aus Schlägen und Fußtritten versiegte (allmählich), er wurde losgelassen und dieselbe Stimme fuhr polternd fort: »Was ist hier los? Wieso schlagt ihr ihn?«

Groxmox wurde brutal hoch- und auf die Füße gezerrt, seine Arme so grob auf den Rücken gedreht, dass seine Gelenke knackten, und ein derber Tritt in die Kniekehle ließ ihn schon wieder auf die Knie fallen.

»Was soll das?«, polterte die Stimme erneut. »Was hat er getan?«

»Der Kerl is 'en Verräter!«, sagte einer der Orks, die ihn hielten. »Er hat uns angegriffen, um diesen Großfuß zu schützen!«

Groxmox wandte mühsam den Kopf. Seine Augen waren fast zugeschwollen von all den Schlägen, doch er sah trotzdem, dass einer der Orks Samuel an den Fußgelenken gepackt hatte und in die Höhe hielt wie einen erlegten Hasen. »Hier! Seht!«

Muxlux – es war tatsächlich Muxlux, daran bestand nicht der geringste Zweifel, auch wenn er sich tatsächlich mächtig verändert hatte – kam mit immer noch schleppenden Schritten näher und sah lange und sehr nachdenklich auf Samuel hinab. Der

Halbling war bei Bewusstsein und versuchte sich irgendwie freizuzappeln, aber das schien der feixende Ork nicht einmal zu bemerken.

Muxlux wirkte sehr nachdenklich, deutete schließlich ein Schulterzucken an und murmelte: »Ein Eiling, der einen Großfuß beschützt?«

Verwirrt wandte er sich zu Groxmox um und sah auf ihn herab, und der Ausdruck ungläubigen Staunens auf seinem verheerten Gesicht nahm sogar noch einmal zu.

»Muxlux?«, murmelte Groxmox und spuckte ein bisschen Blut.

»Groxmox?«, gab Muxlux zurück und tat im Übrigen dasselbe.

»Muxlux?«, fragte Groxmox.

»Groxmox?«, entgegnete Muxlux.

»Muxlux?!«

»Groxmox?!«

»Muxlux!«

»Groxmox!«

»Öhm … Herr?«, fragte der Ork, der Samuel schwenkte. Muxlux ignorierte ihn. »Groxmox? Bist du das wirklich?«, fragte er.

»Natürlich bin ich es«, antwortete Groxmox. Was war denn mit seinem Eiling los? Hatten ihm die magischen Waffen der Security-Krieger so zugesetzt, oder hatte ihm vielleicht vorher jemand zu hart auf den Schädel geschlagen? »Und was soll der Unsinn? Sag diesen hirnamputieren Muskelsäcken, dass sie mich loslassen sollen!«

Er wurde nicht losgelassen, aber Muxlux gab dem Ork hinter ihm immerhin einen Wink, woraufhin der grausame Druck auf seine Ellbogengelenke ein wenig nachließ. Dann wandte er sich wieder zu Samuel um, ließ sich in die Hocke sinken und legte seinen Kopf, um das Gesicht des Halblings besser betrachten zu können, so weit auf die Seite, wie es überhaupt möglich war, ohne in der unbequemen Haltung umzukippen.

»Den kenne ich«, sagte er schließlich. »Ist das nicht der gleiche Halbling, mit dem du damals aus dem Lager geflohen bist?«

»Damals?«, fragte Groxmox.

Muxlux schaute nur weiter den kopfunter hängenden Samuel an (dessen Gesicht sich allmählich puterrot zu färben begann) und nickte dann noch einmal, sehr langsam. »Ich glaube wirklich, das ist er«, mummelte er, »Auch wenn ich gleichzeitig natürlich weiß, dass das ganz und gar unmöglich ist. Erstaunlich.« Er schüttelte mehrmals heftig den Kopf und sah Groxmox an. »Und du hast deinen kleinen Spielgefährten die ganze Zeit über bei dir behalten?«

Groxmox starrte ihn an. Seinen kleinen Spielgefährten? »Du bist nicht Muxlux«, sagte er, »Ich meine: Du siehst aus wie er, aber du redest nicht wie er. Du kannst nicht Muxlux sein.«

»Ich fürchte doch«, antwortete sein Eiling, »Ich bin Muxlux. Genauer gesagt: General Muxlux.«

»General?« Seit wann benutzten Orks militärische Ränge?

»General«, bestätigte Muxlux. »Das ist eine … längere Geschichte.«

»Aha«, murmelte Groxmox. Zögernd deutete er auf die zerborstenen Reste des Streitwagens. »So wie das da, nehme ich an?«

Muxlux nickte. »War gar nicht so einfach, unsere Brüder dazu zu überreden, sich auf so ein Gefährt zu stellen«, meinte er und machte eine Geste zu dem Ork, der ihn hielt. »Lass ihn los.«

Der Ork gehorchte, aber sein Kamerad, der Samuel hielt, auch. Der Halbling landete hart genug auf dem Schädel, um ein weiteres Mal beinahe das Bewusstsein zu verlieren. Muxlux maß ihn mit einem strengen Blick, aber er sparte sich auch jeden Kommentar und wirkte eher resignierend als zornig.

Da ihn niemand daran zu hindern versuchte, half Groxmox dem Halbling auf, überzeugte sich zwar rasch davon, dass dem Halbling nicht wirklich etwas zugestoßen war, ließ aber weder seinen Eiling noch das Kampfgeschehen ringsum dabei ganz aus den Augen. Nach dem Auftauchen der Security-Krieger hatte die Schlacht für einen Moment den Atem angehalten, nun aber ging das Töten mit unverminderter Begeisterung weiter; abgesehen von einem kleinen Bereich rings um sie herum, der von einer Mauer aus ausgesucht großen und schwer gepanzerten Orks gebildet wurde. Wäre die Vorstellung nicht so vollkommen absurd gewesen, hätte er geschworen, dass sie Muxlux beschützten.

Aber diese Idee war fast genauso verrückt wie die eines Orks mit einem militärischen Rang.

»General?«, fragte er noch einmal.

»Wie gesagt, das ist eine längere Geschichte«, antwortete Muxlux. »Etwa fünfzehn Jahre, um genau zu sein.«

Und plötzlich wusste er, warum ihm sein Eiling auf so unheimliche Weise verändert vorkam. Muxlux war älter geworden. Sehr viel älter. Das war zwar unmöglich – Orks schlüpften, wuchsen binnen weniger Wochen zu ausgewachsenen Kriegern heran und starben nach ein paar Jahren auf dem Schlachtfeld – aber auch genauso unübersehbar. Trotzdem sagte er mit einem nervösen Lachen: »Du machst dich über mich lustig, wie?«

»Ich wünschte es wäre so, mein Freund«, seufzte Muxlux, schüttelte plötzlich den Kopf und verbesserte sich mit einem leisen Lachen: »Oder nein, eigentlich nicht. Ganz bestimmt sogar nicht, wenn ich es mir genau überlege, denn wenn es so wäre, dann könnte ich mich gar nicht über dich lustig machen, nicht wahr?« Er legte den Kopf auf die Seite und lachte glucksend, doch Groxmox hatte zugleich den Eindruck, dass er getestet wurde.

»Wer weiß?«, gab er schulterzuckend zurück. »Jedenfalls

werde ich meinen letzten überlebenden Eiling nicht so dreist belügen. Wir haben uns vor einer Stunde gesehen.«

»Vor einer Stunde«, wiederholte Muxlux. Groxmox nickte, und Muxlux maß zuerst ihn, dann den immer noch benommenen Halbling mit einem sehr langen, nachdenklichen Blick und kratzte sich schließlich mit den Fingernägeln über die dreieckige Narbe, die seine Wange verunstaltete; ein Geräusch wie von schartigen Messerklingen auf Stein. »Ich glaube, wir haben eine Menge zu besprechen, alter Freund«, seufzte er schließlich.

»Alter Freund«, wiederholte Groxmox. Seit wann kannte Muxlux solcherlei Worte? »Haben wir denn Zeit dazu? Ich meine: Wenn du tatsächlich zum General ernannt worden bist«, er fragte sich beiläufig, von wem eigentlich, »dann hast du doch im Moment bestimmt etwas Wichtigeres zu tun, oder?«

»Etwas Wichtigeres als mit einem guten Freund zu sprechen, den ich fünfzehn Jahre lang nicht mehr gesehen habe?« Muxlux schüttelte heftig den Kopf. »Keine Sorge. Unsere Krieger sind gut ausgebildet. Sie kommen auch eine Weile ohne mich zurecht.«

Groxmox warf einen langen Blick in die Runde und kam zu dem Schluss, dass sein Eiling recht hatte. Die Schlacht tobte in allen Himmelsrichtungen so weit, wie sein Blick nur reichte, und es war vollkommen unmöglich, sich auch nur ansatzweise einen Überblick zu verschaffen. Aber er war auch ein geborener Krieger und auf dem Schlachtfeld aufgewachsen, und er sah einfach, ob eine Schlacht gut oder schlecht lief. Diese hier lief gut.

»Fünfzehn Jahre?«, wiederholte er noch einmal und erschrak selbst ein wenig, wie belegt seine Stimme klang. Sein Verstand weigerte sich noch immer, diesen Unsinn zu glauben, aber tief in sich spürte er auch, dass es die reine Wahrheit war.

Außerdem musste er Muxlux nur ins Gesicht sehen, um das zu erkennen.

»Plus minus ein paar Monate«, gestand Muxlux mit einem fast wehmütig anmutenden Lächeln. »Es hat eine Weile gedauert, bis ich angefangen habe, einen Kalender zu führen.«

»Einen Kalender?«, mischte sich Samuel ein. Wenn es überhaupt möglich war, so wirkte er noch verdatterter als Groxmox.

»Warum nicht?«, sagte Muxlux amüsiert. »Ihr macht das doch auch.«

»Ja, schon, aber wir sind auch ... also ich meine, wir sind ...«

»Ja?«, erkundigte sich Muxlux. In seinem verheerten Gesicht zu lesen war beinahe unmöglich, aber Groxmox meinte dennoch ein amüsiertes Funkeln ganz tief in seinen Augen zu erkennen.

»Also ich meine, wir und ... also schließlich ...« Samuel geriet endgültig ins Stammeln, und Muxlux sah noch eine Weile mit gänzlich unverhohlener Schadenfreude zu, wie er sich wand, dann lachte er gutmütig und versetzte dem Halbling einen freundschaftlichen Klaps auf die Schulter, allerdings sehr vorsichtig, und mit nur einem Finger. Trotzdem ächzte Samuel und kämpfte einen Moment lang um sein Gleichgewicht. »Der ist schon witzig, der Kleine«, gluckste er. »Ich kann verstehen, dass du ihn behalten hast.«

»He!«, beschwerte sich Samuel.

Muxlux feixte nur noch breiter und setzte zu einer Antwort an, doch in diesem Moment drängte sich ein Ork durch die Menge, der einen kleinen und ziemlich übel zugerichteten Körper auf den Armen trug. Erst als er ihn Muxlux vor die Füße warf, erkannte ihn Groxmox.

»Meister Frank!«, rief Samuel aus. Er wollte sich zu dem Zauberer hinunterbeugen, doch Muxlux machte eine kaum sichtbare Bewegung mit den Fingern, und einer der Orks riss Samuel derb zurück.

»Gehört der auch zu dir?«, fragte er.

»Nein«, antwortete Groxmox.

»Aber er ist zusammen mit ihnen aufgetaucht«, grollte der Ork, der den Leichnam des Zauberers gebracht hatte. »Er hat ihn getragen. Hab's genau gesehen.« Er gestikulierte auf den Bereich brodelnder Finsternis, der noch immer ein gutes Stück hinter ihnen in der Luft schwebte, als wäre die Welt an dieser Stelle aus irgendeinem Grund nicht ganz fertig gestellt worden. »Da sind sie hergekommen. Genau wie die anderen.«

»Ist das wahr?«, erkundigte sich Muxlux. Groxmox war, als wäre eine ganze Menge von seiner bisherigen Freundlichkeit plötzlich verschwunden.

»Ja«, antwortete er. »Aber sie gehören nicht zu uns. Samuel und ich sind vor ihnen geflohen.«

»Das ist Meister Frank«, sagte Samuel. »Er ist ein mächtiger Zauberer.« Trotz allem schien er noch immer einen gehörigen Respekt vor Frank zu haben; das hörte Groxmox seiner Stimme an, und es konnte auch Muxlux nicht verborgen bleiben. Der Orkgeneral sah noch einmal ein bisschen weniger freundlich aus.

Aber er behielt alles für sich, was ihm dazu auf der Zunge lag, ließ sich vor dem toten Magier in die Hocke sinken und betrachtete ihn stirnrunzelnd. »Ein Zauberer?«, sagte er und versetzte dem Toten einen ganz sachten Stubs, der ihn auf den Rücken rollen ließ. »Ich glaube nicht an Zauberei. Meiner Erfahrung nach gibt es so etwas wie Magie nicht. Wohl aber eine Menge Dinge, die einem so vorkommen können, weil man ihre wahre Natur nicht versteht.«

Der vermeintliche Tote öffnete die Augen, wimmerte leise und starrte mit trübem Blick zu Muxlux hoch. »Ein philosophierender Ork«, flüsterte er. »Dass ich das noch erleben darf.«

»He!«, rief Muxlux aus. »Es spricht!«

Und er lebt, dachte Gruxmux überrascht. So übel zugerichtet, wie Franks Körper war, hätte er das niemals für möglich gehalten. Aber es würde auch nicht mehr lange so bleiben. Der Zauberer starb, das war überdeutlich.

»Du behauptest also, ein Zauberer zu sein«, sagte Muxlux.

»Ich bin ein … Wissenschaftler, du dämliches, Konstrukt«, stöhnte Frank. »Aber was dich angeht, läuft es wohl auf dasselbe hinaus.«

»Vermutlich«, gestand Muxlux ungerührt. »Oder ist da ein großer Unterschied zwischen einem toten Zauberer und einem toten Wissenschaftler?«

Frank antwortete gar nicht darauf – vielleicht konnte er es auch nicht mehr – und Muxlux stemmte sich ächzend wieder in die Höhe und sah stirnrunzelnd auf Samuel hinab. »Du wirst mir eine Menge erklären müssen, mein kleiner Freund«, sagte er. »Du magst ja ein Freund meines Eilings sein, aber das bedeutet noch lange nicht, dass ich dich automatisch am Leben lasse. Oder dir auch nur traue.« Er sah wieder Groxmox an. »Oder dir. Du warst lange weg, Eiling. Und du hast dich verändert.«

»Du aber auch«, sagte Groxmox. »Weißt du eigentlich, wie sehr?«

»Ich glaube, es hat damit zu tun.« Muxlux berührte die wulstige Narbe in seinem Gesicht. »So ganz habe ich es bis jetzt nicht verstanden, fürchte ich, aber es hat angefangen, nachdem du mich mit diesem Messer geschnitten hattest und verschwunden bist. Danach sind mir … seltsame Gedanken gekommen. Am Anfang haben sie mich erschreckt, aber bald wurde mir klar, dass es auch seine guten Seiten hat. Ich nehme an, dir ist es genau so ergangen, in den letzten fünfzehn Jahren?«

»Nein«, antwortete Groxmox. »Erst seit gestern.« Von dem Gedanken wurde ihm immer noch ganz schwindelig.

»Dann steht dir noch die eine oder andere Überraschung

bevor, Bruder«, sagte Muxlux. »Die meisten werden dir gefallen.«

»Die meisten?«, fragte Groxmox.

Statt seine Frage zu beantworten, deutete Muxlux auf Stech, dessen zierlicher Griff aus seinem Gürtel ragte. »Ich nehme an, es hat etwas mit dieser Waffe zu tun?« Groxmox verstand und gab ihm die magische Klinge. Der Orkgeneral drehte sie eine ganze Weile nachdenklich in den Händen und seufzte dann sehr tief »Ja, man kann es sogar spüren«, sagte er. »Hätten wir die doch nur eher gehabt. Es hätte die Leben so vieler unserer Brüder gerettet.«

»Ich dachte, du glaubst nicht an Zauberei?«, fragte Samuel.

»Das tue ich auch nicht«, antwortete Muxlux. »Aber ich glaube, dass man sich auch Dinge zunutze machen kann, die man vielleicht nicht ganz versteht.«

»Dann ist es ja gut, dass du Stech nicht gehabt hast«, giftete Samuel, aber Muxlux hob nur die Schultern.

»Das macht keinen Unterschied mehr, meine kleiner Freund«, sagte er. »Du bist gerade im richtigen Moment zurückgekommen.«

»Wozu?«, fragte Samuel misstrauisch.

»Um das Ende mit anzusehen, kleiner Mann.« Muxlux machte eine Kopfbewegung nach Süden. »Dort hinten liegt die letzte Festung deiner spitzohrigen Verbündeten. Wir haben gewonnen, weißt du? Es hat lange gedauert und unzählige Leben gekostet, aber nun ist es vorbei. Das ist die letzte Schlacht. Allerhöchstens die vorletzte. Dein Volk ist geschlagen, und sie wissen es.«

»Und weißt du auch, warum?«

»Weil wir stärker sind.«

»Warum es diesen Krieg überhaupt gibt, meine ich«, warf Samuel bitter ein. »Hast du jemals darüber nachgedacht?«

Muxlux sah den Halbling nur schweigend an, und Groxmox fügte hinzu: »Er könnte es dir sagen.«

Muxlux dachte einen Moment lang darüber nach, doch dann schüttelte er den Kopf »Das spielt jetzt keine Rolle mehr«, sagte er. »Es ist vorbei. Spätestens morgen.«

»Oh ja«, stöhnte Frank. »Du hast ja keine Ahnung, wie recht du hast.«

Muxlux sah auf ihn hinab, überlegte sichtlich, ihn zum Schweigen zu bringen und schüttelte dann nur den Kopf. Statt den Zauberer zu töten, gab er Groxmox Stech zurück und schob es gleichzeitig unter seinen eigenen Gürtel.

Muxlux riss die Augen auf. Samuel ächzte, und auch Groxmox brauchte ein paar Augenblicke, um zu begreifen, was er da sah. Und noch einige, um sich selbst gegenüber zuzugeben, dass es auch wahr war. Stech existierte jetzt in dreifacher Ausfertigung.

»Das ist erstaunlich«, murmelte Muxlux. »Man könnte wirklich anfangen, an Zauberei zu glauben. Oder?« Er versetzte Frank einen leisen Tritt, der ihm einen keuchenden Schmerzlaut entlockte, doch der Zauberer stöhnte nicht allein vor Schmerz, wie man an seinen vor Entsetzen schwarzen Augen unschwer erkennen konnte, die er unverwandt auf das verdoppelte Schwert hielt. »Nein«, stammelte er. »Nein, das … das kann nicht … nicht sein. Das darf einfach nicht sein!«

»Was?«, fragte Muxlux.

Frank hörte ihn gar nicht. »Nein!«, stammelte er. »Das … kann nicht sein. Das darf nicht sein! Es … es verhält sich wie ein Virus!«

»Was soll das heißen?«, fragte Muxlux verärgert.

Aber Groxmox machte nur eine besänftigende Geste. »Nimm ihn nicht ernst«, sagte er. »Er stirbt und redet wirr.«

»Das glaube ich nicht«, sagte Samuel in sehr nachdenklichem Ton.

»Was soll das nun wieder heißen?«, polterte Muxlux, doch statt zu antworten, zog Samuel – sehr vorsichtig, sehr langsam –

sein eigenes Stech aus dem Gürtel, drückte es dem am nächsten stehenden Ork in die Hand und steckte es gleichzeitig wieder ein. Stech existierte jetzt viermal.

»Ui!«, machte Muxlux.

Groxmox starrte das auf vollkommen unmögliche Weise aus dem Nichts aufgetauchte Schwert an und versuchte mit all seiner Willenskraft nicht den Verstand zu verlieren oder mit einem Mal doch an Zauberei zu glauben (was für seinen Geschmack so ziemlich auf dasselbe hinauslief).

Frank kreischte los: »Ihr dürft es nicht anfassen! Es ist ein Virus, begreift ihr das denn nicht!?«

»Nein«, sagten Groxmox und Muxlux wie aus einem Mund, und die meisten Orks in ihrer Nähe schüttelten die Köpfe oder taten das, was Orks am besten konnten, und starrten das Messer einfach nur blöde an.

Einzig Samuel sah mit einem Mal sehr nachdenklich aus. Zögernd trat er auf den Ork zu, aus dessen Gürtel das neu aufgetauchte Schwert ragte und strecke die Hand danach aus. Der Ork hob die Faust, um ihn wegzustoßen, ließ den Arm aber wieder sinken, als Muxlux eine befehlende Geste machte. Samuel zog das Messer aus dem Gürtel und sah es einen Moment lang sehr nachdenklich an, bevor er es seinem Besitzer zurückgab.

»Würdest du mir verraten, was du da tust, kleiner Mann?«, fragte Muxlux.

»Gleich«, antwortete Samuel, sah aber nicht einmal zu Muxlux hoch, sondern starrte den Ork mit dem Schwert im Gürtel nur weiter und irgendwie erwartungsvoll an. Nachdem eine geraume Weile nicht mehr geschehen war, als dass eben nichts geschah, nickte er wortlos, zog Stech abermals aus dessen Gürtel und gab das kleine Schwert einem anderen Krieger, der es einen Moment lang ratlos in den Händen drehte und ihm dann zurückgab, nachdem er es unter den eigenen Gürtel geschoben hatte.

Muxlux' Augen wurden noch größer, und Groxmox hatte das Gefühl, nun endgültig den Boden unter den Füßen zu verlieren, doch Samuel wirkte beinahe zufrieden.

Nur Frank schrie noch einmal und sogar noch lauter und schaffte es sogar, sich trotz seiner gebrochenen Arme auf die Ellbogen hochzustemmen. »Ihr dürft es nicht anfassen!«, kreischte er. »Es ist ein Virus, versteht ihr das denn nicht?«

Niemand beachtete ihn, und Samuel gab dem Ork das Schwert abermals zurück und nahm es wieder an sich; ohne dass etwas geschah.

»Also?«, fragte Muxlux ratlos.

Er bekam dieses Mal gar keine Antwort, doch Samuel wiederholte sein unheimliches Experiment noch ein gutes Dutzend Mal. Als er schließlich zufrieden zu sein schien und sich wieder an Muxlux wandte, hatte ein halbes Dutzend Orks neue Zauberschwerter bekommen. Allerdings verdoppelte sich Stech immer nur einmal und musste dann an einen neuen Besitzer weitergereicht werden.

»Und?«, fragte Muxlux gefährlich leise. »Sagst du mir jetzt endlich, was du da tust, und was es bedeutet?«

»Das kann der da viel besser«, sagte Samuel mit einer Geste auf den wimmernden Zauberer. »Aber ich möchte Euch noch etwas zeigen, General.«

Ohne Muxlux Antwort abzuwarten, zog er sein eigenes Stech, hob die linke Hand und fügte sich selbst eine tiefe Schnittwunde zu. Muxlux hob fragend die linke Augenbraue. Und dann auch noch die andere, als er sah, wie sich der Schnitt beinahe so schnell wieder schloss, wie er entstanden war.

»Das ist nun wirklich beeindruckend«, sagte er. »Und? Du weißt also jetzt, was ein Virus ist.«

»Nein«, antwortete Samuel und deutete auf Frank. »Das kann er Euch vermutlich besser erklären, und wie ich Euch und Eure Krieger kenne, findet ihr auch Mittel und Wege, ihn zum

Reden zu bringen. Aber ich weiß, was ein Virus *tut.*« Er ließ sich neben dem Zauberer in die Hocke sinken und fügte ihm einen Schnitt an der Wange zu. Verglichen mit dem, was er bisher erlitten hatte war es nicht mehr als eine Schramme, die er kaum spüren sollte, doch er bäumte sich mit einem schrillen Kreischen auf – und verlor das Bewusstsein.

»Wie soll er uns jetzt noch Fragen beantworten?«, beschwerte sich Muxlux. »Du hast ihn umgebracht.«

»Ganz im Gegenteil, sagte Samuel. Er stand auf. »Lasst ihn wegbringen. Aber sagt Euren Kriegern, dass sie gut auf ihn aufpassen sollen. Wenn er wieder wach wird, dann wird er fast so unverwundbar sein wie sie.« Er hob seine mittlerweile schon wieder fast unversehrte Hand, um diese Behauptung zu unterstreichen, und Muxlux sah sie lange und schweigend an.

»Das also tut ein Virus?«, fragte er mit einer Geste auf Stech. »Es macht unverwundbar?«

»Ich glaube eher, dass ein Virus verbessert«, sagte Samuel. »Natürlich kann ich nur raten, aber mich hat es stärker gemacht, und ein bisschen zäher. Und mein neuer grüner Freund hier ist schlauer geworden.« Er legte fragend den Kopf schräg. »Ganz wie Ihr, General, nicht wahr?«

Muxlux sah den Halbling an, dann Groxmox, und schließlich sehr lange und der Reihe nach die Krieger, die Samuel mit den verdoppelten Schwertern ausgestattet hatte.

Er wandte sich erst wieder an den Halbling, nachdem auf eine entsprechende Bewegung hin zwei seiner Krieger den bewusstlosen Zauberer weggeschafft hatten.

»Ich hoffe doch, du erwartest jetzt keinen Dank von mir, kleiner Mann«, sagte er. »Ich mag den Verrat lieben, aber ich hasse Verräter.«

Die Worte schienen Samuel zu amüsieren. »Und wieso nennt Ihr mich einen Verräter, General?«, fragte er.

Muxlux deutete abermals auf die magischen Schwerter. »Dir muss doch klar sein, dass du uns damit den endgültigen Sieg über dein Volk und alle seine Verbündete geschenkt hast, oder?«

»Ja, weil ihr ja Krieg gegeneinander führt, nicht wahr?«, fragte Samuel. »Und das schon so lange, wie die Welt besteht ... Warum gleich noch einmal?«

»Was?«, fragte Muxlux.

»Warum führt ihr Krieg gegen uns? Oder wir gegen euch, je nachdem? Und sagt jetzt bitte nicht, dass Ihr es nicht wisst, General.«

Muxlux Augen wurden schmal. »Wirst du jetzt unverschämt, Knirps? Ich sollte dich –«

»Warum hörst du ihm nicht einfach zu, Muxlux?«, fiel ihm Groxmox ins Wort. »Ich bin ganz sicher, dass du es interessant finden wirst.«

Es gab einen gefährlichen Moment, in dem Groxmox spürte, wie nahe Muxlux daran war, in alte Ork-Gewohnheiten zurückzufallen und Samuel und ihm die Köpfe abzureißen und hinterher darüber nachzudenken, ob das wirklich eine gute Idee gewesen war, doch dann nickte er missmutig.

»Ich möchte Euch um einen Gefallen bitten, General«, sagte Samuel.

»Dich schmerzlos zu töten?«

»Ist es wahr, dass ihr den Krieg praktisch gewonnen habt?«

»Ja.«

»Dann werden die Anführer der Menschen und der Rat der Hochelben gewiss zustimmen, wenn Ihr ihnen einen Waffenstillstand anbietet und sie bittet, eine Abordnung hierherzuschicken, um mit ihr zu verhandeln?«

Muxlux japste, als hätte Samuel ihm einen unsittlichen Antrag gemacht, und starrte ihn auch ungefähr genauso entgeistert an. »Bestimmt sogar«, sagte er. »Aber warum sollte ich so etwas Dummes tun? Hast du nicht zugehört, kleiner Mann?

Wir haben gewonnen! Worüber sollte ich mit deinen Leuten noch sprechen?«

»Nicht mit ihnen«, antwortete Samuel. »Aber mit Groxmox und mir. Oder einfach nur zuhören. Ehrlich gesagt habe ich einfach nur keine Lust, die Geschichte zweimal zu erzählen.« Er drehte sich halb herum, und sein Blick suchte das schwarze Weltentor, das noch immer über dem Schlachtfeld schwebte und die Wirklichkeit fraß. Seine Hand strich über das Schwert, das an seiner Seite hing, und Stech schien auf die Berührung zu reagieren, indem ein ganzer Schauer aus winzigen grünen und blauen Funken über die Klinge lief.

»Groxmox und ich haben euch allen eine interessante Geschichte zu erzählen.«

Wolfgang Hohlbein

Die Asgard-Saga

DER HAMMER DER GÖTTER

BASTEI LÜBBE
TASCHENBUCH

Vielleicht sind die Besiegten die wahren Sieger. Vielleicht sind die Toten die wahrhaft Lebenden. Vielleicht sind die Freunde die wahren Feinde. Vielleicht sind die Götter die wahren Verlierer.

Eine Flotte auf dem Weg ins Nichts. Tausend zu allem entschlossene Krieger. Ein Sturm, der das Meer aufpeitscht. Ein tödliches Geheimnis.

Und ein Mann, der angetreten ist, es zu lösen. Für seine Männer ist er Thor, der Gott. Für sich selbst ein verzweifelt Suchender. Der Bezwinger, der einst bezwungen wurde. Und nun alles zu verlieren droht: seine Schiffe, seine Krieger, seine Freunde, sein Leben ...

Und was, wenn es nichts zu gewinnen gibt?

Schon der erste Blitz hatte den Mast des Führungsschiffes getroffen und wie der Axthieb eines zornigen Gottes der Länge nach gespalten, und praktisch im gleichen Atemzug war das Segel mit einem einzigen, dumpfen Schlag in Flammen aufgegangen, der noch auf dem letzten Schiff der weit auseinandergezogenen Flotte mit beinahe ohrenbetäubender Lautstärke zu hören gewesen war. Und noch einen weiteren halben Atemzug darauf hatte sich die gesamte *Drakkar* in einen schwimmenden Scheiterhaufen verwandelt; ein feuriges Grab für mehr als achtzig gute Männer, deren verzweifelte Schreie selbst jetzt noch in seinen Ohren zu gellen schienen, obwohl das Schiff längst in Stücke zerbrochen und gesunken war.

Danach war es wirklich schlimm geworden.

Zuerst war der Himmel erloschen, dann der Tag, und mittlerweile kam das einzige Licht von den unablässig zuckenden Blitzen, die die schwarze Unendlichkeit über ihren Köpfen in Stücke schnitt. Ein flackerndes Höllenlicht, das alle Farben auslöschte und die Bewegungen der Männer rings um ihn herum in eine rasend schnelle Abfolge grotesk erstarrter einzelner Bilder verwandelte, als hätte der Sturm sie über den Rand der Welt und in einen Abgrund geschleudert, in dem menschliche Begriffe von Zeit und Logik keine Macht mehr besaßen.

Aber auch in den unendlich kurzen Momenten dazwischen wurde es nicht gänzlich dunkel, denn dann kroch der flackernde rote Schein brennender Schiffe und lodernder Männer über das Meer heran.

Thor wusste längst nicht mehr, wie viele es waren; drei, fünf – vielleicht alle. Vielleicht war das *Naglfar* das einzige Schiff, das noch nicht brannte, weil die Götter ihm die Gnade eines frühen Todes verweigerten, denn er sollte mit eigenen Augen sehen, was er getan hatte. Er wusste auch nicht mehr, wo sie waren, oder wie lang dieser entsetzliche Sturm nun schon tobte, den die Götter geschickt hatten, um sie alle für ihren Stolz und ihn für seinen Hochmut zu bestrafen. Er wusste nur, dass sie alle sterben würden: Er, Torben und Leif, Gunnar und Erik und alle anderen, die von den eisigen Gestaden Asgards aufgebrochen waren, und deren einziges Verbrechen in der Hoffnung auf eine Zukunft für sich und ein besseres Leben für ihre Familien und Kinder bestanden hatte.

»Thor! Steh da nicht rum und versuch den Sturm niederzustarren! Das wird dir nicht gelingen! Hilf mir lieber!«

Thor verstand kaum die Hälfte der Worte wirklich, denn wenn es etwas gab, das noch schlimmer war als das tanzende Lichtgewitter und die tobende See, dann war es der Lärm, das Kreischen tausend entfesselter Dämonen, zu dem sich das Heulen der Sturmböen und das Brüllen der Wogen und der unablässig rollende Donner vereinten, aber er kannte den alten Kapitän gut genug, um den Rest zu erahnen. Er war auch nicht im Mindesten überrascht, als er sich umdrehte und Torben bei etwas erblickte, was jedem anderen vollkommen widersinnig erschienen wäre: Torben hatte beide Füße gegen die nassen Planken gestemmt und versuchte mit verzweifelter Kraft das Ende eines zerrissenen Taus festzuhalten, das irgendwo über ihm in einem tobenden Chaos aus grellem Licht und um so schwärzeren Wolken und zerfetztem Segelzeug und reiner wütender Bewegung verschwand ... als bilde er sich ein, das Schiff auf diese Weise und ganz allein retten zu können, indem er es am Himmel festband!

Wasser klatschte ihm wie eine nasse und sehr kalte Hand ins Gesicht, und der Schock riss ihn nicht nur in die Wirklichkeit zurück, sondern machte ihm auch klar, dass Torben nicht nur wieder einmal dabei war, sich vor der gesamten Mannschaft zum Narren zu machen, sondern auch auf ganz besonders eigene Art und Weise Selbstmord zu begehen. Torben war stark, nach ihm selbst vielleicht der stärkste Mann, den er kannte, aber der Sturm zerrte mit der Kraft von tausend Männern an den zerrissenen Segeln, und wenn dieser Narr das Tau nicht bald losließ und versuchte, lieber sich selbst statt des Schiffes festzuhalten, dann mochte es sein, dass er sich gleich kopfüber im und kurz darauf unter Wasser wiederfand.

Aber vermutlich wartete dieses Schicksal ohnehin auf sie alle. Die enorme Größe des *Naglfar*, das doppelt so breit und nahezu dreimal so lang wie die anderen Schiffe der Flotte war, hatte sie bisher davor bewahrt, ebenso zum Spielball der entfesselten Naturgewalten zu werden wie der Rest ihrer kleinen Flotte, aber Thor ahnte, dass das nur noch wenige Augenblicke so bleiben würde.

Wenn sich der Sturm erst einmal auf sie konzentrierte, mochte sich die enorme Größe des Schiffes genau umgekehrt zu ihrem schlimmsten Feind entwickeln.

Und vielleicht war es sogar gerade in diesem Moment so weit, denn er hatte sich noch keine drei Schritte weit schräg gegen den Sturm gelehnt in Torbens Richtung gekämpft, da erbebten die Planken unter seinen Füßen mit solcher Gewalt, dass er auf Hände und Knie geworfen wurde. Weißes Licht blendete seine Augen und tauchte das Deck in schmerzhaft intensive, schattenlose Helligkeit, gefolgt von völliger Schwärze und einem abermaligem, noch gleißenderem Blitz. Fluchend stemmte sich Thor hoch und machte einen einzelnen unbeholfenen Schritt, und als das grelle Weiß des nächsten Blitzes das Deck überflutete, war Torben verschwunden, und das zerrissene Tauende, das er gerade noch festgehalten hatte, zuckte wie eine Peitschenschnur in seine Richtung und versuchte ihm den Kopf von den Schultern zu schnippen.

Thor zog ihn hastig ein, sprang einen Schritt zur Seite und hielt nach Torben Ausschau, und schon im Licht des nächsten Blitzes sah er ihn wieder: Er lag ein gehöriges Stück entfernt auf dem Rücken, Blut besudelte sein Gesicht, und noch mehr Blut lief von seinen Händen, die er sich an dem rauen Tau aufgerissen hatte. Gleich zwei Männer stolperten auf ihn zu, um ihm zu helfen, wurden aber von einer neuerlichen und noch härteren Erschütterung von den Füßen gerissen, unter der das Schiff wie ein riesiges lebendes Wesen stöhnte, das Schmerzen litt.

Irgendwie gelang es Thor, einen weiteren torkelnden Schritt in Torbens Richtung zu machen, dann rollte eine weitere, vermeintlich lautlose Woge heran, brach sich mit dafür umso gewaltigerem Getöse an der buckeligen Schildreling des *Naglfar* und ließ das gewaltige Schiff wie unter einem Hammerschlag der Götter erbeben. Weiße Gischt, kalt wie die Hölle und vom Sturm so schnell vor sich hergepeitscht, um wie mit Messerklingen in jedes Fleckchen ungeschützte Haut zu schneiden, sprühte höher als der Mast und ließ das zerfetzte Segel für die Dauer eines weiteren Blitzschlags hinter einem Vorhang aus Silber und Weiß verschwinden. Die Erschütterung war selbst für seine gewaltige Kraft zu viel. Haltlos torkelte er über das Deck, prallte gegen eine bärtige Gestalt, die prompt von den Füßen gerissen wurde und mit wirbelnden Armen und einem lautlosen Schrei auf den Lippen verschwand, und wurde mit solcher Gewalt gegen den Mast geschmettert, dass er um ein Haar das Bewusstsein verloren hätte. Reiner, weißer Schmerz explodierte vor seinen Augen, und in seinem Mund war plötzlich der bittere Kupfergeschmack seines eigenen Blutes. Alles drehte sich um ihn, nicht nur das Schiff und das Meer und der Sturm, sondern auch die Wirklichkeit selbst, und tief unter seinen Gedanken tat sich ein schwarzer Abgrund auf, in dem etwas Schlimmeres als der Tod lauerte. Auch nur die Augen zu öffnen, kostete ihn all seine Kraft, und als es ihm endlich gelang, war er nicht sicher, ob ihm die Götter den Willen dazu nicht nur gegeben hatten, um ihn weiter zu quälen, denn er sah genau den Mann, mit dem er gerade zusammengestoßen war, wie er mit immer noch hilflos rudernden Armen gegen die Reling auf der anderen Seite und dann auch schon über Bord geschleudert wurde; den Mund noch immer zu demselben, stummen Schrei aufgerissen, der vom Sturm ergriffen und davongetragen wurde, lange bevor er sein Ohr erreichte, oder das irgendeines anderen an Bord. Er war nicht der Erste, der vor seinen Augen starb, und er würde nicht der Letzte bleiben, ehe dieser Höllensturm endete.

Wenn er denn jemals endete.

Trauer überkam Thor, als er an all die Männer dachte, die gerade dort draußen auf dem Meer ihr Leben verloren. Sie waren beinahe tausend gewesen, als sie an Bord der Flotte gegangen waren, eine stolze und unbezwingbare Armee, deren bloßer Anblick das Herz eines jeden Feindes mit Furcht erfüllen musste, und all diese Krieger, jeder einzelne dieser tausend Männer, von denen so viele seine Freunde gewesen waren, hatten seinen Versprechungen geglaubt. Er hatte ihnen ein neues Leben prophezeit, eine bessere Zukunft für ihre Kinder und deren Kinder, und ein Schicksal ohne Not, ohne Hunger und den täglichen Kampf ums Überleben.

Alles, was sie nun finden würden, war der Tod.

Irgendwie gelang es Thor, den Gedanken abzuschütteln, und sich auf das Einzige zu konzentrieren, was inmitten des Chaos wichtig war: am Leben zu bleiben. Der Sturm nahm noch weiter an Heftigkeit zu, aber er spürte, dass er seinen Höhepunkt noch lange nicht erreicht hatte. Das war kein normaler Sturm. Was immer ihn entfesselt hatte, stammte nicht von dieser Welt, und es war noch immer da, irgendwo dort draußen hinter den unsichtbar brüllenden Böen. Er konnte seine Anwesenheit fast körperlich spüren, als wäre die Dunkelheit selbst zu etwas Lauerndem erwacht, etwas Großem und unvorstellbar Wildem, das sich in den Momenten der Schwärze zwischen dem immer schneller flackernden Licht der Blitze verbarg.

Einen Herzschlag lang glaubte er tatsächlich etwas zu sehen, hatte einen vagen Eindruck purer Größe und Macht, als hätte allein das Wissen um sein Dasein schon gereicht, den Schleier der Unsichtbarkeit ein kleines Stück zu lüften, und wieder traf eine Woge das Schiff, noch härter und mit womöglich noch verheerenderer Wucht, aber diesmal war er vorbereitet und hielt sich an den daumendicken Seilen fest, mit denen der Mast bis in Mannshöhe verstärkt war. Eisiges Wasser lief in seine Stiefel, blendete seine Augen und brannte wie Säure in den zahllosen Rissen und Schrammen in seiner Haut, und obwohl seine Kraft die eines normalen Mannes um das Zehnfache überstieg, hatten seine Finger doch immer mehr Mühe, Halt an den Seilen zu finden, die Salzwasser und Kälte hart wie Stein gemacht hatten. Die Planken unter seinen Füßen, die doch angeblich unzerstörbar sein sollten, ächzten, als wollten sie zerbrechen, und unter diesem Laut glaubte er noch einen anderen zu hören, ein dunkles Stöhnen und Grollen, als wäre das *Naglfar* nun endgültig zum Leben erwacht und versuchte die Menschen abzuschütteln, die die Dreistigkeit besessen hatten, sich an seinen Leib zu klammern.

Thor versuchte, auch noch diesen Gedanken abzuschütteln (es gelang ihm nicht), krallte sich mit nur noch größerer, trotziger Kraft in die schmirgelnden Seile und versuchte die Schmerzen und den kreischenden Weltuntergangssturm und die Ungeheuer seiner eigenen Fantasie zu ignorieren. Salzwasser und Schaum vermischten sich mit seinem eigenen Blut zu rosafarbener Gischt, die ihm in die Augen sprühte und ihm zusätzlich die Sicht nahm, und der schwarze Schlund unter seinen Gedanken wurde noch einmal tiefer, das Flüstern drängender, lauter und bedrohlicher. Jemand schrie seinen Namen; vielleicht Torben, vielleicht der sterbende Mann, über dessen Lippen sein Name als verzweifelter Fluch kam, bevor er im Meer versank, vielleicht auch nur das Brüllen des Sturmes oder das immer noch anhaltende Wispern in seinen Gedanken, und das Unwetter wurde noch einmal schlimmer. Blitz auf Blitz spaltete den schwarz gewordenen Himmel, explodierte Funken sprühend im Meer und ließ blaues Elmsfeuer über Masten und Takelage knistern, und mindestens ein weiteres Schiff wurde getroffen und explodierte in einer brodelnden Wolke aus Rauch und grellroten Flammen. Das Heulen des entfesselten Ragnarök war barmherzig genug, das Zischen von schmelzendem Fleisch und die Schreie der Sterbenden zu übertönen, aber er sah brennende Gestalten, die an Deck umhertorkelten oder auch über die Reling sprangen, das Ende in den kochenden Fluten dem Feuertod an Bord vorziehend.

Thor schloss mit einem lautlosen Stöhnen die Augen, und als er sie wieder aufmachte, sah er das Ungeheuer.

Im allerersten Moment war er nicht sicher, nicht nur einem neuen, grausigen Trugbild zu erliegen, einem bösen Spuk, geboren aus schaumiger Gischt und Schatten, der sich nur vermeintlich über dem geschnitzten Drachenkopf am Bug des *Naglfar* aufbäumte, doch dann riss der Sturm die Gischtwolken auseinander, und nun sah er die Kreatur in ihrer ganzen, ehrfurchtgebietenden Scheußlichkeit: Höher als der größte Baum, den er jemals gesehen hatte, ragte sie über ihm auf, massig wie ein Berg, aber schlängelnd und böse, mit mehr als handgroßen glitzernden Schuppen bedeckt, Zähnen wie gebogene Schwertklingen und senkrecht geschlitzten Augen voller unstillbarer Bosheit, und einem abgrundtiefen Hass auf alles Lebendige und Fühlende.

Thor schrie. Der Sturm riss den Laut von seinen Lippen und trug ihn davon, ohne dass er ihn auch nur selbst hörte, das Ungeheuer aber reagierte darauf, als hätte er ihm eine trotzige Herausforderung entgegengeschleudert: Sein Schädel, größer als eine Droschke und voller spitzer Zähne und Stacheln und knochiger Kämme und schierer Gestalt gewordener Wut peitschte mit einer Schnelligkeit herum, die seiner unvorstellbaren Größe Hohn sprach, und der Blick seiner gnadenlosen Augen richtete sich nun auf den winzigen Menschen tief unter ihm, der es gewagt hatte, es mit seiner bloßen Anwesenheit herauszufordern. Kochender Geifer sprühte aus seinem Maul und verätzte die Planken, grüne Flämmchen züngelten aus dem Deck, wo sich der giftige Atem der Höllenkreatur in das steinharte Holz fraß.

Mit einem Brüllen, das zu laut war, um es noch zu hören, stieß die Bestie auf ihn herab. Die Schildreling zerbarst, wo ihr schuppiger Schlangenhals dagegenprallte, und Holzsplitter und Eisen prasselten rings um ihn nieder, und die mörderischen Fänge der Bestie waren mit einem Male direkt über ihm.

Thor schrie in reiner Todesangst auf, ließ seinen Halt los und stürzte rücklings aufs Deck. Etwas streifte seinen Arm und grub eine Spur aus rotem Schmerz von der Schulter bis zum Handrücken herunter, und dort, wo er vor einem halben Atemzug noch gestanden hatten, gruben sich monströse Zähne in den Mast und rissen mannsgroße Splitter aus dem eisenharten Holz.

Hilflos schlitterte er weiter, als sich das Deck unter ihm jäh zur Seite neigte, prallte zwei-, oder dreimal gegen Hindernisse, die seiner rasenden Schlitterpartie nichts von ihrem Schwung zu nehmen vermochten, und vielleicht rettete ihm das sogar das Leben, denn das Ungeheuer richtete sich zwar mit einem zornig-enttäuschten Brüllen wieder auf, stieß aber auch gleich darauf und nur noch wütender erneut auf ihn herab. Diesmal zertrümmerte seine gepanzerte Schnauze die Planken kaum eine Handbreit neben ihm.

Thor warf sich herum, kam irgendwie auf Hände und Knie und wurde von der nächsten Woge sofort wieder auf das Deck geschleudert, und die Erschütterung war hart genug, dass sich das ganze gewaltige Schiff auf die Seite legte und eisiges Wasser in einem sprudelnden Sturzbach über die Reling spülte. Thor kämpfte würgend gegen ein entsetzliches Erstickungsgefühl, und das *Naglfar* richtete sich mit einem mahlenden Laut wieder auf; nicht einmal besonders schnell, aber mit einer Kraft und Unaufhaltsamkeit, der nicht einmal das Meeresungeheuer etwas entgegenzusetzen hatte. Der gewaltige Bug des *Naglfar* drückte es einfach zur Seite, und wieder erbebte das Meer unter einem Wutgeheul, das selbst das Brüllen des Sturms mühelos übertönte.

Die Reaktion erfolgte prompt, und es war ein Bild, das er in seinem ganzen Leben nie wieder ganz vergessen sollte: Die Seeschlange verschwand in einem kochenden weißen Geysir im Meer, tauchte nahezu unmöglich schnell und auf der anderen Seite des *Naglfar* wieder auf und stürzte sich mit weit aufgerissenem Maul und brüllend vor Wut auf den kunstvoll geschnitzten Drachenkopf des Schiffes; ein bizarrer Kampf zwischen von Menschenhand geschaffenem und wirklichem Ungeheuer, und wie nahezu immer war es der Mensch, der verlor.

Zehn Männer und er selbst – wenn auch nur dann und wann und eher symbolisch, als dass er eine wirkliche Hilfe gewesen wäre – hatten nahezu einen Monat gebraucht, den ehrfurchtgebietenden Drachenkopf aus einem gewaltigen Baumstamm herauszuschneiden, doch das Ungeheuer biss ihn mit einer einzigen, zornigen Bewegung in Stücke, und Thors allererste Reaktion bestand nur aus einem Gefühl vollkommen absurder Empörung angesichts der Respektlosigkeit, die das Untier der Arbeit so vieler guter Männer gegenüber zeigte. Einen halben Herzschlag später wurde ihm selbst klar, wie albern dieser Gedanke war, und nicht sehr viel später schien das Ungeheuer wohl zu demselben Schluss zu gelangen, denn ganz kurz hielt es damit inne, krachend auf dem abgebissenen hölzernen Drachenkopf herumzukauen, und sah regelrecht verdutzt aus; dann spuckte es Holzsplitter, Metall und ätzenden Sabber aus und stieß sein weit aufgerissenes Maul erneut auf Thor herab.

Mit einer verzweifelten Bewegung warf er sich herum und riss zugleich schützend die Arme vor das Gesicht, aber er wusste auch selbst, dass das eine viel zu langsam und das andere vollkommen sinnlos war. Seine Bewegungen waren zehnmal schneller als die jedes anderen Mannes an Bord, aber gegen das Ungeheuer war er geradezu lächerlich langsam.

Was ihn rettete, war das *Naglfar* selbst.

Hinterher wurde ihm klar, dass es nichts als Glück und purer Zufall gewesen war, doch in diesem Augenblick war er sicher, dass es das Schiff war, das das Ungeheuer angriff, vielleicht um seine Besatzung zu verteidigen, vielleicht auch, um sich an dem frechen Angreifer zu rächen, der es auf so respektlose Weise verstümmelt hatte. Der Bug tauchte in ein Wellental ein, das ebenso tief war wie die schaumgekrönten Wogen davor und dahinter hoch, stieg ebenso machtvoll und schnell wieder in die Höhe, und der zersplitternde Bug bohrte sich wie ein Speer in den schuppigen Hals der Riesenschlange. Horn und Panzerplatten und Holz splitterten, ein ungeheuerliches Brüllen und Kreischen erklang, und das gesamte Schiff erbebte, als wäre es gegen ein unterseeisches Riff gelaufen. Statt ihn in Stücke zu schneiden, wurde der Schädel der Bestie zurück–, und in die Höhe gerissen, und obwohl das *Naglfar* nicht viel größer und vermutlich kaum schwerer als die geschuppte Albtraumkreatur war, drückte es sie mit seinem Gewicht einfach unter Wasser. Thor spürte, wie der Rumpf tief unter ihm schwer über etwas schrammte, das hart wie Fels und massiv wie ein Berg zu sein schien.

Er stemmte sich mühsam in die Höhe, kämpfte breitbeinig auf dem immer noch heftig stampfenden Deck um sein Gleichgewicht und blinzelte sich gerade noch rechtzeitig genug Blut und brennendes Salzwasser aus den Augen, um die gezackte schwarze Klippe zu erkennen, die aus dem brodelnden Sturm auftauchte und das *Naglfar* ansprang.

Dann nichts mehr.

Jemand schlug ihm ins Gesicht, noch nicht so hart, dass es wirklich wehgetan hätte, aber eindeutig härter als nötig, dann rüttelte eine Hand an seiner Schulter, und eine Stimme rief seinen Namen. Vielleicht geschah das alles auch in anderer Reihenfolge, aber es geschah, und Thor identifizierte auch – im Nachhinein, aber mit einem Gefühl tiefer Erleichterung – die dazugehörige Stimme. Torben war also noch am Leben, und offenbar auch noch gesund genug, um genau das zu tun, was ein Mann wie Torben in einer Situation wie dieser einfach tun musste.

Er selbst hätte der Verlockung vielleicht auch nicht widerstanden.

Etwas raschelte, und Thor sagte leise und ohne die Augen zu öffnen: »Das reicht. Du hattest deinen Spaß, Torben. Schlag mich noch einmal, und ich breche dir die Hand.« Er öffnete die Augen. »Du darfst dir sogar aussuchen, welche.«

»Schade«, sagte Torben. »Eine Gelegenheit wie diese kommt wahrscheinlich so schnell nicht wieder. Und es gäbe da schon noch das eine oder andere, was ich dir schuldig bin.« »Respekt?«, schlug Thor vor. »Gehorsam?«

Torben zog es vor, nur mit einem Grinsen darauf zu antworten, das seine Augen allerdings ausließ: Ganz im Gegenteil las Thor darin einen Ausdruck tiefer Sorge, den der grauhaarige Kapitän des *Naglfar* weder verhehlen konnte noch wollte.

Aufmerksam sah er sich um – er befand sich nicht mehr an Bord des Schiffes, sondern in einem kleinen und offensichtlich in aller Hast aufgeschlagenen Zelt, das vollkommen leer war –, warf Torben einen fragenden Blick zu und stemmte sich vorsichtig auf beide Ellbogen hoch, als er keine Antwort bekam. Vielleicht nicht vorsichtig genug, denn unverzüglich schoss ein scharfer Schmerz durch seinen Arm. Thor unterdrückte einen entsprechenden Laut, schüttelte die grobe Decke von den Schultern und musste eine Weile nachdenken, bis er sich daran erinnerte, warum sich jemand (vermutlich Torben) die Mühe gemacht hatte, seinen gesamten Arm zu verbinden.
Die Erinnerung führte eine andere und sehr viel schlimmere im Geleit, und jetzt konnte er einen erschrockenen Laut nicht mehr ganz unterdrücken. »Die Schlange? Was ...?« »Schlange?« Torben blinzelte. »Welche Schlange?«

»Die Seeschlange«, antwortete Thor. »Das Ungeheuer, das das *Naglfar* angegriffen hat.« »Ungeheuer?«, wiederholte Torben.

Thor wollte auffahren, überlegte es sich dann aber anders, als der Ausdruck von Sorge in Torbens Augen eine andere und beunruhigende Qualität annahm. Statt etwas zu sagen, setzte er sich weiter auf, erhob sich schließlich ganz und wickelte sich die feuchte Decke um die Hüften, als er feststellte, dass er nackt war.

»Wo sind meine Kleider?«, fragte er. Die Decke war nicht nur nass, sie kratzte und stank. »Was davon übrig ist, wird gerade geflickt«, antwortete Torben. »Was hast du mit dem Ungeheuer gemeint?«

»Hast du denn keines gesehen?«, fragte Thor seinerseits.

»Nein, aber davon gehört«, antwortete Torben mit sonderbarer Betonung.

»Und von wem?«

»Von dir«, erwiderte Torben. »Während ich wie eine Mutter über deinen Schlaf gewacht und darauf gewartet habe, dass du aufwachst. Du hast ein paarmal von einer Schlange fantasiert.«

Er hatte nicht fantasiert, aber er musste nicht noch einmal in Torbens Augen blicken, um zu wissen, dass er sich auch jedes weitere Wort sparen konnte. Von allen Männern an Bord des *Naglfar* war Torben derjenige, aus dem er am wenigsten schlau wurde. Vielleicht war Torben der beste Freund, den er unter den Sterblichen hatte, aber Thor wusste bis heute nicht, ob er ihn nun wirklich für einen Gott hielt, oder nur für einen außergewöhnlich starken Mann. Aber wenn, dann nicht für einen Gott, dem er allzu viel Respekt zollte.

Statt irgendetwas zu sagen, trat er gebückt aus dem Zelt, richtete sich auf und blinzelte in das Licht einer überraschend tief stehenden Sonne, zog in derselben Bewegung aber auch fröstelnd die Decke wieder bis zu den Schultern hoch. Das rotgoldene Licht und das saftige Grün an drei Seiten suggerierten eine Wärme, die es ganz und gar nicht gab.

»Ist es noch Tag, oder schon wieder Abend?«, fragte er.

Es gelang Torben nicht ganz, den Spott aus seiner Stimme zu verbannen, während er die Hand hob und auf den roten Feuerball am Horizont deutete. »Wenn das da Osten ist, dann würde ich sagen: schon wieder«, sagte er, zögerte fast unmerklich und fügte dann – jetzt eindeutig spöttisch – hinzu: »Herr.«

»Torben, bitte«, seufzte Thor. Sein Kopf schmerzte, sein Arm tat weh, das Licht stach wie mit dünnen glühenden Nadeln in seine Augen, und er musste sich des Bildes eines geschuppten Ungeheuers erwehren, das aus seiner Erinnerung aufstieg und sich einfach nicht abschütteln lassen wollte. Ihm war nicht nach Scherzen.

»Ihr wart die ganze Nacht bewusstlos«, antwortete Torben, in verändertem Ton, und nicht mehr an seinen Freund, sondern seinen Herrn gewandt. Ein ganz kleines bisschen klang er gekränkt, fand Thor. »Was auch kein Wunder ist. Der Anprall hat Euch über Bord und gegen den Felsen geschleudert. Ihr habt lange im Wasser gelegen. Die Männer, die Euch herausgefischt haben, hielten Euch für tot.« *Und eigentlich,* fügte sein Blick hinzu, *solltest du das auch sein.*

»Welcher Felsen?«, fragte Thor.

Torben sah ihn einen halben Atemzug lang durchdringend an, drehte sich wortlos um und bedeutete ihm mit einer immer noch stummen Geste, ihm zu folgen. Sie gingen um das Zelt herum und eine kurze, mit einem dichten Teppich eines sonderbar fleischigen Mooses bewachsene Anhöhe hinauf, und Thor sah, von welchen Felsen Torben gesprochen hatte.

Das *Naglfar* lag direkt unter ihnen, zerschlagen und zerschunden und mit zerfetzten Segeln, die nicht so aussahen, als könnten sie jemals wieder instand gesetzt werden. Die buckelige Reling war an zahlreichen Stellen zertrümmert. Hier und da sah es aus, als wären gewaltige Stücke herausgebissen worden. Einer der drei großen Masten war geborsten, aber nicht auf das Deck gestürzt, wo er verheerenden Schaden angerichtet hätte, sondern einfach verschwunden, genau wie der geschnitzte Drachenkopf, der den Bug des gewaltigen Kriegsschiffes geziert hatte. Wo dieser geblieben war, wusste Thor allerdings nur zu gut.

Torben machte eine Kopfbewegung nach links, und als Thors Blick der Bewegung folgte, sah er den Felsen, von dem der alte Kapitän gesprochen hatte. Nicht nur einer, sondern gleich vier gezackte steinerne Pfeiler ragten wie die zersplitterten Zähne eines ertrunkenen Drachen aus dem Meer, das jetzt wieder so glatt und friedlich dalag, als hätte es den Sturm niemals gegeben, und Thors kundiges Auge erblickte mindestens ein halbes Dutzend Stellen, an denen das Wasser kleine Schaumkronen bildete, wo es sich an weiteren gefährlichen Hindernissen brach, die sich dicht unter seiner Oberfläche verbargen. Das *Naglfar* lag an einem vermeintlich glatten Strand aus fast pulverfeinem weißem Sand, aber das Meer davor war eine Todesfalle.

»Wo sind wir?«, fragte er.

Torben hob die Schultern. »Auf einer Insel, an der Küste eines fremden Landes, in Asgard, ich weiß es nicht. Ich habe Männer losgeschickt, um die Umgebung zu erkunden, aber sie sind noch nicht zurück.«

Thors Blick kehrte wieder zum *Naglfar* zurück, blieb am zersplitterten Bug des Schiffes hängen und tastete dann über das Deck. Eine erstaunlich große Anzahl Männer war damit beschäftigt, die Trümmer wegzuräumen, und schon bald würden sie damit beginnen, die schlimmsten Schäden zu beheben. Thor verstand nicht annähernd so viel von der Schifffahrt wie Torben (niemand tat das), aber er sah trotzdem, dass das Schiff nicht so schlimm beschädigt war, wie er befürchtet hatte. Zumindest waren sie nicht auf dieser unbekannten Insel gestrandet.

»Wie viele?«, fragte er.

»Tote?« Torben hob die Schultern. »Neun. Den Göttern sei Dank nur neun, auch wenn es eine Menge Verletzte gegeben hat. Aber es hätte uns schlimmer erwischen können.« Er machte eine Kopfbewegung zu den Felsen hin. »Die Klippe hat uns gerettet, so seltsam es klingen mag. Auf der anderen Seite prangt ein hübsches Loch im Rumpf, wo wir den Fels gerammt haben, aber ohne das hätte uns der Sturm wohl wieder aufs offene Meer hinausgetrieben, und es wäre uns so ergangen wie den anderen.«

»Den ... anderen?« Thor blickte fragend. Sein Herz klopfte.

»Bisher haben wir keines der anderen Schiffe gesehen«, antwortete Torben, unbehaglich und ohne ihn direkt anzublicken. »Vielleicht hat der Sturm die Flotte ja einfach nur zerstreut und weiter aufs Meer hinausgetrieben, aber ...« Er suchte sichtlich nach Worten, hob dann nur die Schultern und ließ den Satz gänzlich unbeendet. Thor erinnerte sich an brennende Schiffe, an Schreie, die viel zu leise und zu weit weg gewesen waren, um sie wirklich hören zu können, und die er trotzdem nie wieder ganz vergessen konnte, und an brennende Gestalten, die ins Wasser sprangen. War es Zorn, was er spürte, oder nur Schmerz?

»Du kannst es reparieren?«, fragte er, unbehaglich und nur, um von dem schrecklichen Thema abzulenken.

»Kann ein Fisch schwimmen?«, schnaubte Torben, schüttelte absurderweise aber auch praktisch gleichzeitig den Kopf. »Das *Naglfar* ist seetüchtig, wenn du das meinst. Aber es wird eine Weile dauern, und schön wird das Ergebnis nicht. Ich werde Männer losschicken, um nach einem Baum Ausschau zu halten, der groß genug ist, um den verlorenen Mast zu ersetzen. Wenn sie keinen finden, werden wir langsamer. Sehr viel langsamer.«

Thor sagte nichts dazu – schon weil er wusste, worauf Torben hinauswollte, und über dieses Thema wollte er jetzt ganz gewiss nicht sprechen – sondern drehte sich um und ließ seinen Blick über das kleine, hastig improvisierte Zeltlager und den Waldrand dahinter streifen. Er sah tatsächlich Bäume, wohin er auch blickte – aber keiner davon war auch nur annähernd groß genug, um den verlorenen Mast zu ersetzen. Was natürlich nichts bedeutete.

»Bring mich zu den Verwundeten«, sagte er.

Das tat Torben, auch wenn das Ergebnis anders ausfiel, als er erwartet hatte. Torben hatte von zahlreichen Verletzten gesprochen, präsentierte ihm aber gerade einmal vier Männer, die jedoch so schlimm verletzt waren, dass nicht einmal er ihnen noch helfen konnte. Seine Hände, die die Kraft eines Gottes hatten, vermochten nicht nur zu zerstören, sondern auch zu heilen; gegen den Tod, den einzigen Feind, dem selbst die Götter nicht gewachsen waren, waren letzten Endes auch seine Kräfte nutzlos. Keiner der Männer würde den nächsten Sonnenaufgang erleben. Das Einzige, was er für sie tun konnte, war ihnen Trost zuzusprechen und ihren Schmerz zu lindern.

Zutiefst niedergeschlagen verließ er das Zelt und verzichtete auch auf die Frage, wo die anderen Verletzten waren, von denen der Kapitän gesprochen hatte. Wie er Torben kannte, hatte er jeden Mann, der sich noch irgendwie auf den Beinen halten konnte, zu den Schiffsreparaturen abkommandiert. Das mochte erbarmungslos klingen, war letztlich aber das Einzige, was ihm sinnvollerweise zu tun übrig blieb; war doch das Schlimmste, was man einem gestrandeten Seefahrer antun konnte, ihm Zeit zu lassen, um über seine Lage nachzudenken.

»Also sind es dreizehn«, sagte er, nachdem sie sich einige Schritte vom Zelt entfernt hatten, und trotzdem noch mit gesenkter Stimme. Zwei der vier Männer waren bewusstlos und würden wohl auch nicht wieder aufwachen, und auch den beiden anderen war zweifellos klar, dass sie sterben würden. Dennoch wäre es ihm unnötig grausam erschienen, in ihrer Hörweite so über sie zu sprechen.

»Vielleicht finden wir noch mehr«, antwortete Torben unbehaglich. »Diese Küste ist lang. Gut möglich, dass noch andere Schiffe gestrandet sind. Ich schicke Männer los, um den Strand abzusuchen.«

»Du schickst Männer aus, um den Strand abzusuchen«, wiederholte Thor. »Und Kundschafter. Und Männer, die nach einem passenden Baum Ausschau halten. Und Jäger, nehme ich an.« Er zog demonstrativ die Stirn kraus. »Habe ich noch etwas vergessen?«

»Wasser«, antwortete Torben ungerührt. »Wir haben fast unser gesamtes Trinkwasser eingebüßt. Es wäre schon irgendwie albern, wenn wir mitten auf dem Meer verdursten würden, meinst du nicht auch?« Er lachte. »Aber keine Angst. So grün, wie es hier überall ist, muss es Wasser geben.«

»Du hast meine Frage nicht beantwortet«, sagte Thor.

»Wir sind immer noch fast hundert«, schnaubte Torben. »Gib mir einen Hammer, und ich repariere das Schiff allein.«

»Oder wir warten, bis es sich selbst geheilt hat«, fügte Thor hinzu und bedauerte die Worte schon, bevor er sie auch nur ganz zu Ende gesprochen hatte. Ein Schatten huschte über Torbens Gesicht und verschwand wieder, bevor er wirklich Besitz davon ergreifen konnte.

Torben räusperte sich, wie um das Ganze noch auf die Spitze zu treiben, wartete einen Moment – vergeblich – auf irgendeine Reaktion und deutete dann unbeholfen wieder zu der Anhöhe hinauf, hinter der sich die Küste und das Schiff verbargen. »Ich ... sehe mal nach dem Rechten. Du weißt ja, wie dieses faule Seefahrerpack ist. Kaum siehst du nicht hin, lassen sie alles Werkzeug fallen und halten Maulaffen feil, als würden sie dafür bezahlt.«

Thor nickte nur, und Torben sah ihn fragend an. Als Thor seinem Nicken keine Worte folgen ließ, wandte sich der Kapitän endlich ab und eilte mit raschen Schritten davon. Thor starrte noch eine Weile ins Leere, bevor er sich zusammenriss und den Verband abzuwickeln begann, den ihm Torben angelegt hatte. Die Verletzung, die darunter zum Vorschein kam, sah übel aus, aber er wusste, dass sie spätestens bis zum Morgen verschwunden sein würde.

Prüfend ballte er die Hand zur Faust, stellte ohne Überraschung fest, dass es ging und mit noch geringerer Überraschung, wie weh es tat. Dennoch ballte er die Hand fester zur Faust.

Es nutzte nichts. Der Schmerz half ihm nicht, das Gefühl der

Hilflosigkeit zu vertreiben, das fast körperlich wehtat. Dreizehn Männer. Dort draußen auf dem Meer waren in der vergangenen Nacht tausend gestorben, aber diese Zahl war einfach zu ... monströs, um irgendeine Bedeutung zu haben. Diese dreizehn jedoch hatte er gekannt. Sie hatten die endlosen Tage und Wochen der Reise mit ihm geteilt, sie hatten ein Gesicht und einen Namen gehabt, und jeder von ihnen eine Geschichte, die er wenigstens zum Teil kannte. Jeder Einzelne von ihnen war nicht einfach nur ein Krieger und Seemann gewesen, der Asgard und ihm die Treue geschworen hatte. Jeder Einzelne von ihnen war auch ein Vater, ein Bruder, ein treusorgender Ehemann oder Sohn. Jeder Einzelne hatte seine Familie und seine Lieben in der Heimat zurückgelassen, und jeder Einzelne hatte seinem Wort vertraut und seinen Versprechungen geglaubt. Und nun starben sie einen unwürdigen und durch und durch sinnlosen Tod. Er fühlte sich hilflos, aber da war auch ein immer größer werdender Zorn in ihm, Groll auf ein Schicksal, das es gewagt hatte, sich seinem Willen zu widersetzen; immerhin dem Willen eines Gottes.

»Überschätzt du dich jetzt nicht ein bisschen, mein Freund?«

Zuerst war er nicht einmal sicher, ob er die Stimme wirklich hörte, oder nur einem weiteren, bösen Spuk aufsaß, denn die Worte schienen aus keiner bestimmten Richtung zu kommen, und irgendwie klang sie auch nicht ... richtig. Er konnte nicht sagen, wieso.

Thor unterdrückte mit einiger Mühe den Impuls, erschrocken herumzufahren und nach einer Waffe zu greifen, die er gar nicht bei sich trug, sondern drehte sich ganz im Gegenteil betont langsam um. Er war nicht einmal überrascht, niemanden zu sehen.

Dennoch fuhr die Stimme fort: »So etwas passiert einem, wenn man behauptet, ein Gott zu sein. Götter sind doch allmächtig, oder? Wie willst du deinen Männern jetzt erklären, dass du den Sturm nicht einfach weggeschickt hast? Oder wenigstens vorausgesehen?«

Thor dachte nicht einmal daran, einer Stimme zu antworten, die ohnehin nur in seiner Einbildung existierte, aber sein Blick tastete weiter über die Ansammlung hastig improvisierter Zelte und den Waldrand. War da ein Schatten, der nicht dorthin gehörte?

»Immerhin hast du die Begegnung mit der Jormungand überlebt. Was man wirklich nicht von jedem behaupten kann«, fuhr die Stimme fort, die nun nicht mehr körperlos klang, und jetzt auch tatsächlich aus einer bestimmten Richtung kam; der, in der er auch den Schatten am Waldrand wahrzunehmen glaubte. Wobei die Betonung eindeutig auf *glaubte* lag.

»Aber es war auch nicht besonders fair, Thor, Sohn des Odin«, fuhr die Stimme fort. »Ich meine: Sie wusste nicht, womit sie es zu tun hatte. Hätte sie es gewusst, wäre es anders ausgegangen, das kannst du mir glauben.«

Endlich raschelte es, und aus dem Schatten wurde eine Gestalt, die sich vom Waldrand löste und einen einzelnen Schritt auf ihn zutrat. Es war ein sehr kleiner Mann, vielleicht auch ein Kind, aber wenn, dann ein Kind mit dem Gesicht eines Greises, schmal, faltig und von einer Hakennase wie einem gebogenen Messer beherrscht. Dünne Lippen, die aussahen, als wäre niemals Blut in ihnen geflossen und ein kahler Schädel vervollständigten den Eindruck, einem Greis gegenüberzustehen, nur die Augen störten. Sie waren dunkel und lagen in tiefen, knochigen Höhlen, waren aber wach und von einer heimtückischen Schläue erfüllt, die ihn doch wieder an ein bösartiges Kind denken ließen. Ganz im Gegensatz waren seine Hände die eines sehr alten Mannes: schmal, knochig und von pergamenttrockener, altersfleckiger Haut bedeckt, und Thor hatte das irritierende Gefühl, dass sie viel zu viele Gelenke und Knöchel hatten, ohne es jedoch genau erkennen zu können. Darüber hinaus sah er nur einen faltigen schwarzen Mantel, der die Gestalt zur Gänze verhüllte, mit einer übergroßen Kapuze, die im Augenblick in seinem Nacken zusammengelegt war.

»Hast du mich jetzt lange genug angestarrt?«

Thor musste sich eingestehen, dass er das tatsächlich seit einer geraumen Weile tat, und rettete sich in ein trotziges Schulterzucken. »Ich frage mich, ob ich vielleicht doch schlimmer gestürzt bin, als ich bisher geglaubt habe, wenn ich mir etwas so Hässliches wie dich einbilde.«

»Falls es dich tröstet, Großer: Für meinen Geschmack bist du auch nicht gerade eine Schönheit«, giftete der Zwerg. »Interessiert es dich, was ich dir zu sagen habe, oder willst du mich noch ein bisschen beleidigen?«

«Du kannst mir nichts sagen, was ich nicht schon wüsste«, antwortete Thor. »Du bist ein Teil von mir. Nur eine Ausgeburt meiner Fantasie.«

»Ja, und wahrscheinlich bin ich deshalb auch so hässlich, nicht wahr?«, antwortete der Zwerg.

»Was willst du?«, fragte Thor. Die Situation kam ihm ... absurd vor. Ein Teil von ihm – ein nicht kleiner Teil – war vollkommen sicher, hier zu stehen und mit nichts anderem als einer Einbildung zu reden, aber was ... wenn nicht?

Etwas im Blick der boshaften Kinderaugen änderte sich, und jetzt war sich Thor sicher, dass die unheimliche Erscheinung seine Gedanken las; was nur ein weiterer Beweis war, dass er einer Halluzination aufsaß. Was den Zwerg aber umso unheimlicher machte.

»Was willst du?«, fragte er noch einmal.

Statt zu antworten, wackelte der Zwerg ein paarmal mit dem Kopf, löste sich endgültig von seinem Platz am Waldrand und ging mit kleinen trippelnden Schritten um ihn herum und auf die Anhöhe zu, wobei er sonderbarerweise nicht wirklich an Substanz zu gewinnen schien. Auf eine unmöglich in Worte zu fassende Weise blieb er ein Schatten, als wäre er nicht ganz Teil dieser Welt, sondern eine Erscheinung aus einer anderen Sphäre, die menschliche Sinne nicht zur Gänze erfassen konnten. Thor folgte ihm, hin und her gerissen zwischen immer noch größer werdender Verwirrung und Furcht, die allmählich aus einem Teil seiner Seele heraufkroch, von dem er bisher noch gar nicht gewusst hatte, dass es ihn gab. Und auch diese Furcht verwirrte ihn. Die Erkenntnis, nur einem bösen Spuk aufzusitzen, sollte ihn beruhigen, aber das Gegenteil war der Fall.

Auf der Anhöhe angekommen, blieben sie stehen, und aus irgendeinem Grund hob der Zwerg die Hände, um die Kapuze seines Mantels hochzuschlagen und so weit nach vorn zu ziehen, dass sein Gesicht in dem Schatten darunter verschwand. Nur die Nase ragte noch wie ein gebogener Haken aus rostigem Eisen daraus hervor. War sie ... spitzer geworden?

»Tatsächlich«, murmelte der Zwerg, nachdem er eine Zeit lang schweigend auf den Strand und das emsige Treiben an Deck des Schiffes hinuntergesehen hatte. Hektisches Hantieren und Hämmern und gedämpfte Stimmen wehten zu ihnen herauf. Jemand lachte, ein Laut, der Thor in dieser Situation vollkommen unangemessen erschien. »Das *Naglfar.* Ich hätte nicht gedacht, dass ich es noch einmal mit eigenen Augen sehe. Allein dafür sollte ich dir dankbar sein. Vielleicht lasse ich euch noch einen Tag länger am Leben.«

»Was willst du?«, fragte Thor zum dritten Mal. Sein Zorn wuchs. Warum packte er diese alberne Ausgeburt seiner Fantasie nicht einfach und brach sie über dem Knie entzwei?

Immerhin antwortete der Zwerg diesmal, wenn auch nicht so, wie er es gehofft hatte. »Ich bin Dwegr.«

Dwegr. Thor wiederholte den Namen ein paarmal in Gedanken und wartete auf ein vertrautes Echo, vielleicht den Hauch einer Erinnerung, aber da war nichts. Dennoch erfüllte ihn das Wort mit einem sonderbaren Unbehagen. Der Gestalt einen

Namen zu geben, war nicht gut, denn wenn man einem Ding einen Namen gab, dann wurde es dadurch ein Stück realer.

Umgekehrt sah der Zwerg ihn nun unter seiner Kapuze heraus eindeutig erwartungsvoll an, und Thor glaubte seine Enttäuschung zu spüren. Nach einer Weile wandte er sich wieder um und sah erneut auf das Meer hinaus. Thor erblickte Torben, der es in der kurzen Zeit zurück aufs Deck des *Naglfar* geschafft und auch seine Lieblingsbeschäftigung schon wieder aufgenommen hatte: Er trieb die Männer mit lautem Gebrüll zur schnelleren Arbeit an. Irgendwie schien er Thors Blick zu spüren, denn er hielt kurz in seinem Gezeter inne, sah in seine Richtung und winkte ihm dann zu. Offenbar sah er den Zwerg nicht. Thor hätte es auch gewundert.

»So viele Männer«, fuhr Dwegr nach einer Weile fort, und in einem Ton, der gleichermaßen beiläufig wirkte, als rede er nur mit sich selbst, wie auch durch und durch boshaft. »Mehr als tausend, nicht wahr? Eine gewaltige Armee. Oh, ich weiß, ihr Menschen werft gerne mit großen Zahlen um euch und erzählt von Heeren, die Hunderttausende zählen, und Armeen, unter deren Stiefeltritten die Welt in ihren Grundfesten erbebt, aber die Wahrheit sieht ja wohl ein bisschen anders aus, wie wir beide wissen, nicht wahr?«

»Ich höre dir gar nicht mehr zu«, entschied Thor. »Ich stehe hier und rede mit mir selbst. Das ist albern.«

»Mehr als tausend«, fuhr Dwegr so unbeeindruckt fort, als hätte er gar nichts gesagt. »Sie waren der Stolz deines Volkes, nicht wahr? Die Blüte einer ganzen Generation. Sie haben dir vertraut, Thor. Du hast ihnen eine bessere Zukunft versprochen, und denen, die im Ringen um diese Zukunft vielleicht ihr Leben lassen, einen Platz an der Tafel von Walhalla.« Er lachte böse. »Aber Odin ist ein stolzer Gott, und unbarmherzig. Wusstest du das nicht? Nur wer im Kampf fällt, findet einen Platz zu seiner Rechten. Und sind sie im Kampf gefallen?« Er schüttelte heftig den Kopf. »Du hast ihnen eine bessere Zukunft und einen Platz an Odins Tafel versprochen, Thor. Aber sie haben keine Zukunft mehr, sondern liegen auf dem Meeresgrund und werden von den Fischen gefressen.«

»Ich rede nur mit mir selbst«, beharrte Thor.

»Wenn das so ist«, gab der Zwerg zurück, »warum hörst du dann nicht auf dich? Wer sollte dich besser kennen als du selbst?«

Darauf sagte Thor vorsichtshalber gar nichts mehr. Die Situation war nicht nur absurd, sie kam ihm mehr und mehr ... *falsch* vor.

»Jetzt bleiben dir noch hundert«, fuhr Dwegr fort, als ihm klar wurde, dass Thor nicht antworten würde. »Siebenundneunzig, um genau zu sein. Weniger als einer von zehn. Wenn du wirklich glaubst, ihr Gott zu sein, wäre es dann nicht deine Pflicht, wenigstens ihre Leben zu retten?«

»Du bist ich«, sagte Thor stur. »Also kennst du die Antwort.«

»Vielleicht«, antwortete Dwegr. »Vielleicht auch nicht ... wer kennt sich schon wirklich selbst? Und vielleicht irrst du dich ja auch, und ich bin gar nicht du?«

Er lachte meckernd, aber die Schatten, hinter denen sich sein zerfurchtes Greisengesicht verbarg, wogten auf eine Art, die das genaue Gegenteil aus diesem Laut machte. »Ich kenne dich, Thor. Ob ich nun du bin oder nicht, ich weiß, wer du bist und warum ihr hergekommen seid. Ich weiß, dass dir dein Leben nichts gilt, weil du dich für einen Gott hältst und über den Belangen der Sterblichen zu stehen glaubst. In einem gewissen Sinn ... stimmt das sogar. In einem anderen bist du einfach nur erbärmlich.«

»Und?«, fragte Thor kalt.

»Vielleicht doch nicht so erbärmlich, nicht das Leben wenigstens dieser wenigen zu retten«, antwortete Dwegr. »Ihr werdet sterben, Thor. Sie alle, und du auch. Keiner von euch wird seine Heimat wiedersehen, wenn ihr nicht geht. Dieses Land ist nicht für Menschen.«

»Dieses Land?«

»Asgard.«

»Das ist lächerlich«, sagte Thor impulsiv. »*Wir* kommen aus Asgard.«

Dwegr gab einen seltsamen Laut von sich. »Ihr nennt eure Heimat Asgard, und du nennst dich und deine Brüder Götter! Aber etwas zu behaupten, macht es deshalb nicht gleich wahr.« Er schüttelte so heftig den Kopf, dass sein Mantel raschelte; ein Laut wie von haarigen Spinnenbeinen auf Haut. »Ihr seid nicht die Ersten, die hierhergekommen sind. Keiner von denen, die vor euch kamen, ist wieder gegangen. Sie alle haben den Tod gefunden, und das werdet auch ihr.«

»Wenn das wirklich stimmt«, sagte Thor, »warum warnst du mich dann?« Asgard? Das war lächerlich!

Aber warum machten ihm die Worte des Zwerges dann solche Angst?

»Um genau das zu tun, Thor«, antwortete Dwegr. »Dich zu warnen. Geht. Verlasst diese Insel, bevor die Sonne untergeht, und fahrt zurück dorthin, wo ihr hergekommen seid. Ich verspreche dir, dass der Wind und das Meer euch sicher nach Hause bringen werden.«

»Und wenn nicht?«, fragte Thor trotzig.

«Dann sterbt ihr«, antwortete der Zwerg.

Thor schwieg auch dazu. Er sah noch einmal zum *Naglfar* hinab und auf das Meer hinaus, und als er sich wieder zu Dwegr herumdrehte, war der Zwerg verschwunden. Und warum auch nicht? Schließlich hatte es ihn nie gegeben.

Die Männer, die Torben losgeschickt hatte, um die Umgebung zu erkunden, kamen nicht bis zum Abend zurück, und keiner der vier Verwundeten erlebte den nächsten Sonnenuntergang. Aber das lag daran, dass es keinen Sonnenuntergang und keinen Abend gab.

Thor war noch eine geraume Zeit auf der Anhöhe stehen geblieben und hatte darauf gewartet, dass irgendetwas geschah, aber seine außer Rand und Band geratene Fantasie schien wohl zu dem Schluss gekommen zu sein, ihn für einen Tag genug gequält zu haben. Schließlich machte er sich auf den Weg zum Strand hinab und inspizierte das Schiff, soweit es ihm möglich war, ohne weiter als bis zu den Hüften ins Wasser hineinzuwaten.

Wie sich zeigte, hatte Torben im gleichen Maße über-, wie auch untertrieben. Das Loch, das auf der anderen Seite im Rumpf des *Naglfar* gähnte, war beunruhigend groß, aber doch nicht annähernd so gewaltig, wie er nach den Worten des Kapitäns erwartet hatte, und zumindest in Thors Augen sah es eindeutig so aus, als hätten gewaltige Zähne ein Stück aus dem Rumpf herausgebissen, weniger wie die Folgen einer Kollision mit einem Felsen.

Er verzichtete darauf, auch nur ein einziges Wort dazu zu sagen, sondern ging an Bord und inspizierte die Vielzahl anderer Schäden, die das *Naglfar* davongetragen hatte. Genug davon gab es. Das Schiff sah aus, als käme es aus einer Schlacht, die es mit Mühe und Not überstanden hatte, schien ihm jedoch, von den sehr viel weniger zerfetzten als eher *verschwundenen* Segeln einmal abgesehen, durchaus noch seetüchtig. Und selbst diese Schäden, da war er sicher, würde Torben irgendwie richten. Torben war sicherlich der beste Kapitän, den er jemals kennengelernt hatte, was aber nicht bedeutete, dass er das Meer liebte; ganz im Gegenteil. Tief in sich hasste er die See, aber Torben war kein Mann, der sich einem Gegner geschlagen gab, ganz egal wie übermächtig er auch schien. Es war einfach sein erklärter Ehrgeiz, sich dem Meer nicht zu ergeben, sondern aus jeder vermeintlichen Niederlage doch noch einen – wenn auch kleinen – Sieg zu machen. Wenn es jemanden gab, der das Schiff und seine Besatzung nach Hause bringen konnte, dann war es Torben.

Eine Zeit lang versuchte Thor, sich irgendwie nützlich zu machen, sah aber schließlich ein, dass er wohl mehr Schaden als Nutzen anrichtete und machte sich auf die Suche nach seinen Kleidern. Sie waren nicht ganz so zerfetzt, wie Torben behauptet hatte, aber schlimm genug, und noch immer nass. Er fühlte sich nicht besonders wohl dabei, sie anzuziehen, war sogar nahe daran, seine Rüstung anzulegen, entschied sich aber dann doch dagegen. Sie war unbequem und schwer, und viel schwerer noch hätte das Signal gewogen, dass er den Männern damit gegeben hätte, mit Waffen und in voller Rüstung am Ufer dieser vermeintlich friedlichen Insel zu erscheinen. Das Einzige, was er mitnahm, war Mjöllnir. Gestern hatte er den mächtigen Kriegshammer in seinem Quartier unter Deck des Schiffes zurückgelassen, hätte ihn sein Gewicht in der bevorstehenden Schlacht gegen den Sturm doch allenfalls behindert; ganz davon abgesehen, dass er gewiss nicht der erste Mann wäre, der vom Gewicht seiner eigenen Waffen und Rüstung über Bord gerissen und in die Tiefe gezerrt wurde, wo er jämmerlich ertrank. Jetzt nahm er sich vor, sich nie wieder von der magischen Waffe zu trennen, so lange diese Reise dauerte. Hätte er Mjöllnir gestern bei sich getragen, wäre ihre Begegnung mit dem Seeungeheuer vielleicht anders verlaufen.

Torben stand an Deck und blickte mit angestrengt gerunzelter Stirn nach Osten, als er die Leiter hinaufkam, wandte sich aber kurz zu ihm um und sah noch besorgter aus, als er den Hammer an Thors Gürtel gewahrte. Er sagte jedoch kein Wort, sondern wandte sich wieder ab und sah zu dem grellroten Feuerball über dem Horizont hinüber.

«Das ist sonderbar«, sagte er, als Thor neben ihm angelangt war.

»Was ist sonderbar?«, fragte Thor gehorsam.

Statt darauf zu antworten, drehte Torben sich jedoch nur noch einmal um und sah zu der Anhöhe zurück, auf der Thor und der Zwerg vorhin gestanden hatten. »Du warst lange dort oben. Was hast du getan?«

»Ich habe mit Dwegr gesprochen«, antwortete Thor.

»Dwegr?«

»Ein Zwerg«, erklärte Thor. »Ein Freund der Seeschlange, die uns gestern Nacht angegriffen hat, glaube ich. Ein komischer kleiner Kerl. Ich mag ihn nicht. Er hat mich eindringlich davor gewarnt, hierzubleiben.«

»Ach so.« Torben schnitt eine Grimasse und zog es darüber hinaus vor, nicht weiter auf das Thema einzugehen. Stattdessen wandte er sich wieder nach Osten, und das rote Licht der Morgensonne spiegelte sich in seinen Pupillen und ließ sie wie Dämonenaugen aufleuchten, hinter denen ein unheimliches inneres Feuer loderte. »Das ist wirklich sonderbar«, sagte er noch einmal. »Wie lange sind wir jetzt hier, Thor?«

Darauf konnte Thor nur mit einem Schulterzucken antworten. Woher sollte er wissen, wie lange er bewusstlos an Deck gelegen hatte?

»Wir haben eine gute Stunde gebraucht, um den Strand zu erreichen und die Verwundeten zu bergen und zu versorgen«, fuhr Torben fort. »Und mindestens noch einmal so lange, um das Lager aufzuschlagen.« Er legte eine kurze, aber bedeutungsschwere Pause ein. »Und mindestens noch einmal so lange habe ich neben dir gesessen und darauf gewartet, dass mein Kommandant und der Gott unseres Volkes erwacht. Und seither ist eine gute Stunde vergangen, in der ich mich um das Schiff gekümmert habe.«

»Und?«, fragte Thor. Er wusste genau, worauf Torben hinauswollte, aber es war, als weigere sich etwas in ihm, die Wahrheit anzuerkennen, bevor ein anderer sie nicht ausgesprochen hatte.

»Sie hat sich nicht bewegt.« Torben machte eine Kopfbewegung zu dem glühenden Feuerball am Horizont. »Die ganze Zeit nicht.«

»Wer?«, fragte Thor überflüssigerweise. Das Sonnenlicht berührte sein Gesicht wie eine unsichtbare, warme Hand, aber dennoch lief ihm plötzlich ein eisiger Schauer über den Rücken.

»Die Sonne«, antwortete Torben trotzdem. »Sie bewegt sich nicht.«

Dazu gab es nichts zu sagen. Torben sagte die Wahrheit, so einfach war das.

Und so unmöglich.

»Dieser Zwerg«, sagte Torben nach einer Weile. »Du weißt schon: der Freund der Seeschlange. Was hat er gesagt, außer dass wir verschwinden sollen?«

»Dass wir offensichtlich im Kreis gefahren sind«, antwortete Thor. »Das hier ist Asgard.«

Torben machte sich nicht einmal die Mühe, darauf zu antworten. Wieder standen sie eine geraume Weile stumm nebeneinander da und starrten die so vollkommen unmögliche Sonne an, die sich auf noch viel unmöglichere Weise weigerte, sich auch nur einen Fingerbreit von der Stelle zu rühren.

»Aha«, seufzte Torben schließlich doch. »Nun, dann habe ich die Kundschafter in die falsche Richtung geschickt, fürchte ich.« Er machte eine Kopfbewegung nach Süden, ohne dass sein Blick den lodernden Feuerball über dem Meer auch nur für einen Moment losgelassen hätte. »Das da habe ich erst später gesehen.«

Er deutete nun in die entgegengesetzte Richtung, und als Thors Blick der Geste folgte, sah er, dass einer der gewaltigen Felspfeiler, die dort aus dem Meer ragten, eine Verbindung zum Land hatte und zumindest an einer Seite so aussah, als könnte ein halbwegs geschickter Kletterer ihn bezwingen. Thor war ein sehr geschickter Kletterer.

»Lust auf einen kleinen Spaziergang, oh großmächtiger Thor, Sohn des noch viel großmächtigeren Odin?«, feixte Torben.

»Wenn du mich begleitest?«

Torben riss sich endlich vom Anblick der verzauberten Sonne los, starrte erst ihn, dann den Felsen (er war mindestens hundertfünfzig Fuß hoch, wenn nicht mehr) und dann noch einmal ihn an, und sein Gesicht verlor dabei so schnell alle Farbe, dass es schon fast komisch aussah. »Ich bin Seemann, Thor«, ächzte er. »Keine Bergziege!«

»Du wirst es schon lernen«, versicherte Thor. »Was eine dumme Ziege kann, das schafft der Kapitän eines so gewaltigen Schiffes doch ganz sicher auch, oder?«

Torben maulte eine Antwort, die Thor zu seinen Gunsten lieber nicht verstand und zog eine dazu passende, missmutige Grimasse, schickte sich aber, und nur kurze Zeit darauf waren sie auf dem Weg und wateten durch zuerst knöchel-, dann knie-, und schließlich hüfthohes Wasser, das nicht nur eiskalt war, sondern auch von einer so starken Strömung beherrscht, dass Thor sich insgeheim bereithielt, zuzugreifen, sollte Torben davongespült werden. Der alte Kapitän war kein besonders guter Schwimmer, und nach eigener Aussage war er das auch nie gewesen – und wozu auch, wie er selbst immer wieder betonte.

Schließlich hatten sie ja Schiffe.

Was sie zu Thors großem Bedauern nicht hatten, waren Flügel, die er sich auf dem Weg zur Felsenspitze hinauf mehr als einmal gewünscht hätte. Die Wand war so steil, dass er ein- oder zweimal ernsthaft davorstand aufzugeben und kehrtzumachen, und Torben schaffte es überhaupt nur, weil er ihn ein paarmal am Handgelenk packte und mit schierer Körperkraft nach oben zog. Selbst er war nahezu vollkommenen erschöpft, als sie endlich am Ziel waren, und gönnte sich eine kurze Erholungspause.

Immerhin hatte sich die Mühe gelohnt. Das Land, das sich

unter ihnen ausbreitete, war größtenteils flach – die höchste Erhebung erreichte kaum die halbe Höhe des Steinpfeilers, auf dem sie standen – sodass er in alle Richtungen so weit sehen konnte, bis sich sein Blick im Dunst der Entfernung verlor. Sie befanden sich auf einer Insel, die zum allergrößten Teil von dichtem Wald beherrscht war, aber ganz offensichtlich nicht unbewohnt: Weit im Westen – unmöglich zu schätzen, wie weit, aber gut auf halbem Wege zur anderen Seite der Insel – erkannte er etwas Dunkles, das sich weigerte, sich seinen Blicken ganz zu enthüllen, aber zu kantig und zu regelmäßig für etwas wirkte, das nur von der Hand der Natur erschaffen war. Eine Festung, vielleicht auch eine Stadt. Und im Süden blitzte dann und wann das verschlungene silberne Band eines Flusses zwischen dem saftigen Grün der Bäume auf. Und noch etwas fiel ihm ins Auge: eine ungewöhnliche blassblaue Linie am Horizont, für die er keine Erklärung fand.

Es war Torben, der sein unbehagliches Gefühl auf den Punkt brachte. »Zu klein«, sagte er leise.

»Was?«

»Alles hier«, antwortete Torben, noch immer ein bisschen kurzatmig von dem anstrengenden Aufstieg. »Siehst du es nicht? Diese Bäume sind zu klein. Wenn du mich fragst, dann sind wir entweder im Land der Zwerge gestrandet, oder dieser ganze Wald ist nicht älter als zehn Jahre.«

»Wenn das hier wirklich Asgard ist, dann solltest du so etwas nicht zu laut sagen«, sagte Thor. »Immerhin ist es dann auch die Heimat der Götter.»

»Ja, aber wenn, dann nur ihr Spielzimmer«, feixte Torben, wurde aber gleich darauf nur umso ernster und deutete auf den Schatten im Westen. »Ist das eine Stadt?«

Thor war ein wenig erstaunt. Seine Augen waren viel schärfer als die eines normalen Menschen, und er hatte Mühe, dort hinten mehr als vage Schemen zu erkennen.

»Da steigt Rauch auf«, sagte Torben, als hätte er seine Gedanken gelesen. »Nicht viel, aber man sieht es.«

»Hm«, machte Thor. Natürlich sah er den Rauch.

Jetzt, wo Torben ihn darauf aufmerksam gemacht hatte.

»Wenn dort Menschen leben«, spann Torben den einmal aufgenommenen Faden weiter, »dann bekommen wir dort vielleicht Lebensmittel. Unsere Vorräte sind erschöpft. Was meinst du, wie lange wir bis dorthin brauchen?«

Thor sah kurz über die Schulter zurück. Die Sonne stand noch immer völlig unverändert am gleichen Platz wie vor einer Stunde, oder auch vor drei.

»Bis Mittag?«

»Ja, das war komisch«, brummte Torben.

Thor tat ihm den Gefallen, noch einmal hinzusehen und die Entfernung abzuschätzen, so gut er es konnte. Sehr gut war es nicht.

»Wenn es hier so etwas wie Tage gibt ...«, sagte er zögernd. »Einen Tag hin, und einen zweiten zurück.« Der Gedanke gefiel ihm nicht. Dwegr hatte ihn aufgefordert, dieses Land so schnell wie möglich zu verlassen. Eine Expedition bis in sein Zentrum zu führen, war vermutlich nicht das, was er sich unter so *schnell wie möglich* vorstellte.

»Dann sollten wir uns bald auf den Weg machen.« Torben beugte sich vorsichtig vor, um an der nahezu lotrecht abfallenden Felswand hinabzublicken, und schauderte dann übertrieben. »Falls wir irgendwie wieder hier herunterkommen.«

»Mach dir darüber keine Sorgen«, beruhigte ihn Thor. »Das geht schnell.«

»Aber du kannst doch nicht ...!«, ächzte Torben.

Natürlich konnte Thor.

Und er tat es auch.

Auch jetzt zeigte sich, dass Torben zugleich recht wie auch unrecht gehabt hatte: Die Bäume waren zu klein. Selbst nachdem sie eine Stunde weit in den Wald vorgedrungen waren, war der höchste Baum, dessen sie ansichtig wurden, vielleicht viermal so hoch wie Thor selbst. Aber dieser Wald war nicht jung. Das Unterholz, mit dem er sie nach Kräften (und ziemlichem Erfolg) aufzuhalten versuchte, hätte in einen mindestens zehnmal so alten Urwald gepasst, und auch die Bäume selbst waren, obschon von fast zierlichem Wuchs, sichtlich uralt.

Aber vielleicht waren sie auch einfach nur von einer Art, wie er sie noch nie zuvor zu Gesicht bekommen hatte.

Dazu passte, dass sie zumindest einmal ein Tier von vollkommen unbekanntem Aussehen trafen; ein Geschöpf wie eine Katze, aber sehr viel größer und mit schneeweißem Fell und spitzen Ohren, aus denen kleine Pinsel wuchsen. Es zeigte kaum Scheu, beobachtete sie aber aufmerksam aus seinen unheimlichen gelben Augen und fauchte drohend, als ihm einer der Männer zu nahe kam. Der Krieger wollte daraufhin sein Schwert ziehen, doch Thor hielt ihn mit einer ärgerlichen Geste zurück und bedeutete seinen Begleitern im Gegenteil, einen großen Bogen um die sonderbare Kreatur zu machen. Vermutlich war es nur ein Raubtier, das die frechen Eindringlinge aus seinem Revier vertreiben wollte, aber man konnte schließlich nie wissen …

Sie waren zu acht: Thor selbst, Torben (der bisher kein einziges Wort mehr mit ihm gesprochen hatte) sowie vier Männer, die nicht nur ihre Waffen mitgebracht, sondern auch ihre kompletten Rüstungen angelegt hatten. Thor hielt das für übertrieben, aber er hatte dennoch keine Einwände erhoben. Immerhin befanden sie sich in einem vollkommen fremden Land, und dass es auf den ersten Eindruck unbewohnt schien, bedeutete nicht, dass es das auch war. Oder dass seine Bewohner – so es sie denn gab – friedlich sein mussten.

Wie berechtigt diese Überlegungen waren, sollten sie nur zu bald herausfinden.

Thor wusste längst nicht mehr, wie lange sie schon unterwegs waren. Der dichte Wald, durch den sie sich kämpften, machte es fast unmöglich, den Himmel zu sehen, und selbst wenn, hätte es ihnen nichts genutzt, bewegte sich die Sonne doch nicht. Aber es mussten Stunden sein. Sie waren mit leichtem Gepäck losmarschiert – um nicht zu sagen, so gut wie keinem – doch die Männer zeigten irgendwann deutliche Anzeichen von Erschöpfung, sodass Thor sie anwies, eine Rast einzulegen.

Er selbst nutzte die Rast, um auf einen dieser albernen kleinen Bäume zu steigen und sich einen Überblick über die nähere Umgebung zu verschaffen. Viel gab es indes nicht zu sehen. Der Wald bedeckte tatsächlich die gesamte Insel, wie es schien, und von hier aus waren weder der Horizont noch die vermeintliche Stadt zu erkennen, sondern nur eine endlose Abfolge monotoner grüner Wogen, zu denen das Blätterdach dieses sonderbaren Waldes erstarrt war; wie ein von Algen vergiftetes und mitten in der Bewegung eingefrorenes Meer. Schließlich kehrte er zu den anderen zurück.

Sie rasteten eine halbe Stunde, dann drängte ausgerechnet Torben zum Aufbruch (er sprach jeden einzelnen Mann mit Namen an, ignorierte Thor aber weiterhin beharrlich), und sie setzten ihren Weg fort.

Eine weitere halbe Stunde darauf fanden sie die Gräber.

Sie lagen auf einem flachen, nur am Rande bewaldeten Hügel, der sich derart in den Wald schmiegte, dass die mächtigen Findlinge, mit denen die drei Hünengräber abgedeckt waren, gerade noch ein Stück weit unter dem Niveau der Baumkronen blieben. Alles hier schrie geradezu nach Gefahr. Weder waren die gewaltigen Grabsteine bemoost, wie Thor erwartet hätte, noch zeigte sich zwischen ihnen auch nur das winzigste Fleckchen Grün. Dies war nicht nur ein Ort des Todes, begriff er, sondern ein toter Ort. Die Hälfte der Männer blieb am Fuße des Hügels zurück, ohne dass Thor es ihnen eigens hätte befehlen müssen, und auch die drei, die Torben und ihm folgten, wirkten beinahe verängstigt. Ihre Hände lagen auf den Schwertgriffen, und ihre Blicke flackerten unstet umher, als wäre es ihnen nicht möglich, länger als für die Dauer eines Augenzwinkerns auf einem bestimmten Punkt zu verharren.

»Das ist unheimlich«, murmelte Torben. Immerhin sprach er jetzt wieder mit ihm.

Zumindest entschied Thor, diese Worte als an sich gerichtet zu betrachten. »Es ist ein Grab. Ich glaube nicht, dass es einladend wirken soll.«

Torben maß ihn mit einem Blick, der sehr deutlich machte, was er von diesen Worten hielt, antwortete aber trotzdem – wenn auch in nichts anderem als verächtlichem Ton: »Wie sonderbar. Wo wir doch den allergrößten Teil unserer Zeit in einem solchen verbringen.« Und Torben wäre nicht Torben gewesen, hätte er nicht nach einer winzigen Pause hinzugefügt: »Nun ja, die meisten von uns jedenfalls.«

Thor schluckte die Antwort herunter, die ihm dazu auf der Zunge lag. Torben wusste sehr wohl (und von allen an Bord des *Naglfar* vermutlich auch am besten) dass er nicht unsterblich war, nicht einmal unverwundbar, sondern allenfalls ... nun ja, ein wenig schwerer umzubringen als andere. Aber er nahm ihm den groben Scherz, den er sich mit ihm erlaubt hatte, wohl doch noch ein wenig übel, und im Stillen bedauerte Thor ihn auch längst selbst. Man musste kein Gott oder Unsterblicher sein, um einen Sprung von einem hundertfünfzig Fuß hohen Fels ins Wasser zu wagen. Tatsächlich kannte er eine Anzahl Männer, denen dieses Kunststück nicht nur gelungen wäre, sondern denen es auch noch großen Spaß gemacht hätte. Ein im Grunde seines Herzens wasserscheuer Kapitän, der das Meer als seinen natürlichen Feind betrachtete, gehörte aber wahrscheinlich nicht dazu. Vielleicht wäre es jetzt an der Zeit, sich bei Torben für diesen kindischen Einfall zu entschuldigen.

Statt dessen kämpfte er den Widerwillen nieder, den er immer noch vor diesem unheimlichen Ort empfand, trat dichter an das größte der drei gewaltigen Hünengräber heran und streckte – zögernd – die Hand aus, um mit den Fingerspitzen über den verwitterten Stein zu fahren. Aus den Augenwinkeln sah er, wie sich Torben fast unmerklich anspannte, und auch die drei Krieger hinter ihm wirkten plötzlich noch ein bisschen nervöser.

Aber er fühlte nur Stein, so uralt und verwittert, dass er rau wie ein Reibeisen geworden war, mehr aber auch nicht, Wenn hier irgendwann einmal Magie am Werke gewesen war, dann war sie schon vor langer Zeit erloschen.

»Wer mag hier wohl begraben liegen?«, murmelte Torben. Seine Stimme war leise, fast nur ein Flüstern, und zitterte, und Thor begriff, dass er überhaupt nur sprach, um die Stille nicht übermächtig werden zu lassen.

Zur Antwort hob er auch nur die Schultern und ging mit langsamen Schritten um den gewaltigen Findling herum. Er war größer als er selbst und musste so viel wiegen, dass es der Kraft von hundert Männern bedurft hätte, um ihn von der Stelle zu bewegen. Auf seiner Rückseite fand sich eine senkrechte Doppelreihe handgroßer Runen, die aber entweder einer Schrift entstammten, derer er nicht mächtig war, oder so verwittert waren, dass es aufs Gleiche hinauslief.

»He! Schau dir das an!«

Torbens Ausruf ließ ihn nicht nur alarmiert zusammenfahren, sondern auch mit raschen Schritten wieder um den Felsen herumeilen. Torben hatte sich in die Hocke sinken lassen, stützte sich mit den Knöcheln der linken Hand am Boden ab und grub mit den Fingern der anderen in der lockeren Krume. Offensichtlich hatte er etwas gefunden, und obwohl Thor nicht genau erkennen konnte was, erfüllte ihn die bloße Vorstellung mit Unbehagen, irgendetwas aus diesem toten Stück Erde auszugraben; oder gar mitzunehmen. Er behielt seine Bedenken jedoch für sich und trat lediglich dichter hinter Torben, um ihm über die Schulter zu sehen.

Torben hatte ein Schwert gefunden, auch wenn man schon sehr genau hinsehen musste, um das zu erkennen. Rost und Zerfall hatten seine Oberfläche zerfressen und seine Formen so aufgelöst, dass man auf den ersten Blick hätte meinen können, einen grün und braun vermoderten Stock zu sehen, der ein Jahrhundert lang in der Erde gelegen hatte.

Das wirklich Erstaunliche aber war seine Größe. In Torbens Hand – der kein kleiner Mann war – sah es beinahe absurd aus, als hätte ein Kind die Waffe seines Vaters genommen, um heimlich damit zu spielen. Selbst für Thor wäre es ein Bihänder gewesen, und einer, mit dem er ungern gekämpft hätte, denn er musste nahezu so schwer sein wie Mjöllnir, sah jedoch deutlich unhandlicher aus.

»Unglaublich.« Torben stand auf und versuchte das Schwert mit nur einer Hand hochzuheben, wäre von seinem enormen Gewicht aber um ein Haar nach vorne gerissen worden, sodass er rasch auch mit der anderen Hand zugriff, um sein Gleichgewicht zu wahren.

»Es müssen Riesen gewesen sein, die hier begraben wurden«, sagte einer der anderen Männer. Inzwischen waren alle herangekommen und drängten sich eng um Torben und ihn. Thor las eindeutig Furcht auf ihren Gesichtern. Er wünschte sich, der Mann hätte das nicht gesagt … auch wenn er recht hatte. Wer immer diese Waffe geführt hatte, musste mindestens so groß gewesen sein wie er; wenn nicht größer. Und auch genauso stark.

»Wir sollten es hierlassen«, sagte ein anderer.

Sie hätten es gar nicht erst ausgraben sollen, dachte Thor. Oder um genauer zu sein: Sie hätten gar nicht erst hierherkommen sollen; nicht auf diesen Hügel, nicht in diesen Wald, und vielleicht nicht einmal auf diese Insel.

Auch auf die Gefahr hin, Torben einen Vorwand für eine weitere spitze Bemerkung zu geben, wollte er ganz genau das gerade sagen, als einer ihrer Begleiter einen erschrockenen Laut von sich gab und herumfuhr.

Der Waldrand unter ihnen war nicht mehr leer, und nun wusste Thor auch, wer ein Schwert von solcher Größe führen konnte. Schon die kleinste des knappen Dutzends Gestalten, die nebeneinander aus dem Unterholz getreten waren und nun stumm zu ihnen heraufsahen, war ein gutes Stück größer als er (und er war der mit Abstand größte Mann an Bord des *Naglfar)* und der Größte musste ihn um Haupteslänge überragen. Sie waren keine mythischen Riesen, wie man sie aus den Geschichten kannte, die sich die Männer abends am Lagerfeuer erzählten und mit denen sie ihre Kinder erschreckten, aber sie waren wirklich sehr groß. Keiner von ihnen gab auch nur den mindesten Laut von sich, doch sie alle starrten sie an, und es hätte Thors scharfer Sinne nicht bedurft, ihn die stumme Drohung spüren zu lassen, die von ihnen ausging

In einem anderen Punkt halfen ihm seine übermenschlich scharfen Sinne dafür um so mehr. Die zehn zerlumpten Gestalten dort unten waren nicht allein. Hinter ihnen bewegten sich Schatten zwischen den Bäumen, und auch rechts und links und selbst auf der anderen Seite des Grabhügels raschelte es im Unterholz.

Sie waren längst umzingelt, und dieses knappe Dutzend Männer war nur die Vorhut einer viel größeren Gruppe.

Torben wollte etwas sagen, doch Thor brachte ihn mit einer raschen, wenn auch kaum sichtbaren Handbewegung zum Verstummen. »Leg es zurück«, flüsterte er. »Rasch!«

Torben sah jetzt ein bisschen erschrocken aus, legte die rostige Klinge aber nicht nur gehorsam wieder in die flache Grube zurück, sondern beeilte sich auch, sie mit beiden Händen wieder zuzuschaufeln. Thor nickte zufrieden, bedeutete ihm mit einem stummen Blick, zurückzubleiben und ging langsam und mit ausgestreckten leeren Händen auf die Fremden zu. Keiner von ihnen rührte sich. Keiner gab auch nur einen Laut von sich. Es war unheimlich.

Thor versuchte den Blick eines der Männer einzufangen, oder wenigstens ihren Anführer zu identifizieren – keines von beidem gelang ihm – und wandte sich schließlich an den größten Mann; einen Riesen in zerfetztem braunem Leder und rostigem Eisen, der ihn um einen guten Fuß überragte, wenn nicht mehr.

»Ich bin Thor«, begann er. »Wir sind fremd in eurem Land. Verstehst du meine Sprache?«

Er bekam nicht nur keine Antwort, der Mann sah ihn zwar an, aber der Blick seiner sonderbar wässrigen Augen schien direkt durch ihn hindurchzugehen. Er hatte beim Klang seines Namens den Kopf ein wenig auf die Seite gelegt, wie um das Wort nach etwas Vertrautem abzuklopfen, aber sicher war Thor nicht.

Dieser Mann war ... seltsam. Jetzt, aus der Nähe betrachtet, kam er Thor noch viel heruntergekommener und verdreckter vor. Seine Kleider waren mit Sicherheit noch nie gewaschen worden, und sein Haar und sein Gesicht starrten vor Schmutz. Schwärende Wunden bedeckten seine Haut, und er stank.

»Ich weiß nicht, ob ihr uns versteht«, sagte Thor, langsam und jedes Wort so deutlich betonend, wie er konnte. »Aber wir kommen in Frieden. Wir sind Schiffbrüchige, die Hilfe brauchen.«

Er bekam immer noch keine Antwort, erweiterte seine Einschätzung nun aber auch auf den Rest der Gruppe. Sie alle waren abgerissen und starrten vor Schmutz.

Allerdings auch vor Waffen.

Sie waren so rostig und verdreckt wie ihre Besitzer, aber auch rostiges Eisen schnitt.

Thor versuchte, sich nichts von seinen wahren Gefühlen anmerken zu lassen und zwang sogar ganz im Gegenteil ein Lächeln auf sein Gesicht. »Ich hoffe, wir haben nichts Falsches getan. Es lag nicht in unserer Absicht, gegen eure Sitten zu verstoßen oder eure Gefühle oder gar euren Glauben zu verletzen. Bitte verzeiht, wenn wir das getan haben sollten.«

Auch jetzt erfolgte keine Reaktion. Der Riese starrte ihn nur weiter an, und zugleich durch ihn hindurch.

»Ich gehe jetzt zurück zu meinen Männern«, fuhr er fort. »Beratet, was ihr tun wollt. Aber bitte glaub mir, dass wir nicht eure Feinde sind.«

Sehr langsam, damit die Bewegung nicht falsch gedeutet wurde, legte er die Hand auf den Schwertgriff, schüttelte ebenso langsam wie übertrieben den Kopf und zog die Hand dann noch demonstrativer wieder zurück.

In dem schmutzigen Gesicht seines Gegenübers bewegte sich nichts.

Thor wartete noch kurz, wandte sich dann langsam um und ging los, und er hätte selbst nicht sagen können, was ihn zuerst warnte: Das erschrockene Aufblitzen in Torbens Augen, das Geräusch der Schritte oder der typische Laut, mit dem eine rostige Klinge aus der Scheide gezogen wurde. Er fuhr so schnell herum, dass er sich der Bewegung selbst kaum gewahr wurde, riss das Schwert heraus und zerschmetterte noch in der Drehung eine rostige Klinge, die nach seinem Gesicht stocherte.

Das spröde Eisen zerbrach in hundert Stücke, und Thor führte den Hieb in einem weit ausholenden Bogen zu Ende, hackte ein zweites Schwert, das nach ihm stoßen wollte, mitsamt der Hand ab, die es führte und ließ sich nach hinten fallen, als er eine Bewegung aus den Augenwinkeln gewahrte. Schartiges Eisen zischte so dicht an seinem Gesicht vorbei, dass er seinen rostigen Geruch wahrnehmen konnte, und Thor trat noch im Fallen zu. Knochen splitterten, als sein Stiefel die Kniescheibe des Angreifers zertrümmerte und ihn damit ebenfalls zu Fall brachte. Etwas bohrte sich mit einem dumpfen Laut unmittelbar neben seiner Schulter in den Boden. Thor schlug mit der bloßen Faust danach, brach das Schwert dicht unter der Klinge ab und rollte blitzartig herum und auf die Füße. Das alles nahm kaum mehr Zeit in Anspruch als einen einzigen, hektischen Atemzug.

Sehr viel mehr wäre ihm auch kaum geblieben. Lärm und zornige Stimmen und das Klirren von Waffen hinter ihm bewiesen, dass auch dort gekämpft wurde, doch ihm blieb nicht einmal die Zeit für einen einzigen Blick dorthin, denn tatsächlich hatten sich nicht nur drei, sondern gleich fünf der unheimlichen Angreifer auf ihn gestürzt. Vielleicht hatten sie ihn ja instinktiv als den gefährlichsten ihrer Gegner ausgemacht.

Thor schwang seine Klinge mit beiden Händen und tat sein Bestes, um ihnen zu beweisen, dass sie damit recht hatten, indem er sich den Riesen vornahm und ihn mit einem einzigen Hieb enthauptete. Noch bevor sein abgeschlagener Kopf zu Boden fiel und wie ein grausiger Ball den Hang hinabzuhüpfen begann, biss sich irgendetwas mit einem dumpfen Schmerz in seine Seite, und Thor fuhr mit einem zornigen Knurren herum und stieß dem Angreifer die Schwertklinge bis ans Heft in die Brust.

Damit hätten es nur noch zwei sein dürfen, aber er sah sich immer noch drei Angreifern gegenüber, denn der Bursche, dem er die Hand abgeschlagen hatte, war keineswegs zu Boden gegangen, sondern hatte sein Schwert mit der anderen Hand aufgehoben und kam schon wieder näher. Dass seine abgetrennte Rechte den Schwertgriff noch immer umklammert hielt, schien ihn dabei nicht sonderlich zu beeindrucken.

Und an dem Anblick war noch etwas falsch, so falsch, wie es überhaupt nur ging, aber Thor hätte nicht sagen können was, und ihm blieb nicht einmal die Zeit, den Gedanken bis zum

Ende zu verfolgen. Die drei Männer bedrängten ihn jetzt gleichzeitig, und er nahm auch wieder eine Bewegung aus den Augenwinkeln wahr, die ihn zusätzlich alarmierte; vielleicht hatten die anderen ja gemerkt, dass er wirklich ein so gefährlicher Gegner war, wie ihre Kameraden angenommen hatten, und machten jetzt kehrt, um ihnen zu Hilfe zu eilen.

Sie würden zu spät kommen. Thor ließ sich halb in die Hocke sinken, um einen nach seinem Hals gezielten Schwerthieb abzuducken, schlug aus der gleichen Bewegung heraus zu und versetzte seinem Gegner einen Schwerthieb in den Oberschenkel, der ihm nahezu das Bein abtrennte. Noch während der Krieger lautlos zur Seite kippte, ließ sich Thor endgültig fallen, kam mit einem federnden Satz wieder auf die Beine und wäre im nächsten Moment beinahe erneut gestürzt, als sich starke Finger um seinen Knöchel schlossen und ihn aus dem Gleichgewicht zu bringen versuchten. Wütend riss er sich los, stellte einigermaßen überrascht fest, dass es ihm nicht gelang (was eigentlich ganz und gar unmöglich sein sollte) und riss dann noch ungleich überraschter die Augen auf, als er an sich herabsah und erkannte, wer ihn da festhielt.

Es war der Krieger, dessen Kniescheibe er zertrümmert hatte. Der grässliche Schmerz einer solchen Verletzung hätte ihm das Bewusstsein rauben oder ihn zumindest kampfunfähig machen müssen, doch weder das eine noch das andere war der Fall. Er war nicht mehr in der Lage, aufzustehen, aber er schleifte das nutzlose Bein einfach hinter sich her, krallte sich mit der linken Hand in den Boden und hatte die andere mit einer Kraft um Thors Knöchel geschlossen, die er gar nicht hätte haben dürfen.

Aber im Händeabschlagen hatte er ja mittlerweile Übung.

Thor versetzte den Burschen einen zusätzlichen Tritt gegen den Hals, der ihn endgültig umbringen musste, und stolperte einen hastigen Schritt zur Seite, als die beiden anderen gleichzeitig auf ihn eindrangen.

Und um genau zu sein, waren es sogar drei, denn auch der, dem er das Schwert in den Leib gestoßen hatte, war schon wieder auf den Beinen und torkelte in seine Richtung. Die Wunde in seiner Brust blutete nicht.

Und es war dieser Anblick, der Thor endgültig begreifen ließ, was an dieser ganzen, bizarren Szenerie nicht stimmte.

Noch während die Erkenntnis samt ihrer gesamten ungeheuerlichen Konsequenz in sein Bewusstsein vordrang, rammte er einem der Kerle den Schwertknauf gegen die Stirn und stieß den zweiten zu Boden, dessen Armstumpf *ebenso wenig blutete wie das halb durchtrennte Bein des anderen oder die tödliche Stichwunde in der Brust des dritten.*

Die Männer bluteten nicht, und sie würden auch nicht sterben, weil sie schon seit langer Zeit nicht mehr lebten.

Thor war mit zwei schnellen Schritten hinter seinem letzten noch stehenden Gegner, umschlang seinen Hals mit dem linken Arm und brach ihm mit der anderen Hand das Genick. Erst nachdem er ihn mit einem wuchtigen Stoß zu Boden geschleudert hatte, fand er die Zeit, auch nur einen raschen Blick zu Torben und den anderen hinaufzuwerfen.

Es sah nicht gut aus. Torben und seine sechs Krieger hatten sich Rücken an Rücken aufgestellt und wehrten sich tapfer gegen eine mindestens dreifache Übermacht, die noch dazu ständig erdrückender wurde, denn auch weiterhin stürmten aus drei Richtungen weitere Angreifer herbei. Allein in dem Moment, in dem er hinsah, trafen ihre Klingen mindestens drei oder vier Mal, aber die Getroffenen wankten allerhöchstens unter der puren Wucht der Schläge. Nicht einer von ihnen ging zu Boden.

Thor machte einen raschen Schritt zur Seite, als sich einer seiner Gegner schon wieder erhob, um mit seinem schartigen Schwert auf ihn einzuprügeln. Dem Schlag auszuweichen, bereitete ihm nicht die geringste Mühe, doch noch während er den Angreifer mit einem Stich in den Unterleib niederstreckte, stemmte sich selbst der, dessen Genick er gerade gebrochen hatte, wieder in die Höhe und taumelte auf ihn zu. Sein Kopf pendelte haltlos von einer Seite auf die andere, und er schien auch große Schwierigkeiten damit zu haben, den Rest seiner Bewegungen zu koordinieren, denn er torkelte wie ein Betrunkener, der sich kaum noch auf den Füßen halten konnte, aber er kam näher.

Thors erster Impuls war, ihm abermals die Klinge in den Leib zu stoßen, doch dann besann er sich eines Besseren, war mit einer blitzartigen Bewegung neben und dann hinter dem Mann und zertrümmerte ihm mit einem einzigen Hieb beide Fußgelenke. Ohne einen Laut kippte er nach vorne, blieb aber nicht liegen, sondern krallte die Finger in den Boden und versuchte sich nur mit der Kraft seiner Hände weiterzuziehen. Sein gebrochenes Genick machte es ihm unmöglich, den Kopf zu heben, um nach seinem Opfer Ausschau zu halten, also warf er den Oberkörper so lange hin und her, bis sein Kopf in die richtige Position gerollt war, damit er ihn wieder aus seinen unheimlichen Augen anstarren konnte. Hatte er nicht auch zuvor schon geblinzelt?

Der Anblick war so entsetzlich und morbide zugleich, dass Thor viel zu lange einfach nur dastand und den toten Mann anstarrte, der noch immer irgendwie versuchte, sich in seine Richtung zu schleppen, und so flüchtig dieser Augenblick auch war, wäre er dennoch fast zu lang gewesen. Plötzlich schlang sich ein starker Arm von hinten um seinen Hals, und schmutzige Finger mit scharfkantig abgebrochenen Nägeln tasteten über sein Gesicht und suchten gierig nach seinen Augen.

Thor stieß den Ellbogen mit nahezu aller Gewalt zurück, die er nur aufbringen konnte, wurde mit einem zufriedenstellenden Geräusch wie von zerbrechendem Reisig belohnt und griff gleichzeitig mit der anderen Hand nach oben, um die Finger von seinem Gesicht wegzuzerren. Mit einer zornigen Bewegung wirbelte er den Mann herum und an sich vorbei, ohne seine Hand loszulassen, fuhr zugleich selbst auf dem Absatz herum und stieß noch einmal mit aller Gewalt zu. Diesmal traf sein Ellbogen das Rückgrat des unheimlichen Angreifers und brach es.

Thor wartete nicht, bis er gestürzt war, sondern ergriff sein Schwert nun mit beiden Händen und schickte auch die drei noch verbliebenen Krieger zu Boden, indem er ihnen die Sehnen durchtrennte; in einem Fall samt der dazugehörigen Beine. Dann fuhr er endgültig herum, um den anderen zu Hilfe zu eilen.

Vielleicht war es schon zu spät. Einer der Krieger lag bereits am Boden, noch am Leben, aber aus einer tiefen Stichwunde blutend, die ihm eine rostige Schwertklinge zugefügt hatte. Torben und die anderen wehrten sich mit dem Mut und der Verbissenheit, den er von ihnen erwartete, und hätten sie es mit sterblichen Gegnern zu tun gehabt, hätten ihre Chancen trotz der erdrückenden Übermacht vielleicht nicht einmal schlecht gestanden; gegen einen Feind jedoch, dem von Menschenhand geschmiedeter Stahl nichts anzuhaben vermochte, mussten sie unterliegen. Nur noch wenige Augenblicke, und die Angreifer würden sie einfach überrennen.

Thor schleuderte sein Schwert. Die Klinge durchbohrte einen Angreifer, der gerade versuchte, Torben den Schild vom Arm zu reißen, und vermochte ihn zwar nicht zu töten, erschütterte ihn aber immerhin weit genug, dass Torben ihn wegstoßen und mit der gleichen Bewegung auch noch einen zweiten Feind von den Beinen fegen konnte. Wenn auch nur, um Platz für gleich zwei neue Krieger zu machen, die mit Schwertern und Äxten und zum Teil mit bloßen Händen auf ihn und die anderen eindrangen.

Thor stürmte los, löste Mjöllnir von seinem Gürtel und

schleuderte ihn. Der magische Hammer verwandelte sich in einen schwarzen Blitz, fegte einen, zwei, drei Angreifer hintereinander von den Füßen und kehrte gehorsam in seine Hand zurück, noch bevor er Torben und die anderen erreichte, und etwas an der Art, auf die sie fielen, war ... anders.

Thor begriff den Unterschied, noch bevor er das kleine Häuflein verzweifelter Verteidiger erreichte. Die Krieger, die Mjöllnir niederstreckte, erhoben sich nicht wieder, sondern blieben liegen, als hätte Mjöllnirs unbezwingbare Kraft die böse Verhöhnung von Leben ausgelöscht, die sie bisher beseelt hatte.

Mjöllnir sprang noch einmal aus seiner Hand, fällte zwei weitere Angreifer und kehrte gehorsam zurück, während sich die Wand aus Schilden vor ihm öffnete, damit er seinen Platz in der Formation der Verteidiger einnehmen konnte. Hinter ihm ertönte ein gurgelnder Schrei, und ein zweiter Krieger brach zusammen, die Kehle durchschnitten vom rostigen Dolch desselben Angreifers, dem er nur einen Augenblick zuvor das Schwert in den Leib gestoßen hatte. Thor nahm seinen Platz ein, noch bevor er vollends zu Boden gesunken war, ergriff Mjöllnir nun mit beiden Händen und schwang ihn mit seiner ganzen gewaltigen Kraft. Zwei, drei, vier weitere Gestalten sanken getroffen zu Boden, doch die Wut der anderen schien nur noch weiter zuzunehmen.

Das Unheimlichste war vielleicht die Stille, mit der sie heranstürmten. Der kleine Grabhügel hallte wider von Kampfgetöse und dem Schreien und Stöhnen der Verteidiger, aber die grässlichen Krieger kamen in fast vollkommener Lautlosigkeit heran. Thor schwang seinen Hammer, und die gewaltige Waffe, von und für die Hand eines Riesen geschmiedet, streckte sie beinahe schneller nieder, als sie sie angreifen konnten.

Dennoch hätten sie es beinahe nicht geschafft.

Die Zahl der unheimlichen Angreifer schien kein Ende zu nehmen. Schritt für Schritt wurden sie zurückgedrängt, bis sie nebeneinander vor dem gewaltigen Findling standen, auf dessen Rückseite Thor die Runenschrift entdeckt hatte. Torben verlor einen weiteren Mann, der trotz aller verbissener Gegenwehr unter der schieren Übermacht der Angreifer einfach verschwand, und schließlich beschränkten er und die drei verbliebenen Verteidiger sich darauf, sich ihre Gegner mehr schlecht als recht vom Leibe zu halten und Thor mit ihren Schilden zu decken, sodass er sich ganz darauf konzentrieren konnte, den Hammer zu schwingen.

Und dann, genau so plötzlich und ohne Vorwarnung, wie es begonnen hatte, war es vorbei. Der letzte Angreifer fiel unter einem gewaltigen Hieb Mjöllnirs, und dann war nichts mehr da, worauf er den Zorn des Götterhammers lenken konnte. Mjöllnir schrie lautlos in seiner Seele, hatte er seine Kraft doch entfesselt, ohne seinen Hunger nach Leben stillen zu können, die der Hammer fraß, und für einen kurzen, aber unendlich grauenvollen Moment musste er all seine Willensstärke und seine ganze gewaltige Kraft aufwenden, damit sich Mjöllnir nicht auf die anderen Leben rechts und links von ihm stürzte, um seine Gier zu stillen. Viel mehr war es die Erschöpfung dieses letzten, verzweifelten Ringens als die Anstrengung des eigentlichen Kampfes, derentwegen er schließlich mit einem keuchenden Seufzen auf die Knie sank und den Hammer mit zitternden Fingern wieder an seinem Gürtel befestigte.

Mjöllnir schrie jetzt nicht mehr in seiner Seele, sondern schien eher zu knurren; wie ein zorniger Bluthund, der seine Aufgabe erfüllt hatte und sich nun um seine Beute betrogen sah.

Neben ihm sank auch einer der anderen Männer auf die Knie, aus mehreren, tiefen Wunden blutend und zu Tode erschöpft. Auch die beiden anderen wankten, hielten sich aber irgendwie noch auf den Beinen, und selbst Torben sank mit einem rasselnden Keuchen gegen den rauen Stein.

»Das war ... verdammt ... knapp«, brachte er irgendwie heraus.

Thor war viel zu erschöpft, um zu antworten. Er brauchte drei Versuche, um auch nur auf die Beine zu kommen, und in den ersten Augenblicken war er ganz und gar nicht sicher, auch länger als genau diese wenigen Augenblicke stehen zu bleiben. Seine Glieder waren plötzlich mit Blei gefüllt, und der Felsen hinter ihm, der Boden, auf dem er kniete und selbst der Wald und der Himmel begannen sich um ihn zu drehen.

Die Schwäche verging beinahe so schnell, wie sie gekommen war, und die gewohnte Kraft und Zuversicht kehrten zurück. Aber vielleicht nicht ganz in dem Ausmaß, in dem er es erwartet hätte, und es blieb etwas zurück; ein Schatten von Furcht, die keinen wirklichen Grund zu haben schien und vielleicht gerade deshalb umso beunruhigender war.

Torben stand noch immer mit geschlossenen Augen und gegen den Stein gelehnt da und brabbelte irgendetwas, das er nicht mehr verstand und wahrscheinlich auch gar keinen Sinn hatte; nur seine Art, mit dem Entsetzen fertig zu werden, das ihn sonst überwältigt hätte. Thor konnte ihn verstehen.

Er war in mehr als einer Schlacht gewesen, und von seiner Hand waren mehr Männer gefallen, als er zählen konnte, und doch konnte er sich nicht erinnern, jemals etwas Schrecklicheres gesehen zu haben. Der Hügel war voller Toter, die sich zum Teil immer noch bewegten, wo sie nicht von Mjöllnir, sondern von einem Schwerthieb oder Schildstoß niedergestreckt und dergestalt beschädigt worden waren, dass sie nicht mehr aufstehen konnten – Thor weigerte sich selbst in Gedanken, das Wort *verletzt* zu benutzen, denn das hätte diesen Kreaturen eine Menschlichkeit verliehen, die er ihnen nicht zugestehen wollte.

Nur ein paar Schritte entfernt versuchte der Krieger, dem er das Kreuz gebrochen hatte, sich nur mit der Kraft seiner Hände in seine Richtung zu ziehen, um den irrwitzigen Angriff fortzusetzen. Thor war mit einer einzigen Bewegung bei ihm, zerschmetterte ihm den Schädel und ging dann langsam von einem zum anderen, um Mjöllnir zu benutzen.

Nach wenigen Augenblicken schon regte sich auf dem Grabhügel nichts mehr.

»Bei T …«, begann Torben, brach mitten im Wort ab und warf Thor einen fast erschrockenen Blick zu, bevor er noch einmal und im gleichen erschütterten Ton ansetzte: »Bei Odin, was … was sind das für Kreaturen?«

Thor schwieg, aber einer der Männer flüsterte: »Dauger.«

Thor wusste, was dieses Wort bedeutete, aber der Mann sprach es – vielleicht nur aus Erschöpfung – so aus, dass es fast wie *Dwegr* klang, was ihm schon wieder einen eisigen Schauer über den Rücken laufen ließ. Er schwieg auch dazu.

»So viel also dazu, dass wir in diesem Land willkommen sind«, murmelte Torben. »Oder sogar Hilfe bekommen.«

Thor wünschte sich, er hätte das nicht gesagt. Er sah Torben eher traurig als vorwurfsvoll an, wandte sich dann aber ohne ein Wort um und ging zu den Verwundeten hin.

Einer der beiden Männer hatte sich halb aufgesetzt und die Knie an den Leib gezogen. Er saß kaum eine halbe Armeslänge vor dem Felsen, und es wäre bequemer gewesen, hätte er sich daran gelehnt, um Kraft zu sparen, aber Thor konnte auch gut verstehen, warum er es nicht tat.
Auch ihm selbst bereitete schon die bloße Nähe der verwitterten Grabmonumente ein beinahe körperliches Unbehagen.

Der Mann blutete aus einem hässlichen Schnitt in der Seite, der tief genug war, dass man das Weiß seiner Rippen darunter sehen konnte, und sein Gesicht nahm allmählich fast dieselbe, schreckliche Färbung an.

Mit einer entsprechenden Geste scheuchte Thor die beiden

anderen Männer davon, die sich um ihn zu bemühen versuchten, ohne dass es ihnen indes gelang, mehr zu tun, als ihm durch ihre bloße Nähe Trost zu spenden, ließ sich neben dem Krieger in die Hocke sinken und streckte die Hand nach ihm aus. Der Krieger zuckte angstvoll zusammen und versuchte instinktiv seinen Arm abzuwehren, doch Thor schob seine Hand einfach zur Seite, berührte mit der anderen die tiefe Wunde in seinem Leib und griff zugleich mit der Kraft seiner Gedanken in ihn hinein, um nach dem Quell seiner Pein zu suchen. Der Mann ächzte. Zunächst wurde sein Schmerz noch schlimmer, und mehr Blut sprudelte aus dem tiefen Schnitt in seinem Fleisch; dann zeitigte Thors Hilfe Erfolg, und beides verebbte.

Er konnte keine Wunder vollbringen, auch wenn es in den Augen der meisten so aussehen mochte. Den Tod zu besiegen, stand nicht in seiner Macht; nicht einmal, tatsächlich Wunden zu heilen. Aber er war sehr wohl in der Lage, die Kräfte zu wecken, die in einem jedem schlummerten. Menschliche Körper waren so zäh, wenn man ihnen nur zeigen musste, wie sie ihre verborgenen Kräfte nutzen konnten. Der Schmerz des Mannes erlosch, und aus dem Entsetzen in seinem Blick wurde etwas Anderes, das vielleicht schlimmer war.

»Ruh dich ein wenig aus«, sagte Thor. »Es wird wieder, keine Sorge.«

Er bekam keine Antwort. Der Blick des Verwundeten flackerte über sein Gesicht, glitt an seinem Arm hinab und blieb auf der schon fast verheilten Narbe hängen. Jetzt stand nichts anderes als pure Angst in seinen Augen geschrieben.

Thor stand auf, ging zu dem zweiten Verwundeten hin und sah schon aus drei Schritten Abstand, dass hier jede Hilfe zu spät kam. Der Mann war tot, ertrunken an seinem eigenen Blut, aber der Ausdruck auf seinem Gesicht war ... seltsam.

Natürlich sah Thor Schmerz. Qual hatte seine Züge im Tode

zu einer Grimasse erstarren lassen, doch in seinen trüb gewordenen Augen erblickte Thor zugleich einen Ausdruck absurder Erleichterung; als hätte er das Ende im allerletzten Moment erleichtert angenommen. Was hatte er gesehen, dass ihm selbst der Tod als willkommener Ausweg erschienen war?

Er erwies ihm den letzten kleinen Dienst, indem er neben ihm niederkniete und mit einer fast schon zärtlichen Bewegung seine Augen schloss, dann richtete er sich auf und ließ seinen Blick nachdenklich über den Hügel und die nähere Umgebung tasten.

»Hast du Angst, dass noch mehr kommen?«, fragte Torben.

»Wir müssen ihn begraben«, sagte Thor, ohne auch nur auf seine Worte einzugehen. »Aber nicht hier.«

Torben machte ein missmutiges Gesicht – ihre Sitten verlangten, dass sie den Toten verbrannten, damit seine Seele mit dem Rauch in den Himmel aufstieg und den Weg nach Walhalla fand – aber er sagte nichts dazu; auch wenn Thor genau wusste, wie wenig ihm diese Entscheidung gefiel.

Ihm selbst behagte sie auch nicht. Er hatte alles von diesen Männern verlangt, bis hin zu ihrem Leben, und das Mindeste, was er ihnen schuldig war, war eine würdevolle Beisetzung. Aber es widerstrebte ihm, ein Feuer zu entzünden. Der Rauch würde ihre Anwesenheit jedem in weitem Umkreis verraten, und selbst eine verkürzte Zeremonie würde Zeit in Anspruch nehmen, die sie einfach nicht hatten.

»Dort.« Er machte eine Kopfbewegung zu der Stelle am Waldrand, die am weitesten vom Fuße des unheimlichen Grabhügels entfernt war. »Wir beerdigen ihn dort.«

Torben rührte sich nicht. »Und dann?«, fragte er.

»Dann?«

»Wir müssen zurück«, beharrte Torben. »Wir haben schon einen Mann verloren. Reicht dir das immer noch nicht?«

Jähe Wut loderte in Thor auf. Seine Hand schloss sich so fest um

Mjöllnirs eisernen Griff, dass seine Knöchel leise knirschten, und Torben machte einen instinktiven halben Schritt zurück. Sein Blick flackerte, aber er hielt dem Thors dennoch stand; wenn auch nur mit Mühe.

»Ich halte es deiner Erregung zugute, dass du dich so im Ton vergreifst, mein Freund«, sagte er leise. »Aber wage es nie wieder, so in Gegenwart der anderen mit mir zu reden.«

Torbens bärtiges Gesicht erstarrte zu einer Maske ohne den mindesten Ausdruck. »Bitte verzeiht, Herr«, sagte er kühl, indem er ein Nicken andeutete und einen weiteren, halben Schritt vor ihm zurückwich. Kurz glitt sein Blick über Thors Rechte, die immer noch Mjöllnirs Griff umklammert hielt. Sein Gesicht blieb so ausdruckslos wie bisher, aber Thor nahm die Hand von der Waffe.

»Aber dennoch«, fuhr Torben fort. »Vielleicht waren meine Worte unbedacht gewählt, aber ich bleibe dabei, dass es ein Fehler wäre, weiterzugehen. Hier gibt es nichts für uns zu holen ... außer dem Tod.«

Thor schwieg. Seine eigene, heftige Reaktion tat ihm bereits wieder leid, und wieder einmal stand er kurz davor, sich bei dem Kapitän zu entschuldigen; und wieder einmal tat er es nicht.

»Lass uns zurückgehen«, fuhr Torben fort, anscheinend ermutigt durch sein Schweigen, das er wohl falsch deutete. »Nicht weit im Osten scheint es einen Fluss zu geben. Dort können wir unsere Wasservorräte auffüllen. Und in den Wäldern gibt es genug Wild. Ich stelle die Hälfte der Männer für die Jagd ab. Sie werden genug Wild für die Rückfahrt erlegen, bis wir mit den Reparaturen am *Naglfar* fertig sind.«

»Du weißt, dass das Unsinn ist«, antwortete Thor weit ruhiger, als ihm zumute war. Warum sprach Torben nicht einfach aus, was er wirklich meinte – nämlich dass diese Insel sein Herz einfach mit Furcht erfüllte, gegen die er weder ankämpfen wollte noch konnte?

»Aber …«

Thor schnitt ihm mit einer Geste das Wort ab, und seine Stimme wurde nicht lauter, aber deutlich schärfer. »Und jetzt ist es gut, Torben. Wir brauchen Vorräte, Baumaterial und Wasser und jede Hilfe, die wir bekommen können. Wir würden Wochen brauchen, um genug Wild zu erlegen. Das weißt du so gut wie ich. Ganz davon abgesehen, dass die Bewohner dieser Insel vielleicht nicht begeistert sind, wenn wir das Wild töten, das sie selbst brauchen.«

»Ich hatte bisher nicht das Gefühl, dass sie sonderlich begeistert von unserer Anwesenheit sind«, schnaubte Torben. »Ein Mann ist bereits tot, und ob der andere überlebt, wissen wahrscheinlich nicht einmal die Götter. Du willst zu dieser Stadt, habe ich recht?«

»Und wenn?«

»Wir haben nur diesen verdammten Grabhügel betreten, und sie haben uns schon angegriffen!«, schnaubte Torben erregt. »Was glaubst du, wie sie reagieren, wenn wir mit einer Armee vor den Mauern ihrer Stadt erscheinen?«

»Vielleicht höchst erfreut«, antwortete Thor. »Dauger bauen keine Städte, mein Freund. Vielleicht sind sie ja froh, dass wir sie von dieser Brut befreit haben.«

Torben setzte schon wieder zu einer trotzigen Entgegnung an, doch Thor stand nicht der Sinn nach einer weiteren endlosen Diskussion. Sowohl Torben als auch er hatten ihre Standpunkte, von denen sie weder abweichen konnten noch wollten … und wie auch, wurden sie doch beide von einer Gewissheit geleitet, die sie nicht einmal in Worte fassen konnten?

Zu Torbens Pech war er jedoch derjenige hier, der letzten Endes das Sagen hatte.

»Eine *Armee* von sieben Männern dürfte wohl kaum eine Bedrohung darstellen«, antwortete er kühl. »Und jetzt ist es gut! Geh zurück, wenn du willst. Ich werde dir nicht befehlen, mich zu begleiten. Geh und hilf den Männern, ein Grab auszuheben, oder geh zurück zur Küste und warte dort auf mich, aber ich will kein Wort mehr hören!«

Einen Herzschlag lang starrte Torben ihn noch nichts anderes als trotzig an, die Kiefer so fest aufeinandergepresst, dass die Sehnen an seinem Hals wie dünne Stricke hervortraten, und man hören konnte, wie seine Zähne mahlten. Dann jedoch nickte er abgehackt, fuhr auf dem Absatz herum und stürmte davon. Die Stadt war gigantisch. Was aus der Ferne wie ein zerschundener Berg ausgesehen hatte, das präsentierte sich ihnen aus der Nähe betrachtet vielleicht tatsächlich als Gebirge, aber es war von Menschenhand erschaffen, gewaltig und schwarz und so verwinkelt, dass der Blick keinen Halt daran fand, sondern sich an scharfen Kanten und Vorsprüngen schnitt oder in bodenlose Abgründe und jäh aufklaffende Spalten stürzte, mit Mauern, die höher waren als alles, was er je gesehen hatte und Türmen – nicht einer sah aus wie der andere – die den Himmel selbst zu berühren schienen.

Und all das war schon vor unendlich langer Zeit zerstört worden.

»Wer um alles in der Welt hat das gemacht?«, fragte Torben neben ihm. Seine Stimme zitterte ganz sacht, aber Thor hätte nicht sagen können, ob vor Ehrfurcht vor diesem unglaublichen Anblick, oder ob vielleicht nur die zweite Hälfte dieses Wortes der Grund dafür war.

Vielleicht war er auch einfach nur erschöpft, oder er fragte sich viel weniger, wer diese Stadt der Riesen erbaut hatte, sondern mehr, welche noch viel unglaublichere Macht nötig gewesen sein musste, um sie zu *zerstören.*

Thor war auch nicht sicher, ob er die Antwort auf diese Frage überhaupt wissen wollte. Er beließ es bei einem Schulterzucken, dessen genaue Bedeutung Torben sich aussuchen konnte, wandte sich um und setzte seinen Weg fort.

Auch als sie näher kamen, verlor der Anblick nichts von seiner unheimlichen Wirkung. Eher das Gegenteil schien der Fall zu sein. Je mehr Einzelheiten Thor erkennen konnte, desto befremdlicher erschien ihm diese gewaltige Ruine. Alles wirkte auf kaum in Worte zu fassende Weise im gleichen Maße grobschlächtig und schwer wie zugleich auch schwerelos und filigran; als wäre diese Stadt zwar von Riesen erbaut worden, die zugleich aber auch mit der Kunstfertigkeit der zartesten Elfen zu Werke gegangen waren.

Am unheimlichsten aber waren die Spuren der Zerstörung, die sich seinen Blicken darboten. Es war nicht die erste geschleifte Festung, die er sah. Er selbst hatte mehr als einen Wall erstürmt. Gewaltige Mauern waren unter Mjöllnirs Hieben geborsten, den seine eigene Hand geführt hatte, und er hatte längst zu zählen aufgehört, wie viele Städte auf seinen Befehl hin gebrannt hatten.

Aber das hier war … anders. Nie zuvor hatte er solche Verheerung gesehen. Stücke, groß wie Häuser, waren aus den Wällen herausgesprengt worden, der Stein pulverisiert und geborsten und an manchen Stellen zu bizarren Skulpturen aus schwarzem Glas geworden, als wäre der Fels geschmolzen und wie flüssiges Wachs zerlaufen. Fenster gähnten wie die ausgebrannten Augenhöhlen von Riesen, und obwohl er spürte, wie unendlich viel Zeit seither vergangen sein musste, meinte er noch immer den Geruch von brennendem Stein und die Schreie der Sterbenden wahrzunehmen.

Wenn diese Festung tatsächlich von Riesen erbaut worden war, dann mussten es Titanen gewesen sein, die sie gestürmt hatten.

Obwohl genügend Breschen und Löcher in den dreißig Fuß dicken Mauern gähnten, nahmen sie einen Umweg in Kauf, um die Stadt durch das offenstehende Tor zu betreten. Thor erschien das irgendwie … richtig, und Torben und den anderen schien es genauso zu ergehen. Jeder Schritt fiel ihnen schwer, doch Thor hörte nicht ein Wort des Protestes gegen diesen neuerlichen und scheinbar unsinnigen Umweg.

Das Tor selbst war so gewaltig, dass die eine oder andere kleine Burg, die Thor kannte, bequem hineingepasst hätte, und was dahinter lag, erinnerte mehr an das Innere eines ausgehöhlten Berges als an etwas von Menschenhand Erschaffenes. Er war nicht der Einzige, der hörbar erleichtert aufatmete, als sie das andere Ende der gemauerten Höhle erreichten und wieder ins Freie traten, (bildete er es sich nur ein, oder war das Licht auf dieser Seite der Mauer trüber?) und hätte er auch nur einen einzigen Wunsch frei gehabt, dann hätte er sich zumindest eines dieser gewaltigen Tore gewünscht, um es hinter sich zu schließen.

»Wir brauchen eine Unterkunft«, sagte er. »Die Männer sind erschöpft, und der Rückweg wird lang und anstrengend.«

»Das ist wahr«, pflichtete ihm Torben bei. »Auch wenn wir mit kleinem Gepäck reisen. Stell dir nur vor, wie schwierig es wäre, müssten wir Fässer und Säcke voller Lebensmittel und Wasser mit uns schleppen. Und dazu noch die Kisten und Truhen voller Gold und Edelsteinen und anderen Geschenken.«

»Sarkasmus steht dir nicht, mein Freund«, antwortete Thor ruhig.

»Nicht einmal, wenn ich recht habe?«

»Ich bin dein Gott«, erinnerte Thor. »Und das bedeutet, dass ich immer recht habe.« »Auch wenn du nicht recht hast?«

»Ganz besonders dann«, bestätigte Thor.

Torben dachte mit angestrengt gerunzelter Stirn über diese Worte nach und fragte schließlich: »Und wer ist jetzt sarkastisch?«

»Ich«, gab Thor zu. »Aber im Gegensatz zu dir steht es mir zu.«

Davon abgesehen traf Torben mit seiner versteckten Kritik natürlich ins Schwarze. Sie würden hier keine Hilfe finden, und schon gar keine Vorräte. Es sei denn, die Männer lernten Staub und Steine zu essen.

Torben lächelte müde und deutete dann – im Grunde willkürlich – auf ein zweistöckiges Gebäude auf der anderen Seite des weitläufigen Platzes, auf den sie das Tor hinausgeführt hatte. »Wir rasten dort. Wenigstens für ein paar Stunden. Dann sehen wir weiter.«

»Ganz wie Ihr befehlt, Herr«, antwortete Torben kühl.

Thor fragte sich, was er ihm jetzt schon wieder getan hatte, kam zu dem Schluss: Nichts. Torben war eben Torben, basta, und entschied, auch darauf nicht weiter einzugehen. »Wir rasten dort«, sagte er noch einmal.

Torben machte zwar ein trotziges Gesicht, ging aber gehorsam zu den Männern hin und überbrachte ihnen seinen Befehl, und nun bildete Thor auf dem Weg über den Platz den Abschluss. Die fünf Männer schleppten sich mehr dahin, als sie gingen. Keiner von ihnen hatte auch nur einen Laut der Klage hören lassen, doch ihr bloßer Anblick reichte, um Thor zu zeigen, in welch bejammernswertem Zustand sich das befand, was Torben gerade als ihr *Heer* bezeichnet hatte. Manchmal vergaß er, dass sie zwar die Stärksten ihres Volkes waren, aber dennoch einem nicht sehr starken Volk entsprangen. Einst – vor so langer Zeit, dass er schon vergessen hatte, *wie* lange – hatte auch er zu ihnen gehört, aber nun hatte er die Kraft und Unsterblichkeit eines Gottes, und er ertappte sich immer öfter dabei, dasselbe auch von anderen zu erwarten. Aber das konnte er nicht. Den Männern eine ausgiebige Rast zu gönnen, war weniger ein Zeichen von Großmut, sondern eher bittere Notwendigkeit. Thor wunderte sich beinahe, dass sie es bis hierher geschafft hatten.

Immerhin, dachte er spöttisch, wusste er jetzt, warum ein

guter Heerführer seinen Männern vorauseilen sollte, statt in der letzten Reihe zu gehen. So sah er wenigstens nicht, in welchem Zustand sie sich befanden.

Es war sehr dunkel im Haus. Ein großer Raum ohne Fenster und mit einer steinernen Treppe an der einen und einer zweiten Tür an der anderen Seite nahm sie auf, und zunächst hatten selbst seine scharfen Augen Mühe, mehr als vage Schatten zu erkennen, in denen sich noch vagere Bewegung zu verstecken schienen.

»Zwei Mann nach oben«, befahl Torben. »Zwei andere in den Turm.« Er deutete auf den letzten, verwundeten Mann. »Du kommst mit mir. Wir sehen uns hier unten um.«

Die Männer verschwanden so schnell, als wären sie einfach nur froh, aus seiner Nähe zu kommen, ganz gleich, was sie anderswo auch erwartete, und Thor fühlte sich fast hilflos; und war schon wieder ein ganz kleines bisschen ärgerlich auf Torben, der diesen kleinen Auftritt zweifellos geplant und sorgsam inszeniert hatte. Aber er machte sich auch keine allzu großen Sorgen. Niemandem drohte hier drinnen irgendeine Gefahr. So wie er spürte, dass in dieser ganzen Stadt nichts Lebendiges mehr war, spürte er auch die Grabesstille dieses leeren Hauses.

Er zuckte in Gedanken die Achseln. Sollte Torben seinen kleinen Triumph haben, wenn er danach wieder etwas genießbarer war.

Er wartete, bis die Schritte der Männer auf den steinernen Stufen verklungen waren, und trat dann durch denselben, türlosen Durchgang, durch den Torben und der verwundete Krieger verschwunden waren. Der Raum dahinter war vollkommen leer, hier gab es jedoch ein schmales Fenster, durch das staubbleiches Licht in schrägen Bahnen hereinfiel. Es bildete ein seltsames Muster, und noch sonderbarer war, dass sich etwas darin zu bewegen schien, ohne dass sein Blick es wirklich erfassen konnte.

Thor schüttelte den Gedanken fast erschrocken ab, ging bis zur Mitte des Raumes und drehte sich einmal um sich selbst, um sich einen Überblick zu verschaffen. Mehr brauchte er nicht. Der Raum war vollkommen leer, und das seit sehr langer Zeit. Die Staubschicht auf dem Boden war so dick, dass seine Schritte eine Spur wie in flockigem grauem Schnee hinterlassen hatten. Der Anblick sollte ihn beruhigen, bewies er doch scheinbar, dass sie allein waren – auch von finsterer Magie beseelte Feinde hinterließen Spuren – aber das Gegenteil war der Fall. Für einen Moment hatte er alle Mühe, die gestaltlose Furcht nicht übermächtig werden zu lassen, die aus der staubigen Leere ringsum in seine Seele kriechen wollte. In dieser verlassenen Stadt ... *war* etwas. Nichts Lebendiges, vielleicht nicht einmal etwas Totes, sondern noch etwas jenseits davon, das weit über die Grenzen des Vorstellbaren hinausging.

Und das ihn mit nahezu unwiderstehlicher Macht rief.

Und das Allerschlimmste war, dass er das Gefühl hatte, es eigentlich kennen zu müssen. Es war ...

Ein Schatten glitt lautlos am Rande seines Blickfelds entlang und verschwand zu schnell wieder, als dass er wirklich sicher sein konnte, und er glaubte ein Rascheln zu hören, fast wie das Geräusch von Schritten; aber eben nur *fast.* Dennoch konnte Thor nur noch mit Mühe den Impuls unterdrücken, herumzufahren und Mjöllnir von seinem Gürtel zu lösen, oder wenigstens das Schwert zu ziehen. Vielleicht tat er es nur aus dem einzigen Grund nicht, weil er damit nur noch mehr Staub aufgewirbelt und dann vermutlich gar nichts mehr gesehen hätte.

Als er sich – langsam – umdrehte, sah er die Tür. Sie befand sich nur ein kleines Stück neben dem Fenster, war deutlich schmaler als alle anderen, die er bisher hier gesehen hatte, und hätte er einen so verrückten Gedanken zugelassen, dann wäre er fast sicher gewesen, dass es sie einen Moment zuvor noch nicht gegeben hatte.

So schüttelte er nur den Kopf über seine eigene Narretei, ging zur Tür und trat auf einen zwar unerwartet großen, aber auch vollkommen leeren Innenhof hinaus, der an drei Seiten von glatt verputzten Mauern und an der vierten von der Rückseite des Gebäudes gebildet wurde. Die Mauern waren so hoch, dass er ihre Krone auch mit ausgestreckten Armen nicht erreicht hätte, und das ummauerte Geviert maß mindestens zwanzig Schritte in jede Richtung. Hier war anscheinend alles etwas größer. Torben hatte recht: Es *war* eine Stadt der Riesen.

Aber warum war er hier?

Thor drehte sich einmal um sich selbst und sah sich aufmerksam um. Auch hier bildeten Schmutz und fast zur Härte von Stein zusammengebackener Staub eine schlierig-graue Decke auf dem Boden, und auch hier war seine eigene Spur das Erste, was das graue Einerlei seit einem Jahrhundert oder noch länger störte. Die einzige andere Unterbrechung war ein hüfthoher gemauerter Brunnen, der irgendwann einmal ein mit Schieferplatten gedecktes Dach gehabt hatte. Jetzt war es nur noch ein Skelett aus Balken, die vom Alter so geschwärzt waren, dass sie beinahe wie verbrannt aussahen. Alles schien so normal, wie es in einer Stadt nur sein konnte, aus der alles Leben geflohen war.

Thor ging trotzdem hin, beugte sich – die linke Hand sichernd auf dem Stein, die andere am Schwertgriff – behutsam vor und spähte in die Tiefe. Auch ein ausgetrockneter Brunnenschacht war ein möglicher Weg für einen Feind, ihnen in den Rücken zu fallen.

Dieser allerdings nicht, denn er war nicht ausgetrocknet, wie Thor ganz instinktiv angenommen hatte, auch wenn es zunächst fast so aussah: Kaum eine Armeslänge unterhalb des Bodenniveaus gewahrte er eine graue Masse, wie Fels, die den Brunnenschacht verstopfte. Aber sie bewegte sich, und die rostige Kette, an der irgendwann einmal ein Eimer gehangen hatte, verschwand genau in ihrem Zentrum. Thor wackelte prüfend mit der Hand an der Kette, und die Platte aus grauem Staub zerbrach in zwei große und ein halbes Dutzend kleine Stücke, jedes davon dicker als sein Daumen. Darunter bewegte sich etwas.

Thor griff fester zu, zog an der Kette und stellte mit einem Gefühl leiser Überraschung fest, dass es in dieser Stadt offensichtlich doch noch ein Stück Holz gab: Ausgerechnet der Eimer hatte die Jahrhunderte unter Wasser überstanden.

Er zog ihn hoch, fuhr mit dem Handrücken über das Wasser, um Schmutz und schlierigen Staub wegzuwischen und betrachtete sein eigenes Spiegelbild.

Es bewegte sich. Winzige Wellen, verursacht von seiner eigenen Berührung zerbrachen es immer wieder in schmale Streifen, die vergeblich versuchten, sich wieder zu einem Ganzen zusammenzusetzen, und unter diesem zerbrochenen Bild schien … *noch etwas* zu sein; wie ein zweites, verborgenes Antlitz, das Zeit seines Lebens schon immer dort gelauert hatte, nun aber zum allerersten Mal wirklich sichtbar wurde.

Thor erschrak, aber nicht nur wegen des unheimlichen Anblicks. Der dunkle Teil seiner Seele war ihm nicht fremd. Seit jenem schicksalhaften Tag vor vielen Jahren, an dem er gestorben und als etwas Anderes und ungleich Mächtigeres wieder aufgewacht war, war es ein Teil seiner selbst, und es verging kein Tag, an dem er sich seiner Anwesenheit nicht bewusst war, war er doch der Ursprung seiner schier übermenschlichen Kraft und dem, was vielleicht noch keine wirkliche Unsterblichkeit war, aber nahe genug an sie heranreichte, um in den Augen aller anderen als solche zu gelten. Es war auch der Grund, aus dem er manchmal Dinge tat, für die er sich selbst verabscheute, auch wenn er zugleich wusste, dass ihm keine andere Wahl blieb.

Aber er hätte ihn nicht *sehen* dürfen.

Thor tauchte die Hände ins Wasser und wartete mit klopfendem Herzen, bis sich das kreisförmige Wellenmuster wieder beruhigt hatte. Dieses Mal sah er nur sein eigenes Gesicht, aber die Erleichterung, auf die er wartete, wollte sich nicht einstellen.

Sein dunkler Zwilling war da, und obwohl er ihn nun nicht mehr sehen konnte, glaubte er den lauernden Blick seiner Augen fast wie eine Berührung zu fühlen. Als gäbe es etwas in dieser Stadt, das das Düstere in ihm stärkte und ihm zugleich mit jedem Atemzug mehr von seiner Menschlichkeit nahm.

Und dann – endlich – begriff er. Mit einem Mal wusste er, warum sie hierhergekommen waren, wieso ihn dieser Ort so sehr erschreckte und ihm zugleich auf so unheimliche Weise vertraut erschien, und er wusste auch, was es war, das ihn die ganze Zeit über ebenso lautlos wie mit fester Macht gerufen hatte.

Endlich, nach all diesen unendlich vielen, unendlich langen Jahren, war er heimgekehrt. Er war Zuhause.

»Das da müsste es sein.« Thor wies mit einer übertrieben deutenden Geste auf ein großes, aber sonderbar gedrungen wirkendes Gebäude auf der anderen Seite des Platzes. Anders als die meisten hier in dieser Stadt der Riesen hatte es nur ein Stockwerk, dafür aber ein übergroßes, weit ausladendes Dach aus unregelmäßig geformten Schieferplatten, das von einem ganzen Wald oberschenkelstarker steinerner Säulen gestützt eine Kolonnade rings um das gesamte Mauerwerk bildete. Die Fenster waren klein und schmal und erinnerten eher an Schießscharten, und auch die Tür war eindeutig nicht für Riesen gedacht, sondern war breit, dafür aber so niedrig, dass sich wohl selbst ein normal gewachsener Mann bücken musste, um sie zu passieren. Wie zum Ausgleich gab es gleich vier mächtige, aus grobem Stein gemauerte Kamine, die sich unnötig weit über den Dachfirst erhoben, und auf der linken Seite hatte einmal ein weitläufiger Anbau gestanden, der nun aber zu einem Gewirr aus Trümmern, Schutt und schwarz verbrannt stehen gebliebenen Mauerresten geworden war.

»Nicht dass es mich etwas anginge, Herr«, sagte Torben, zwar in demütiger Haltung und mit dazu passender Stimme, zugleich aber nicht einmal darum bemüht, das spöttische Funkeln in seinen Augen zu unterdrücken, »aber woher wollt Ihr Wissen, dass Ihr ausgerechnet dort findet, wonach Ihr sucht?« *Geschweige denn, wonach sie* überhaupt *suchten,* fügte er irgendwie hinzu, ohne dass es nötig gewesen wäre, die Worte laut auszusprechen.

Thor musste sich beherrschen, um ihn nicht anzufahren; vor allem, weil Torben mit jedem Wort (auch mit denen, die er gar nicht sagte) recht hatte. Nachdem sie das Haus und die unmittelbare Umgebung abgesucht und gesichert hatten, hatten sich die Männer zum Schlafen niedergelegt und einige Stunden ausgeruht: lange nicht genug, und Thor glaubte auch nicht, dass es ein angenehmer Schlaf gewesen war. Dennoch waren sie jetzt ausgeschwärmt – immer in Zweiergruppen, den verwundeten Mann hatten sie zurückgelassen, um ein leeres Haus in einer leeren Stadt zu bewachen – um die Stadt so gründlich zu durchsuchen, wie es einer so geringen Anzahl Männer an einem einzigen Tag möglich war, und das Gebäude dort drüben war vielleicht das fünfzehnte oder zwanzigste, das Torben und er in Augenschein nehmen würden. Zumindest Torben schien eine ziemlich klare Vorstellung von dem zu haben, was sie dort fanden: leer stehende Räume, Staub und Schmutz und Dunkelheit, die seit Jahrhunderten in Ecken und Winkeln nisteten und längst angefangen hatten, Dinge auszubrüten, die besser auf ewig vergessen bleiben sollten. Torben hatte es sich bisher auch erspart, wirklich auszusprechen, was er von dieser ganzen Aktion hielt, aber das war auch nicht nötig.

Thor war ihm dennoch im Stillen dankbar dafür.

Statt die Frage des Kapitäns zu beantworten, deutete er nur ein Schulterzucken an und ging weiter.

Auch beim Näherkommen verlor das Gebäude nichts von seiner Düsterkeit. Das Mauerwerk rings um die schmalen Fenster und die Tür war geschwärzt und von rußigen Streifen verunziert, als hätte ein Jahrhundert lang ein Feuer hinter diesen Mauern gewütet, und ein dazu passender Geruch schlug ihnen entgegen, als sie sich unter dem niedrigen Türsturz hindurchbückten; Thor so tief, dass es vermutlich schon albern aussah, denn als er sich drinnen wieder aufrichtete und sich zu Torben umdrehte, gewahrte er ein breites Grinsen auf dessen Zügen. Einen Augenblick blieb er einfach stehen und sah den grauhaarigen Kapitän an, nicht nur (aber auch) um ihn nervös zu machen und ihm wenigstens die Zinsen für all die spöttischen Bemerkungen und Blicke heimzuzahlen, mit denen er ihn seit Stunden bedachte, sondern auch um seinen Augen Gelegenheit zu geben, sich an das blasse, unwirkliche Zwielicht hier drinnen zu gewöhnen. Ein bisschen war es so wie vorhin: Das Licht fiel in schmalen, wie mit einem Messer abgegrenzten Streifen schräg herein und wirkte nicht nur eine Spur zu düster, sondern auf eine graue Art lebendig, als verberge sich etwas darin, das sich ihren Blicken zwar geschickt entzog, seine Anwesenheit aber dennoch nicht ganz verheimlichen konnte.

Thor schüttelte den Gedanken erschrocken ab.

»Und jetzt, Herr?«, stichelte Torben. Jedenfalls nahm Thor an, dass dies seine Absicht war, auch wenn ihm das ganz sachte Zittern seiner Stimme den gewünschten Effekt ein wenig verdarb. Bei passender Gelegenheit, und in nicht allzu ferner Zukunft, das nahm sich Thor vor, würde er mit ihm reden müssen. Torbens kleine Respektlosigkeiten waren in Ordnung und gehörten zu ihrer Freundschaft, aber seit sie die Küste und das *Naglfar* verlassen hatten, übertrieb er es entschieden.

Vielleicht war er auch nur empfindlicher geworden.

Statt irgendetwas zu sagen, wandte er sich um und versuchte, nun mit einigem Erfolg, das stauberfüllte Zwielicht mit Blicken zu durchdringen. Viel gab es nicht zu sehen. Wie jeder einzelne der zahllosen Räume, die sie bisher durchsucht hatten, war auch dieser vollkommen leer. Nicht nur die Menschen, die einmal hier gelebt hatten, hatten diese Stadt verlassen, offensichtlich hatten sie all ihr Hab und Gut mitgenommen. Vielleicht stand diese Stadt ja auch schon so lange leer, dass alles, was nicht aus Eisen oder Stein bestanden hatte, schon längst zu Staub zerfallen war.

Aber das wäre die unangenehmere und unheimliche Erklärung gewesen.

Immerhin bedurfte es nur eines einzigen Blickes in die Runde, um ihn davon zu überzeugen, dass ihn sein Gefühl nicht getrogen hatte. Die einzige Überraschung, die dieses Haus aufwies, war die Tatsache, dass es trotz seiner enormen Größe aus einem einzigen, zum Dach hin offen stehenden Raum bestand, groß genug, dass so manche kleine Festung, die Thor gesehen hatte, bequem hineinpassen musste. Der Geruch von verbranntem Stein war hier so intensiv, dass er einem fast das Atmen schwer machte, und als sie weitergingen, klebten ihre Stiefelsohlen am Boden fest, sodass jeder Schritt kleine, saugende Laute hervorrief, die sich zu dem unhörbaren Flüstern der Schatten zu gesellen schienen. Dennoch erkannte Thor sofort, wozu dieser Raum einst gedient hatte. Sie waren in einer Schmiede. Die vier Kamine, die von außen sichtbar waren, gehörten zu ebenso vielen gewaltigen, rußgeschwärzten Essen, die sich gleichmäßig in diesem weitläufigen Raum verteilten. Gemauerte Regale umgaben sie und hatten einst Werkzeuge und Material aufgenommen, und zum allerersten Mal befanden sie sich wohl in einem Gebäude, dessen Bewohner nicht penibel hinter sich aufgeräumt hatten, bevor sie es verließen, denn hier und da gewahrte er noch ein liegen gelassenes, halbfertiges Werkstück, zur Härte von Stein gewordenes Holz oder ebenso versteinerte Kohle. Ein rostiger Amboss, so groß, dass Thor bezweifelte, dass selbst er ihn anheben konnte, war wie ein bizarres Kunstwerk mit dem Boden verwachsen, und da und dort lagen noch Werkzeuge, auch wenn es bei den meisten einiger Fantasie bedurfte, um zu erkennen, worum es sich einmal gehandelt haben mochte.

Ein sonderbares Gefühl ergriff von Thor Besitz, doch es dauerte nicht länger als ein paar Atemzüge, bis er sich eingestand, dass es nicht neu war. Ganz im Gegenteil begriff er plötzlich, dass er nicht nur wusste, wo sie waren, sondern dass es genau dieser Ort gewesen war, der ihn hergebracht hatte. Es war kein angenehmes Gefühl, aber auch keine Furcht, nicht einmal Unbehagen, sondern etwas Neues, das er nicht kannte.

»Vielleicht sollten wir wieder gehen, Thor.« Torbens Stimme zitterte sacht, und allein der Umstand, nun wieder zum vertrauten *Thor* zurückzukehren, anstatt ihn mit *Herr* anzusprechen und auf diese Weise seine Verachtung kundzutun, bewies, wie wenig wohl er sich hier fühlte. Er spürte es auch, dachte Thor.

»Gleich«, murmelte er. Begleitet vom schlürfenden Echo ihrer Schritte, das ihn plötzlich an eine riesige Spinne denken ließ, die ihr Opfer aussaugte, näherte er sich einer der Essen, ließ seinen Blick kurz über geschwärzten Stein und rostiges Eisen tasten und ging weiter. Torben grummelte etwas, das Thor nicht zu verstehen vorzog, folgte ihm aber gehorsam zur nächsten, dann dritten und schließlich zur vierten und größten Feuerstelle, die fast die gesamte Giebelwand des Raumes einnahm. Etwas bewegte sich in der Dunkelheit vor ihnen. Etwas, das gar nicht da war und auf ebenso wenig vorhandenen Füßen lautlos vor ihnen floh, sie aber dennoch aus unsichtbaren Augen gierig anstarrte. Diesmal gelang es Thor nicht, den Gedanken abzuschütteln, so absurd er auch sein mochte.

Eine Weile standen sie einfach schweigend nebeneinander, doch schließlich hielt Torben es nicht mehr aus. »Lass uns gehen, Thor«, verlangte er. »Hier gefällt es mir nicht.«

Statt zu antworten, trat Thor dichter an die Wand hinter der Esse heran und fuhr mit dem Handballen über den geschwärzten Stein. Der Ruß fühlte sich nicht nur klebrig an, sondern warm und auf unangenehme Weise fast lebendig, als berühre er die Haut eines großen, schlafenden Tieres, und darunter kam nicht nur uralter Stein zum Vorschein. Vielmehr gewahrte er eine senkrechte Doppelreihe großer, sonderbar eckig anmutender Runen, die vor unendlich langer Zeit in den Stein hineingemeißelt worden waren. Sie ähnelten denen, die sie auf dem Grabhügel gesehen hatten, doch obwohl Thor diese Schrift so wenig lesen konnte wie die andere, spürte er zugleich einen Unterschied; etwas, was sie anders, düsterer und bedrohlicher machte.

Nachdem er die Schrift zu einem Gutteil freigelegt hatte, wich er rückwärts gehend wieder an Torbens Seite zurück und begann sich die Hand am Mantel abzuwischen; mit kleinen, hektischen Bewegungen, als hätte er sich besudelt. Torbens Blick folgte der Bewegung, und nun erschien beinahe so etwas wie Furcht in seinen Augen.

»Woher … wusstest du das?«, flüsterte er.

»Hier.« Thor streckte die linke Hand aus und legte sie mit gespreizten Fingern auf den gemauerten Rand der Esse. Er war so hoch, dass nicht einmal er bequem daran hätte arbeiten können. »Hier wurde er gemacht, mein Freund.«

»Er?«

Auch jetzt antwortete Thor nicht sofort, sondern schlug mit der anderen Hand seinen Mantel zurück, löste Mjöllnir vom Gürtel und legte den schweren Kriegshammer mit einer fast andächtigen Bewegung auf den Stein. Etwas … regte sich, tief im Inneren des Hammers und noch tiefer in seiner Seele.

»Mjöllnir?« Torben dachte mit angestrengt gerunzelter Stirn über diese Behauptung nach und sah dann ebenso zweifelnd wie zutiefst erschrocken in Thors Gesicht hinauf. »Ihr … du … du glaubst, er wäre hier geschmiedet worden? In dieser Stadt?«

»Nein«, antwortete Thor. »Ich *weiß* es. Hier, Torben. Genau hier.« Und er wusste auch noch mehr. Er wusste, von wem diese mächtigste aller Waffen geschmiedet worden war, wann und zu welchem Zweck.

»Aber du hast behauptet, du selbst hättest ihn ...«, begann Torben, und Thor unterbrach ihn fast erschrocken:«Ich habe gelogen.«

Jetzt sah der alte Kapitän entsetzt aus. »Aber warum?«

Weil er es nicht besser gewusst hatte. Weil er geglaubt hatte, Dinge über sich und sein früheres Leben zu wissen, die niemals stattgefunden hatten.

Vielleicht hatte es ja sein ganzes früheres Leben nicht gegeben.

Wieder verging lange Zeit, in der sie einfach nur schweigend nebeneinanderstanden, ein jeder in seiner eigenen und vornehmlich düsteren Welt aus Erinnerungen und Furcht gefangen, und schließlich war es auch jetzt wieder Torben, der die Stille unterbrach. »Ich weiß, dass es mich nichts angeht, Herr«, sagte er, »aber ich frage trotzdem: ›Woher weißt du das alles?‹«

»Dwegr hat es mir gesagt«, antwortete Thor. Das entsprach ebenso sicher nicht der Wahrheit, wie es genau das tat. Der Zwerg hatte ihm nichts von alledem hier gesagt, und das hätte er auch gar nicht gekonnt, denn Thor wusste nun, dass es die unheimliche Gestalt mit dem Greisengesicht und den boshaften Kinderaugen nicht gab. Sie war nur Einbildung, ein Teil seiner verschütteten, fremden Erinnerungen, die Gestalt angenommen hatte, um ihm auf diese Weise Dinge zu erzählen, die er nicht wissen wollte, und vielleicht auch nicht durfte.

Zögernd nahm er Mjöllnir wieder an sich, befestigte ihn an seinem Gürtel (zum allerersten Mal seit langer Zeit wieder spürte er das Gewicht des Hammers, das an seiner Hüfte zerrte) und trat noch einmal an die mit Runen bedeckte Wand hinter der Esse heran. Bisher hatte er nur einen kleinen Teil der Schrift freigelegt, und sie noch einmal zu berühren, dazu fehlte ihm die Kraft.

Aber es war auch nicht nötig.

Als wäre sein Denken plötzlich auf unheimliche Weise zweigeteilt, weigerten sich die eckig in den Stein hinein gemeißelten Symbole nach wie vor, irgendeinen Sinn zu ergeben oder gar eine Geschichte zu erzählen, und zugleich wusste er genau, was sie bedeuteten, und auch, wer diese Schriftzeichen erschaffen hatte, und zu welchem Zweck. Und plötzlich hatte er Angst. Entsetzliche Angst.

»Weg hier!«, sagte er. »Schnell!«

So schwer es war, das Verstreichen der Zeit in diesem unheimlichen Land hinter dem Ende der Welt zu schätzen, ebenso schwierig war es, Entfernungen in dieser unheimlichen Stadt zu bestimmen. Selbst Thors sonst so untrüglicher Orientierungssinn hatte ihn im Stich gelassen, kaum dass sie diesen düsteren Ort betreten hatten, und wenn auch gewiss niemand anderem, so hatte er doch zumindest sich selbst gegenüber längst zugegeben, dass sie sich verirrt hatten.

Aber nicht einmal dessen war er sich vollkommen sicher. Was, wenn es in dieser unheimlichen Stadt weder Richtungen noch Entfernung gab, und sie sich somit auch nicht verirren *konnten?*

Der Gedanke war so absurd, dass er ihn nicht nur von sich schob, sondern es auch mit einem rauen Lachen tat, das Torben aus dem griesgrämigen Schweigen riss, in dem er bisher neben ihm hergetrottet war. »Darf ich erfahren, was Ihr so ungemein erheiternd findet, Herr?«, fragte er. »Natürlich nur, wenn es Euch nichts ausmacht, einen gemeinen Sterblichen wie mich in Eure Pläne einzuweihen.«

Thor blieb nicht stehen, wurde aber deutlich langsamer, da er schon seit einer geraumen Weile – verirrt oder nicht – ein Tempo vorgelegt hatte, das dem alten Kapitän mitzuhalten immer schwerer fiel. Torben bedankte sich immerhin mit einem stummen Blick, aber sein Tonfall wurde eher noch spöttischer. »Oder überhaupt mit einer so unwürdigen Kreatur zu reden.«

»Torben, bitte«, seufzte Thor.

»Aber mein Herr, Thor, Gott des Donners!«, entfuhr es Torben, in nun schon fast entsetztem Ton. »Ihr müsst mich doch um nichts bitten! Sagt nur irgendetwas, und ich werde es tun, ganz gleich was! Euer bloßer Wunsch ist jedem Sterblichen Befehl, wisst Ihr das denn nicht?«

»Dann *wünsche* ich, dass du jetzt mit dem Unsinn aufhörst«, sagte Thor in einem Tonfall müder Schärfe. »Ich weiß, dass du zornig auf mich bist, und wenn du Wert darauf legst, dann gebe ich es vor der gesamten Mannschaft zu, sobald wir wieder an Bord des Schiffes sind, aber im Augenblick steht mir wirklich nicht der Sinn nach deinen Sticheleien.«

»Ist das Euer Befehl, Herr?«

Thor wollte auffahren, seufzte aber dann nur müde und schüttelte noch müder den Kopf. »Nein. Nur mein Wunsch ... ach verdammt, Torben, sei nicht kindisch. Was soll ich tun? Mich bei dir entschuldigen? Also gut, ich gebe es zu, du hattest recht. Ich habe mich verirrt.«

»Verirrt?«, wiederholte Torben.

Es fiel Thor immer schwerer, wenigstens äußerlich die Beherrschung zu wahren. Aber gut, wenn Torben gerade seine ganz besonders kindischen fünf Minuten hatte ...

»Ich habe nicht die mindeste Ahnung, wo wir sind«, gestand er mit einer deutenden Geste in die Runde. »Wir bewegen uns im Kreis ... glaube ich.«

»Und das schon seit einer ganzen Weile«, pflichtete ihm Torben bei.

Thor blinzelte. »Das ... hast du gemerkt?«

Torbens Blick folgte seiner Bewegung und blieb schließlich

und für Thors Geschmack eindeutig zu lange an der unregelmäßigen Silhouette der Stadtmauer hängen, die sich wie die Schatten eines fernen Gebirges über die Dächer erhob. Eine Zeit lang hatte Thor versucht, sich daran zu orientieren, was ihm eigentlich auch hätte gelingen sollen. Das Problem war nur, dass die Schatten niemals gleich aussahen, sondern sich in ununterbrochener Veränderung zu befinden schienen; als sorge ein übler Zauber dafür, dass eingestürzte Türme und zerbröckelnde Mauern sofort ihre Plätze tauschten, wenn er eine Zeit lang nicht hinsah, oder auch nur blinzelte.

»Warum hast du nichts gesagt?«, fragte er.

Torben setzte – unübersehbar – zu einer weiteren spöttischen Antwort an, doch dann schien er etwas in Thors Augen zu sehen, das ihn seinen Entschluss ändern ließ. Er hob nur die Schultern und wurde plötzlich umso ernster. »Du hast dich sonderbar benommen, seit wir hier sind, Thor. Und noch seltsamer, seit wir in dieser Schmiede waren.«
Sein Blick streifte Mjöllnir und schreckte davor zurück wie eine Hand, die glühender Kohle zu nahe zu kommen drohte. »Ich dachte, du wärst auf der Suche nach irgendetwas Besonderem.«

»Hm«, machte Thor. »Nach dem Rückweg vielleicht?«

Torben sah ihn so durchdringend an, als klopfe er diese Worte in Gedanken sorgfältig auf ihren Wahrheitsgehalt ab, aber dann hob er die Hand und deutete scheinbar wahllos nach links. »Dort entlang.«

»Und du bist sicher?«, fragte Thor. Er kam sich albern vor.

»Dieser zerfallene Turm«, antwortete der Kapitän. »Er sieht aus wie ein abgebrochener Zahn, der mich einmal eine ganze Weile geplagt hat. Er steht gleich links neben dem Tor.«

»Hm«, machte Thor noch einmal, tat Torben aber den Gefallen, kurz in die angegebene Richtung zu sehen. Tatsächlich erblickte er den charakteristischen Schatten ganz genau dort, wo Torben es gesagt hatte, aber nur ganz kurz, dann blinzelte er, und der Schatten war verschwunden und schien sich nun ein gutes Stück weiter links zu erheben. Offensichtlich narrte diese Stadt seine Sinne.

Aber nur *seine* Sinne.

»Dann geh voraus«, bat er.

Torben machte keinen Hehl aus seiner Überraschung, aber er ging auch so schnell los, dass Thor um ein Haar den Anschluss verloren hätte und sich sputen musste, ihn einzuholen, bevor er in der nächsten Gasse verschwand. *Was ging hier vor?*

Er gestattete sich nicht, die Frage laut auszusprechen, aber er konnte nichts dagegen tun, dass sein Blick immer wieder nach oben und zum Schatten der Mauerkrone irrte. Es blieb dabei. Er sah jedes Mal anders aus.

»Dass ich das noch erleben darf«, sagte Torben kopfschüttelnd. »Der große Thor verläuft sich in den Gassen einer fremden Stadt. Derselbe Thor, der versprochen hat, uns in ein Land am anderen Ende der Welt zu führen, das noch niemand gesehen hat?«

Thor schluckte die scharfe Entgegnung herunter, die ihm auf der Zunge lag. Sie würden sich zweifellos unterhalten, und Torben würde wenig Freude an diesem Gespräch haben, aber nicht jetzt. Jetzt wollte er nur hier heraus, und so verrückt ihm der Gedanke auch selbst erscheinen mochte, wusste er doch, dass ihm das nur mit Torbens Hilfe gelingen würde. Etwas hatte ihn in diese leer stehende Stadt gelockt, und dieselbe unheimliche Macht versuchte nun mit aller Kraft, ihn nicht mehr von hier wegzulassen.

»Willst du mir erzählen, was da vorhin in der Schmiede los war?«, fragte Torben, nachdem sie eine geraume Weile schweigend nebeneinander her marschiert waren. Thor fragte sich, wie weit sie noch von ihrem Ziel entfernt sein mochten, aber er hütete sich wohlweislich, auch nur noch einmal nach oben zu sehen.

»Ja«, antwortete er. »Sobald wir wieder auf dem Schiff sind.«

Torben sah ein bisschen eingeschnappt aus, hob aber nur die Schultern und beschleunigte seine Schritte, und Thor gelangte endgültig zu der Überzeugung, dass es besser war, dieses Gespräch an einem anderen Ort fortzusetzen; vorzugsweise an einem, der möglichst weit von diesem entfernt war.

So schnell, wie er es wohl gerade noch konnte, ohne wirklich zu rennen, eilte Torben voraus, und Thor hätte um ein Haar vor Erleichterung aufgeschrien, als sie nach erstaunlich kurzer Zeit auf den weitläufigen Platz vor dem Tor hinaustraten. Plötzlich war *er* es, der sich beherrschen musste, um nicht einfach loszustürmen und das letzte Stück rennend zurückzulegen.

Sie betraten das Haus und erlebten gleich die nächste unangenehme Überraschung: Es war leer. Keiner der beiden anderen Trupps war bisher zurückgekehrt, und auch von dem Verwundeten, den sie zurückgelassen hatten, fehlte jede Spur.

»Das gefällt mir nicht«, grollte Torben, nachdem er das Haus – vollkommen überflüssigerweise – einmal komplett durchsucht hatte und selbst in den Turm hinaufgestiegen war. »Bleib hier. Ich suche nach ihm.«

Thor empfand wenig Freude an diesem Vorschlag. Es hatte ihm nichts ausgemacht, sich Torben anzuvertrauen, solange sie allein waren, aber jetzt wie ein verängstigtes Kind zurückzubleiben, das ging dann doch zu weit.

Auch wenn er nichts lieber als das getan hätte.

Schweigend bedeutete er Torben, vorauszugehen und legte die Hand auf den Schwertgriff, als er sich ihm anschloss.

Zu seiner Erleichterung mussten sie nur wenige Schritte weit gehen. Sie hatten das Haus kaum verlassen, da kam ihnen einer der anderen Männer entgegen, und es hätte Thors scharfer Augen nicht bedurft, um die Besorgnis auf seinem Gesicht schon von Weitem zu erkennen. Als er Torben – und vor allem ihn – erblickte, stockte er für einen halben Atemzug im Schritt und kam dann zwar umso schneller näher, wich aber sowohl seinem als auch dem Blick des Kapitäns aus.

»Wo ist Harald?«, fuhr ihn Torben an, noch bevor er auch nur ein einziges Wort herausbringen konnte.

»Nicht mehr da, Herr«, antwortete der Mann. »Er war fort, als wir zurückgekommen sind. Sven und ich haben nach ihm gesucht.« Er schüttelte den Kopf.

»Und Sven?«, fragte Torben.

»Ist er nicht bei euch?« Der Mann machte eine Kopfbewegung auf das Gebäude hinter ihnen. »Er wollte vorausgehen, als ich das letzte Haus durchsucht habe. Es ist nicht weit. Ich kann ihn holen und ...«

»Nein«, fiel ihm Thor ins Wort. »Du bleibst hier. Wir warten, bis die anderen zurück sind, und dann suchen wir gemeinsam nach ihm.«

Torben sah ihn fast erschrocken an, fing sich aber augenblicklich wieder und wandte sich in unnötig rüdem Ton an den Krieger. »Du hast es gehört. Geh in den Turm und behalte die Umgebung im Auge.«

Er wartete gerade so lange ab, bis der Mann davongeeilt und außer Hörweite war, dann fuhr er auf dem Absatz herum und wandte sich kaum weniger scharf an Thor. »Beherrsch dich! Es ist nicht gut, wenn die Männer sehen, dass du Angst hast!«

Angst? »Das ...«

»... steht mir nicht zu sagen zu, ich weiß«, fiel ihm Torben ins Wort. »Aber ich tue es trotzdem. Wenn es in dieser Stadt etwas gibt, das sogar dir Angst macht, dann solltest du es mir sagen.«

»Damit du mich beschützen kannst?«, fragte Thor spöttisch.

»Nein«, erwiderte Torben, »aber ...« Torben unterbrach sich mitten im Wort, und Thor fuhr so schnell herum, dass seinen

Pupillen nicht einmal Zeit genug blieb, sich zur Gänze zu weiten. Das Schwert sprang regelrecht aus der ledernen Scheide an seinem Gürtel und landete mit einem hörbaren Klatschen in seiner Hand, noch ehe er die Bewegung gänzlich beendet hatte.

Die zweite Patrouille kam zurück. Beide Männer hatten ihre Waffen gezogen und rannten aus Leibeskräften, und nur wenige Schritte hinter ihnen stürmte eine ganze Schar Verfolger heran. Keiner von ihnen war kleiner als Thor, und sie waren in Fetzen und vermoderte Lumpen gehüllt und mit einem Sammelsurium ebenso heruntergekommener, rostiger Waffen ausgestattet; manche von ihnen auch nur mit rostigen Eisenstangen oder Steinen. Genau wie gestern stürmten sie nahezu lautlos heran, nur begleitet vom Geräusch der Schritte und Rascheln ihrer zerfetzten Kleider, und dennoch gab es einen Unterschied – vielleicht war es Thor gestern auch nur nicht aufgefallen. Kaum einer des halben Dutzends Männer bewegte sich normal. Die meisten humpelten, schlurften oder hoppelten auf groteske Art auf gebrochenen oder missgestalteten Gliedern heran – einem fehlte gar der Fuß was ihn aber nicht daran hinderte, auf dem verbliebenen Stumpf hinter den beiden Flüchtenden herzuhinken – und dennoch bewegten sie sich mit schon fast unheimlicher Schnelligkeit. Die beiden Krieger rannten, so schnell sie nur konnten, aber es gelang ihnen nicht, ihren Vorsprung nennenswert zu vergrößern.

»Hol die anderen!«, brüllte Thor, war mit zwei gewaltigen Schritten an Torben vorbei und schwenkte dann abrupt nach links, gerade als die beiden flüchtenden Krieger wohl ernsthaft befürchteten, dass er mit ihnen zusammenprallte.

Ein rostiges Schwert stieß in seine Richtung. Thor schlug es zusammen mit dem Arm ab, der es führte, warf sich mit einem gewaltigen Satz zwischen den beiden Angreifern hindurch und hackte dem Einbeinigen auch noch den verbliebenen Fuß ab, noch während er sich über die linke Schulter abrollte und wieder in die Höhe sprang. Die groteske Kreatur starrte ihn aus ihren erloschenen Augen vorwurfsvoll an, bevor sie mit einem sonderbar klappernden Rascheln zusammenbrach, und Thor nutzte den Schwung seines Aufspringens, um mit einem beidhändig geführten Schwerthieb den dritten Dauger zu enthaupten.

Als er herumfuhr, tauchte Torben neben ihm auf und rammte einem weiteren Angreifer das Schwert mit solcher Wucht durch die Brust, dass die Parierstange mit einem hellen Laut gegen dessen Harnisch prallte und das brüchige Metall wie Eis zerspringen ließ.

Thor sparte sich den geplanten Verweis, dass Torben seinen Befehl so eindeutig missachtet hatte für später auf, schleuderte einen weiteren Angreifer mit einem wuchtigen Fußtritt zu Boden und brach dann selbst in die Knie, als etwas mit der Gewalt eines Hammerschlags seinen Rücken traf. Für die Dauer eines Atemzuges explodierte die Welt einfach in einer Lohe aus brennendem, rotem Schmerz, und alle Kraft wich aus seinen Gliedern. Er kippte nach vorne und schlug so hart auf, dass seine Zähne zu bluten begannen und ihm schwarz vor Augen wurde.

Das Nächste, was er sah, war ein vermoderter Stiefel, der nach seinem Gesicht stieß. Die vordere Hälfte fehlte, und dasselbe galt für die sämtlichen Fleisches beraubten Zehen, die darin steckten. Thor versuchte schwächlich, sein Gesicht zu schützen, spürte selbst, dass es ihm nicht gelingen würde und wappnete sich innerlich gegen den neuerlichen Schmerz, der jedoch nicht kam – einer der beiden Krieger, die ihm gerade entgegengekommen waren, war mit einem Schritt zwischen ihm und dem untoten Angreifer, rammte ihm die Schulter in den Leib und zertrümmerte seine Kniescheibe mit dem Schwertknauf, als er rückwärts stolperte. Die Kreatur brach zusammen, versuchte augenblicklich, sich auf nur einem Bein wieder in die Höhe zu stemmen und ließ dann von ihrem Vorhaben ab, als der Krieger sie mit einem zweiten, wuchtigen Schwerthieb enthauptete. Thor blinzelte mit einiger Mühe den schwarzen Schleier vor seinen Augen weg, stemmte sich unsicher in die Höhe und registrierte mit einer Mischung aus Dankbarkeit und albernem Stolz eine warme Hand, die sich um seinen Ellbogen schloss und ihm auf die Beine half. Er musste noch einmal blinzeln, bis sich der verschwommene Schemen vor seinen Augen zu Torbens vertrautem Gesicht zusammensetzte. Weniger vertraut war der Ausdruck erschrockener Sorge, den er in seinem Blick las.

»Es ist alles in Ordnung«, kam er Torbens Frage zuvor.

Er las auch die Antwort auf diese Behauptung in den Augen des Kapitäns – nämlich dass *rein gar nichts* in Ordnung war – bückte sich ein zweites Mal, um sein Schwert aufzuheben und kam erst dann auf den Gedanken, sich umzusehen.

Die kurze Schlacht war vorüber. Sämtliche Angreifer waren enthauptet oder dergestalt verstümmelt, dass sie keine Gefahr mehr darstellten, doch der Anblick beruhigte Thor nicht im Mindesten. Mit zitternden Fingern schob er das Schwert in die Scheide zurück, fragte sich beiläufig, wieso er eigentlich nicht einmal auf den Gedanken gekommen war, Mjöllnir zu ziehen und dem Spuk mit einem einzigen entschlossenen Hieb ein Ende zu bereiten, und begegnete abermals einem Ausdruck jetzt noch tieferer Sorge in Torbens Augen. Er musste an das denken, was der Kapitän gerade gesagt hatte, und hätte er es nicht ohnehin schon getan, so hätte er ihm spätestens beim ersten Blick ins Gesicht eines der anderen beiden Männer im Stillen recht gegeben. Weder er noch sein Kamerad wagten es, eine entsprechende Bemerkung zu machen, aber er las Verwirrung auf ihren Gesichtern, und allmählich erwachende, mühsam unterdrückte Furcht.

Diese Männer hielten ihn für einen Gott, oder doch zumindest für jemanden, der dem sehr nahekam, und jetzt hatten sie gesehen, dass er verwundbar war, vielleicht auch, dass ihm ein Gefühl wie Angst nicht fremd war.

»Wir müssen hier weg«, befahl er. »Sofort.«

Torben sagte auch dazu nichts, doch der Ausdruck von Sorge (und Zweifel) auf seinen bärtigen Zügen nahm nur noch einmal zu, während er sich nach dem Mantel eines erschlagenen Daugers bückte, um seine Schwertklinge von Schmutz und Fetzen pergamenttrockener, grauer Haut zu reinigen. Thor musste seine Gedanken nicht lesen, um sie zu erraten. Da waren immer noch zwei Männer, die sie zurücklassen würden, wenn sie seinem Befehl gehorchten.

Aber auf sie zu warten, würde ihrer aller Tod bedeuten, das wusste er einfach.

Weder Torben noch die beiden anderen Männer wagten es, laut zu protestieren, auch wenn Thor sie nicht einmal hätte ansehen müssen, um zu wissen, was sie von seiner Entscheidung hielten.

Nicht dass es irgendetwas geändert hätte.

Sie hatten den Platz noch nicht zur Hälfte überquert, als ein weiterer Trupp abgerissener Gestalten aus einer der zahlreichen Seitenstraßen stürmte. Diesmal waren es mehr – ein Dutzend mindestens, wenn nicht zwei. Sie waren zu weit entfernt und bewegten sich trotz allem zu langsam, um eine wirkliche Gefahr darzustellen, doch Torben und die beiden Krieger begannen trotzdem zu rennen, und noch während Thor sich bewusst ein Stück zurückfallen ließ und seiner rechten Hand verbot, nach dem Schwert zu tasten, sondern sie stattdessen um Mjöllnirs schweren eisernen Stiel schloss, trat auch der letzte Krieger aus dem Haus und legte einen kurzen, rasanten Zwischenspurt ein, als er einer Gruppe grausiger Gestalten ansichtig wurde, die sich hoppelnd und schlurfend und hinkend in seine Richtung bewegte.

Thor blieb nur so lange stehen, um den Mann vorbeizulassen,

löste dann Mjöllnir endgültig vom Gürtel und lief weiter. Jemand rief seinen Namen, aber Thor achtete gar nicht darauf, sondern beschleunigte seine Schritte nur noch mehr, und erneut wurde nach ihm gerufen. Diesmal erkannte er nicht nur Torbens Stimme, sondern meinte auch einen ungläubigen, ja, fast panischem Ton darin wahrzunehmen. Alarmiert riss er seinen Blick von den näher kommenden Daugern los, sah wieder nach vorne und blieb dann verblüfft mitten im Schritt stehen.

Torben und die anderen waren nicht mehr vor ihm. Er rannte auch nicht auf das weit offenstehende Tor zu, sondern entfernte sich nahezu im rechten Winkel davon, und als wäre das allein noch nicht schlimm genug, näherten sich ihm nun auch aus dieser Richtung zahlreiche zerlumpte Gestalten, die zerbrochene Waffen und primitive Keulen schwangen.

»Thor! Hierher!«

Fast schon verzweifelt hielt er nach Torben Ausschau, und seine Angst gewann eine neue und bisher unbekannte Qualität, als er ihn nirgends entdecken konnte. Er war allein, nur umgeben von verlassenen Gebäuden und Leere und toten Kriegern, die plötzlich aus allen Richtungen auf ihn einzudringen schienen. Weder von Torben noch von seinen drei Begleitern war auch nur die geringste Spur zu sehen.

»Thor! Was ist mit dir?!« Torbens Stimme war von nichts anderem als derselben, reinen Panik erfüllt, wie sie auch von Thors Gedanken Besitz ergreifen wollte, aber er hörte nur seine Stimme, Torben selbst blieb unsichtbar. Dann berührte etwas seinen Arm, und Thor fuhr blitzartig herum, riss Mjöllnir in die Höhe und brauchte dann seine gesamte Kraft und Willensstärke, um den Hieb nicht zu Ende zu führen, als er in Torbens vor Entsetzen geweitete Augen blickte. Der Kapitän stolperte erschrocken zurück. Seine Gestalt schien zu flackern, versuchte sich aufzulösen wie ein Spiegelbild auf klarem Wasser, in das ein Stein geworfen worden war, und gewann dann wieder Festigkeit.

»Thor, was ist mit dir?«, keuchte er. »Wir müssen weg!«

Thor verschenkte eine geschlagene, unendlich kostbare Sekunde damit, einfach dazustehen und den Kapitän des *Naglfar* anzustarren, und beinahe noch einmal so viel Zeit, in der er ernsthaft darauf wartete, dass sich seine Umgebung abermals veränderte, und Torben mitsamt des weitaufgerissenen steinernen Tormaules hinter ihm verschwand.

Nichts davon geschah, aber die reine Vorstellung war so absurd und von erschreckender Wahrhaftigkeit zugleich, dass nun endgültig Panik von seinen Gedanken Besitz ergriff und sich alles um ihn zu drehen begann. Er wollte etwas sagen und konnte es so wenig, wie es ihm möglich war, auch nur einen einzigen Schritt zu tun.

Letztlich war es auch jetzt wieder Torben, der ihn in die Wirklichkeit zurückriss – oder das, was sie im Moment dafür halten mochten. Torben sagte nichts, sondern wechselte blitzschnell das Schwert von der rechten in die linke Hand, ergriff ihn am Arm und zerrte ihn einfach hinter sich her. Etwas wie ein lautloser, enttäuschter Schrei gellte in Thors Ohren, und er sah aus den Augenwinkeln, dass ihre unheimlichen Verfolger nicht nur ihre Anstrengungen verdoppelten, sie einzuholen, sondern ihre Zahl auch noch immer weiter anwuchs.

Auch Torben war das nicht entgangen. Er versuchte schneller zu laufen, schaffte es aber nicht, sondern begann lediglich vor Anstrengung zu keuchen, während Thor immer mühsamer und mit ungeschickten kleinen Schritten hinter ihm herstolperte. Erst, als sie das Tor erreicht hatten und in das graue Zwielicht traten, fiel die unheimliche Lähmung von ihm ab. Mit einem ärgerlichen Ruck (für den er sich sogleich in Gedanken bei Torben entschuldigte) riss er sich los, machte noch einen weiteren, einzelnen Schritt und drehte sich noch aus der Bewegung heraus um.

Ihre Verfolger kamen näher, wenn auch nicht so schnell, wie

es ihm in seiner Panik vorgekommen war – dafür jedoch waren es deutlich mehr, als er bisher angenommen hatte. Thor versuchte nicht, sie zu zählen, aber es mussten hundert sein, wenn nicht mehr.

»Herr?« Torben war umsichtig genug, die Frage nicht laut auszusprechen, die sich hinter diesem einzelnen Wort verbarg, aber Thor las sie unübersehbar in seinen Augen und antwortete mit einem angedeuteten, raschen Kopfschütteln. Torben reagierte auf dieselbe Art, fuhr auf dem Absatz herum und bedeutete ihm mit einer verstohlenen Geste, ihm zu folgen. In jeder anderen Situation wäre Thor einfach nur empört gewesen, jetzt empfand er eine tiefe Dankbarkeit, dass Torben den Ernst der Situation erkannt und wie ganz selbstverständlich das Kommando übernommen hatte.

Während er Torben in geringem Abstand folgte und wenigstens hoffte, dass es so aussah, als bilde er ganz bewusst die Nachhut, um Torben und die anderen zu beschützen, versuchte er das flackernd-lebendige Zwielicht ringsum mit Blicken zu durchdringen. Das Tor kam ihm größer vor als gestern, und ungleich wehrhafter – aber zugleich machte ihm auch ein einziger Blick schmerzhaft klar, wie wenig Schutz ihnen dieses Torhaus bot.

Die Torflügel selbst – vier an der Zahl, jeweils zwei an jedem Ende des himmelhoch gemauerten Gewölbes – waren verschwunden, doch die gewaltigen bronzenen Angeln waren dicker als der Oberschenkel eines Mannes, und die einzelnen Torhälften mussten so schwer gewesen sein, dass es der Kraft von hundert Männern bedurft hatte, um sie zu bewegen. Zusätzlich zu den gewaltigen Torflügeln gab es ein eisernes Fallgitter, dessen von Rost zerfressene Überreste sich schräg auf halber Höhe verkantet hatten. Schatten bewegten sich darin, und überall rings um sie herum flüsterte und wisperte es, und so sehr er sich auch bemühte, gelang es ihm nicht, das graue Dämmerlicht am anderen Ende des Tunnels mit Blicken zu durchdringen. Er sah vage Bewegung, von der er nicht einmal sicher war, dass sie tatsächlich existierte.

»Schnell!«, befahl Torben. »Wir müssen hier raus! Das ist eine verdammte Falle!«

So überflüssig diese Bemerkung auch war, beschleunigte der Mann an der Spitze seine Schritte noch einmal, duckte sich unnötigerweise unter dem verkanteten Fallgitter hindurch, und etwas Großes und Dunkles löste sich von der Decke und begrub ihn mit einem schrecklichen Laut wie von brechenden Knochen unter sich. Praktisch sofort waren seine beiden Kameraden bei ihm, hackten und stachen auf den Angreifer ein und schnitten ihn regelrecht in Stücke. Torben erreichte ihn nur einen Moment später, stieß den immer noch zappelnden Dauger mit einem Fußtritt beiseite und konnte sich dann gerade noch selbst in Sicherheit bringen, als sich ein zweiter Angreifer von oben auf ihn fallen ließ. Thor konnte hören, wie die Beine des Daugers wie trockene Äste zersplitterten. Dennoch wälzte er sich augenblicklich herum und versuchte mit dürren Skeletthänden nach Torbens Beinen zu greifen, doch der Kapitän hatte seine Balance schon zurückgewonnen, steppte mit einer blitzartigen Bewegung herum und spaltete ihm mit einem wuchtigen Schwerthieb den Schädel.

Thor stockte schier der Atem, als er sich als Letzter unter dem rostigen Gitter hindurchbückte und nach oben sah, während er sich auf der anderen Seite wieder aufrichtete. Die beiden untoten Angreifer waren nicht die einzigen ihrer Art. Das Gitter hing voller großer, unförmiger Körper, als hätten sich Düsternis und Staub zu schierer Gestalt gewordener Furcht zusammengeballt. Riesigen missgestalteten Spinnen in einem eisernen Netz gleich krochen und krabbelten sie über das rostige Geflecht, manche auf groteske Art seitwärts oder auch kopfunter, und alle und ausnahmslos entsetzlich *schnell.* Nachdem, was den beiden Ersten widerfahren war, wagten sie es nicht mehr zu springen, doch es konnte nicht mehr lange dauern, bis sie heran waren. Thor schlug mit dem Hammer nach dem Ersten, verfehlte ihn in seiner Hast und sprengte nur ein paar Brocken aus zerbröselndem Rost aus dem Gitter. Immerhin reichte die schiere Wucht des gewaltigen Hiebes, die gesamte Konstruktion zu erschüttern, und das heftig genug, um zuerst einen, gleich darauf auch noch einen zweiten Dauger seinen Halt verlieren zu lassen. Thor sprang hastig zur Seite, um nicht von den stürzenden Körpern unter sich begraben zu werden, schwang Mjöllnir nach dem Kopf des ersten Untoten und wäre vom Schwung seiner eigenen Bewegung fast nach vorne gerissen worden, als auch dieser Hieb sein Ziel verfehlte und ins Leere ging.

Thor war Krieger genug, um der dämonischen Kreatur noch aus der gleichen Bewegung heraus mit dem Ellbogen den Schädel zu zertrümmern, aber er war auch zugleich viel zu entsetzt von seinem doppelten Missgeschick, um mehr zu tun. Hastig stolperte er ein paar Schritte zurück, überließ es Torben und den anderen, den zweiten Dauger unschädlich zu machen und starrte den Hammer in seiner Hand an.

Das war unmöglich! Mjöllnir hatte sein Ziel verfehlt, und das gleich zweimal, und das war nicht nur erschreckend, sondern unmöglich und *ganz und gar ausgeschlossen!* Mjöllnir *konnte* sein Ziel nicht verfehlen, denn er war nicht nur eine Waffe, sondern die geballte Macht der Götter, unaufhaltsam und unfehlbar!

Und doch war es geschehen, und das gleich zweimal.

Ein Schatten fiel dicht neben ihm von der Decke, und Thor fuhr herum und stieß ihn mit der bloßen Hand und solcher Gewalt zu Boden, dass er mit gebrochenem Rückgrat liegen blieb. Aber sein Herz machte auch einen erschrockenen Sprung, als er sah, dass die ersten Dauger hinter ihnen bereits das

Gewölbe erreicht hatten. Noch waren es nur wenige, und aus irgendeinem Grund waren sie deutlich langsamer geworden, aber sie mussten in wenigen Augenblicken hier sein.

Vielleicht war es gar nicht mehr nötig, dachte er schaudernd, denn auch die schrecklichen Bewohner des eisernen Spinnennetzes erreichten den Boden jetzt in immer größerer Zahl, und Thor war ganz und gar nicht mehr sicher, dass sie es auch nur mit dieser düsteren Vorhut aufnehmen konnten. Nicht, wenn ihm Mjöllnir weiter den Gehorsam verwehrte, und nicht gegen einen Feind, der weder Schmerz noch Angst kannte.

Überlegungen wie diese nutzten jedoch allerhöchstens ihren Gegnern.

Thor wechselte Mjöllnir von der Rechten in die Linke, zog mit der frei gewordenen Hand das Schwert und schlug einen Dauger entzwei, der daraufhin mit dem Kopf nach unten aus dem Gitter stürzte, und noch bevor er den Boden berühren konnte. Sofort nahm ein weiteres unbeseeltes Ungeheuer seinen Platz ein. Thor durchbohrte es, setzte dem stürzenden Dauger nach und zerschmetterte ihm mit einem zweiten Hieb das Kreuz, was ihn nicht umbrachte, seine Bewegungsfreiheit aber hinlänglich genug einschränkte. Unverzüglich drangen gleich zwei weitere Dauger auf ihn ein. Thor zerschmetterte dem ersten die Beine, packte den zweiten am Hals und zerquetschte ihm den Kehlkopf, ohne dass die Kreatur dadurch auch nur langsamer geworden wäre.

Thor hämmerte ihr den Schwertknauf gegen die Stirn, ließ den reglosen Körper fallen und durchbohrte noch im Herumfahren einen weiteren Angreifer.

Dennoch begriff er, dass es aussichtslos war. Torben und die beiden anderen Männer standen weit mehr als einem Dutzend Feinden gegenüber. Sowohl der Kapitän des *Naglfar* als auch die beiden anderen waren kampferprobte Krieger, hatten doch nur die Besten der Besten einen Platz an Bord des mystischen

Schiffes gefunden, und wäre dies ein normaler Kampf gewesen, hätten sie vielleicht sogar gegen diese Übermacht eine Chance gehabt. Aber ihre Feinde kannten weder Schmerz noch Furcht, und um sie auszuschalten musste man sie enthaupten oder ihnen die meisten Gliedmaßen abschlagen. Torben und die beiden anderen bemühten sich nach Kräften, genau das zu tun, wurden aber Schritt für Schritt zurückgedrängt. Der dritte Krieger schließlich lag am Boden und lebte zwar noch, doch sein Bein stand in unnatürlichem Winkel von der Hüfte ab und wies zusätzlich unter dem Knie einen offenen Bruch auf. Seine Augen waren trüb vor Schmerz, und Thor wusste, dass er verloren war.

Ganz instinktiv machte er einen Schritt, um den Männern beizuspringen, drehte sich dann aber wieder um und sah den näherkommenden Daugern entgegen. Sie waren tatsächlich langsamer geworden und schlurften eher heran, statt zu laufen, aber sie *kamen* näher, langsam aber auch so unaufhaltsam wie eine Lawine aus faulendem Fleisch und rostigem Eisen.

Wider besseres Wissen versuchte er Mjöllnir zu schleudern, doch es gelang ihm nicht einmal, den Hammer zu heben, der mit einem Male Zentner zu wiegen schien.

Verzweiflung begann sich in ihm breitzumachen. Der lebende Moloch aus totem Fleisch und schartigen Waffen kam näher, fünfzig, sechzig, siebzig Mann stark, aber es hätte genau so gut auch die zehnfache Anzahl sein können. Ohne die magische Waffe, die ihn letzten Endes überhaupt erst hierhergeführt hatte, waren sie verloren.

Eine Bewegung irgendwo über ihm verlangte nach seiner Aufmerksamkeit. Thor machte instinktiv einen Schritt zurück und hob das Schwert, darauf gefasst, ein weiteres Ungeheuer auf sich herabstürzen zu sehen. Tatsächlich war es ein Dauger, der jedoch keine Anstalten machte, sich auf ihn fallen zu lassen, sondern im Gegenteil den Halt verloren hatte und sich mit solcher Kraft festklammerte, dass das gesamte Gitter zitterte.

Es war nicht so, dass er bewusst nachdachte. Thor riss den Arm in die Höhe, und Mjöllnir verwandelte sich in einen schwarzen Blitz aus Eisen, der das gewaltige Gitter über ihren Köpfen mit der brachialen Kraft einer Naturgewalt traf. Hundert Jahre altes Metall zerbarst zu Staub und roten Eisenbrocken von der Farbe geronnenen alten Blutes, und der gesamte Turm schien in seinen Grundfesten zu erbeben. Ein tiefes, mahlendes Knirschen erscholl. Staub und gewaltige Steintrümmer regneten von der Decke und explodierten in stiebenden Staubgeysiren rings um sie herum am Boden, und mehr als nur eines der tödlichen Geschosse traf auch das näher kommende Heer der Dauger und riss gewaltige Lücken hinein, ohne das Tempo ihres Vormarsches indes auch nur im Mindesten zu verlangsamen.

Thor verlor ein paar kostbare Augenblicke, weil er sich des Angriffes von gleich drei Untoten erwehren musste, die zu spüren schienen, was er plante, und ihn ohne Rücksicht auf sich selbst attackierten. Es gelang ihm, eines der Ungeheuer mit einem sauberen Streich zu enthaupten, doch dann waren die anderen heran. Der eine klammerte sich mit beiden Händen an seinen Arm und versuchte ihm das Schwert zu entreißen, die Hände des anderen schlangen sich von hinten um seinen Hals, tasteten nach seinem Gesicht und seinen Augen, und die scharfen Stümpfe abgebrochener Zähne gruben sich in seinen Hals.

Doppelte Pein explodierte in seinem linken Auge und dem Hals, dann war er auf einer Seite blind, und warmes Blut lief über sein Gesicht und an seiner Halsbeuge hinab, um unter seiner Rüstung zu versickern.

Thor schrie vor Qual und reiner Todesangst auf, schüttelte beide Angreifer mit einer einzigen, wütenden Bewegung ab und hackte sie mit zwei, drei gewaltigen Schwerthieben in Stücke, bevor er herumfuhr und sich der heranrollenden Woge aus Fäulnis und Gestalt gewordener Gewalt zuwandte.

Es war zu spät. Die ersten Dauger hatten ihn fast erreicht, und er blickte in eine Mauer aus leeren Augen, halb weggefaulten Gesichtern und Mündern voller geborstener Zahnstümpfe und weiß zersplitterten Knochen, die vor einem Jahrhundert zu einem stummen Schrei der Verzweiflung aufgerissen worden und für alle Zeiten so erstarrt waren. Noch ein halber Herzschlag, und die ersten, gierig ausgestreckten Krallenhände würden ihn erreichen und ihm das Fleisch von den Knochen reißen, und die ersten rostigen Schwertklingen und Speerspitzen seinen Leib durchbohren.

Thor taumelte zurück, halb wahnsinnig vor Schmerz und einer Angst, wie er sie nie zuvor in seinem ganzen Leben kennengelernt hatte, und dieses Mal war es nicht er, der Mjöllnir schleuderte, sondern der magische Hammer, der seinen Arm mit nach oben riss und ihn fast aus dem Gleichgewicht gebracht hätte, sodass er nun wieder nach vorne und der herantorkelnden Meute entgegenstolperte. Gleichzeitig jedoch traf Mjöllnir zum zweiten Mal sein Ziel. Aus dem Dröhnen und Rumpeln wurde ein schrilles Kreischen, das sich wie ein Messer zwischen seine Augen zu bohren schien und ihn abermals und noch lauter vor Schmerz aufschreien ließ. Noch mehr Steinbrocken und Geröll stürzten von der Decke und füllten die Luft mit einem Schauer scharfkantiger Splitter, und etwas ungemein Großes und Schweres rauschte so dicht vor ihm herab, dass er seinen Luftzug auf dem Gesicht spüren konnte, bevor es mit einem ohrenbetäubenden Knall in den Boden rammte.

Weniger als einen halben Atemzug später prallte er mit Gesicht und Oberkörper gegen dasselbe Hindernis, wurde von der Wucht seines eigenen Anpralles zurück und zu Boden geschleudert und entging so gleich einem halben Dutzend schartiger Klingen, die durch das Gitter nach ihm stießen.

Vielleicht verlor er für einen Moment sogar das Bewusstsein, denn als er das Blut vor seinen Augen wegblinzelte, war er vollkommen desorientiert. Reine Bewegung und schieres Chaos hatten die Welt ringsum verschlungen, und da waren Schreie und das Klirren von Schwertern und der ungleich schrecklichere Laut, mit dem Eisen in Fleisch biss und auf Knochen schlug, und in seinem Mund war ein grässlicher Geschmack, den er erst nach einigen Augenblicken als den seines eigenen Blutes identifizierte. Er war erschöpft. Das Gewicht seines eigenen Körpers machte ihm das Atmen schwer, und er war so müde wie schon seit unendlich langer Zeit nicht mehr. Aber wenn er dieser Müdigkeit nachgab und die Augen schloss, dann würde er sie nie wieder aufmachen. Und es war nicht Odins Tafel in Walhalla, die auf der anderen Seite auf ihn wartete.

So kämpfte er sich schwankend in die Höhe, bückte sich noch einmal – ächzend wie ein alter Mann –, um sein Schwert aufzuheben und streckte die andere Hand nach Mjöllnir aus, der nur ein kleines Stück neben ihm lag, führte die Bewegung aber nicht zu Ende, sondern ließ den Hammer liegen. Ein wenig kam er sich dabei wie ein Verräter vor; fast als ließe er einen guten Freund im Stich, der ihm Zeit seines Lebens treue Dienste geleistet hatte, aber Mjöllnirs Kraft stand ihm nicht länger zur Verfügung, und das enorme Gewicht der Waffe würde ihn jetzt nur behindern.

So fuhr er stattdessen herum, packte das Schwert mit beiden Händen und stürmte los, um Torben beizustehen.

Sein schlechtes Gewissen meldete sich erneut, als er sah, dass er keinen Augenblick zu früh kam. Nur noch einer von Torbens Männern stand an seiner Seite, der andere war unter einem ganzen Wust skelettgesichtiger Kreaturen verschwunden, die ihm bei lebendigem Leibe das Fleisch von den Knochen rissen. Es war falsch, denn es mochte sein, dass dieser Moment der Schwäche Torben oder seinem Begleiter das Leben kostete, doch Thor konnte nicht anders, als noch einmal kostbare Augenblicke zu verschwenden, indem er den grässlichen Kreaturen Schädel und

Lendenwirbel zerschlug, und noch einen weiteren Augenblick, um den verletzten Krieger mit einem schnellen Schwertstreich von seinen Qualen zu erlösen. Erst dann war er mit einem raschen Schritt neben Torben und seinem letzten Krieger und schwang seine Klinge, um an ihrer Seite zu kämpfen.

Selbst seine schier übermenschlichen Kräfte erlahmten am Schluss beinahe. Thor vermochte längst nicht mehr zu sagen, wie viele Dauger er enthauptet, niedergestochen oder auf andere Weise unschädlich gemacht hatte. Sein Schwert hielt reichliche Ernte, sodass es schon beinahe war, als wüte Mjöllnir selbst unter den seelenlosen Angreifern, aber ihre Zahl schien kein Ende zu nehmen, als spieen die Abgründe der Hel für jedes Ungeheuer, das er erschlug, sofort mindestens zwei neue aus. Hätten sie gegen Feinde aus Fleisch und Seele gefochten, wären sie längst durch ein Meer aus Blut gewatet, so waren es nur zerbrochene Körper und abgeschlagene Gliedmaßen, von denen sich nur zu viele auf grässliche Art noch immer bewegten; ein Anblick, der ihren Seelen mindestens ebenso zusetzte, wie die Schwerter und Klauen der Dauger ihren Körpern.

Irgendwann sank auch der letzte Krieger leblos zu Boden, gnädigerweise mit aufgerissener Kehle und schon tot, bevor seine Glieder ganz zur Ruhe kamen, und auch Torben wurde getroffen und blutete bald aus mehreren Wunden.

Und dann, so plötzlich und warnungslos, wie es begonnen hatte, war es vorbei. Der letzte Dauger ging in einem Wirbel aus staubtrockenen Haut-, und Fleischfetzen zu Boden, und Thor sah aus den Augenwinkeln, dass es auch Torben nur noch mit zweien der unheimlichen Geschöpfe zu tun hatte. Mit einem raschen (und sehr unsauberen) Hieb erledigte er einen der Dauger, torkelte zurück und ließ erschöpft den Schwertarm sinken; gewiss, dass der Kapitän mit diesem einzigen verbliebenen Monster nicht nur allein fertig werden, sondern es ihm auch zutiefst übelnehmen würde, wenn er sich in diese letzte Runde einmischte.

Um ein Haar hätte dieses Zutrauen Torben das Leben gekostet.

Der letzte Dauger war zurückgetorkelt, von einem wuchtigen Schwerthieb Torbens quer über die Brust getroffen, und hatte nun sichtliche Mühe, sein Gleichgewicht zu wahren. Doch statt diese Gelegenheit zu nutzen und den Untoten endgültig niederzustrecken, erstarrte Torben plötzlich mitten in der Bewegung und stand einfach nur da, das Schwert hoch erhoben, aber vollkommen reglos.

»Torben?!«, brüllte Thor. »Was tust du?!«

Torben reagierte nicht, sondern stand weiter wie gelähmt da, während der Dauger mit einem Schritt sein Gleichgewicht wiederfand, der unbeholfen wirkte und alles andere als das war, einen tapsigen Schritt in Torbens Richtung machte und eine zersplitterte Schwertklinge hob.

Thor stieß den Kapitän mit einer fast verzweifelten Bewegung zu Boden, riss sein Schwert in die Höhe und empfing den Untoten mit einem gewaltigen Hieb, der ihn vom Schädel bis unter den Bauchnabel spaltete. Der Dauger kippte lautlos nach hinten, und das Schwert wurde Thor aus den tauben Fingern gerissen. Nicht gleich selbst hinterherzustürzen, kostete ihn beinahe jedes bisschen Kraft, das er noch in sich fand.

Statt der neuerlichen Schwäche nachzugeben, wandte er sich schwer atmend um, taumelte zu Torben hin und kratzte irgendwie sogar noch genug Energie zusammen, um die Hand auszustrecken und ihm in die Höhe zu helfen. »Ist … alles in Ordnung?«, fragte er mühsam.

Torben würdigte ihn nicht einmal einer Antwort, sondern machte sich mit einer rüden Bewegung los, ging zu dem nahezu halbierten Dauger hin und ergriff sein Schwert fest mit beiden Händen. Thor glaubte nicht, dass selbst diese unglaubliche Kreatur mit der furchtbaren Verletzung fertig werden konnte, aber Torben schien anderer Meinung zu sein, oder er hatte in seiner Panik gar nicht richtig gesehen, was geschah ... jedenfalls hielt er es für nötig, den leblosen Körper mit so übertriebener Wucht zusätzlich zu enthaupten, dass seine Schwertklinge Funken sprühend auf den Boden prallte und zerbrach.

»Verrätst du mir, was das soll?«, fragte Thor verstört.

Torben ließ den nutzlosen Schwertgriff fallen und wandte sich müde zu ihm um. »Erkennst du ihn nicht?«, fragte er.

Thor sparte es sich, den Kapitän darauf hinzuweisen, dass es oberhalb des Halses der unheimlichen Kreatur nicht mehr viel zu erkennen gegeben hatte, auch schon vor Torbens letztem Schwerthieb. Er schüttelte nur stumm den Kopf.

«Arnulf«, sagte Torben, wartete vergeblich auf eine Antwort und verzog dann fast verächtlich die Lippen. »Ach ja, das vergesse ich ja immer wieder. Du lehnst es ja ab, dir die Namen der Männer zu merken, die für dich in den Tod gehen.«

Thor verstand immer noch nicht, was er meinte, wenigstens nicht gleich. Dann durchfuhr ihn ein jäher Schrecken. »Du meinst ...?«

»Das ist Arnulf«, wiederholte Torben. »Der Mann, den wir am Waldrand begraben haben.« »Aber er war tot«, murmelte Thor.

»Ja, so wie die da auch«, antwortete Torben finster und deutete auf einen Punkt hinter ihm.

Thor verspürte einen neuerlichen, eisigen Schauer, als er sich umdrehte und sah, wie knapp auch Torben und er dem Schicksal der drei anderen Männer entgangen waren. Gut ein halbes Dutzend Dauger waren bereits nahe genug heran gewesen, um von dem niedersausenden Fallgitter zermalmt zu werden. Mindestens zwei von ihnen bewegten sich noch. Obwohl von den rostigen Eisenspitzen gepfählt und unverrückbar am Boden festgenagelt, krallten sie die Finger in den uralten Stahl und versuchten mit unerschütterlicher Sturheit, sich weiter auf Torben und ihn zuzuschleppen; ein Bild, das Thor auf grässliche Weise an große, schmutzige Maden denken ließ, deren menschliche Gesichter und Gliedmaßen den Anblick nur noch schlimmer machte. Doch noch ungleich schrecklicher war das, was er auf der anderen Seite des rostigen Gitters erblickte.

Die Armee der Untoten war immer noch da. Dutzende, wenn nicht hunderte stummer Gestalten mit leeren Augen und verwesenden Gesichtern pressten sich gegen die eisernen Stäbe, zu Klauen verkrümmte Hände tasteten gierig in seine Richtung, und rostige Speerspitzen stocherten nach ihm.

»Auch wenn es mich nichts angeht, Herr«, sagte Torben hinter ihm, »aber dürfte ich trotzdem vorschlagen, dass wir jetzt zum Schiff zurückgehen?«

Fast zu Thors Überraschung – auf jeden Fall aber zu seiner großen Erleichterung – warteten draußen vor der Stadt keine weiteren Ungeheuer auf sie, obwohl es mehr als genug Lücken und Breschen in den gewaltigen Wehrmauern gegeben hätte, die ein selbst so wenig geschickter Verfolger wie ein daherschlurfender Dauger passieren konnte. Die von kränklichem grauem Gras bewachsene Ebene vor der Stadt der Riesen war jedoch leer. Alles, was sie begrüßte, war blasses Sonnenlicht und ein kühler Wind, der ihnen in die Gesichter schlug. Wenn man sich anstrengte, konnte man etwas wie einen ganz sachten Verwesungsgeruch wahrnehmen, den er mit sich brachte, und dort, wo das Sonnenlicht nicht direkt hinkam, schienen die Schatten mehr als nur Leere zu verbergen. War das vorhin auch schon so gewesen?

Thor wusste es nicht. Er hätte auch nicht sagen können, was davon real war, und was nur seiner Einbildung entsprang; vielleicht ein Schatten der Furcht, der sich tief in seine Seele eingenistet hatte.

Da er nichts Gegenteiliges sagte oder tat, übernahm Torben auch jetzt weiter die Führung, was Thor im Augenblick nur recht war. Sie schlugen ein scharfes Tempo ein, wandten sich jedoch nicht genau in dieselbe Richtung, aus der sie gekommen waren, sondern hielten sich ein Stück weiter östlich; nicht unmittelbar auf den Waldrand zu, sondern eine flache Hügelkette ansteuernd, die ihm auf dem Herweg gar nicht aufgefallen war. Thor glaubte nicht, dass es Zufall war, war aber auch viel zu müde, um eine entsprechende Frage zu stellen. Zum allerersten Mal in seinem ganzen, langen Leben war er froh, auf einen anderen hören zu können und dass da jemand war, der die Entscheidungen und somit die Verantwortung für ihn übernahm.

Sie brauchten lange, um sie zu erreichen, obwohl sie schnell gingen – schneller vermutlich, als es für Torben in seinem geschwächten Zustand gut war.

Der Kapitän hatte bisher kein Wort der Klage hören lassen, aber Thor konnte ihm ansehen, wie schwer ihm jeder Schritt fiel, und wie große Schmerzen er litt. Abgesehen von unzähligen kleineren Schrammen, Kratzern und Blessuren hatte er drei wirklich ernsthafte Verletzungen davongetragen; einen Schnitt in jedem Oberarm, die so exakt an derselben Stelle und von ähnlicher Form waren, dass sie aus einiger Entfernung fast wie eine barbarische Tätowierung wirken mussten, und einen tiefen Stich im Oberschenkel, der immer noch blutete und ihn zu einem ungleichmäßigen und damit kräftezehrenden Hinken zwang. Thor fragte sich ein paarmal, warum er nicht die wenigen Augenblicke opferte, die es kosten würde, um seinem Freund nicht nur den Schmerz zu nehmen, sondern ihm auch ein wenig von seiner Kraft zu spenden, und beantwortete seine eigene Frage jedes Mal auf die gleiche, niederschmetternde Art: Er hatte selbst nicht mehr genügend Kraft, um sie mit irgendjemandem zu teilen, und er war einfach zu müde, um auch nur noch echtes Mitleid aufzubringen.

Aus der Entfernung hatte der Hügel flach ausgesehen, erwies sich beim Näherkommen aber als steil und unwegsam und – zumindest in ihrem jetzigen Zustand – nur schwer zu ersteigen;

fast selbst schon eine Wehrmauer, die die Natur errichtet hatte, um die Bewohner der Stadt der Riesen hinter ihnen umgekehrt abzuwehren.

Torben stürzte ein halbes Dutzend Mal und zog sich weitere, schmerzhafte Verletzungen an Händen und Knien und Ellbogen zu, und auch Thor musste ein paarmal um sein Gleichgewicht kämpfen. Oben angekommen, waren sie beide so erschöpft, dass sie sich niedersinken ließen, um kurz auszuruhen. Er konnte Torben ansehen, wie viel Überwindung es ihn kostete, sich nicht einfach auszustrecken, die Augen zu schließen und zu schlafen, und beim Anblick seines vor Erschöpfung grau gewordenen, blutbesudelten Gesichts fragte sich Thor, ob er wohl genau so aussah; und wenn, warum.

Der Gedanke erschreckte ihn. Es war nicht die erste Schlacht, aus der er kam. Viele von ihnen waren schlimmer gewesen. Er war schwerer und gefährlicher verletzt worden, und er hatte gegen weit stärkere Feinde gekämpft und sie überwunden. Und doch hatte er niemals eine solche Müdigkeit gespürt, eine solche Schwere der Glieder und auch der Gedanken, und niemals so große Furcht.

Aber schließlich hatte ihn auch Mjöllnir noch nie zuvor im Stich gelassen.

Fast ohne sein Zutun glitt Thors Hand zum Gürtel und löste den Hammer aus der ledernen Schlaufe. Suchend sah er sich um, visierte einen Felsbrocken in einiger Entfernung an und schleuderte Mjöllnir. Der Hammer zertrümmerte ihn, kehrte gehorsam wie ein perfekt abgerichteter Jagdfalke in seine ausgestreckte Hand zurück, und Thor befestigte ihn wieder an seinem Platz.

»Was tust du?«, murmelte Torben.

»Nichts.«

»Er hat dir den Dienst verweigert, nicht wahr?«, fragte Torben. Als Thor nicht antwortete, fügte er mit einer müden Kopfbewegung auf die Stadt hinzu: »Dort drinnen. Seine Kraft stand dir nicht zur Verfügung.«

Thor sah ihn nur traurig an, schlug den Mantel so über sein Bein, dass Torben Mjöllnir nicht mehr sehen konnte, als wäre es ihm plötzlich unangenehm, dass der Kapitän seine magische Waffe betrachtete, die ihn so schmählich im Stich gelassen hatte, und setzte sich zugleich etwas gerader auf. Seine Gelenke knackten hörbar, und ein wahres Feuerwerk im einzelnen vollkommen bedeutungsloser, in ihrer Summe aber fast unerträglicher kleiner Schmerzen explodierte überall in seinen Körper. Sein linkes Auge, mit dem er immer noch nicht sehen konnte, tat besonders weh. Was geschah mit ihm? Hatte er seine Unverwundbarkeit verloren? War er ... sterblich geworden?

»Willst du es mir erzählen?«, fragte Torben.

Statt sich ihm zuzuwenden, drehte sich Thor noch ein kleines Stück weiter um und sah nun gänzlich zur Stadt zurück. Sie kam ihm weiter entfernt vor, als es möglich sein sollte, und in viel stärkerem Maße zerstört. Von hier oben aus betrachtet, waren die mächtigen Mauern kaum mehr als erbarmungswürdige Ruinen, die Türme graue Haufen aus Schutt und zerbröckelndem Stein, und der Dunst der Entfernung nahm auch den Häusern dahinter ihre vermeintliche Unversehrtheit, machte sie zu ausgebrannten Ruinen mit verfallenen Wänden und zu schwarzen Skeletten verbrannten Dächern. Er glaubte die Leere zu spüren, die in diesen verlassenen Straßen hauste wie etwas Feindseliges, das eifersüchtig darüber wachte, dass niemand sein Reich betrat.

Er hörte das Rascheln von Torbens Kleidung, als der Kapitän sich weiter aufsetzte, um in dieselbe Richtung zu blicken und stellte sich die vollkommen absurde Frage, was Torben sehen mochte, hatte zugleich aber auch Angst, sie sich zu beantworten.

Gerade, als er Torbens Frage doch beantworten wollte,

meinte er eine Bewegung wahrzunehmen, etwas wie ein Flackern in den Schatten des Torgewölbes, sonderbare Schatten, die Gestalt und Bedeutung anzunehmen versuchten. Sein Verstand versuchte ihn davon zu überzeugen, dass sie viel zu weit entfernt waren, als dass selbst seine scharfen Augen etwas erkennen konnten, und er hatte vollkommen recht damit. Dennoch sah er es: Unter dem Tor erschien ein schlanker, hochgewachsener Schatten in einem schwarzen Mantel und einem gewaltigen, von zwei abwärts gekrümmten Hörnern gekrönten Helm. Er bewegte sich nicht, und selbst der Wind, der den Staub aufwirbelte und das graue Gras kräuselte, vermochte nicht die winzigste Falte in seinem Mantel zu bewegen. Der Unheimliche stand einfach da und starrte ihn an. Er blickte nicht zufällig in ihre Richtung. Er war seinetwegen gekommen, und er sah ihn an.

Thors Herz begann zu klopfen, aber fast zu seinem eigenen Erstaunen spürte er keine Furcht. Das bloße Dasein des Schattens machte ihm Angst, aber es war, als wüsste er, dass die Gestalt ihr Gefängnis aus Leere, Staub und erstarrter Zeit nicht verlassen konnte.

»Wenn du nicht darüber sprechen willst, ist das in Ordnung«, sagte Torben nach einer Weile. »Aber dann sollten wir weitergehen.«

Thor antwortete nicht, und sein Blick ließ die unheimliche Gestalt unter dem Torbogen auch für keinen Moment los. Er wusste, wen er sah, und dieses Wissen erfüllte ihn mit einem Entsetzen, wie er es in dieser Art nie zuvor erlebt hatte. Es war unmöglich. Es konnte schlechterdings nicht sein, und dennoch sah er ihn und wusste um seine wirkliche Bedeutung; mit einer Gewissheit, die keinerlei Zweifel zuließ.

Obwohl er immer noch nicht hinsah, konnte er hören, wie sich Torben mühsam in die Höhe zu stemmen begann und machte eine rasche Handbewegung, um ihn zurückzuhalten. In den unsichtbaren Augen des Schattens unter dem Tor blitzte es spöttisch auf. Vielleicht war es auch nur Verachtung.

»Du hattest recht, mein Freund«, sagte er leise. »Wir hätten niemals hierherkommen dürfen. Es ist meine Schuld, dass all diese tapferen Männer gestorben sind. Ich hätte auf dich hören sollen.«

Torben tat ihm nicht den Gefallen, ihm zu widersprechen, oder auch nur den Kopf zu schütteln; das hätte er gehört. Er sah ihn nur aufmerksam und zugleich misstrauisch an, und auch das spürte er, ohne ihm dabei ins Gesicht sehen zu müssen.

»Wir sind nicht die Ersten, die hier gestrandet sind, mein Freund«, fuhr er fort. »Und wir werden auch nicht die Letzten sein. Aber niemand darf diese Insel betreten. Sie ist nicht für Menschen gemacht und bringt nur Tod und Leid.«

»Hat dir das der Zwerg verraten?«, fragte Torben. Seine Stimme war frei von Spott. Thor glaubte im Gegenteil einen ganz sachten Unterton von Furcht darin zu hören. Er schüttelte den Kopf.

»Es gibt keinen Zwerg«, sagte er. »Aber ich hätte trotzdem besser daran getan, seine Warnung ernst zu nehmen.«

Torben schwieg auch dazu. Thor konnte hören, wie er sich unbehaglich zu regen begann, aber er machte keine Anstalten, aufzustehen. Etwas Unsichtbares und sehr Düsteres drüben unter dem Tor reagierte auf die Bewegung … und war da etwas wie ein tiefes und durch und durch böses Lachen, das aus einem verborgenen Teil seiner Seele emporwehte?

»Du hattest recht, weißt du?«, fuhr er fort. »Es *waren* Riesen, die diese Stadt erbaut haben. Sie wurden gewarnt, so wie alle anderen vor ihnen, aber sie haben diese Warnung missachtet.«

»Weil sie sich für unbesiegbar gehalten haben«, vermutete Torben.

»Und das waren sie«, bestätigte Thor. »Sie waren Titanen, mein Freund, unbesiegbar und gewaltiger als alle anderen, die es jemals vor ihnen gab, und jemals danach. Sie glaubten, die Götter selbst herausfordern zu können, und sie haben es getan, indem sie hierherkamen und diese Stadt bauten. Und sie haben dafür mit ihrem Leben und dem ihres ganzen Volkes bezahlt. Du hast gesehen, was aus ihnen geworden ist. Diese Insel hat sie gefressen. Und dasselbe wird uns passieren, wenn wir hierbleiben. Jedem Einzelnen von uns.«

Er hatte erwartet, dass Torben mit einem Lachen auf diese Geschichte reagierte, oder mit einer seiner gewohnten spöttischen Bemerkungen. Aber er fragte nur ernst: »Auch mit dir?«

Er sah den Schattenmann unter dem Tor an und las die Antwort auf Torbens Frage in seinen unsichtbaren Augen. *Nein. Aus ihm würde etwas ungleich Schlimmeres werden. Vielleicht das, was er schon war.*

»Woher weißt du das alles?«, fragte Torben, nachdem er seine erste Frage nicht beantwortet hatte. »Du warst niemals hier.«

Thor stand auf. »Ich war immer hier, mein Freund«, murmelte er.

Torben machte ein zweifelndes Gesicht und stemmte sich ächzend auf die Füße, bevor er antwortete: »Unsinn! Hast du vergessen, dass ich dich besser kenne als dein Weib? Du warst niemals hier!«

Gegen seinen Willen musste Thor lächeln. »Sag so etwas nicht, wenn Urd dich hören kann. Es könnte deiner Gesundheit abträglich sein.«

»Hat dir Urd die Windeln gewechselt, als du ein Säugling warst, oder ich?«, schnaubte Torben. »Hat sie dir das Laufen beigebracht und dir deinen ersten Bogen geschenkt?« Er beantwortete seine eigene Frage mit einem heftigen Kopfschütteln, was vielleicht keine so gute Idee war, denn er verzog sofort schmerzhaft die Lippen. Trotzdem fuhr er fort: »Ich war Zeit deines Lebens an deiner Seite. Also erzähl mir nicht, du wärst an einem Ort gewesen, an dem *ich* nicht war.«

Und doch war es so, dachte Thor, sprach diese Antwort aber nicht mehr laut aus. Torben würde es nicht verstehen, und wie konnte er das auch, wo er doch selbst plötzlich nicht mehr ganz sicher war, wer er überhaupt war. Vielleicht war alles falsch. Vielleicht war die Erinnerung an den Bauernjungen, der eines Tages auf die Jagd gegangen und dem Tod begegnet war, ja nichts als ein Traum gewesen. Vielleicht war *das hier ja* die Wirklichkeit, und alles andere nur etwas, das hätte sein können.

»Lass uns gehen.«

Torben war mit diesen Antworten nicht zufrieden, das sah er ihm an, aber er protestierte auch nicht mehr, sondern schürzte nur trotzig die Lippen und wandte sich ab, um mit hängenden Schultern loszuhumpeln. Sein Bein blutete immer noch, wenn auch nicht mehr ganz so stark wie bisher.

Auf der anderen Seite fiel die Hügelkette fast sanft ab, was Thor mehr denn je an eine natürliche Schanze denken ließ, mit der sich diese ganze Insel gegen die unerwünschten Eindringlinge zu schützen versuchte. Das Gehen fiel ihm hier leichter, und auch der erstickende Druck auf seine Seele ließ mit jedem Schritt weiter nach, den sie sich von der Stadt entfernten. Als hätte es hinter diesen düsteren Mauern etwas gegeben, das ihm das Atmen schwer machte; und das Leben.

Vor ihnen – gar nicht einmal mehr weit – lag nun wieder Wald, der ebenso dicht und unwegsam aussah wie der, durch den sie hergekommen waren, aber irgendwie … lebendiger zu sein schien (Thor fand keine passendere Bezeichnung, sosehr er sich auch bemühte) und manchmal blitzte etwas hell und silbern zwischen den Stämmen auf. Ein Fluss?

»Ich habe ihn schon auf dem Hinweg bemerkt«, sagte Torben, der die Frage vorauszuahnen schien. »Es muss derselbe sein, den wir von diesem Felsen aus gesehen haben. Er mündet nur ein kleines Stück von unserem Liegeplatz entfernt im Meer.«

»Und du bist sicher, dass es derselbe Fluss ist?«

«Nein«, antwortete Torben. »Aber dass er in dasselbe Meer fließt.«

»Möglicherweise auf der anderen Seite.«

»Lieber schwimme ich einmal um die Insel herum, statt noch einem von diesen … *Dingern* zu begegnen«, schnaubte Torben.

Zumal er keine Waffe mehr hatte. Das zerbrochene Schwert hatte er weggeworfen, und sie waren beide zu entsetzt gewesen (und zugleich zu erleichtert), noch am Leben zu sein, als dass sie auch nur auf den Gedanken gekommen wären, die Waffe eines der Toten mitzunehmen. Thor zog schweigend seine eigene Klinge und reichte sie ihm, doch Torben zögerte, danach zu greifen.

»Ich habe immer noch Mjöllnir«, sagte Thor. »Und außerdem ist das Ding schwer. Es ist mir lieber, wenn du dich damit abschleppst.«

Torben ignorierte den lahmen Scherz. »Der Hammer hat nichts gegen sie ausgerichtet.« »Nicht in der Stadt«, erinnerte Thor. »Zuvor auf dem Grabhügel sehr wohl.«

Torben sah ihn weiterhin zweifelnd an, nahm die Klinge aber dann doch. Torben war kein Schwächling, und alles andere als ein kleiner Mann, aber in seinen Fingern sah sie aus wie ein Bihänder.

Wieder marschierten sie eine Zeit lang schweigend nebeneinander her. Thor fiel nicht nur auf, dass Torbens Wunde zu bluten aufhörte, sondern auch, dass sein Hinken nun weniger deutlich war. Und auch ihm selbst erging es nicht anders. All die kleinen Schmerzen und Taubheiten in seinem Körper ließen mehr und mehr nach, und auch die Schwäche schien mit jedem Schritt zu weichen, den sie sich weiter von der Stadt entfernten. Er wurde allmählich wieder er selbst.

Schließlich erreichten sie den Waldrand, und Torben zog das

Schwert, um sich einen Weg durch das dichte Unterholz zu hacken. Thor drückte seinen Arm herunter, schüttelte stumm den Kopf und schleuderte Mjöllnir. Der Hammer pflügte eine mehr als zweihundert Schritte lange Schneise durch Gebüsch und Unterholz und landete mit einem Klatschen wieder in seiner ausgestreckten Hand, und Torben maß ihn mit einem dankbaren, aber auch leicht spöttischen Blick.

»Ich wollte nur sichergehen, dass er mir wieder gehorcht«, erklärte Thor.

»Und es hat ganz gewiss nichts mit Angabe zu tun«, brummte Torben.

»Doch«, erwiderte Thor, indem er den Hammer ein zweites Mal fliegen ließ, ohne den Pfad damit jedoch nennenswert zu verlängern. »Aber wenn du das in Gegenwart der anderen behauptest ...«

»Lässt du mich kielholen?«

»Würde ich so etwas tun?«, fragte Thor mit entrüsteter Mine.

»Nein?«

»Niemals«, versicherte Thor. »Ich würde dich höchstpersönlich kielholen. Das ist ja wohl das Mindeste, was ich einem so treuen Freund wie dir schuldig bin.«

Torben grummelte eine Antwort, die er nicht genau verstand und es wohl auch nicht sollte, rammte das Schwert in die Scheide zurück und stampfte los.

Sie folgten dem silbernen Licht des Flusses, das in fast regelmäßigen Abständen zwischen den Bäumen vor ihnen aufblitzte, und von Zeit zu Zeit ließ Thor Mjöllnir fliegen; nicht nur, um ihnen einen Weg durch das dichte Unterholz zu bahnen, sondern wie um sich immer wieder selbst davon zu überzeugen, dass der Hammer seinem Willen auch wieder gehorchte.

Als er es das vierte oder fünfte Mal tat, fiel ihm etwas auf.

Überrascht blieb er stehen, drehte sich um und suchte den

Wald hinter sich mit Blicken ab, wandte sich dann abermals um und sah wieder nach vorne. Nachdem er es zum dritten oder vierten Mal getan hatte, fragte Torben: »Herr?«

»Fällt dir nichts auf?«, wollte Thor wissen.

Torben tat ihm den Gefallen, sich ebenfalls ganz herumzudrehen und aufmerksam in das graue Zwielicht hinter ihnen zu blicken. Seine Hand spielte nervös mit dem Schwertgriff. Schließlich schüttelte er den Kopf und sah Thor fragend – und ein bisschen beunruhigt an.

»Sieh genau hin«, verlangte Thor.

Torben gehorchte, runzelte demonstrativ angestrengt die Stirn und riss dann ungläubig die Augen auf. »Aber das ist …«

»Unheimlich, ich weiß«, führte Thor den Satz zu Ende. Und ganz genau das war es, und das in einem Ausmaß, dass Thor sich verblüfft fragte, wie er es die ganze Zeit hatte übersehen können. Der Wald hinter ihnen war dicht, abweisend und tot. Verkrüppelte, von kränklichem grauem Moos halb erstickte Bäume stritten sich mit dornigen Büschen und monströsen Pilz-, und Flechtgewächsen um jeden Fingerbreit Boden. Gewaltige Spinnennetze spannten sich wie zerfetzte staubige Segel zwischen den Baumwipfeln, und das Licht wirkte grau, als fehle ihm jener unsichtbare Anteil, der es zum Spender von Leben machte.

Thor drehte sich wieder um, und obwohl er gewusst hatte, was er erblicken würde, erschrak er beinahe noch mehr als im ersten Moment.

In der anderen Richtung war der Wald mindestens ebenso dicht, aber hell und grün, und er strotzte vor Leben. Selbst das Licht war freundlicher und lud zum Verweilen ein, statt sich wie Staub auf seine Seele zu legen.

Thor tauschte einen beunruhigten Blick mit Torben, ging ein paar Schritte den Weg zurück, den sie gekommen waren und sah dann wieder zurück; nur um sicherzugehen, dass sie nicht just in genau jenem Augenblick eine unsichtbare Grenze überschritten hatten, jenseits der der Wald und alles Lebendige von einer geheimnisvollen Krankheit befallen war. Doch es blieb dabei: Der Wald präsentierte sich ihnen anders, je nach dem, aus welcher Richtung sie ihn betrachteten. Sahen sie in Richtung der Küste, erblickten sie lebendiges Grün, sahen sie in Richtung der Stadt, bot sich ihren Blicken etwas Sterbendes und Krankes dar.

»Das ist wirklich unheimlich«, murmelte Torben. »Weißt du, allmählich beginne ich dir zu glauben ... nun ja, beinahe jedenfalls.«

Thor warf ihm einen schrägen Blick zu, und Torben murmelte ein paar undeutliche Worte, die irgendetwas mit *kielholen* zu tun hatten, und hatte es mit einem Male sehr eilig, weiterzugehen. Sie mussten Mjöllnir noch zwei oder drei weitere Male benutzen, und sowohl Thor als auch er vermieden es, auch nur noch ein einziges Mal hinter sich zu blicken, bis sie den Fluss erreicht hatten. Torben atmete erleichtert auf, legte das letzte Stück im Laufschritt zurück und fiel mit einem hörbaren Seufzen auf die Knie. Auch Thor watete ins Wasser hinein, ließ sich vorsichtig in die Hocke sinken und schöpfte sich mit zitternden Händen so lange eiskaltes Wasser ins Gesicht, bis seine Haut zu prickeln begann und der Schmerz in seinem Auge einer dumpfen Taubheit wich.

Eine geraume Weile genoss er einfach die Kälte und das Gefühl, wieder in der Welt der Lebenden zu sein, aber schließlich meldete sich der Krieger in ihm wieder zurück; und auch der Kommandant einer gesunkenen Flotte, deren letzte Überlebende sich in weit größerer Gefahr befanden, als auch nur irgendeiner von ihnen ahnte. Vielleicht nicht einmal er.

Müde stand er auf, watete zum Ufer zurück und besah sich den Fluss und seine nähere Umgebung zum ersten Mal aufmerksam; eine Nachlässigkeit, die vielleicht mehr über seine augenblickliche Verfassung aussagte, als er zugeben mochte.

Zumindest auf den ersten Blick jedoch zeigte sich keinerlei Gefahr. Der Fluss war breit und hatte eine starke Strömung, war zugleich aber auch so seicht, dass es wahrscheinlich keine einzige Stelle gab, an der man schwimmen musste. Der Wald auf der anderen Seite war ebenso dicht wie hier, und Thor sah, dass sie den Fluss an einer von sehr wenigen Stellen erreicht hatten, an der der Wald nicht unmittelbar bis ans Wasser heranreichte, und nur zu oft auch ein gutes Stück weit hinein.

»Vielleicht war mein Plan doch nicht so gut«, sagte Torben, als er zu ihm zurückkam. Sein Blick tastete missmutig über das Gewirr aus Schlingpflanzen, schmierigen Algenfäden und handgelenksdicken Baumwurzeln, das das Ufer säumte. »So kommen wir jedenfalls nicht weiter.« Ohne Thors Antwort abzuwarten, watete er erneut ein kleines Stück ins Wasser zurück, ging dann parallel zum Ufer – und war plötzlich verschwunden. Thor hatte alle Mühe, ein schadenfrohes Grinsen zu unterdrücken, als er prustend wieder auftauchte. Dort, wo das Ufer nicht von Wurzeln und Schlinggewächsen unpassierbar gemacht wurde, fiel der Flussgrund offenbar steil ab, und das Wasser reichte ihm bis an die Brust.

»So jedenfalls auch nicht«, sagte er trocken.

Torben spießte ihn mit Blicken auf, so gut er konnte, arbeitete sich missmutig zurück an Land und schlug auch Thors hilfreich ausgestreckte Hand aus, während er sich schnaubend aufrichtete.

»Dann werden wir wohl schwimmen müssen«, sagte Thor.

»Schwimmen?« Torben starrte ihn an, als zweifele er an seinem Verstand. »Das dauert einen halben Tag! Und wir würden es nicht überleben ... oder wenigstens ich nicht! Oder hast du vergessen, dass ich so meine gewissen Probleme mit dem Schwimmen habe?«

»Durch den Wald brauchen wir zwei Tage«, beharrte Thor. »Mindestens. Und wir müssen die Männer warnen, Torben. Sie haben keine Ahnung, was sie auf dieser Insel erwartet.«

»Da hast du allerdings recht«, gab Torben zu. »Ohne mich kommst du allerdings besser voran. Also gibt es nur eine Lösung: Du gehst alleine. Ich folge dir dann so schnell wie möglich.«

»Ja, eine ganz hervorragende Idee«, sagte Thor, während er sich aufmerksam in der näheren Umgebung umzusehen begann.

»Du kannst mir ja ein paar Männer schicken, sobald du das Schiff erreicht hast«, beharrte Torben. »Sie können mir entgegenrudern.«

Bei dieser Strömung? »Das ist eine beinahe noch bessere Idee«, sagte Thor abwesend. Torben sagte noch mehr (das vermutlich noch weniger Sinn ergab), und Thor wandte sich endgültig ab und begann nach einem geeigneten Baum zu suchen.

Es ging schneller, als er zu hoffen gewagt hätte. Dass keiner der Bäume hier höher als zwei oder drei Manneslängen und bis zur Höhe der Kronen hinauf nahezu astlos war, machte ihm die Suche ebenso leicht wie die Tatsache, dass sie fast ausnahmslos gerade gewachsen waren. Schon nach wenigen Augenblicken hatte er fast ein halbes Dutzend geeigneter Bäume gefunden, schlug seinen Mantel zurück und löste Mjöllnir vom Gürtel.

»Du ... hast nicht das vor, von dem ich glaube, dass du es vorhast ... oder?«, murmelte Torben hinter ihm.

Thor sparte es sich, auch nur darauf zu antworten, sondern ergriff Mjöllnir mit beiden Händen und machte sich entschlossen ans Werk.

Eine gute halbe Stunde später – und nachdem er etliche Bäume zu Sägespänen und kaminholzgroßen Scheiten verarbeitet hatte – hatte er nicht nur begriffen, wie schwer es war, einen Baum mit einem Hammer zu fällen (selbst mit einem wie Mjöllnir), sondern auch zum ersten Mal seit sehr vielen Jahren wieder Blasen an den Händen. Aber immerhin hatte er dem Wald vier

Stämme abgetrotzt, jeder anderthalbmal so lang wie er und gerade gewachsen. Das Schwert hatte sich als hilfreich dabei erwiesen, alle überflüssigen Äste zu entfernen, und indem sie seinen und Torbens Mantel in Streifen geschnitten hatten, besaßen sie auch genug improvisiertes Seil, um die Stämme zusammenzubinden.

Wenn sie nicht mit einem Fisch zusammenstießen, der größer als eine Kinderhand war, oder von einer sanften Welle getroffen wurden, sollten sie eigentlich halten …

»Ich habe niemals behauptet, ein begnadeter Schiffsbauer zu sein, oder auch nur ein guter Kapitän«, nörgelte Torben, als Thor fertig war und einen Schritt zurücktrat, um sein Werk zu begutachten, »aber *das* nennst du ein Floß?«

»Nein«, antwortete Thor. »Ich nenne es einen schnellen Weg zur Küste.«

»Es wird in der ersten Stromschnelle auseinanderfallen«, beharrte Torben. »Ach was, beim *Anblick* der ersten Stromschnelle. Von Sandbänken und Felsen ganz zu schweigen.«

«Dann solltest du das besser auch tun«, antwortete Thor scharf. »Schweigen, meine ich.«

Torben bedachte ihn mit einem wütenden Blick und schwieg tatsächlich, wenigstens so lange, wie sie brauchten, um das improvisierte Floß zum Ufer zu tragen und so ins Wasser zu legen, dass es nicht sofort von der Strömung ergriffen und weggetragen wurde; oder gleich in Stücke gerissen. Thor musste dem alten Kapitän im Stillen recht geben: Sein angebliches *Floß* bot einem bemitleidenswerten Anblick, vier Baumstämme, die wohl eher von gutem Willen und Vertrauen auf die Götter als von den paar dünnen Stoffstreifen zusammengehalten wurden und kaum so aussahen, als könnten sie das Gewicht eines Kindes tragen, geschweige denn das von zwei ausgewachsenen Männern. Sie hatten weder ein Ruder, noch wussten sie, was sie im weiteren Verlauf des Flusses erwartete.

»Wenn es auseinanderfällt, dann halten wir uns an den Stämmen fest«, sagte er. »Und wenn deine Kraft nicht reicht, dann schwimmst du zum Ufer.«

»Ich kann nicht schwimmen«, erinnerte Torben.

Thor sah ihn ein wenig hilflos an. Torben behauptete das unentwegt, und um so lauter, je mehr er getrunken hatte, aber Thor hatte das bisher stets für einen Witz gehalten. Offensichtlich war es das nicht.

»Dann musst du dich wohl besonders gut festhalten«, sagte er. »Heißt es nicht sowieso, dass ein Kapitän immer als letzter von Bord geht?«

Zum allerersten Mal, seit sie diese verfluchte Insel hinter dem Ende der Welt betreten hatten, meinten die Götter es gut mit ihnen.

Vielleicht hatten sie auch einfach nur Glück.

Thors improvisiertes Floß hielt, und die Strömung nahm ganz allmählich, aber auch ebenso beständig zu, sodass sie die Küste weitaus schneller erreichten, als er auch nur zu hoffen gewagt hatte. Und sie hatten noch ein drittes Mal Glück, denn es war tatsächlich derselbe Fluss, den sie von der Höhe ihres steinernen Aussichtspunktes aus gesehen hatten; ein flaches, zum größten Teil versandetes Delta, das nicht einmal einen halben Stundenmarsch vom Liegeplatz des *Naglfar* entfernt im Meer mündete, sodass sie gemächlich ans Ufer waten konnten – was Torben natürlich nicht daran hinderte, ihn weiter mit Vorwürfen und gehässigen Bemerkungen zu überschütten. Thor nahm sie ihm nicht einmal übel. Sie hatten einen Blick in die Hölle geworfen, und es war eben Torbens Art, mit der Anspannung fertig zu werden. Die meisten anderen Männer, die er kannte, wären daran zerbrochen.

Die Männer an Bord des *Naglfar* begrüßten sie mit großem Hallo und sichtbarer Erleichterung; aber Thor entging auch keineswegs der nervöse Ausdruck auf ihren Gesichtern, als sie nur

Torben und ihn erblickten, und die allmählich erwachende Furcht in ihren Augen, als ihnen wohl klar wurde, dass die anderen auch nicht mehr kommen würden.

Keiner der Männer wagte es, ihm selbst eine entsprechende Frage zu stellen, und Torben gab ihnen nicht die Gelegenheit, dasselbe mit ihm zu tun. Noch bevor sie an Bord gingen, begann er auf seine gewohnt freundliche Art Befehle zu brüllen und jeden, der ihm nicht schnell genug aus dem Weg ging, Kommandos zu erteilen und Aufgaben zuzuweisen, die ein Mann allein niemals bewältigen konnte. Als Thor erschöpft in sein Quartier unter Deck taumelte, summte das *Naglfar* bereits vor hektischer Aktivität, und vom Ufer wehten die aufgeregten Stimmen und das Lärmen und Hantieren der Männer herauf, die in aller Hast das Zeltlager abbauten, in dem sie die letzten Tage zugebracht hatten. Mit dem Gedanken, dass Torben möglicherweise nicht besonders klug beraten war, die Männer zu solcher Eile anzutreiben, ohne ihnen den Grund für diese Hast zu verraten, schlief er ein.

Was ihn weckte – nach Stunden, die er in so tiefem Schlaf dagelegen hatte, dass nicht einmal die Geschöpfe seiner eigenen Albträume einen Weg in diesen Schlaf finden konnten, aber trotzdem noch immer müde und mit einem Gefühl bleierner Schwere in den Gliedern – waren nicht Lärm und Geschrei, sondern das genaue Gegenteil. In seiner kleinen Kajüte war es so still, dass er das Atmen einer Motte hätte hören können ... und das Torbens erst recht.

Ohne die Augen öffnen zu müssen, spürte er nicht nur seine Anwesenheit, sondern auch, dass der Kapitän irgendwo auf der anderen Seite des kleinen Raumes saß und ihn beobachtete.

»Du hattest deine Chance, alter Mann«, sagte er, immer noch mit geschlossenen Augen und ohne sich zu rühren.

»Mir einen anständigen Beruf zu suchen und Bauer oder Jäger zu werden?«, fragte Torben. Thor konnte sein heftiges

Kopfschütteln hören. »Die hatte ich nie, Thor. Und weißt du auch, warum nicht? Ich musste auf einen unverschämten und unbelehrbaren Bengel aufpassen, der sich für einen Gott hielt und die Welt erobern wollte.«

»Ich meinte ja auch eher jetzt.« Thor öffnete nun doch die Augen, stellte einigermaßen erstaunt fest, dass er trotzdem kaum etwas sehen konnte und stemmte sich auf beide Ellbogen hoch. Die Bewegung führte dazu, dass er nun doch etwas sah, worauf er aber auch liebend gerne verzichtet hätte: Ein Feuerwerk kleiner, greller Blitze aus reinem Schmerz, das vor seinem linken Auge explodierte. »Du schlägst doch gerne auf mich ein, wenn ich wehrlos daliege, oder?«

»Du warst nicht bewusstlos«, antwortete Torben. »Du hast geschlafen. Wer bin ich, mich an einem schlafenden Gott zu vergehen?«

Er stand auf – nur ein Schatten, der immer wieder mit der Dunkelheit ringsum verschmelzen wollte – ging ein paar Schritte, und Thor blinzelte und hob rasch die Hand vor die Augen, als er die Decke wegzog, die er vor dem Fenster befestigt hatte, und gleißendes Sonnenlicht hereinströmte, begleitet von einem Schwall intensiven Salzwassergeruches und dem regelmäßigen schweren Klatschen, mit dem Dutzende von Rudern ins Wasser getaucht und wieder herausgehoben wurden.

»Wir haben abgelegt?«, fragte er überflüssigerweise. Erst jetzt fiel ihm das gleichmäßige Schaukeln des Bettes auf, auf dem er erwacht war – was an sich ungewöhnlich genug war. Das *Naglfar* war das größte Schiff, das er jemals gesehen hatte, vielleicht das größte Schiff der Welt, und fuhr normalerweise so ruhig, dass man nicht die mindeste Bewegung spürte.

»Schon vor Stunden«, bestätigte Torben. »Ich wollte dich wecken, aber du hast so friedlich geschlafen wie ein Baby, und ich habe es einfach nicht übers Herz gebracht.« Unschlüssig betrachtete er die Decke in seiner Hand, als wüsste er nichts damit anzufangen, zuckte dann die Achseln und ließ sie einfach fallen, bevor er zu seinem Platz zurückschlurfte. Thor musste nicht fragen, um zu wissen, dass Torben im Gegensatz zu ihm nicht geschlafen hatte. Er ging gebückt und so mühsam wie ein uralter Mann, und seine Bewegungen waren fahrig. Das helle Sonnenlicht ließ nur um so deutlicher erkennen, wie aschfahl sein Gesicht war. Das einzig Helle an ihm waren die frischen Verbände an beiden Oberarmen und dem rechten Bein.

Der Anblick weckte erneut Thors schlechtes Gewissen, und am liebsten hätte er Torben zu sich gewunken, um ihn mit seinen heilenden Händen zu berühren und ihm den Schmerz zu nehmen, doch da setzte sich der Kapitän schon wieder, und er ließ es bleiben.

Stattdessen richtete er sich selbst weiter auf, schwang ächzend die Beine von der Liege und schauderte ein bisschen, als seine nackten Füße den Boden berührten und er spürte, wie kalt er war.

»Wie lange sind wir schon unterwegs?«, fragte er. Gleichzeitig sah er zum Fenster, konnte hinter der rechteckigen Öffnung aber nichts anderes erkennen als eine endlose blaugraue Fläche. Wo das Meer aufhörte und der Himmel anfing, war nicht zu erkennen.

»Noch nicht lange«, antwortete Torben. Selbst seine Stimme klang müde. »Die Männer haben getan, was sie konnten, und die meisten Schäden notdürftig geflickt. Ich weiß nicht, wie lange es hält.«

»Du hättest mich wecken müssen«, sagte Thor, vergeblich darum bemüht, keinen Vorwurf in diesen Worten mitklingen zu lassen.

»Wer bin ich, den Schlaf eines Gottes zu ...«

«Torben!«

Der Kapitän lachte zwar noch einmal, schüttelte aber dann langsam den Kopf. »Das wäre unsinnig gewesen. Was hättest du getan? Ein paar zerrissene Taue gespleißt? Die Nägel gehalten, während sie das Leck geflickt haben?« Er schüttelte noch einmal und jetzt sehr bedächtig den Kopf, stand mit einem hörbaren Altmännerächzen wieder auf und nahm eine flache Holzschale mit Wasser und ein zusammengelegtes sauberes Tuch auf, um sie ihm zu bringen.

Thor blickte fragend, nahm aber beides gehorsamen entgegen und balancierte die Schale vorsichtig auf den Knien. Er vermied es ganz bewusst, seinem eigenen Spiegelbild zu begegnen, bevor er die Hände in das klare Wasser tauchte. Die Kälte ließ sein Auge abermals in grellen Schmerzen explodieren, aber er verbiss sich jeden entsprechenden Laut. Vielleicht waren nicht alle die weißen und roten Blitze, die er sah, reiner Schmerz. Seit dem Angriff der Dauger im Torgewölbe war er auf dem linken Auge blind, aber früher oder später, das wusste er, würde er wieder sehen können. Er hätte nur nicht damit gerechnet, dass es so schnell ging.

Torben wartete wie der geduldige Leibdiener (der er nie gewesen war), bis er sich das Gesicht gewaschen und behutsam abgetrocknet hatte, trug Schale und Tuch wieder weg und kam mit etwas zurück, das Thor erst auf den zweiten Blick als lederne Augenklappe erkannte.

»Was soll ich damit?«, fragte er. »Mein Auge …«

»… ist weg, Thor«, unterbrach ihn Torben, rasch und in so scharfem Ton, dass Thor ihn erstaunt anblickte. »Der Dauger hat es dir ausgestochen. Du solltest das tragen, schon um die Männer nicht zu erschrecken.«

»Meinst du nicht, dass sie den Anblick von Wunden gewohnt sind?« Thor rührte keinen Finger, um nach dem Lederflicken zu greifen. »Selbst den eines ausgestochenen Auges?«

»Nicht den eines, das nachwächst«, antwortete der Kapitän. »Du bist für diese Männer mehr als nur ihr König und Heerführer, Thor. Du bist ihr Gott. Willst du, dass sie sehen, dass ihr

Gott verwundet von einer Insel zurückkehrt, die ihre Kameraden gefressen hat, und von der wir in Panik fliehen, als wären alle Ungeheuer der Hel hinter uns her?«

»Sind sie das denn nicht?«

»Wahrscheinlich schon«, sagte Torben ungerührt. »Aber ich habe niemandem etwas davon erzählt, und das werde ich auch nicht, so lange wir in der Nähe dieser verfluchten Insel sind.«

Er machte eine unwillig-auffordernde Geste mit der Augenklappe, und Thor griff widerstrebend zu und befestigte sie an ihrem Platz. Er war nicht ganz sicher, ob er verstanden hatte, was Torben wirklich damit meinte, aber es schien ihm wichtig zu sein, und was vergab er sich schon, ihm diesen kleinen Gefallen zu tun?

Außerdem musste er zugeben, dass der sanfte Druck seinem Auge tatsächlich wohltat.

Als Torben sich abwenden wollte, hielt Thor ihn rasch am Arm fest und streckte die andere Hand nach dem Verband an seinem Oberschenkel aus, doch der Kapitän riss sich los und trat mit einer fast wütenden Bewegung zurück. »Lass das!«

»Aber ich wollte doch nur ...«, begann Thor, und Torben fiel ihm in beinahe noch schärferem Ton ins Wort:

»Ich weiß, was Ihr wolltet, Herr. Aber es ist nicht notwendig. Die Wunde heilt gut. Ich spüre sie kaum noch.«

»Sie wird dich behindern«, antwortete Thor verwirrt. »Wir haben noch einen weiten Weg vor uns.«

»Das ist wahr«, erwiderte Torben kühl. »Aber ich habe nicht vor, nach Hause zu schwimmen.«

Thor antwortete gar nicht mehr, sondern sah ihn nur hoffnungslos verwirrt an. Er verstand nicht, warum er das sagte. Wie viele kleine und größere Verletzungen, die sich Torben im Laufe seines langen Lebens zugezogen hatte, hatte er geheilt, indem er ihm nur die Hand auflegte und ihm ein wenig von seiner unerschöpflichen Kraft gab? Wie oft hatte Torben ihn darum *gebe-*

ten, ihm diesen kleinen Dienst zu erweisen, statt Tage oder sogar Wochen darauf zu warten, dass eine Verletzung von selbst heilte?

»Du hast nicht hier gesessen, um über meinen Schlaf zu wachen«, sagte er. »Du hast gewartet, bis ich aufwache. Warum? Was ist passiert, Torben?«

»Das frage ich dich, Thor.« Torben wandte sich mit einem Ruck um, ging wieder zum Fenster und starrte eine kleine Ewigkeit hinaus. Etwas schien sich auf der unsichtbaren Trennlinie zwischen Himmel und Ozean hinter ihm zu bewegen, aber Thor war nicht sicher, und bevor er genauer hinsehen konnte, drehte sich Torben wieder um, und sein Blick wurde bohrend. »In dieser Stadt, Thor. Auf dieser von den Göttern verfluchten Insel. Was ist da passiert?«

»Das weißt du, mein Freund«, antwortete Thor sanft. »Du warst dabei.«

Ein Schatten huschte über Torbens Gesicht, und er ballte kurz und ruckartig die Fäuste. Aber seine Stimme war eher noch ausdrucksloser, als er antwortete. »Also gut, dann frage ich direkt: Wer bist du, Thor?«

»Wer ich bin?« Thor schüttelte verstört den Kopf. »Was soll der Unsinn, Torben? Wer außer dir sollte diese Frage beantworten können? Du bist mein ältester und bester Freund! Du hast mich großgezogen, nachdem meine Eltern gestorben sind! Du hast mich das Laufen und Sprechen gelehrt, und mir das Jagen und Kämpfen beigebracht! Du hast mich das erste Mal zu einem Weib geführt und mir alles erklärt, was ich in diesem Moment wissen musste, und du hast dabei geholfen, meine Kinder auf die Welt zu bringen! Wenn nicht du, wer sollte denn sonst wissen, wer ich bin? Du bist wahrscheinlich der einzige wahre Freund, den ich je hatte!«

»Ich war der Lehrmeister eines Knaben, Thor«, antwortete Torben. »Ich habe ihn aufgezogen und unterrichtet, und ich habe ihn geliebt wie den Sohn, den ich niemals hatte. Und ich war stolz, der Freund eines jungen Kriegers zu sein, der eines Nachts in den Sturm hinausging und nach drei Tagen als ein anderer zurückkam.« Er legte eine kurze, aber bedeutsame Pause ein. »Was ist in dieser Nacht passiert, Thor?«

»Du hattest versprochen, niemals danach zu fragen«, erinnerte ihn Thor.

»Ich weiß nicht mehr, ob ich wirklich dem Mann gegenüberstehe, dem ich dieses Versprechen gegeben habe«, antwortete Torben. »Ich weiß, wer in jener Nacht in den Sturm hinausgegangen ist, aber seit gestern ... weiß ich nicht mehr, was nach drei Tagen zurückgekommen ist. Sagst du es mir?«

Das Schlimme war, dass er es nicht konnte. Er wusste nur zu gut, wovon Torben sprach, erging es ihm doch ganz genau so.

Hatte er wirklich geglaubt, es wäre so leicht? Er hätte wissen müssen, dass die Götter niemals etwas verschenkten.

Lange Zeit schwiegen sie, und schließlich gab Torben einen sonderbaren Laut von sich, von dem Thor unmöglich sagen konnte, ob es ein Seufzen oder ein nur noch mühsam zurückgehaltenes Schluchzen war, oder vielleicht etwas vollkommen anderes, und viel Schlimmeres.

»Ich muss wieder zurück an Deck, Herr«, sagte er mit veränderter, auf fast schreckliche Weise sachlicher Stimme. »Die Männer arbeiten nicht, wenn niemand hinter ihnen steht und sie ständig antreibt.«

»Warte«, bat Thor.

Torben machte einen einzelnen Schritt, wie um diese Bitte zu ignorieren, hielt aber dann wieder inne und sah zumindest in seine Richtung, wenn ihm auch nicht direkt in die Augen. »Herr?«

»Thor«, verbesserte ihn Thor. »Bitte.«

»Thor.« Torben nickte. Aber er tat es auf eine Art, dass Thor sich fast wünschte, er wäre bei der förmlichen Anrede geblieben.

»Du fragst mich, wer ich bin«, sagte er leise. »Vor wenigen Tagen noch hätte ich dich ausgelacht, hättest du mir dieselbe Frage gestellt. Jetzt ... bin ich nicht mehr sicher, ob ich es selbst weiß.«

Torben lächelte nicht, sondern sah ihm nur stumm in die Augen. Aber dann zuckte er mit den Achseln, machte endgültig kehrt und ließ sich neben ihm auf die Bettkante sinken. »Ich habe dich nie gefragt, woher deine Kraft stammt, und deine Unverwundbarkeit.«

»Und dafür bin ich dir dankbar.«

»Vielleicht wollte ich es nie wissen«, fuhr Torben fort. »Es hätte mir Angst gemacht, glaube ich.« Er seufzte tief. »Aber nun sind wir dem Geheimnis ein Stück näher gekommen.«

Näher gekommen? Thor konnte es sich gerade noch verbieten, heftig den Kopf zu schütteln. Er war der Lösung dieses schrecklichen Geheimnisses entfernter denn je ... und ihm zugleich vielleicht tatsächlich näher, als er es jemals hatte sein wollen.

»Es waren die Riesen, die diese Stadt erbaut haben?«, vermutete Torben, der sein Schweigen wohl falsch deutete.

»Ich glaube, sie waren es, die diese *Insel* erschaffen haben«, antwortete er leise, und mit einem Kopfschütteln. Vielleicht sogar die ganze Welt. Er hatte es gespürt, als er in das Antlitz seines dunklen Bruders im Wasser geblickt hatte. Diese Insel *war* Asgard, die Heimat der Götter, aber es waren Götter, in deren Welt kein Platz für Menschen war. Hatte er gar etwas von dort mitgebracht?

»Das ist schlimm«, sagte Torben nach einer Weile und in einem Ton, der Thor innerlich frösteln ließ. »Und ich weiß nicht, wie ich darauf reagieren soll. Du wirst weiter mein Herr bleiben und kannst meiner Treue gewiss sein ...«

»Aber nicht mehr deiner Freundschaft?«, fragte Thor, als Torben nicht weitersprach.

Der Kapitän wich seinem Blick aus. »Jetzt müssen wir erst einmal von dieser verfluchten Insel weg. Und wir dürfen den Männern nicht noch mehr Angst machen, als sie ohnehin schon haben.« Er stand auf, ging zu dem Platz, an dem er bei Thors Erwachen gesessen hatte und kam dieses Mal mit seinem Helm zurück. Thor sah ihn schon wieder fragend an. Es war ein prachtvoller Helm, der eigens für ihn angefertigt worden war und nicht nur seinen Kopf, sondern auch den Großteil seines Gesichtes bedeckte und vor nahezu jedem vorstellbaren Angriff schützte. Er trug ihn so gut wie nie.

»Niemand hat gesehen, was wirklich mit deinem Auge ist«, sagte Torben. »Dein Gesicht war voller Blut und Schmutz, als wir zurückgekommen sind, und sie waren viel zu erleichtert, uns lebend wiederzusehen. Ich habe dafür gesorgt, dass es so bleibt, und das solltest du auch. Setz den Helm auf, wenn du an Deck gehst ... was du im Übrigen nicht so bald tun solltest. Wir sind noch immer in Sichtweite der Küste.«

Thor nahm den Helm zwar gehorsam in beide Hände, sah den Kapitän aber dennoch stirnrunzelnd an. »Übertreibst du es jetzt nicht ein wenig, mein Freund?«

»Ihr seid noch immer mein König und Heerführer«, antwortete Torben mit unbewegtem Gesicht. »Aber ich bin der Kapitän des *Naglfar,* und nicht nur für das Schiff und seine Besatzung verantwortlich, sondern auch für Euer Wohl.«

»Dann bin ich also so etwas wie ein Gefangener«, witzelte Thor, »wenn auch nur zu meinem eigenen Wohl?« Er schüttelte heftig den Kopf. Das Lächeln blieb auf seinen Lippen, aber er spürte selbst, dass es plötzlich keinerlei Bedeutung mehr hatte. »Jetzt mach dich nicht lächerlich, mein Freund.«

»Leg deine Rüstung an, und setz den Helm auf, solltest du an Deck gehen«, sagte Torben. »Aber es wäre mir lieber, wenn du ...«

Er brachte den Satz nicht zu Ende, denn die Tür wurde aufgerissen, und ein behelmter Matrose stürmte herein. »Schiffe, Herr!«, keuchte er. »Da sind Schiffe!«

Thor sprang auf, machte einen Schritt auf den Mann und die Tür zu und besann sich dann eines Besseren, angesichts dessen, was Torben gerade gesagt hatte. Torben ergriff den Mann an der Schulter und bugsierte ihn mit allem anderen als sanfter Gewalt aus dem Raum, bevor er auch nur mehr als einen flüchtigen Blick auf Thors Gesicht werfen konnte, und Thor kam sich zwar selbst ein bisschen albern dabei vor, folgte aber dennoch Torbens Rat und legte nicht nur seine komplette Rüstung an, sondern band sich auch den Waffengurt samt Mjöllnirs um und setzte den Helm auf, bevor auch er seine Kajüte verließ und die kurze Treppe zum Deck hinaufstürmte. Welches Signal er den Männern damit gab, zur Schlacht gerüstet dort oben zu erscheinen, darüber sollte sich doch Torben den Kopf zerbrechen.

Im ersten Augenblick übermannte ihn der Eindruck allgemeinen Chaos. Mehr als zwei Drittel der überlebenden Männer waren unter Deck und bedienten die sechzig Ruder der überdimensionalen Drakkar, aber es schien, als hielte sich mindestens die dreifache Anzahl gerade in diesem Augenblick an Deck auf. Ausnahmslos alle drängten sich an Backbord, wo sie eine zwei-, wenn nicht dreifache, aufgeregt durcheinanderrufende und winkende Reihe bildeten, und etliche waren sogar in die Rahen hinaufgeklettert, um besser sehen zu können. Thor erkannte über das Meer wogender Köpfe und Helme hinweg nichts als die verschwommene Küstenlinie der Insel, der sie tatsächlich noch unangenehm nahe waren, und ein Stück links davon einen schwarzen Felsenpfeiler, der wie ein trotzig emporgereckter Speer aus dem Wasser ragte.

Er entdeckte Torben nur ein kleines Stück entfernt an der Reling, bahnte sich unsanft einen Weg zu ihm hin und musste sein einziges sehendes Auge mit der Hand beschatten, denn das andere Schiff hielt genau aus der Sonne heraus auf sie zu.

Um genau zu sein, *die* anderen Schiffe. Es waren drei, und noch während er hinsah und heftig blinzelte, um sich an das grelle Gegenlicht zu gewöhnen, tauchten zwei weitere, dreieckige Segel hinter dem Steinpfeiler auf und schwenkten – nur vermeintlich schwerfällig – herum, um Kurs auf das *Naglfar* zu nehmen.

»Das ist eine ganze Flotte!«, sagte Torben. Thor hätte nicht sagen können, ob er nur überrascht klang oder besorgt. Vielleicht beides. »Aber Schiffe wie diese habe ich noch nie zuvor gesehen.«

Thor auch nicht. Aber das musste er auch nicht, um zu wissen, was das Auftauchen dieser fünf Segel bedeutete.

»Lass Segel setzen, Torben«, sagte er. »Jeden Fetzen Stoff, den wir an Bord haben.« »Herr?«, fragte Torben verwirrt.

»Und der Rest der Männer soll nach unten gehen und beim Rudern helfen«, fuhr Thor fort. »Das sind Dauger!«

Wenigstens bewegte sich die Sonne wieder. Es hatte eine Weile gedauert, bis es Thor überhaupt aufgefallen war, doch zumindest dieser unheimliche Zauber war gebrochen: Das *Naglfar* war herumgeschwenkt und hatte seinen zersplitterten Bug nach Osten und damit nicht nur in die Richtung gedreht, aus der sie gekommen waren, sondern auch direkt auf das lodernde rote Auge eine halbe Handbreit über dem Horizont.

Inzwischen stand die Sonne nahezu hinter dem Schiff, und die ersten, blutroten Lichtfäden tasteten schon wieder nach der Meeresoberfläche, in der sie in allerhöchstens einer Stunde wieder versinken würde, wobei sie eine schiere Explosion aus roten und orangefarbenen und goldenen Reflexionen auf dem Horizont entfachten, aber Thor hatte keinen Blick für dieses prachtvolle Schauspiel der Natur. Er sah – zum mindestens hundertsten Mal an diesem Tag –zu dem knappen halben Dutzend dreieckiger Segel hin, die dem *Naglfar* in einer weit auseinander gezogenen Halbmondformation folgten.

Sie waren näher gekommen.

Nicht viel.

Aber sie *waren* näher gekommen, und sie würden weiter näher kommen.

Längst hatten die Männer damit begonnen, sich an den Rudern abzuwechseln, um ihre Kräfte zu schonen, aber auch das würde nicht mehr lange helfen. Die Besatzung des *Naglfar* bestand aus den Besten der Besten, aber auch die Besten wurden irgendwann einmal müde, und ihre Verfolger nicht; so einfach war das.

Er hörte Schritte, identifizierte sie allein an ihrem Rhythmus als die Torbens und legte beide Hände auf die geborstene Schildreling vor sich, statt sich zu ihm umzudrehen.

»Sie holen auf«, sagte Torben leise.

Thor nickte. Er schwieg.

»Vielleicht können wir sie abschütteln, wenn es dunkel wird«, fuhr Torben nach einer Weile fort.

Thor sagte auch dazu nichts, und Torben wusste auch warum, fuhr aber trotzdem nach einem weiteren kurzen Zögern fort: »Unsere Segel sind schwarz. Wenn wir alle Lichter löschen und warten, bis es ganz dunkel geworden ist, dann merken sie vielleicht nicht einmal, wenn wir den Kurs ändern.«

Thor machte sich nicht die Mühe, auch nur darauf zu antworten. Die Sonne hatte noch mindestens eine Stunde, bevor sie im Meer versank, aber der Mond war bereits aufgegangen und präsentierte sich als fahle, aber perfekt gerundete Scheibe am Himmel. Doch selbst wenn es anders gewesen wäre ... ihre Verfolger waren nicht von der Art, die sich durch etwas so Profanes wie *Dunkelheit* verwirren ließ.

»Wir werden kämpfen müssen«, sagte er. »Sie holen auf. Und

sie werden weiter aufholen.« »Kämpfen? Gegen diese Kreaturen?«, fragte Torben.

»Wir können es uns aussuchen, mein Freund«, sagte Thor. »Wir können die Männer rudern lassen, bis sie vor Erschöpfung zusammenbrechen, oder uns zum Kampf stellen, so lange sie noch die Kraft haben, sich zu wehren.«

»Wir sind weniger als hundert, Thor«, sagte Torben ernst. »Und es sind fünf Schiffe voll mit diesen Ungeheuern.«

»Hast du Angst?«, fragte Thor.

Torben machte ein empörtes Gesicht. »Nein! Aber ich bin auch nicht ...«

»Es wäre aber besser, du hättest sie«, unterbrach ihn Thor. »Ich habe nämlich Angst.« »Du?«, fragte Torben ungläubig. »Du machst dich über mich lustig!«

»Sie verfolgen uns schon den ganzen Tag«, sagte Thor. »Und sie werden es weiter tun. Die ganze Nacht, und den morgigen Tag, und die nächste Nacht. Selbst wenn die Männer nicht ermüden und der Wind auffrischt.« Er schüttelte den Kopf und sah Torben nun zum ersten Mal direkt an. »Wir haben keine andere Wahl, Torben. Selbst wenn wir ihnen entkommen könnten, würden sie uns bis nach Hause folgen. Willst du das? Willst du sie bis an die Küsten unserer Heimat führen?«

Torben starrte ihn aus großen Augen an, und Thor begriff, dass ihm dieser Gedanke noch gar nicht gekommen war; spätestens, als er das pure Entsetzen in seinen Augen sah.

»Dann müssen wir kämpfen«, sagte Torben schließlich. »Auch wenn wir nicht gewinnen können.«

»Das ist genau der alte Torben, wie ich ihn kenne«, sagte Thor spöttisch. »Immer optimistisch, selbst im Angesicht des schlimmsten Feindes.«

Torben machte eine Kopfbewegung auf den tödlichen Halbmond aus Schiffen hinter ihnen. »Das da *ist* der schlimmste Feind, den ich mir vorstellen kann, Thor. Wenn ich es mir recht überlege, sind sie schlimmer als jeder Feind, den ich mir je vorgestellt habe.«

»Und du kannst dir eine Menge vorstellen«, vermutete Thor.

»Mehr, als du dir vorstellen kannst.« Torben lächelte flüchtig und wurde dann schlagartig umso ernster. »Von allem anderen ganz abgesehen sind sie uns fünf zu eins überlegen. Wenn nicht mehr.«

Wahrscheinlich *waren* es mehr, dachte Thor. Die Schiffe hatten noch nicht weit genug aufgeholt, um zu einer wirklichen Gefahr zu werden, aber sie waren nahe genug, um ihn erkennen zu lassen, dass ihre Decks voller graugesichtiger Gestalten waren.

Das war vielleicht das nächste Problem, dachte Thor, und ein größeres, als Torben und er jetzt schon ahnen mochten. Ihre Männer waren tapfere Krieger, die keinen Feind fürchteten ... aber wie würden sie reagieren, wenn sie begriffen, dass sie keinem Gegner aus Fleisch und Blut gegenüberstanden, sondern seelenlosen Dämonen? Torben und er hatten es ihnen gesagt, aber es war eine Sache, etwas zu hören, und eine ganz andere, es mit eigenen Augen zu sehen.

Sein Blick ließ die zerfetzten dreieckigen Segel los und glitt zur Sonne. Sie bewegte sich wieder, aber nicht so, wie sie es sollte, sodass es ihm nicht möglich war, auch nur annähernd zu sagen, wie viel Zeit ihnen noch bis Dunkelwerden blieb ... als wären sie noch nicht ganz in die Welt der Lebenden zurückgekehrt, in der die Dinge so waren, wie sie es sollten. Vielleicht hatte Torben ja doch recht, dachte er beinahe verzweifelt. Vielleicht mussten sie ja einfach nur so lange durchhalten, bis sie gänzlich in der Wirklichkeit angelangt waren, und der ganze Spuk würde einfach verschwinden.

Aber tief in sich wusste er auch, dass das nicht stimmte.

»Sie rechnen damit, dass wir weiter fliehen«, murmelte er.

»Und?«, fragte Torben. Er klang ... misstrauisch.

»Und wenn wir das Gegenteil tun?« Thor zögerte und kam dann zu einem Entschluss, ohne Torben noch einmal um Rat gefragte zu haben. Er nickte heftig. »Wir greifen an.«

In Torbens Gesicht regte sich kein Muskel. Er sah ihn nur noch eine Weile mit undeutbarem Blick an und wandte sich dann mit einer ruckartigen Bewegung ab, um die Männer zu instruieren.

Während sie ihre Rüstungen anlegten und ein letztes Mal ihre Waffen überprüften, konzentrierte sich Thor wieder auf die verfolgenden Schiffe. Sie waren von sonderbar fremdartiger Bauweise, wie er sie noch nie zuvor gesehen hatte, und auch sonst niemand an Bord; schlanker als das *Naglfar,* aber deutlich größer als das Dutzend *Drakkars,* aus denen der Rest ihrer Flotte bestanden hatte. Die dreieckigen, weit nach vorne gezogenen Segel gaben ihnen etwas raubtierhaft Geducktes, und obwohl sie keine Ruder hatten und die Segel aus wenig mehr als vermoderten Fetzen bestanden, bewegten sie sich mit fast unheimlicher Schnelligkeit, wie von einem finsteren Zauber angetrieben.

Seine Hand schloss sich um Mjöllnirs eisernen Stiel. Der Hammer hatte ihn einmal im Stich gelassen, und auch wenn er sicher war, dass es etwas mit der unheimlichen Stadt der Riesen zu tun gehabt hatte, die nun weit hinter ihnen lag, so blieb doch ein leiser, nagender Zweifel. Wenn Mjöllnir ihm auch jetzt wieder den Gehorsam verweigerte, hatten sie keine Chance gegen diese gewaltige Übermacht. Er war nicht einmal sicher, ob sie ihnen *mit* der Hilfe des magischen Hammers gewachsen sein würden.

Ein dumpfes Grollen rollte über das Meer heran, und eine einzelne, plötzliche Windböe bauschte seinen Mantel und ließ die Segel über ihren Köpfen sich mit einem peitschenden Knall spannen. Die Taue summten wie die Saiten einer riesigen Laute, und ein spürbarer Ruck ging durch das Schiff. Hier und da wurde ein erschrockener Ruf laut, und einer der Männer verlor das Gleichgewicht und wäre beinahe über Bord gefallen. Thor bemerkte jedoch auch noch etwas sehr viel Beunruhigenderes: Die Windböe war so schnell wieder abgeflaut, wie sie gekommen war, doch das *Naglfar* zitterte noch immer sacht, und auch die Ruderer fanden nur mühsam in ihren gewohnten Takt zurück. Die Flotte ihrer Verfolger jedoch schien der Wind nicht einmal berührt zu haben, als wären sie Teil einer Welt, auf die er keinen Einfluss hatte. Sie schossen weiter hinter ihnen her, so gleichmäßig und schnell wie von unsichtbaren Ketten gezogen.

»Wir sind bereit, Herr.«

Thor fuhr unmerklich zusammen, als Torben neben ihn trat, nicht nur, weil er sich so leise bewegt hatte, dass seine Schritte kaum zu hören gewesen waren. Torben hatte wieder zum respektvollen *Herr* gewechselt, und das tat weh, denn Thor war klar, dass er es nicht nur getan hatte, weil sie sich jetzt wieder in Hörweite der anderen befanden. Da war plötzlich eine Distanz zwischen ihnen, die es bisher nicht gegeben hatte.

»Dann lass uns beginnen«, sagte er.

Ein zweites, rumpelndes Donnern wehte über das Meer, wie um seine Worte zu bekräftigen, diesmal aber von keiner weiteren Sturmböe begleitet. Torbens Blick tastete unstet über den Horizont. Vielleicht dachte er an den Sturm, mit dem dieser ganze Albtraum begonnen hatte. Nach einem Augenblick hob er jedoch nur die Schultern und entfernte sich ohne ein weiteres Wort, und Thor spürte, dass die Kluft zwischen ihnen noch einmal breiter geworden war. Plötzlich war ein bitterer Geschmack in seinem Mund, und die Ahnung eines bevorstehenden Verlustes.

Das Deck unter seinen Füßen begann zu zittern, und er spürte, wie sich etwas im Takt der Ruderschläge änderte, als das mächtige Schiff ganz sacht seinen Kurs änderte, sodass es aus dem Brennpunkt des Halbmondes aus Verfolgern herausglitt.

Nur einen Moment später begann sich auch die Formation der Dauger zu ändern, als sie auf das vermeintliche Fluchtmanöver reagierten. Rings um ihn herum wurden Rufe laut, und Männer begannen geschickt in die Wanten hinaufzuklettern, Segel wurden gerefft, andere entrollt, und das Beben der Decksplanken unter seinen Füßen nahm zu. Obschon Kommandant einer ausgewachsenen Invasionsflotte, verstand Thor nicht allzu viel von Schiffen und der Seefahrt, aber das musste er auch nicht. Torben würde wissen, was er tat.

Thor sah noch einmal zu ihren unheimlichen Verfolgern zurück, hob dann beide Hände und setzte mit einer bedächtigen Bewegung den Helm ab, der ihm nicht das Gefühl von Sicherheit gab, sondern ihn mit seinem Gewicht nur behinderte.

Seine Finger tasteten über das weiche Leder der Augenklappe, verharrten kurz und zogen sie dann mit einem entschlossenen Ruck herunter. Er blinzelte. Das Licht tat so weh, als würde ihm ein glühender Nagel ins Auge getrieben, und die linke Hälfte seines Gesichtsfeldes füllte sich sofort mit Tränen. Aber er konnte trotzdem sehen. Torben würde nicht gefallen, was er tat, aber darauf konnte er keine Rücksicht nehmen.

Ein dritter und noch lauterer und viel länger anhaltender Donnerschlag rollte über den Himmel, und als er dieses Mal aufblickte, sah er, dass sich der Horizont grau zu färben begann. Vielleicht war da ein sachtes Wetterleuchten, aber er war nicht ganz sicher, nicht nur ein Schmerzblitzen seines heilenden Auges zu sehen.

Der Wind frischte auf. Ganz allmählich wurde das *Naglfar* langsamer, während es in einen immer enger werdenden Bogen einschwenkte; ein Manöver, dessen Sinn Thor nicht ganz klar wurde, denn ihre Verfolger vollzogen es nicht nur getreulich nach, sondern holten dabei auch ein gutes Stück auf.

Thor beruhigte sich selbst mit dem Gedanken, dass Torben schon wissen würde, was er tat, sah kurz und nervös nach Norden und stellte ohne Überraschung fest, dass aus dem Grau hinter dem Horizont allmählich ein bedrohliches Schwarz wurde, in dem es tatsächlich dann und wann aufleuchtete. Ein Sturm zog auf.

Thor hörte Lärm, sah über die Schulter zurück und wurde mit einem Anblick belohnt, der nicht den mindesten Sinn zu ergeben schien: Mindestens ein Dutzend Männer waren damit beschäftigt, ganze Berge von Netzen und Seilen an Deck zu schaffen, an denen Steine, schweres eisernes Werkzeug und andere Gewichte befestigt waren. Thor runzelte die Stirn und fragte sich – vergeblich –, was das sollte. Torben hatte den Männern den ganzen Tag über Anweisungen gegeben und sie tausend Dinge tun lassen, von denen er einfach vorausgesetzt hatte, dass sie alle zusammen einen Sinn hatten. Jetzt war er nicht mehr ganz sicher.

Er gewahrte den Kapitän inmitten des Durcheinanders und versuchte ihm einen fragenden Blick zuzuwerfen, aber Torben schürzte nur trotzig die Lippen und brüllte den nächsten Mann an, der das Pech hatte, ihm unter die Augen zu kommen. Thor wandte sich wieder der Flotte der Dauger zu.

Sie waren näher gekommen, und ihre Formation war nicht mehr ganz so präzise wie bisher, weil sie versuchten, ihrer vermeintlich fliehenden Beute den Weg abzuschneiden. Das Wetterleuchten am Horizont nahm zu, und anstelle einzelner ferner Donnerschläge vernahm er nun ein ununterbrochenes Grollen und Rumpeln, als ginge irgendwo hinter dem Horizont eine gewaltige Gerölllawine nieder. Die Luft war spürbar kälter geworden, und irgendwie ... veränderte sich das Licht, ohne dass er genau sagen konnte, wie. Alles wirkte unangenehmer.

Mehr und mehr Männer kamen nun an Deck, Männer, die nun unten an den Rudern fehlten, sodass das *Naglfar jetzt* immer rascher an Tempo verlor.

Der Anblick beunruhigte ihn noch aus einem anderen

Grund. Die Männer waren erschöpft, hatten sie doch Stunde um Stunde aus Leibeskräften gerudert. Mehr als nur einer sah ganz so aus, als könnte er sich gerade noch auf den Beinen halten, und nicht ein einziger erweckte den Eindruck, als würde er den bevorstehenden Kampf durchstehen.

Aber das mussten sie.

Torben sagte irgendetwas, doch eine plötzliche Sturmböe riss ihm die Worte von den Lippen und trug sie mit ihrem Heulen davon. Dennoch reagierte das *Naglfar*, als hätte es nur auf dieses Zeichen gewartet. Die Segel spannten sich mit einem Knall, und das ganze, gewaltige Schiff legte sich so jäh auf die Seite, dass Thor hastig die Hand ausstreckte, um sich an der Reling festzuhalten. Unter seinen Füßen wurden rumpelnd die Ruder eingezogen, und das Schiff krängte noch weiter. Thor war jetzt nicht mehr der Einzige, der sich hastig irgendwo festhalten musste, um nicht von den Füßen gerissen zu werden.

»Jetzt!«, brüllte Torben über das Heulen des Sturmes hinweg.

Thor hatte nicht die geringste Ahnung, was als Nächstes geschehen sollte, klammerte sich aber vorsichtshalber nun mit beiden Händen fest und beglückwünschte sich im nächsten Augenblick zu dieser Umsicht, ohne die er vermutlich kopfüber im Wasser gelandet oder mindestens auf das Deck geschleudert worden wäre.

Er hatte nicht einmal gewusst, dass ein Schiff – noch dazu eines von solch monströser Größe – zu einem derartigen Manöver imstande war, doch das *Naglfar* drehte sich nahezu auf der Stelle. Wie das Visier einer gewaltigen Speerschleuder schwenkte der gesplitterte Bug herum und deutete plötzlich direkt auf eines der gespenstischen Dreieckssegel, die gerade noch hinter und ein Stück neben ihnen gewesen waren, und dann drehte sich das Schiff vollends in den Wind.

Thor konnte nicht sagen, ob Torben dieses Manöver so geplant oder sie einfach nur Glück gehabt hatten, aber das Ergebnis dieser halsbrecherischen Wende war spektakulär: Wie ein springendes Raubtier schoss das *Naglfar* auf den Segler zu, rammte seine Flanke und spaltete das um so vieles kleinere Schiff wie ein Axthieb. Der Bug und das vordere Drittel des bizarren Gefährtes wurden tatsächlich aus dem Wasser und ein gutes Stück weit in die Luft geschleudert und versprühten einen grausigen Regen aus Trümmern, zerrissenen Tauen und graugesichtigen Gestalten, bevor sie auf die Meeresoberfläche zurückfielen und endgültig zerbarsten, während der andere Teil einfach umkippte, einen Moment lang kieloben im Wasser trieb und dann wie ein Stein sank. Das Meer war von einem Atemzug zum nächsten voller Trümmer und zappelnder Gestalten und schmutzigem grauem Schaum, und das *Naglfar* schüttelte sich; wie ein wütender Bluthund, der seine erste Beute geschlagen hatte und schon nach dem nächsten Opfer gierte. Thor glaubte sogar, etwas wie ein Knurren zu hören, dann erhob sich ein hundertstimmiger Chor aus jubelnden Schreien überall auf dem Deck.

Auch er verspürte ein kurzes Gefühl von wildem Triumph, war aber trotzdem mit einem einzigen schnellen Schritt an der Seite des Schiffes und sah ins Wasser hinab.

Seine (winzige) Hoffnung, dass die unheimlichen Kreaturen des Schwimmens vielleicht nicht mächtig waren, wich jähem Erschrecken. Das Meer war voller Dauger. Das *Naglfar* pflügte einfach durch sie hindurch, und mehr als eine der schrecklichen Kreaturen wurde einfach unter Wasser gedrückt oder von seinem mächtigen Rumpf zermalmt. Mindestens ein Dutzend jedoch hatten sich an seinem Holz festgeklammert und kletterten mit erschreckendem Geschick und noch erschreckenderer Schnelligkeit daran in die Höhe.

Thor griff nach Mjöllnir, winkte aber dann stattdessen einige Männer herbei, die die Angreifer mit Speeren und langen Stangen ins Wasser zurückstießen. Nur einem einzigen gelang es, die Reling zu erreichen, wo er aber schon von einem halben Dutzend Schwertern und Äxten erwartet und in Stücke gehackt wurde.

Thor gestattete sich nicht, auch nur Erleichterung zu empfinden. Torbens Manöver war geradezu genial gewesen (vielleicht hatten sie auch einfach nur unverschämtes Glück gehabt), aber ein zweites Mal würde es nicht so leicht werden, und sie standen immer noch einer mindestens vierfachen Übermacht gegenüber.

Und möglicherweise, dachte er, nachdem er wieder von der Reling zurückgetreten war und sich umgedreht hatte, war Torbens Plan doch nicht ganz so perfekt gewesen.

Sie hatten einen der Segler versenkt, doch dafür hatten die vier anderen Schiffe sie nun eingekreist, und in den noch immer anhaltenden Jubel der Männer mischten sich die ersten Schreckensrufe, als sie sahen, mit welch unheimlicher Präzision (und Schnelligkeit) sie näher kamen; viel schneller, als es möglich sein sollte.

Thor war mit wenigen, weit ausgreifenden Schritten wieder im Bug des Schiffes, löste nun doch den Hammer vom Gürtel und visierte den sich am nächsten befindenden Segler an. Seine Hand schien sich dagegen zu sträuben, Mjöllnir zu schleudern, und das vielleicht mit guten Grund, denn wenn seine Magie auch jetzt wieder versagte, dann würde der Hammer einfach ins Wasser fallen und war für alle Zeiten verloren.

Aber wenn Mjöllnir nicht auf ihrer Seite kämpfte, dann war es ohnehin um sie geschehen. Thor holte trotzig aus und schleuderte den Hammer, und der Tag erlosch.

Der Sturm brach nicht wirklich über sie herein, er war einfach *da,* von einem Blinzeln auf das andere. Der Himmel wurde schwarz, nicht dunkel, sondern absolut und vollkommen *schwarz,* und schon die erste, brüllende Sturmböe traf ihn mit der Gewalt eines Fausthiebes und ließ ihn meterweit zurückstolpern. Das *Naglfar* bäumte sich auf, und über ihren Köpfen zerriss eines der Segel mit einem Laut, der wie der Schmerzensschrei eines großen Tieres klang. Blitze züngelten über den Himmel und schlugen gewaltige Säulen aus Dampf und kochendem Wasser aus dem Meer, wo sie in seiner Oberfläche explodierten, und wo gerade noch monotones Türkis und Grau gewesen war, rollten mit einem Male zwanzig Fuß hohe, schaumgekrönte Wellen heran, die das *Naglfar* mit der Gewalt von Hammerschlägen trafen.

Das Erschreckendste vielleicht war die Plötzlichkeit, mit der sich alles änderte; als wäre der Tag durch eine Tür getreten, hinter der die Welt nur noch aus Chaos und namenlosem Entsetzen bestand. Der allergrößte Teil der Schreie und Schreckensrufe, die plötzlich überall rings um ihn herum laut wurden, war vermutlich allein auf den Schock zurückzuführen, mit dem die Männer aus ihrer gewohnten Welt heraus und in eine Nische des Wahnsinns geschleudert worden waren. Dies war nicht einfach nur ein Unwetter, es war das Ende der Welt, Ragnarök, die letzte Schlacht, in der Götter und Riesen aufeinanderprallten und sich gegenseitig vernichteten.

Thor schüttelte den Gedanken mit einer fast schon verzweifelten Willensanstrengung ab und wäre im nächsten Augenblick beinahe gestürzt, als etwas mit solcher Wucht in seine Hand klatschte, dass er rücklings taumelte. Es war Mjöllnir, der immerhin gehorsam in seine Hand zurückgekehrt war, statt auf Nimmerwiedersehen in der ewigen Nacht zu verschwinden. Ob und welchen Schaden er unter ihren Feinden angerichtet hatte, konnte er nicht erkennen. Wo das Meer und die Flotte der Dauger sein sollten, sah er nur ein einziges Chaos aus tobender Dunkelheit und grausam grellem Licht und schierer, ungeordneter Bewegung. Und auch an Deck des *Naglfar* bot sich kaum ein anderes Bild. Die Männer stürzten in kopfloser Panik durcheinander, schrien und brüllten, und etliche waren auf die Knie herabgesunken und flehten die Götter um Hilfe an; vielleicht verfluchten sie sie auch. Das Deck des gewaltigen Kriegsschiffes glich einem Tollhaus, und Thor begriff plötzlich und mit entsetzlicher Klarheit, in welcher Gefahr sie alle schwebten; selbst ohne die Flotte der Ungeheuer, die sie eingekreist hatten.

Etliche Männer hatten schon in ihrer Angst sich selbst oder ihre Kameraden verletzt, und die Panik griff immer noch weiter um sich. Noch ein paar Augenblicke, und die Dauger würden nur noch ein Schiff voller toter oder wehrloser Männer finden, sobald sie das *Naglfar* enterten.

»Hört auf!«, schrie er, so laut er konnte. *»Das ist keine Zauberei! Es ist nur ein Sturm, mehr nicht!«*

Seine Stimme verhallte ungehört, verschlungen vom Sturm und den Entsetzensschreien aus hundert Kehlen, und alles, was er auf den Gesichtern und in den Augen der Männer las, war pure, lähmende Angst.

Wahllos und beinahe selbst der Panik nahe packte er einen der Männer, schüttelte ihn so hart, dass seine Zähne aufeinanderschlugen und zu bluten begannen und schrie ihn an, und nun las er panische Angst vor *sich* in den weitaufgerissenen Augen des Kriegers. Blindlings stieß er ihn von sich, packte sich den nächsten und einen weiteren und erreichte damit rein gar nichts.

Seine Worte erreichten die Männer nicht, und das hätten sie auch dann nicht, wenn es das Heulen des Sturmes und das Schreien aus hundert Kehlen nicht gegeben hätte. Er war nicht der Einzige, der plötzlich derart verrückte Gedanken dachte, und aus seiner bloßen Vermutung wurde nun Gewissheit: So wenig, wie dieser Sturm natürlichen Ursprungs war, so magisch und verflucht war das, was im Schutze dieser unnatürlichen Dunkelheit über das Schiff und seine Besatzung gekommen war. Etwas vergiftete die Seelen der Männer und nahm ihnen allen Mut.

»Hört auf!«, schrie er noch einmal, und dieses Mal tat er es mit der ganzen, ungezähmten Wut eines Gottes, ein Brüllen, das selbst das Toben des Sturmes übertönte und überall auf dem Deck zu hören war. *»Reißt euch zusammen! Das ist nichts als ein billiger Zaubertrick, um uns zu verwirren! Wehrt euch dagegen!«*

Es half nichts. Einige wenige Männer hörten auf, blindlings durcheinanderzurennen und zu schreien, und starrten ihn aus aufgerissenen Augen an, aber der Zauber war einfach zu stark. Selbst er wäre ihm beinahe erlegen, und ihre Seelen waren schließlich nur die schwacher sterblicher Menschen.

Was ihm nicht gelang, das schafften die angreifenden Dauger.

Gleich ein halbes Dutzend der grässlichen Kreaturen tauchte plötzlich über dem Heck des *Naglfar* auf, und Mjöllnir sprang wie von selbst aus Thors Hand, fast ohne dass es seines Zutuns bedurft hätte, oder auch nur eines entsprechenden Gedankens. Einem schwarzen Schemen gleich raste er über das Deck, zerschmetterte zwei, drei der unheimlichen Geschöpfe und schleuderte noch einen vierten Untoten zurück ins Meer, während er in einem wirbelnden Bogen zu ihm zurückkehrte. Die beiden übriggebliebenen Dauger stürzten sich unbeeindruckt auf einen der Krieger, aber der Bann war gebrochen. Zahlreiche Männer kamen ihren Kameraden zu Hilfe, hackten eines der Ungeheuer in Stücke und warfen das andere kurzerhand über Bord.

»Seht es euch an!«, schrie Thor, noch immer mit einer Stimme, unter deren donnerndem Hall sich selbst der Sturm zu ducken schien. *»Sie sind nicht unbesiegbar! Sie sind einfach nur Ungeheuer! Wir können sie schlagen!«*

Vielleicht war das der gefährlichste Moment, denn nun starrten die meisten Männer ihn an, und er las eine vorsichtig aufkeimende Hoffnung in vielen Gesichtern, aber auch noch immer Furcht. Er selbst hatte diese Männer gelehrt, keinen Feind zu fürchten, auch wenn er noch so übermächtig erschien ... aber wie hätte er sie lehren können, gegen die Angst selbst zu kämpfen?

»Ihr habt Thor gehört!«, schrie Torben. »Niemand kann uns schlagen, solange Mjöllnir und er uns führen! Kämpft!«

Etwas wie ein düsteres Lachen erklang in Thors Gedanken, und der Sturm heulte noch einmal lauter. Furcht sickerte wie lähmendes Gift in seine Seele, und er sah mit Entsetzen, wie sich Mutlosigkeit und Verzweiflung auf den Gesichtern der Männer breitzumachen begann, als alle Hoffnung aus ihren Herzen wich.

Er wusste nicht, warum er das tat, was er als Nächstes tat. Vielleicht war es pure Verzweiflung, vielleicht hatte er von seinem Besuch in der Stadt der Riesen doch etwas mitgebracht, ein verborgenes Wissen, das ihm nun zur Verfügung stand, und vielleicht war es auch Mjöllnir, der tat, was er nicht konnte: Der Hammer flog ein weiteres Mal aus seiner Hand, geschleudert mit der ganzen, urgewaltigen Kraft des Gottes, zu dem er endgültig geworden war, aber jetzt war sein Ziel keines der dreieckigen Segel, die sich immer noch durch den Sturm auf sie zukämpften, sondern der Sturm selbst, das finstere Herz der schwarzen Magie, das hoch über ihren Köpfen am Himmel pochte.

Einen unendlich kurzen, furchtbaren Moment lang geschah nichts.

Dann explodierte der Himmel.

Es war wie ein Blitz, nur hundertmal gleißender und bösartiger, ein unerträgliches weißes Lohen, das sich von einem Ende des Firmaments bis zum anderen erstreckte, als hätte die Welt selbst Feuer gefangen. Aus dem Lachen in seinen Gedanken wurde ein gepeinigtes Kreischen, und dann ein Schrei voller unbändiger Wut und Hass. Nicht nur Thor, sondern jeder einzelne Mann an Deck schrie vor Schmerz und Entsetzen auf, als das Licht noch einmal heller wurde und so unerträglich in ihre Augen stach, als blickten sie geradewegs ins Herz der Sonne.

Es erlosch, gerade noch rechtzeitig, bevor es ihre Augen verbrennen konnte, und mit ihm verwehte der lautlose Schrei. Über ihren Köpfen tobte jetzt nur noch ein ganz normaler, wenn auch heftiger Sturm.

Thor war mit zwei, drei schnellen Schritten wieder im Bug des Naglfar, blinzelte die letzten grellen Lichtblitze vor seinen Augen weg, visierte den ersten Segler an und ließ den Hammer fliegen. Mjöllnirs schwarzes Eisen verschmolz mit der Dunkelheit, sodass er seinen Flug nicht verfolgen konnte, doch dafür sah er umso deutlicher, was er anrichtete: Der Bugspriet des Schiffes flog davon, wie vom Hieb einer unsichtbaren Axt gekappt, und Mjöllnir pflügte eine Schneise der Verheerung diagonal über das gesamte Deck, biss auf dem Weg zurück noch ein gewaltiges Stück aus der Reling und landete wieder in seiner ausgestreckten Hand, und Thor fand sogar noch Zeit für einen zweiten Wurf, der den Hauptmast eines anderen Schiffes kappte, sodass das Segel wie ein gewaltiges morsches Leichentuch auf das Deck herabflatterte und seine Mannschaft aus wandelnden Leichnamen unter sich begrub.

Als er Schwung für einen dritten Wurf holte, mit dem er dieses Mal unter die Wasserlinie zielte, um das Schiff nicht nur zu beschädigen, sondern zu versenken, erbebte das *Naglfar* unter einem so gewaltigen Schlag, dass er strauchelte und auf ein Knie hinabsank, als ein weiteres Schiff heran war und die riesige *Naglfar* rammte. Gut die Hälfte der Männer wurde ebenfalls von der Erschütterung von den Beinen gerissen, war aber auch fast zugleich mit ihm wieder auf den Füßen und wandte sich dem zerrissenen Segel zu, das plötzlich hinter der Reling des *Naglfar* aufragte.

Die erste Welle der Dauger wurde niedergemetzelt, noch ehe sie das Deck erreichen konnte, und ohne dass Thor auch nur eingreifen musste. Und so schnell es auch ging, sah er dennoch, wie gut Torben die Männer auf das vorbereitet hatte, was sie erwartete: Immer zu zweit oder dritt warfen sie sich auf einen ihrer bizarren Gegner und enthaupteten ihn, oder schlugen ihm die Beine weg, und das oft genug wortwörtlich. Und nun kamen auch die Netze und Seile zum Einsatz, deren Zweck ihm bisher rätselhaft geblieben war: Thor sah, wie die Männer eines der Netze über eine ganze Gruppe Dauger warfen und sie dann mit ihren großen Schilden einfach über Bord drängten, wo sie von den schweren Gewichten zweifellos sofort in die Tiefe gezogen werden mussten.

Unpassend oder nicht musste sich Thor einer Vision erwehren, die ebenso bizarr wie schrecklich war: Er sah Krieger, Dutzende, Hunderte toter Krieger, die in einer schier endlosen Reihe über den Meeresgrund wanderten und dabei von Fischen und anderen Meeresbewohnern angefressen wurden, bis sie eines Tages, und sei es in hundert Jahren, die Küsten Asgards erreichten und sich an Land schleppten, um den ahnungslosen Menschen dort den Tod zu bringen; der Preis für den Frevel, den er begangen hatte, indem er in ihr verbotenes Reich eindrang.

Thor verscheuchte die kindische Vorstellung, schleuderte Mjöllnir und zerschmetterte mit einem einzigen Wurf gleich drei Untote, die sich gerade erst über die Reling gestemmt hatten. Noch in derselben Bewegung, mit der er den Hammer auffing, streckte er einen weiteren Angreifer nieder, der sich leichtsinnigerweise direkt neben ihm an Deck zu ziehen versuchte, und auch die Schwerter und Äxte der Krieger hielten weiter reiche Ernte.

Aber er machte sich nichts vor. Die Männer kämpften mit grimmiger Entschlossenheit und so tapfer, wie er es noch nie zuvor erlebt hatte und metzelten die unheimlichen Kreaturen beinahe schneller nieder, als sie an Bord klettern oder sich vom Mast und Segel des Schiffes aus herunterfallen lassen konnten, und bisher hatten sie tatsächlich nicht einen einzigen Verlust zu beklagen, doch das würde sich ändern, sobald die Untoten nur in genügend großer Zahl angriffen.

Als wäre dieser Gedanke ein Stichwort gewesen, auf das das Schicksal nur gewartet hatte, um ihn sofort für seinen Hochmut zu bestrafen, fiel der erste Mann, als sich ein Dauger von der Mastspitze fallen ließ und ihn unter sich begrub. Der Krieger registrierte die Gefahr im allerletzten Moment und riss seinen großen Rundschild in die Höhe, wurde von der zerlumpten Gestalt aber mit so schrecklicher Wucht auf das Deck geschleudert, dass Thor selbst über das Toben der Schlacht und das Sturmgeheul hinweg hören konnte, wie seine Knochen brachen.

Mit einem einzigen Schritt war er dort und zertrümmerte dem Dauger das Rückgrat, doch das hinderte die grässliche Kreatur nicht daran, dem Mann die Zähne in den Hals zu schlagen und ihm den Kehlkopf herauszureißen.

Thor schrie vor Zorn und Enttäuschung gellend auf, packte die Kreatur der Hel im Nacken und schleuderte sie in hohem Bogen über Bord, doch es war zu spät. Der Krieger erstickte röchelnd an seinem eigenen Blut, und Thors Zorn erreichte eine neue, nie gekannte Dimension. Mjöllnir flog aus seiner Hand und kappte den Mast des Seglers neben dem *Naglfar*, der lautlos nach hinten kippte und Dutzende der seelenlosen Kreaturen mit sich riss, und noch bevor der Hammer in seine Hand zurückkehrte, riss er auch das Schwert aus dem Gürtel, um nun beidhändig weiterzukämpfen und wie eine Naturgewalt unter die Dauger zu fahren. In einem einzigen, wütenden Ansturm fegte er fast die Hälfte der Angreifer über Bord, die es bisher an Deck geschafft hatten. Die magischen Runen, die in Mjöllnir schwarzes Eisen graviert waren, schienen wie unter einem düsteren inneren Feuer zu glühen, und da war plötzlich wieder jenes vertraute schreckliche Gefühl in ihm, das er immer verspürte, wenn Mjöllnir Leben fraß; nur dass es diesmal etwas anderes und unendlich viel Düsteres war, das er vernahm. Aber irgendetwas entriss er den seelenlosen Kreaturen, und was immer es war, es mehrte seine Macht, und die Wucht von Thors Hieben steigerte sich im gleichen Maße, in dem er mehr und mehr in pure Raserei verfiel und sich ebenso langsam wie unaufhaltsam in einen wahren Blutrausch steigerte.

Schließlich war nur noch eine Handvoll Dauger übrig, die von den Kriegern Schritt für Schritt an die Reling zurückgedrängt und über Bord gestoßen wurden.

Als Thor in den Kampf eingreifen wollte, vertrat ihm Torben den Weg. Sein Gesicht war blutbesudelt, und sein Atem ging so schwer, dass er die Worte nur mühsam und einzeln hervorstoßen konnte. »Thor ... geh! Wir ... schaffen das ...! Die ... Schiffe!«

Zuerst verstand Thor nicht einmal, was er meinte. Ganz im Gegenteil musste er plötzlich mit aller Kraft gegen den Impuls ankämpfen, den Kapitän einfach aus dem Weg zu stoßen, um sich auf die verhassten Gegner zu stürzen und Mjöllnir mit ihren schwarzen Seelen zu füttern.

Dann begriff er, dass Torben recht hatte. In jedem Augenblick, den er unter den Daugern wütete, kamen die übrigen Segler näher, und wenn die drei anderen Schiffe auch noch heran waren, dann war es fraglich, ob selbst Mjöllnirs Macht ausreichte, um mit der Armee wandelnder Toter fertig zu werden.

Statt Torben niederzuschlagen (was ein Teil von ihm immer noch wollte), fuhr er auf dem Absatz herum, stürmte zur anderen Seite und erkannte, dass die Warnung des Kapitäns vielleicht schon zu spät kam: Eines der Schiffe trieb steuerlos auf den Wellen und war selbst zum Spielball der rohen Naturgewalten geworden, die seine Herren doch eigentlich gegen das *Naglfar* hatten schleudern wollen, war es doch seines Segels beraubt, und der Großteil der Besatzung unter dem umgestürzten Mast und Tauwerk begraben. Die beiden anderen jedoch kämpften sich unaufhaltsam durch das kochende Meer heran. Wellen explodierten wie Hammerschläge an ihren Flanken und überschütteten sie mit brodelnder Gischt und purer Gewalt, und mehr als ein Dauger wurde einfach über Bord gerissen und versank in den kochenden Fluten. Rings um sie herum explodierten Blitze auf dem Meer, und blaues Feuer lief auf knisternden Spinnenbeinen über das Wasser und setzte Trümmerstücke und treibende Gestalten in Brand, aber keiner der grellen Blitze kam den Schiffen auch nur nahe, und auch der Sturm berührte ihre Segel nicht, sondern schien sie im Gegenteil noch zu beschleunigen, obwohl sie doch genau gegen ihn anliefen.

Thor kämpfte die dumpfe Furcht nieder, mit dem der Anblick seine Seele vergiften wollte, schob sein Schwert wieder in die Scheide zurück und zielte sorgfältig, bevor er Mjöllnir fliegen ließ.

Diesmal verschmolz der Hammer nicht mit der Nacht, sondern zog eine flammende Spur hinter sich her, als seine magischen Runen wie in böser Vorfreude aufleuchteten. Ohne auch nur langsamer zu werden, zerschmetterte er Bugspriet und Mast des Schiffes, hinterließ eine Spur aus zerschlagenen Leibern und abgerissenen Gliedmaßen auf dem Deck und riss im Herumschwenken noch das halbe Heck des Schiffes weg. Noch bevor die Wolke aus Trümmern und zerfetzten Leibern auf das Wasser hinabregnen konnte, kehrte Mjöllnir in Thors Hand zurück, um Schwung zu holen, und traf das Schiff noch einmal und mit noch verheerenderer Wucht, mit der er diesmal seine gesamte Flanke aufriss; wie ein Messer, das durch das weiche Fleisch seines Opfers schnitt. Das ganze Schiff legte sich auf die Seite und spie einen Schwall aus Trümmern und lautlos um sich schlagenden Gestalten ins Meer, wurde aber weder langsamer, noch kam es sichtlich vom Kurs ab.

Verzweiflung begann sich in Thor breitzumachen, als er

Mjöllnir zum dritten Mal und jetzt mit seiner ganzen gewaltigen Kraft schleuderte und damit ein Loch in das Deck des Schiffes stanzte, das gewaltig genug war, um es eigentlich auf der Stelle zu versenken.

Aber es sank nicht. Ganz im Gegenteil war Thor jetzt sicher, dass es sogar schneller wurde, wie ein tödlich getroffener Krieger, der um sein Schicksal wusste, aber wild entschlossen war, seinen Feind noch sterbend mit sich zu nehmen.

Thor wartete, bis Mjöllnir in seine Hand zurückgekehrt war, holte zu einem weiteren Wurf aus ... und zögerte.

Für die Dauer eines einzelnen, endlosen Atemzuges stand er einfach da und starrte das Schiff an, und etwas ... geschah, mit und in ihm. Da war plötzlich noch mehr von jenem verbotenen Wissen in ihm, ein uralter verborgener Schatz, den er plötzlich erkannte, und um dessen Bedeutung er wusste. Da war auch eine leise, flüsternde Stimme in ihm, die ihn warnte, nicht an dieses verborgene Wissen zu rühren, denn es mochte seine Seele verbrennen und ihm vielleicht Schlimmeres antun, als es die Dauger und der Herr der verbotenen Stadt jemals konnten.

Hinter ihm gellte der Todesschrei eines Mannes über das Deck, und es war dieser Laut, der die Entscheidung brachte.

So viele waren gestorben, nur weil sie seinem Wort gefolgt und an eine Idee geglaubt hatten, die niemals mehr als ein unerfüllbarer Traum gewesen war, und wenn er jetzt zauderte, dann würden auch diese wenigen Überlebenden noch sterben, und alles wäre umsonst gewesen, die Blüte seines Volkes für nichts dahingerafft, und niemand würde je erfahren, was hier geschehen war. Das durfte nicht sein, ganz gleich, welchen Preis er selbst auch dafür zahlte.

Thor riss den Hammer in die Höhe, doch statt ihn zu schleudern, entfesselte er seine verborgene, wahre Macht, und rief den Sturm.

Zu ihrer Vernichtung gesandt, wurde er von einem Atemzug auf den anderen zu ihrem Verbündeten. Ein einzelner, unerträglich heller Blitz zuckte aus den Wolken herab und in den gewaltigen Hammer, heiß wie aus dem Herzen einer tobenden Sonne, Licht, so grell, dass es alle Farben und Schatten auslöschte und nur schwarz und weiß übrig ließ, und Gewalten, die Welten zerfetzen konnten. Doch statt den Hammer zu schmelzen und seinen Körper zu Asche zu verbrennen, berührte ihn das Leuchten nicht einmal, sondern sengte eine gezackte Linie aus schierem weißen Licht in die Nacht, traf den heranjagenden Segler und ließ ihn mit einem einzigen, dumpfen Schlag in Flammen aufgehen.

Das Schiff bäumte sich auf, schüttelte seine Mannschaft aus brennenden Leibern ab und wurde von einem zweiten und womöglich noch gewaltigeren Blitzschlag getroffen, der es endgültig in Stücke brechen ließ, und noch bevor das lodernde Wrack in einer gewaltigen Explosion aus Gischt und kochendem Schaum ins Wasser zurückfiel, wirbelte Thor herum und richtete Mjöllnirs Zorn gegen das zweite Schiff. Flammen liefen über das Meer, als der Ozean selbst zu brennen begann, und Mast und Segel verwandelten sich in einen lodernden Vorhang aus rotem Feuer. Leblose, lichterloh brennende Gestalten torkelten über das Deck, brachen mit zusammengeschmolzenen Gliedmaßen und brüchig gewordenen Knochen zusammen oder stürzten über Bord, um in den aufgepeitschten Wogen zu versinken. Doch Mjöllnirs Zorn, einmal entfesselt, kannte nun kein Halten mehr. Blitz auf Blitz hämmerte in das Schiff, zerschmetterte Holz und ließ Eisen wie weiß leuchtendes Wachs zerlaufen. Turmhohe Säulen aus weißer Gischt rasten in den Himmel, als das Wasser keine Zeit mehr fand, zu sieden, sondern sich gleich in verbrühenden Dampf verwandelte. Dauger explodierten, als dasselbe mit jedem bisschen Flüssigkeit in ihren Körpern geschah, doch das reichte Mjöllnirs Wüten immer noch nicht. Das Schiff kippte auf die Seite, brach tosend auseinander und verteilte weitere brennende Gestalten und Trümmer im Meer, doch Mjöllnirs Blitze folgten selbst dem brennenden Wrack noch in die Tiefe. Als die einzelnen Bruchstücke sanken, stachen Speere aus kochenden Dampfblasen und reinem Licht zum Meeresgrund hinab und verbrannten seinen Sand zu schwarzem Glas.

Nicht genug. Mjöllnir wollte mehr, und der schwarze Schlund, der in seiner Seele aufgerissen worden war, schrie nach weiterem Leben, das er verschlingen konnte, mehr Vernichtung und größerer Gewalt. Nichts war genug, um seine Zerstörungswut zu befriedigen. Er wollte die Welt in Brand setzen, und wenn das nicht reichte, noch mehr.

Die nächsten drei, vier Blitze fuhren einfach auf das Meer hinab, suchten nach einzelnen Daugern und verkohlten Trümmerstücken, um sie zu pulverisieren, und da war noch etwas hinter dieser Gier, ein Zorn, der kein Halten mehr kannte und alles und jeden in seiner Umgebung verzehren würde, wenn er zuließ, dass er ihn endgültig entfesselte.

Das *Naglfar* erbebte, als sich das dritte und letzte Dauger-Schiff in seine Seite rammte, und Thor fuhr herum, rasend vor Zorn, in seinem sinnlosen Wüten sein letztes Ziel einfach *vergessen* zu haben, war mit einem gewaltigen Satz auf der anderen Seite des Schiffes und schleuderte einen Blitz seines göttlichen Zornes auf den Angreifer hinab, der sein gesamtes Heck zertrümmerte und Dutzende von Daugern in Flammen aufgehen ließ.

Aber nicht nur sie.

Gemacht aus den Finger- und Zehennägeln toter Männer, denen der Weg nach Walhalla verwehrt worden war, war am *Naglfar* selbst nichts, was brennen konnte, doch das galt nicht für seine Besatzung. Thor beobachtete entsetzt, wie zwei, drei, schließlich vier Männer von den hochschießenden Flammen erfasst wurden, die ihre Gesichter versengten und ihre Kleider in Brand setzten. Drei von ihnen gelang es trotz des tobenden Handgemenges, die Flammen zu löschen, der Letzte jedoch stürzte schreiend und um sich schlagend auf das Deck des brennenden Seglers hinab und verschwand in der Masse der Dauger, die ihn augenblicklich in Stücke zu reißen begannen.

Thor musste all seine Willenskraft aufbieten, um nicht noch einen zweiten und noch vernichtenderen Blitz auf das Schiff zu schleudern, der es vermutlich in Stücke geschlagen, unter der Besatzung des Naglfar aber noch mehr Opfer gefordert hätte.

Stattdessen schwang er Mjöllnirs glühenden Kopf und zerschmetterte den Schädel eines Dauger, der neben ihm an der Bordwand heraufkletterte. Im Stürzen riss die Kreatur noch zwei weitere Untote mit in die Tiefe, aber schon griffen Dutzende, wenn nicht Hunderte grauer Hände mit schartig abgebrochenen eisenharten Nägeln nach dem Schiff und krallten sich in seine Flanken.

Thor ignorierte das Wutgeheul Mjöllnirs in seiner Seele, der danach schrie, seine Magie erneut zu entfesseln und das Höllenfeuer des Sturms auf die Angreifer hinabzuschleudern, packte den Hammer stattdessen mit beiden Händen und schlug und drosch wie ein Berserker auf die grausigen Angreifer ein, und er schleuderte sie zu Dutzenden zurück auf ihr brennendes Schiff oder ins Meer. Doch ihre Zahl schien schier endlos, und er konnte nicht überall zugleich sein.

Schon kletterten die ersten Angreifer über die Reling, und für jeden Dauger, den er erschlug, schienen sofort zwei weitere Ungeheuer aus dem brennenden Rumpf des Schiffes aufzutauchen.

Eine starke Hand krallte sich von hinten in seine Schulter und riss ihn von der Reling zurück. Thor stieß den Ellbogen nach hinten, hörte Knochen brechen und wirbelte auf dem Absatz herum.

Das Bild, das sich ihm bot, ließ ihn für einen halben Atemzug vor Entsetzen erstarren.

Der Dauger war unter seinem Ellbogenstoß zurückgetaumelt, hatte sich jedoch schon wieder gefangen und torkelte mit unkoordiniert pendelnden Armen auf ihn zu.

Nur dass es kein Dauger war. Seine Haut war nicht grau und verfault, und auch seine Kleider hingen nicht in modernden Fetzen von ihm herab. Helles, noch nicht eingetrocknetes Blut färbte seinen Brustharnisch rot, das aus seiner aufgerissenen Kehle lief, denn es war der Mann, der gerade erst von einem Dauger getötet worden war. Nun war er selbst zu einem geworden.

Die Erkenntnis dessen, was diese Beobachtung wirklich bedeutete, erfüllte Thor mit einem solchen Entsetzen, dass er einfach wie gelähmt dastand und die furchtbare Kreatur anstarrte, die noch vor Augenblicken sein Kamerad gewesen war, und ein Mann, der ohne zu zögern sein Leben für ihn geopfert hätte. Jetzt trachtete er mit jeder Faser seiner widernatürlichen Existenz danach, es ihm zu nehmen.

Erst, als die gebrochenen Finger der Kreatur nach seinem Gesicht tasteten, erwachte er mit einem Brüllen aus dem Zustand entsetzter Lähmung, stieß den Dauger von sich und schlug ihm mit der bloßen Faust den Kopf von den Schultern.

Der von schwarzer Magie wieder ins Leben zurückgezwungene Krieger war nicht der einzige. Mehr und mehr Männer, die von den unheimlichen Angreifern niedergerungen worden waren, hatten sich wieder erhoben und kämpften nun auf der anderen Seite, und mit jedem Mann, der fiel, kippte das Verhältnis zwischen Freund und Feind weiter, und nicht zum ersten Mal fragte sich Thor allen Ernstes, ob sie überhaupt eine Chance hatten, diesen ungleichen Kampf zu gewinnen.

Die ehrliche Antwort auf diese Frage hätte ihn entmutigt, also wich er ihr aus, indem er nun auch wieder das Schwert zog und sich mit beiden Waffen in den Kampf stürzte.

Es schien, als würde sein Eingreifen das Blatt noch einmal wenden, denn nicht einmal die gewaltige Übermacht und scheinbare Tapferkeit der Dauger vermochte dem Zorn eines wütenden Gottes standzuhalten, mit dem er über sie kam. Hammer und Schwert wüteten unerbittlich unter den Angreifern und zerschlugen ihre Formation, wo immer sie sich ihnen entgegenstellten, aber immer mehr und mehr Untote erschienen über der Reling. Und obwohl die Männer nahezu jeden Gegner niederstreckten, der auch nur in die Reichweite ihrer Waffen geriet, erlitten auch sie Verluste; Männer, die getroffen zu Boden sanken, nur um sich wenige Augenblicke darauf wieder aufzurichten und sich gegen die zu wenden, an deren Seite sie gerade noch gefochten hatten.

Sie würden verlieren, dachte Thor entsetzt. Die Männer verteidigten sich mit einem Mut und Geschick, die Eingang in die Mythen ganzer Generationen finden würden, aber dazu musste jemand diesen Sturm überleben, um davon zu erzählen, und Thor war immer weniger sicher, dass das geschehen würde. Mehr als die Hälfte der Männer war bereits gefallen und lag reglos auf dem Deck, sofern sie sich nicht ihren bisherigen Feinden angeschlossen hatten und nun gegen ihre eigenen Kameraden kämpften, und noch immer drängten weitere Dauger über die Reling auf beiden Seiten. Wie viele von diesen verdammten Ungeheuern gab es denn noch?

Thor begriff, dass es nur einen einzigen Weg gab, diese Frage zu beantworten, und in dieser Antwort vielleicht auch die einzige Chance für sie alle lag, so wahnwitzig ihm der Gedanke auch selbst vorkommen mochte. Was hatte er zu verlieren, außer einem Leben, das ohnehin nur noch wenige Augenblicke dauern konnte?

Er fuhr noch einmal herum, um den Männern an seiner Seite mit zwei, drei gewaltigen Hieben wenigstens kurzfristig Luft zu verschaffen, war dann mit wenigen raschen Schritten an der

Reling und sprang ohne das geringste Zögern auf das unbeschädigte der beiden Schiff hinab.

Der gewaltige Aufprall war zu viel für das morsche Holz. Es zersplitterte unter seinem Gewicht, und Thor fand sich völlig ungeplant in der Bilge des angeschlagenen Schiffes wieder, umgeben von fauligem Wasser, in dem hundert Jahre alter Unrat schwappte – und zwei Daugern, die mit ihm durch das Deck gebrochen waren und tatsächlich ein wenig verdutzt aussahen.

Thor gab ihnen keine Gelegenheit, sich von ihrer Überraschung zu erholen, sondern erledigte sie mit zwei raschen Schwerthieben, stemmte sich erst dann gänzlich hoch und spuckte faulig schmeckendes Wasser aus, das ihm in den Rachen gedrungen war und einen immer stärker werdenden Brechreiz im ihm auslöste.

Schlurfende Schritte näherten sich dem ausgezackten Loch in den Planken über seinem Kopf, und obwohl er nicht einmal hinsah, konnte er die Blicke toter Augen spüren, die sich gierig auf ihn richteten, und er hörte das Scharren von rostigem Metall und das Knacken von Gelenken, die schon vor einem Jahrhundert zur Brüchigkeit von morschem Holz erstarrt waren. Nur noch ein Augenblick, und sie würden zu Dutzenden hier herunterspringen, um ihn zu überwältigen, und wenn das nicht ausreichte, zu Hunderten. Aber mehr als einen Augenblick brauchte er auch nicht.

Er steckte das Schwert ein, ergriff Mjöllnir mit beiden Händen und schwang ihn hoch über den Kopf.

Das fingerdicke Holz hatte ein Jahrhundert lang Wasser und Zeit getrotzt, vielleicht auch länger, doch der gewaltige Kriegshammer zertrümmerte es wie der Faustschlag eines zornigen Riesen hauchzartes Eis.

Thor trat einen Schritt zur Seite, als eiskaltes Wasser in einem schäumenden Geysir aus dem gewaltigen Loch sprudelte, das er in die Planken geschlagen hatte, sah eine Bewegung aus den Augenwinkeln und wunderte sich beinahe beiläufig, dass nur zwei weitere Dauger zu ihm herabgesprungen waren, um ihn an seinem Tun zu hindern. Vielleicht begriffen sie ja gar nicht, was er tat, oder in ihrem dumpfen Bewusstsein war nur noch Platz für den Gedanken, das *Naglfar* zu entern und jedes schlagende Herz an Bord zum Verstummen zu bringen.

Thor sorgte mit einer zornigen Bewegung dafür, dass in den Köpfen zumindest dieser beiden nicht einmal mehr Platz dafür war und führte den Hieb zu Ende, indem er ein weiteres und noch größeres Loch in den Boden rammte. Das Schiff war nicht sonderlich groß, vielleicht fünfundzwanzig oder dreißig Schritte, und Thor brauchte nur wenige Augenblicke, um es einmal vom Bug bis zu seinem zertrümmerten Heck zu durchqueren. Zweifellos war es finstere verbotene Magie, die dieses Schiff nach all der Zeit noch auf dem Wasser hielt, aber Magie hin oder her, als er fertig war, ähnelte sein Boden mehr einem verrotteten Fischernetz als irgendetwas, das dazu gemacht war, auf dem Wasser zu schwimmen, und es begann rasch zu sinken.

Thor wagte es nicht, an Deck zurückzuklettern, um sein Glück nicht überzustrapazieren, sondern hackte sich kurzerhand einen Weg durch den Rumpf, sprang mit einem Satz ins Wasser und musste einen Moment mit aller Macht kämpfen, um von Mjöllnirs enormem Gewicht nicht in die Tiefe gezogen zu werden. Mit zwei, drei kraftvollen Zügen entfernte er sich von dem sinkenden Wrack, erreichte das *Naglfar* und fand irgendwie Halt an den überlappenden Planken seines Rumpfes, die eigens so angeordnet waren, dass es nahezu unmöglich war, daran hochzuklettern.

Irgendwie gelang es ihm trotzdem, auch wenn er sich dadurch in der schon fast absurden Lage wiederfand, zusammen mit gleich zwei oder drei Dutzend Daugern an der Flanke des *Naglfar* nach oben zu klettern (und zu seinem Verdruss nicht einmal annähernd so schnell und mühelos wie die meisten von ihnen), und um ein Haar wäre er von einem seiner eigenen Männer enthauptet worden, der beinahe zu spät begriff, dass es kein weiteres Ungeheuer war, das sich neben ihm über die Reling zog.

Endlich oben angekommen, bot sich ihm ein Bild des Entsetzens. Ganz gleich, wie viele Dauger auch mit dem sinkenden Schiff auf den Meeresgrund hinabgerissen worden waren, ihre Übermacht war noch einmal größer geworden und Torbens tapferes Häuflein noch weiter zusammengeschmolzen. Vielleicht waren es noch ein Dutzend, die sich zu einem dichten Kreis aus Schilden und Schwertern formiert hatten, um sich gegen die schrecklichen Angreifer zu verteidigen. Noch während Thor hinsah, brach ein weiterer Mann in die Knie und ließ Schild und Schwert fallen, um die Hände gegen seine aufgerissene Kehle zu schlagen, und nur ein Stück neben ihm zogen sich zwei weitere Dauger über die buckelige Reling.

Thor streckte sie mit einem einzigen Hieb nieder, rannte los und nahm den Platz des Gefallenen ein. Sein Verstand riet ihm, den Mann zu enthaupten, bevor er wieder aufstehen und sich gegen ihn wenden würde, doch das konnte er einfach nicht; nicht einmal, als der Krieger sich nach einigen Augenblicken tatsächlich wieder zu bewegen begann und mit Fingern, die glitschig und rot von seinem eigenen Blut waren, nach dem Schwert tastete, das er gerade fallen gelassen hatte. Er packte den Mann, bevor die grässliche Verhöhnung von Leben vollends Besitz von ihm ergreifen konnte, schleuderte ihn über Bord und bezahlte für diese zweifelhafte Gnade, indem er sich einen schmerzhaften Stich in den Oberschenkel einhandelte; hinten und weit genug oben, um ihn die meisten Dinge in den nächsten Tagen wohl im Stehen verrichten zu lassen.

Falls er den nächsten Sonnenaufgang noch erlebte.

Es sah nicht danach aus.

Immer noch strömte Welle auf Welle der unheimlichen Angreifer über die Reling. Es sollte unmöglich sein. Eines der Schiffe war gesunken, und auf dem anderen war einfach nicht genug Platz für Hunderte und Aberhunderte Krieger, aber möglich oder nicht, ihre Zahl nahm einfach kein Ende. Ein weiterer Mann fiel, und noch einer, und sie wurden Schritt für Schritt zurückgetrieben, bis sie sich schließlich im Heck des Schiffes zusammendrängten und es nichts mehr gab, wohin sie fliehen konnten. Und noch immer erschienen graue Krallenhände und leere Gesichter über der Reling, um die Plätze derer einzunehmen, die unter ihren Schwerthieben fielen. Es war Magie, ein finsterer Zauber, der ihre Zahl niemals kleiner werden lassen würde, ganz gleich, wie viele sie auch erschlugen. Sie würden nicht aufgeben, bis sie das *Naglfar* erobert und alles Leben an Bord ausgelöscht hatten, um es endgültig zu einem Schiff der Toten zu machen.

Und dann, ganz plötzlich, begriff er.

»Das Schiff«, keuchte Thor. »Torben, sie wollen das Schiff!«

Torben starrte ihn einen halben Atemzug lang verständnislos an und hätte diese kleine Unaufmerksamkeit um ein Haar mit dem Leben bezahlt, denn einer der Dauger nutzte die Gelegenheit unverzüglich, sich vor und direkt in sein Schwert zu werfen. Die Klinge bohrte sich knirschend durch trockenes Fleisch und mürbe gewordene Knochen, doch das grässliche Ding zog sich einfach weiter, machte einen mühsamen zitternden Schritt und griff mit dürren Krallenhände nach Torbens Gesicht. Thor schleuderte es mit einem Hammerschlag zu Boden und schrie noch einmal: *»Das Schiff, Torben! Verstehst du denn nicht?«*

Nein, Torben verstand nicht, das sah er ihm an, und ganz bestimmt wollte er es auch nicht. *»Folgt mir!«*, brüllte er. *»Los!«*

Bis zur Reling waren es nur wenige Schritte, und zugleich wollte der Weg einfach kein Ende nehmen. Thor wurde wieder getroffen und traf selbst, spürte heißen Schmerz und nicht minder heißes Blut, das an seiner Seite hinablief, schlug zu und blockte seinerseits Hiebe ab. Er zertrümmerte Schädel und Gesichter, hackte Hände und Arme ab und zerbrach mehr als ein Schwert mit der bloßen Hand. Eine Klinge fuhr quer durch sein Gesicht und hinterließ eine Spur aus brennendem Schmerz und Blut, aber er stampfte einfach weiter, durchbohrte Leiber und zertrümmerte Kniescheiben und hackte Beine ab, und als wäre sein Toben ansteckend, mobilisierten auch Torben und die Männer noch einmal alle ihre Kräfte, und jetzt waren sie es, die die Dauger vor sich hertrieben oder einfach in Stücke schlugen.

Endlich hatten sie die Reling erreicht. Thor stieß einen Dauger zurück, der sich gerade vor ihm in die Höhe ziehen wollte, griff mit der anderen Hand nach Torben und riss ihn einfach mit sich, als er über Bord sprang. Torben kreischte vor Schrecken, und Thor versuchte ihn noch im Sprung so an sich zu ziehen, dass er ihrem Aufprall wenigstens die ärgste Wucht nahm. Es funktionierte nicht ganz. Sie fielen beide, aber zumindest gaben die morschen Planken unter ihrem Gewicht nicht nach, ebenso wenig wie unter dem der anderen Männer, die rings um sie herum auf dem Deck des brennenden Seglers landeten. Thor hörte einen gurgelnden Schrei, als einer der Männer in der hochgerissenen Klinge eines Daugers landete und sterbend über Bord kippte, doch der Rest langte mehr oder weniger unversehrt neben ihm an und war auch fast genau so schnell wieder auf den Beinen, und das Töten ging weiter.

Für einen unendlich kurzen, aber durch und durch entsetzlichen Moment war Thor plötzlich nicht mehr sicher, nicht nur einem aus Verzweiflung geborenem Irrtum erlegen zu sein. Was, wenn er den Männern nun auch noch ihre allerletzte Chance genommen und sie in den sicheren Tod geführt hatte?

Doch das hatte er nicht. Das Schicksal mochte grausam sein, doch selbst die Bosheit der Götter war wohl nicht grenzenlos, und es war genau wie auf dem anderen Schiff, das er gerade versenkt hatte: Die bizarren Kreaturen schienen kaum Notiz von ihnen zu nehmen. Die wenigen, die sie überhaupt anzugreifen versuchten, wurden rasch niedergemacht oder einfach über Bord geworfen, und der allergrößte Teil der Dauger (und es waren noch immer entsetzlich viele) konzentrierte sich ganz darauf, das *Naglfar* zu erreichen und an seiner Flanke hinaufzuklettern, die wie eine schwarze Klippe über ihnen aufragte.

»Das Feuer!«, befahl Thor. »Löscht das Feuer!« Gehorsam wandte sich die Hälfte der Männer um und eilte zum Heck, um die Flammen zu ersticken, die immer noch aus dem geborstenen Heck schlugen; eine Idee, auf die die eigentlichen Besitzer dieses Schiffes noch gar nicht gekommen zu sein schienen. Ganz im Gegenteil wurde Thor eines vollkommen grotesken Bildes angesichtig, als er sah, wie mehrere Dauger tatsächlich lichterloh brennend an den schwarzen Planken hinaufkletterten und sich ein stummes Wettrennen mit den Flammen lieferten, die sie verzehrten.

Er wartete nicht ab, um sich davon zu überzeugen, ob es ihnen gelang oder nicht, sondern hob Mjöllnir und drehte sich rasch im Kreis, um nach irgendetwas Ausschau zu halten, was er zerschmettern konnte.

Es gab nichts. Die wenigen Männer, die ihm noch verblieben waren, reichten vollkommen aus, um ihnen die untoten Krieger vom Leib zu halten, die dumm genug waren, sie angreifen zu wollen, und er sah aus den Augenwinkeln, dass es auch Torben und den anderen anscheinend ein Leichtes war, die Flammen zu löschen. Rasch befestigte er den Hammer an
seinem Gürtel, bückte sich nach dem erstbesten Trümmerstück, das ihm geeignet schien und stemmte es gegen die Flanke des *Naglfar.*

Nichts geschah. Thor strengte seine ganze gewaltige Körperkraft an, um das Boot vom *Naglfar* zu lösen, doch es schien wie durch einen bösen Zauber gebannt (vielleicht auch durch den Sog, den das viel größere Schiff auf den Rumpf des kleineren Seglers ausübte). Erst als auch die anderen Männer zugriffen und sich mit Planken, Trümmerstücken oder auch ihren Schwertern zu ihm gesellten, begann sich das schwelende Wrack – widerwillig und mit einem saugenden Laut, der fast wie ein resignierendes Seufzen klang – vom *Naglfar* zu lösen. Noch immer tauchten Krieger mit leeren Augen und zerfallenen Gesichtern rings um sie herum wie aus dem Nichts auf und begannen das gewaltige Kriegsschiff zu entern, doch bald schon griffen die ersten Hände ins Leere, und die ersten Körper landeten mit gewaltigem Platschen im Wasser, als die Lücke zwischen den beiden Schiffen zu groß wurde.

Sie waren nicht allein. Bei allem Entsetzlichen, mit dem er bisher konfrontiert worden war, war es ihm bisher nicht wirklich aufgefallen, doch auch im Meer rings um sie herum trieben noch zahllose, von einer bösen Verhöhnung von Leben erfüllte Gestalten, die mit ungeschickt wirkenden Schwimmbewegungen das *Naglfar* zu erreichen versuchten. Und es wurden *mehr*, als spie nun auch das Meer all die Toten aus, die seit Anbeginn der Zeit auf seinen Grund gesunken waren. Keiner von ihnen nahm auch nur Notiz von dem brennenden Schiff, und auch die wenigen Dauger, die sich noch an Deck befanden, verloren nun auch noch das allerletzte Interesse an Thor und seinen Männern und hatten es nur umso eiliger, über Bord zu springen und zum *Naglfar* hinüberzuschwimmen.

»Thor, was … was tust du?«, stieß Torben atemlos hervor. Thor hatte nicht einmal gemerkt, dass er zurückgekommen war. Der Kapitän wankte vor Erschöpfung, halb geronnenes Blut und Ruß bildeten eine grässliche schmierige Schicht auf seinem Gesicht, und sein Mantel schwelte. Thor streckte beiläufig die Hand aus und erstickte eine Flamme, die aus dem Stoff züngelte.

»Was … hast du … vor?«, japste Torben.

»Das *Naglfar,* Torben«, antwortete Thor. »Wir geben es auf. Es gehört ihnen.« So wie es das immer schon getan hatte.

»Acht, Thor.«

Thor erkannte die Stimme, aber es wollte ihm nicht gelingen, ihrem Klang einen Namen zuzuordnen, oder gar ein Gesicht.

Er wusste auch nicht genau, wie lange er schon im Bug des Schiffes stand und auf das Meer hinaussah, oder in welche Richtung sie fuhren. Es musste lange sein, denn das Schwarz der Nacht begann allmählich einem schmutzigen Grau zu weichen, das über dem Horizont aufstieg, und tief in sich spürte er, dass der Sturm schon seit Stunden vorüber war. Das Schiff trieb steuerlos über ein Meer, das schon beinahe unheimlich ruhig war, als hätte die Natur all ihre Kräfte im Toben dieser einen Nacht verbraucht und wäre nun in einen tiefen Schlaf der Erschöpfung gefallen. Das Feuer war längst gelöscht, und er selbst hatte das Schiff zweimal vom Bug bis zum Heck durchsucht und sich davon überzeugt, dass sich keine der unheimlichen Kreaturen mehr an Bord befand. Dennoch lag noch immer ein leiser Brandgeruch in der Luft, und darunter, ganz sacht nur, aber auch zu penetrant, um ihn nicht zu bemerken, ein schwacher Hauch von Fäulnis.

Nichts von alledem bedeutete mehr etwas.

Er fühlte sich leer, als hätte der brutale Kampf einen Teil seiner Lebenskraft aufgezehrt, den er vielleicht nie wieder zurückbekommen würde.

War es der Geschmack der Niederlage, den er verspürte?

«Wir sind noch acht, Thor«, sagte Torben, als ihm nach einer Weile klar zu werden schien, dass er keine Antwort bekommen würde; vielleicht nicht einmal einen Blick. »Dich und mich mitgerechnet. Sechs Männer.«

Glaubte er denn, dass er das nicht wusste?

Thor sah jedes einzelne dieser sechs Gesichter vor sich, die Erschöpfung und den Schmerz auf ihren Zügen, und die dumpfe Verzweiflung in ihren Augen. Er fragte sich, was Torben eigentlich von ihm wollte, kam zu keiner Antwort und drehte sich widerwillig zu ihm herum, begriff er doch immerhin, dass er keine Ruhe geben würde, bis er irgendetwas sagte. Auch wenn er nicht wusste, was.

»Sechs von hundert. Willst du mir das sagen?«

Torben deutete ein Kopfschütteln an. »Gunnar«, sagte er. »Harald, Jorg, Ole, Hrungar und Björn, Thor. Ich weiß, du willst die Namen der Männer nicht wissen, weil ein Name ein Gesicht aus einer Person macht, die vorher einfach nur ein Krieger war, aber diese sechs Namen nenne ich dir, und ich möchte, dass du sie dir merkst, denn es sind nicht die Letzten von hundert, Herr. Es sind die Letzten von tausend. Und wenigstens die sollten wir nach Hause bringen.»

Da war so viel, was er darauf sagen wollte, aber seine Stimme versagte ihm den Dienst, als er den Schmerz in Torbens Augen sah. Der Freund, den er einmal gehabt hatte, war nicht mehr da. »Können wir es denn?«

Torben nickte abgehackt. »Zur Zeit treiben wir, und ich wünschte, Ihr hättet das andere Schiff angezündet, und nicht dieses. Aber es ist ein gutes Schiff, und die Männer wissen, was sie tun. Gebt ihnen einen Tag, und das Boot ist wieder halbwegs seetüchtig. Es wird keine bequeme Reise, aber wir kommen nach Hause.«

Etwas bewegte sich hinter ihm im Meer, etwas Großes und Mächtiges, das dicht unter der Wasseroberfläche dahinglitt. Vielleicht nur ein Splitter aus verirrtem Sternenlicht, der sich auf den Wellen brach.

»Dann ist es gut«, antwortete Thor.

Torben schwieg. Das war nicht die Antwort, auf die er gehofft hatte. Aber nach einer Weile nickte er nur, drehte sich brüsk herum und ging mit schnellen und sonderbar steifen Schritten davon.

Thor wartete darauf, dass er sich noch einmal herumdrehte oder wenigstens einen Blick über die Schulter zu ihm zurückwarf, doch Torben beschleunigte seine Schritte eher noch, um mit den Schatten im hinteren Teil des Schiffes zu verschmelzen, und Thor blieb nicht nur allein zurück, sondern fühlte sich auch auf seltsam schmerzliche Art allein *gelassen*. Die Männer mieden seine Nähe, und dasselbe tat Torben jetzt offensichtlich auch. Das Schiff war nicht groß, und beschäftigt mit allerlei Reparaturen hätten sich zumindest einer oder zwei in seiner Nähe aufhalten müssen, zumal das hintere Drittel des Schiffes aus kaum mehr als einem Durcheinander aus geborstenen Planken und verkohltem Holz bestand. Das war nicht der Fall. Die Männer gingen ihm aus dem Weg, und sie taten es jetzt nicht mehr aus Ehrerbietung oder Respekt, sondern weil sie schlichtweg Angst vor ihm hatten.

Aber was hatte er erwartet? Sie und alle ihre Kameraden hatten sich ihm angeschlossen, weil sie seinen Worten geglaubt hatten, seinem Versprechen auf eine bessere Zukunft und eine neue Heimat für sich und die Ihren, aber statt ins verheißene Land der Götter hatte er sie geradewegs nach Utgard geführt, und alles, was sie gefunden hatten, war der Tod.

Etwas plätscherte. Thor wandte sich wieder um, verscheuchte die düsteren Gedanken (oder versuchte es wenigstens) und suchte das Wasser sorgsam mit Blicken ab, so weit er es bei dem kaum vorhandenen Licht konnte. Überall schien nur Schwärze zu sein.

Aber er … spürte etwas. Etwas war da. Etwas Großes, das näher kam. Und sehr gefährlich war.

Thor versuchte den Gedanken als so albern abzuschütteln, wie er war, aber es schien ihm wohl nicht ganz zu gelingen, denn er ertappte seine Hand dabei, ganz ohne sein bewusstes Zutun unter den zerfetzten Mantel zu kriechen und nach der Schwertscheide zu tasten. Sie war leer. Er musste die Klinge irgendwann während ihrer verzweifelten Flucht von Bord des *Naglfar* verloren haben. Fast erschrocken zog er die Hand zurück, wollte stattdessen nach Mjöllnir greifen und wagte es dann doch nicht. Nun, wo er wusste, was dieser Hammer wirklich war, brachte seine Berührung keinen Trost mehr.

Das sonderbare Geräusch wiederholte sich nicht, aber das Gefühl, nicht mehr allein zu sein und auf eine ebenso lauernde wie feindselige Art angestarrt zu werden, blieb. Thor versuchte noch einmal, den Gedanken als kindisch abzutun (es gelang ihm so wenig wie beim ersten Mal), drehte sich mit einem Ruck weg und erstarrte, noch bevor er die Bewegung halb beendet hatte, als er eine kaum kindergroße Gestalt in einem schwarzen Mantel gewahrte.

Dwegrs Gesicht war mit der Nacht verschmolzen und nicht mehr als ein Dreieck vielleicht noch tieferer Schwärze unter seiner hochgeschlagenen Kapuze, aber er konnte das Funkeln seiner boshaften Kinderaugen trotzdem sehen.

»Ich muss mich bei dir entschuldigen, Thor, Sohn des Odin und Bruder des Loki«, sagte der Zwerg spöttisch. »Ich habe dich unterschätzt. Ich hätte nicht geglaubt, dass du es überlebst.« »Das wundert mich«, antwortete Thor. »Wo du doch ich bist.«

»Und du dich doch immer selbst so richtig einschätzt, nicht wahr?« Der Zwerg lachte meckernd.

»Ich weiß jetzt, wer ich bin«, erinnerte Thor, aber Dwegr schüttelte nur noch einmal und noch heftiger den Kopf. Sein Lachen wurde nicht lauter, aber eindeutig noch spöttischer. »Oh nein, mein Freund«, sagte er. »Du meinst, jetzt mehr über dich zu wissen, aber glaub mir, du hast noch nicht einmal angefangen, die Wahrheit zu begreifen.«

Thor war nahe daran, einfach weiterzugehen und das Gespräch mit diesem selbstzerstörerischen Teil seiner Selbst einfach zu beenden. Aber es war seltsam: Dwegr machte ihm keine Angst mehr. Ganz im Gegenteil. Aus einem Grund, den er selbst nicht verstand, beruhigte ihn das neuerliche Auftauchen des Zwerges eher. Vielleicht, weil es mit ihm begonnen hatte.

Vielleicht würde es auch mit ihm enden.

»Bist du denn sicher, dass es mit mir begonnen hat?«, fragte Dwegr lauernd.

Was sollte der Unsinn, dachte Thor. Es hatte auf der Insel angefangen, gleich nach seinem Erwachen in dem Zelt, in dem …

»Jetzt sind es noch sechs, Thor«, fuhr Dwegr fort, und plötzlich waren aller Spott und jede Häme aus seinen Worten verschwunden. Sie waren so kalt und hart wie Stein. »Acht, den Kapitän und dich mitgezählt.«

»Du wiederholst dich«, sagte Thor. »Besser gesagt wiederholst du Torben.«

»Die Worte eines guten Freundes zu wiederholen, kann niemals schaden, meinst du nicht auch?«, fragte Dwegr. »Schon gar nicht, wenn man nur noch so wenige Freunde hat. Du bist ihm etwas schuldig, Thor.«

»Was soll das?«, fauchte Thor. »Wenn du nur gekommen bist, um mich zu quälen, dann kannst du gleich wieder verschwinden. Das schaffe ich auch ganz gut ohne dich.«

»Ach was«, sagte Dwegr schnippisch. »Du hast es immer noch nicht begriffen, wie? Warum eigentlich nicht? Du bist manchmal etwas schwer von Begriff, ich weiß – wer nicht, wenn nicht ich? – aber dumm bist du gewiss nicht. Doch wenn du es so spielen willst …« Er hob raschelnd die Schultern. »Es ist nicht vorbei, Thor. Es wird so enden, wie es begonnen hat. An den Ufern Asgards.« Er bewegte rasch die Hand, als Thor ihn unterbrechen wollte. »Nein, keine Sorge – *eures* Asgard, des Landes, dessen Namen ihr gestohlen habt. Nicht der Welt der

Götter ... oder was ihr dafür haltet. Du musst sie zurückbringen. Das bist du ihnen schuldig.«

»Ich weiß«, sagte Thor. Sein Herz klopfte.

»Was du nicht weiß, ist das: Sieben werden zurückkehren, und noch einer muss geopfert werden. Das ist der Preis, den sie verlangt.«

»Sie?«

Dwegr machte eine Kopfbewegung über die Schulter zurück. »Du weißt, von wem ich spreche. Die Jormungand.«

Ein Schatten glitt irgendwo vor ihnen durch das Meer, und eine Reihe winziger, gleichmäßiger Wellen brach sich am Rumpf des Schiffes.

»Du ... bist ja verrückt«, murmelte Thor.

Der Zwerg lachte meckernd. »Na, du musst es ja wissen.« Schlagartig wurde er wieder ernst. »Du weißt, dass ich recht habe, Thor. Das sind ihre Bedingungen. Sie hat dich am Leben gelassen, und du hast ihre Regeln gebrochen und ein Land betreten, das keines lebenden Menschen Fuß je betreten darf. Du musst den Preis dafür bezahlen. Sieben werden zurückkehren, oder keiner.«

»Ich werde nicht noch ein Leben opfern. Es sind zu viele gestorben.«

»Tausend«, bestätigte Dwegr. »Macht da ein einziges Leben noch einen Unterschied?«

Darauf antwortete Thor nicht mehr, und das musste er auch nicht. Dwegr war er, und er kannte die Antwort ebenso gut wie er selbst. *Jedes* Leben machte einen Unterschied. Gerade jetzt, wo so viele gestorben waren.

»Es ist deine Entscheidung«, sagte der Zwerg achselzuckend. »Acht, oder einer ... wähl einen aus.« Er wedelte auffordernd mit beiden Händen. »Was ist mit ... zum Beispiel Sven? Er ist ein Dummkopf und Raufbold, den niemand mag. Oder Ole. Er schlägt seine Kinder und seine Frau, und man munkelt, er hätte seinen Nachbarn getötet, weil er ein Auge auf dessen Weib geworfen haben soll. Ein solches Leben gegen das von sieben anderen guten Männern.«

»Schweig!«, sagte Thor. Beinahe schrie er es. »Du wirst nicht…«

»Ist alles in Ordnung, Herr?«, fragte Torben hinter ihm. Thor fuhr so erschrocken herum, dass der Kapitän instinktiv ein Stück vor ihm zurückwich, obwohl er ohnehin in einiger Entfernung stehen geblieben war. Fragend sah er ihn an, und der Schatten in Thors Augenwinkeln erlosch. Er war nicht ganz sicher, ob es wirklich Dwegrs Lachen war, das er tief in seinen Gedanken hörte, oder das von etwas viel Älterem undBöserem.

»Ich dachte, ich hätte etwas gehört«, fuhr der Kapitän fort.

Thor schwieg auch dazu, obwohl das Fragezeichen hinter Torbens Worten beim besten Willen nicht zu überhören war. Schlimm genug, dass er vielleicht Torbens Freundschaft verloren hatte. Er musste ihn nicht auch noch für verrückt halten.

Torben druckste einen Moment herum und begann sich unbehaglich auf der Stelle zu bewegen. »Einer der Männer«, begann er schließlich, Thors Blick weiter ausweichend, »Ole glaubt ein Licht gesehen zu haben, irgendwo im Westen. Gut möglich, dass es dort Land gibt.«

»Im Westen?«, vergewisserte sich Thor.

Torben nickte. »Er ist nicht ganz sicher. Aber er ist ein guter Mann, und er hat scharfe Augen.« Er hob die Schultern und sah in seine Richtung und sogar in sein Gesicht, wich seinem Blick aber immer noch aus, und überließ ihm somit auch die Entscheidung. Thor fühlte sich erneut allein gelassen, und nun sogar von Dwegr. Wo war der verdammte Zwerg, wenn er ihn brauchte?

»Wenn es dieses Licht wirklich gegeben hat, dann leben dort vielleicht Menschen«, fuhr Torben fort. »Wir könnten ein bisschen Hilfe gebrauchen.«

So wie das letzte Mal, als sie ein fremdes Land betreten hatten, und nach Hilfe gesucht hatten? »Es ist die falsche Richtung«, sagte Thor.

Torben blickte nach Osten, und als Thor in dieselbe Richtung sah, erkannte er, dass der graue Schimmer am Horizont heller geworden war.

Er erkannte auch etwas Großes und Schuppiges, das so lautlos durch das Wasser glitt, als scheue das Meer selbst vor seiner Berührung zurück.

Seine Hand kroch zum Gürtel und schmiegte sich um den eisernen Stiel Mjöllnirs, und die uralten Runen in seinem noch älteren Eisen begannen in seiner Seele zu flüstern; in einer Sprache, die er nie gelernt hatte und doch verstand.

»Nein«, entschied er. »Wir fahren zurück. Lass Kurs nach Osten setzen, sobald wir wieder manövrierfähig sind.«

Torbens Gesicht war nicht anzusehen, was er von dieser Entscheidung hielt, die nichts anderes bedeutete, als dass sie die lange Heimreise praktisch ohne Vorräte und auf einem Schiff antreten würden, das wenig mehr als ein Wrack war. Aber sie würden es schaffen. Wenigstens die meisten.

»Dann werden wir es versuchen«, sagte Torben. Er klang verwirrt.

»Nicht versuchen«, antwortete Thor. »Du wirst es tun. Ich weiß, dass du es schaffst.« Torben wirkte nun endgültig verwirrt. »Herr?«

»Du bist ein guter Mann«, sagte Thor. »Du wirst sie nach Hause bringen. Das weiß ich.« »Herr?«, murmelte Torben noch einmal. »Thor?«

Statt zu antworten, wandte sich Thor wieder um, schlug den Mantel zurück und zog den Hammer. *»Dann komm!«*, schrie er.

Und die Midgardschlange kam.

Groß, böse und unverwundbar wuchs sie vor dem Schiff aus

dem Meer, ein geschuppter Gigant mit Zähnen wie ein Drache und tellergroßen Augen voller unstillbarem Hass auf alles Lebendige und Fühlende. Eingehüllt in einen Geysir aus spritzender schwarzer Gischt bäumte sie sich höher als der größte Mast über dem Schiff auf, und ein Brüllen erklang, unter dem sich der Himmel selbst zu ducken schien. Hinter ihm schrie Torben in schierer Panik auf und stolperte zurück, und Thor schleuderte den Hammer mit seiner ganzen gewaltigen Kraft.

Mjöllnir verwandelte sich in einen rasenden schwarzen Schemen, traf den gepanzerten Schädel des Ungeheuers – und das Unvorstellbare geschah: Der Hammer prallte von der Schläfe der Midgardschlange ab, verschwand in der Dunkelheit und stürzte weit entfernt und mit einem gewaltigen Klatschen ins Wasser.

Kreischend vor Wut und Schmerz bäumte sich die Bestie noch weiter auf, wurde zu einem Berg aus Schuppen und schierer peitschender Wut, der vor und neben dem Schiff aus dem Meer wuchs. Schwarzes Blut spritzte zwischen geborstenen eisenharten Schuppen hervor, und das gesamte Schiff wurde emporgehoben und legte sich gefährlich weit auf die Seite, als das Meer unter seinem Toben zu schäumen begann, und Thor kämpfte einen halben Atemzug lang mit verzweifelt rudernden Armen um sein Gleichgewicht und fiel dann kopfüber von Bord.

Eiskaltes Wasser schlug über ihm zusammen, und er sank sofort wie ein Stein in die Tiefe. Reines, schwarzes tobendes Chaos umgab ihn. Er konnte nicht atmen, wusste von einem Moment zum anderen nicht mehr, wo oben oder unten war, rechts oder links, und die Kälte begann seine Glieder augenblicklich zu lähmen. Unendlich altes schwarzes Blut vermengte sich mit dem Wasser und machte es bitter und ätzend wie Säure, und das Gewicht seiner Rüstung zog ihn trotz seiner verzweifelten Schwimmbewegungen unbarmherzig weiter in die Tiefe.

Die Welt erbebte in ihren Grundfesten, und die Schöpfung selbst schien in schierer Todesqual aufzuschreien. Das Unmögliche war möglich geworden. Mjöllnir hatte versagt. Der eine Moment, für den Mjöllnir vor so langer Zeit erschaffen worden war und auf den er all die unzähligen Menschenleben lang gewartet hatte, war gekommen, und der Hammer hatte versagt. Der alte Feind war vielleicht verletzt, aber nicht geschlagen.

Trotz des lähmenden Entsetzens, das immer noch stärker und stärker in ihm wurde, begann er sich mit hastigen Bewegungen aus seiner Rüstung zu schälen und mobilisierte noch einmal alle seine Kräfte, um den Sturz in die grundlosen Tiefen unter sich abzubremsen. Die Kälte lähmte ihn immer stärker, und auch der Luftmangel begann sich schon quälend bemerkbar zu machen, denn auch er musste atmen, und auch sein Körper protestierte mit immer heftigeren Schmerzen gegen jeden Fuß, den er weiter in die Tiefe sank und der enorme Druck rings um ihn herum zunahm.

Irgendwie gelang es ihm trotz allem, sich des Gewichtes nicht nur seiner Rüstung, sondern auch aller anderen Kleidungsstücke zu entledigen und den Sturz zum schwarzen Herz der Welt hinab nicht nur aufzufangen, sondern sich auch mit ebenso mühsamen wie verzweifelten Schwimmbewegungen wieder nach oben zu arbeiten.

Bis zum Schluss war er nicht sicher, es zu schaffen. Seine Lungen schrien nach Luft, und der grausame Druck schien immer noch weiter zuzunehmen, obwohl er nun wieder nach oben stieg. Etwas Gigantisches tobte am flüssigen Himmel über ihm, und wenn es das Schiff überhaupt noch gab, dann war es längst außer Sicht, vom Wüten der waidwunden Bestie davongeschleudert wie ein trockenes Herbstblatt im Sturm.

Die Schmerzen in seiner Brust wurden unerträglich. Sein Herz weigerte sich zu schlagen, fehlte ihm doch nun auch noch das allerletzte bisschen Sauerstoff, und alles um ihn herum färbte sich rot. Er konnte spüren, wie seine Muskeln zu Eis erstarrten und ihm einer nach dem anderen den Gehorsam verweigerten.

Und dann brach er durch das kochende Meer, riss die Arme in die Höhe und sog die Lungen mit einem schreienden Keuchen voller Luft.

Der erste Atemzug brannte wie Feuer in seiner Brust, und auch die Schwäche schien noch einmal zuzunehmen, sodass er nun tatsächlich das Bewusstsein zu verlieren drohte. Es war nur noch reiner Instinkt, der seine Arme und Beine zu mühsamen Schwimmbewegungen zwang, und seinen gemarterten Körper, sich auf den Rücken zu drehen, sodass er seine Lungen weiter mit brennendem Sauerstoff füllen konnte.

Es war noch immer nicht vorbei. Seine Gedanken klärten sich allmählich wieder, aber er war nicht sicher, ob er auch sehen wollte, was aus der Welt geworden war. Das Meer kochte. Zwanzig Fuß hohe Wellen versuchten den Himmel (und ihn) zu zerschlagen, und der Sturm war wieder da und prügelte mit ungebrochener Kraft auf den Ozean ein. Blitze zerrissen den Himmel, nicht mehr magischen Ursprunges jetzt, sondern nur das Wüten der Natur, aber kaum weniger zerstörerisch, und der Lärm war schier unerträglich.

Wo war das Schiff?

Thor überließ es seinen Reflexen, in einen gleichmäßigen Rhythmus zu finden und sich über Wasser zu halten, schwamm in vollkommen willkürlicher Richtung los und versuchte den gebeutelten Segler irgendwo zu entdecken.

Statt dessen sah er die Jormungand.

Die gigantische Schlange, größer als ein Wal und zorniger als ein verwundeter Drache, tobte hinter ihm im Meer. Schwarzes Blut, Knochensplitter und zerbrochene Panzerplatten flogen in alle Richtungen davon, und der gigantische Schwanz des Ungeheuers peitschte in schierer Agonie. Mjöllnir hatte es nicht erschlagen, aber vielleicht tödlich verwundet.

Doch auch er würde sterben, und vielleicht hatte es von Anfang an so kommen sollen. Die Midgardschlange war der uralte Feind der Götter und allen Lebens, und Mjöllnir nur zu dem einzigen Zweck erschaffen, sie zu töten; und vielleicht hatte *seine* einzige Aufgabe darin bestanden, ihn hierherzubringen und mit genug Leben zu füttern, um ihm die Kraft für diesen einen Hieb zu geben. Welche Rolle spielte es da schon, ob er überlebte oder starb?

Für ihn die einzige überhaupt.

Thor war versucht, sich dem Ungeheuer zu nähern und sich davon zu überzeugen, dass es auch tatsächlich starb. Stattdessen machte er natürlich kehrt und entfernte sich von dem tobenden Ungeheuer, aber es war bereits zu spät. Als hätte die gigantische Schlange seine Nähe gespürt oder gar seine Gedanken gelesen, brüllte sie plötzlich vor Wut und Schmerz auf, warf sich herum und schoss in seine Richtung. Ihre gewaltigen Kiefer, groß genug, um ihn mit einem einzigen Biss zu verschlingen, schnappten nach ihm und rissen eine Explosion aus brodelndem Schaum unmittelbar neben ihm aus dem Meer, und der kolossale Schlangenleib pflügte in einer schier endlosen, reißenden Bewegung aus scharfkantigen Panzerschuppen und schierer zerstörerischer Kraft neben ihm durch die brodelnden Fluten.

Schließlich traf ihn der Schwanz mit vernichtender Wucht, schleuderte ihn hoch aus dem Wasser und zwanzig, dreißig, vierzig Fuß weit über das Meer, bevor er mit einer Gewalt wieder ins Wasser zurückstürzte, die die meisten anderen Männer auf der Stelle getötet hätte.

Selbst ihm raubte der Aufprall das Bewusstsein, wenn auch nur für wenige Augenblicke, und nicht tief genug, dass ihn die Atemnot nicht wieder geweckt hätte. Gute zwei oder drei Manneslängen unter der Wasseroberfläche kam er wieder zu sich, spürte wieder das Gefühl drohenden Erstickens und schwamm in einem blinden Reflex wieder nach oben.

Er konnte nur wenige Augenblicke ohne Bewusstsein gewesen sein, nicht nur wegen der simplen Tatsache, dass er noch lebte. Nicht weit entfernt wand sich die gigantische Midgardschlange noch immer im Todeskampf. Ihr Toben schien beinahe noch heftiger geworden zu sein und ihr Wut-, und Schmerzgebrüll übertönte nun sogar das Wüten des Sturms. Immerhin schien sie das Interesse an ihm verloren zu haben; oder ihre Agonie war schon weit genug fortgeschritten, dass sie ihn gar nicht mehr zur Kenntnis nahm.

Thor gedachte nicht, lange genug abzuwarten, um es herauszufinden.

Jede einzelne Faser in seinem Leib war ein einziger, tobender Schmerz, und seine Glieder hatten sich in Blei verwandelt und wurden immer nur noch schwerer und schwerer. Aber dennoch zwang er seine protestierenden Arme und Beine, sich zu bewegen, quälte sich herum, bis die sterbende Midgardschlange und das Grau des heraufdämmernden Tages hinter ihm waren und schwamm dann los, auf den Horizont und das unbekannte Land zu, das vielleicht dahinterlag.

Weiß.

Seine Welt war weiß und kalt, von einem grausamen, alles verzehrenden Weiß, das seine Augen blendete und alles auslöschte, was seine Hände nicht ergreifen konnten, und einer noch grausameren Kälte, die wie mit gläsernen Fängen in seine Glieder biss, jeden Schritt zu einer Qual machte und seine Lungen mit Messerklingen füllte.

Da waren Sturm und Lärm, und eine vage, tanzende Bewegung überall, und das vollkommen sichere Wissen, dass er sterben würde, wenn er seinen geschundenen Körper auch nur noch zu einigen wenigen weiteren Schritten zwang. Aber auch das noch viel sicherere Wissen, zu sterben, wenn er stehen blieb. Er wollte weder das eine noch das andere, aber vor allem wollte er eines: Leben.

Irgendwann blieb er doch stehen, denn in seinem geschundenen Körper war einfach keine Kraft mehr, um auch nur noch einen einzigen Schritt zu tun, und selbst wenn es anders gewesen wäre, hätte er nicht gewusst, wohin. So wenig wie er wusste, woher er kam.

Und erst in diesem Moment wurde ihm klar, dass sein Woher und Wohin nicht alles war, was er nicht wusste, denn das war die einfache, niederschmetternde Wahrheit:

Wenn er jemals einen Namen gehabt hatte, so hatte er ihn vergessen.

Wenn er jemals Eltern gehabt hatte, so erinnerte er sich nicht an sie.

Wenn er jemals geboren worden war, so wusste er nicht mehr, wann.